007

D1866935

SCHWER SIND DIE STEINE

von. J.D. Barker & Christine Daigle

Übersetzt von Leonie Vogel

Bücher von J.D. Barker

Forsaken
She Has A Broken Thing Where Her Heart Should Be
A Caller's Game
Behind a Closed Door

4MK THRILLERSERIE

The Fourth Monkey – Geboren um zu Töten
The Fourth Monkey – Das Mädchen im Eis
The Fourth Monkey – Das Haus der bösen Kinder

MIT DACRE STOKER

Dracul

MIT JAMES PATTERSON

Der Federmörder
The Noise
Death of the Black Widow
Confessions of the Dead

„Ich war eigentlich eine normale Person."
– Ted Bundy

„Wenn du glaubst, dass du dein Leben auf die richtige Weise gelebt hast, dann hast du nichts zu befürchten."
– John Wayne Gacy

Die Pittsburgh Post-Gazette
Montag, 10. April

Schauspieler Michael O'Neil, 46, tot aufgefunden
von Matt Burkhart

Eine Leiche, die am Samstag in einem Feld hinter den Carrie Hochöfen gefunden wurde, ist heute vom städtischen Gerichtsmediziner als die des Emmy-Gewinners, Schauspieler Michael O'Neill, identifiziert worden, welcher der Star der beliebten TV-Show *Werwölfe in Paris*, war. Als Todesursache wurde stumpfe Gewalteinwirkung auf den Schädel angegeben. Michael besaß ein Haus in Mt. Lebanon, Pittsburgh. Er wurde 46 Jahre alt.

Die Leiche von O'Neill wurde ursprünglich von einer Person gefunden, welche die Wahrung ihrer Anonymität wünscht. Die Person teilte mit, dass sie O'Neill bis zur Brustmitte im Feld vergraben gefunden habe und seine Arme im Boden steckten. Mehrere faustgroße Steine wurden am Tatort gefunden und es scheint, als seien diese nach dem Mann geworfen worden. Die Steine waren von getrocknetem Blut bedeckt. Die Polizei wollte sich dazu nicht äußern. Jedoch gibt es dank der Aussage des Augenzeugen Spekulationen darüber, dass der Mörder die Methode der *„Steinigung"* genutzt habe, eine Gerichtsvollziehungsmethode, bei welcher eine verurteilte Person mit Steinen beworfen wird, bis sie stirbt. Tod durch Steinigung wurde im Gesetz des Alten Testaments als Strafe für verschiedene Sünden wie Mord, Götzendienst, die Ausübung von Geisterbeschwörung oder des Okkulten, Gotteslästerung, Ehebruch, und andere sexuelle Sünden, beschrieben.

Die Person gab noch ein weiteres Detail an. Als die Leiche von O'Neill ausgegraben wurde, fand man einen Diamanten, den er mit seiner Hand umklammert hielt.

Die professionelle Schauspielkarriere von O'Neill begann, als er die Rolle des Sly Norris im Film *Der Varietetänzer* spielte, bevor er seinen Durchbruch in der Rolle des Werwolfs Keen Howell in der TV-Show *Werwölfe in Paris* feierte. Sein Debüt als Regisseur folgte kurz danach mit dem Dokumentarspielfilm *Pittsburghs Stahl: Das härteste Team der NFL*, welches 20 Jahre des Football-Teams der Pittsburgh Steelers dokumentierte. O'Neill hat mit verschiedenen Wohltätigkeitsorganisationen zusammengearbeitet, jedoch gab es kürzlich Gerüchte, dass er Mitbetreiber eines Sexhandelsrings gewesen sein solle, und er war während einer Ermittlung namens L-Voyager, welche Anfang des Jahres gestartet wurde, eine Person von besonderem polizeilichem Interesse. Diese fortlaufende Ermittlung ist eine Zusammenarbeit des Polizeibüros von Pittsburgh und der Zoll- und Grenzschutzbehörde der Vereinigten Staaten. Laut der Polizei Pittsburghs betrieb ein zweiter Verdächtiger internationale Anwerbung für Hilfsarbeiter, um in den USA zu arbeiten. Bei ihrer Ankunft berichteten die Opfer laut Polizei, dass man ihnen die Dokumente abnahm und sie zu Prostitution gezwungen wurden. Derzeit ist unklar, ob diese Anschuldigungen mit O'Neills Tod irgendetwas zu tun haben. Die Polizeiermittlungen laufen.

267 Kommentare VERFASSE EINEN KOMMENTAR Filtern nach: Neueste

Diese Diskussion wird nach den Regeln der Post-Gazette moderiert. Bitte ***lies die Regeln durch****, bevor du der Diskussion beitrittst. Im Falle technischer Probleme, bitte* ***kontaktiere unser Kundenservice-Team****.*

Anonym
Ruhe in Frieden, Michael.
Montag, 10. April 2017 um 8:32

2Cute2Poot
So tragisch. Hab deine Rolle in Werwölfe geliebt!!! Xoxoxoxo
Montag, 10. April 2017 um 8:36

X-Factor
Der Mann war ein Verbrecher. Auf Nimmerwiedersehen.
Montag, 10. April 2016 um 8:37

CriticalBean
Nur weiter so, X-Factor! Verbreite die Gerüchte über den Verstorbenen. Ist nicht so, als könne er sich verteidigen!
Montag, 10. April 2017 um 8:39

OldTestament
„Du sollst ihn steinigen und er soll sterben; denn er hat versucht, dich vom Herrn, deinem Gott, abzubringen … Du sollst das Böse aus deiner Mitte wegschaffen." - Deuteronomium 13
Montag, 10. April 2017 um 8:43

GuyFawkes
Ich bin voll für Anarchie, aber das ist krank. Total krank.
Montag, 10. April um 8:45

RockStarGamer

Das ist wie direkt aus einem Horrorspiel; Denken abseits der Normen und den hochwichtigen Schockfaktor annehmen. Als Gamer schätze ich Kreativität.

Montag, 10. April 2017 um 8:48

MEHR ANZEIGEN

FAST FÜNF JAHRE SPÄTER

1

JENA

Sonntag, 7 Uhr morgens.

Das Lied verfolgt mich in meinen Träumen.

Es wiederholt sich immer wieder. „Glory Days“ – das fetzige Gitarrenriff und der 80er-Jahre-Drumbeat, die Bruce Springsteens mitreißendem „Woo!“ vorangehen. Es ist der Klingelton, den ich für meinen Boss, Captain Jim Price, eingestellt habe. Der Boss. Ein Insiderwitz. Weil es wichtig ist, lustig zu sein, wenn man als Frau bei der Polizei ist. Kompetenz ohne Humor bedeutet, dass man schnell als unsympathische Zicke abgestempelt wird. Und wenn man im Polizeibüro von Pittsburgh, welches insgeheim noch immer ein Männerverein ist, erfolgreich sein will, ist Beliebtheit ein Muss. Der Springsteen-Klingelton funktioniert wunderbar. Es bringt alle jedes Mal wieder aufs Neue zum Lachen.

Aber diesen scherzhaften Klingelton früh an einem Sonntagmorgen zu hören, ruft eher ein Gefühl des Grauens hervor als eines des Humors. Mir wird flau im Magen und ich öffne ein Auge einen Spalt weit und blinzele in das viel zu helle Morgenlicht, das durch die Lücke zwischen meinen Vorhängen und dem Fenstersims scheint. Price würde normalerweise nicht anrufen. Außer es handelt sich um ein Problem der Kategorie „Oh Scheiße!“

Ich rolle mich widerwillig aus meiner Decke aus und kühle Luft trifft auf meine nackten Beine unter einem oversized-Shirt. Ich schnappe mein Handy vom Nachtkästchen und schleiche schnell auf Zehenspitzen in den engen, begehbaren Kleiderschrank, um meinen Freund Mason nicht zu stören, der ausgestreckt auf der Matratze liegt und dessen eines, langes, muskulöses Bein über die Kante herabhängt, sodass sein großer Zeh den Hartholzboden berührt. Sobald ich im Schrank bin, schließe ich die Tür hinter mir und schalte das Licht an, bevor ich den Anruf annehme.

„Detective Campbell“, melde ich mich. „Was gibt es?“

„Campbell“ dröhnt Price, der immer redet, als würde er versuchen, über eine Menschenmenge hinweg zu schreien. *„Der Gouverneur hat angerufen. Sein Sohn Jack wird vermisst.“*

Ich runzele die Stirn. Vermisste Person. Nicht das weltbewegende Desaster, das ich erwartet hatte, aber trotzdem dringend. Und da es sich um Gouverneur Ted Taylors Sohn handelt, wird aus *dringend* automatisch *Notlage.*

„Wie lange schon?“, frage ich und zwänge meine Beine in Arbeitshosen, während das Handy zwischen meiner Schulter und meiner Wange eingeklemmt ist.

„Er sollte vor acht Stunden zuhause sein.“

Ich höre auf, mich anzuziehen, nehme das Handy in die Hand und rechne im Kopf, während ich auf Prices Namen auf dem Bildschirm starre. Kräftiges weiß auf dunklem Hintergrund.

„Campbell. Sind Sie noch dran?“

Ich schüttele die Verwunderung ab. „Ja, ich bin noch dran. Ist Jack nicht siebzehn Jahre alt? Sie haben mich an einem Sonntag um 7 Uhr morgens aus dem Bett geklingelt, weil ein Teenager länger ausgeblieben ist, als seine Eltern es erlaubt haben?“

„Ich weiß, ich weiß. Und wenn es irgendein anderer Siebzehnjähriger wäre, würde ich Ihnen zustimmen. Aber der Gouverneur sagt, dass es überhaupt nicht zu Jack passt, sowas zu machen. Seine Frau besteht darauf.“

Das bedeutet, ich habe keine Chance. Ich muss den Fall klären, ob er nun lächerlich ist, oder nicht.

Ein ermattetes Seufzen entflieht mir, als ich erwidere: „Bin schon auf dem Weg.“, bevor ich auflege, meine Glock-Dienstpistole aus ihrer Drahtkorb-Schublade nehme und sie zusammen mit einem einfachen Universalgürtel unter einer legeren Arbeitsjacke verstecke. Ich schnappe mir einen der vielen Haargummis vom Boden und binde meine langen, kastanienbraunen Haare zu einem hohen, unordentlichen Dutt zusammen. Nach einem schnellen Zwischenstopp im Badezimmer, um den Morgenatem wegzuputzen und zu gurgeln, laufe ich zurück ins Schlafzimmer, um die Schlüssel zu holen, die ich in der Nachttischschublade vergessen habe. In meiner Eile stoße mich mir den Zeh an der Ecke des Bettgestells an und fluche unterdrückt, weil dies das Bett zum Wackeln bringt.

Mason rollt sich auf den Rücken und zieht sein entblößtes Bein zurück unter die Decke, enthüllt jetzt aber eine perfekt geformte Brust; seine kräftig gebräunte Haut leuchtet im Sonnenlicht.

„Wie viel Uhr ist es?“, murmelt er verwirrt.

Als Anwalt im Justizministerium legt Mason genauso viel Wert auf seinen Wochenendschlaf wie ich und wehrt sich vehement dagegen, aufgeweckt zu werden.

„Früh.“, antworte ich. „Tut mir leid. Wollte dich nicht aufwecken.“

Ich setze mich auf den Bettrand und drücke meine Lippen auf seine Wange; als sein gut gepflegter Kinnbart mein Gesicht kitzelt, jagt ein elektrischer Schock durch meinen Körper. Mason riecht nach frisch geschnittenem Gras und Zitronentee – ein Duft, der ihm eigen ist. Ich würde so gerne zurück unter die Decke kriechen und mich neben ihm einkuscheln, bis wir beide in seligen Schlaf fallen.

Ich reiße mich los und sehe in seine Augen, sein Blick ist sehr schläfrig. „Ich muss los. Schlaf, solange du willst. Ich ruf dich an, sobald ich kann.“

Mason gähnt und streckt sich, bevor er mit müden Augen zu mir heraufsieht. Ein wölfisches Grinsen breitet sich auf seinem Gesicht aus. „Zieh mit mir zusammen.“, sagt er und versucht, mich in seine Arme zu ziehen. „Auf diese Art wäre ich immer noch da, wenn du heimkommst. Du weißt, ich würde mich um dich kümmern.“

Ich weiche lachend aus seiner Reichweite aus, als er versucht, mich festzuhalten.

„Nicht der richtige Zeitpunkt für diese Diskussion,“ ärgere ich ihn und hoffe, vermeiden zu können, dieses Gespräch erneut führen zu müssen.

Mason schmollt und schießt zurück: „Das ist es doch nie.“

„Getrennt zu leben hat doch bisher gut für uns funktioniert," erwidere ich. Außerdem ist mein Job zu gefährlich für all das Zeug wie Heirat und Kinder. Das ist der einzige Grund. Hat nichts mit der Beziehung meiner Eltern und meinen psychischen Schäden zu tun. Nee. Überhaupt gar nichts.

Mason stützt sich auf seinem Ellbogen auf, sein Gesichtsausdruck nun ernster: „Wir sind seit sieben Jahren zusammen. Ich habe nicht vergessen, dass dein Mietvertrag nächsten Monat abläuft. Und die Tatsache, dass du in diesem Apartment allein lebst und dazu noch in dieser Nachbarschaft, macht mir verdammte Sorgen."

„Ich kann mich um mich selbst kümmern."

Masons Blick ist jetzt hellwach. „Das musst du aber nicht immer"

Als ich mich für einen erneuten Kuss zu ihm beuge, umschlingt er mich wie ein Lineman, der beim Footballspiel einen Quarterbackspieler außer Gefecht setzt. Nach einigen Augenblicken lässt er mich los und zieht eine Augenbraue hoch. „Ist das deine Pistole? Oder bist du-?"

„- Du Ferkel." Meine Augen wandern nach unten. „Sieht aus, als wäre ich nicht die Einzige, die eine Pistole trägt.", lache ich, bevor ich ihn zurück aufs Bett schubse und Richtung Ausgang stürze. „Ich muss wirklich los!" rufe ich noch, während ich den Gang entlangrenne.

Masons Stimme hallt von den Wänden wider und folgt mir: „Glaub nicht, dass ich dich nicht wieder darum bitte, mit mir zusammenzuziehen!"

Ich grinse und rufe zurück: „Ich würde nichts anderes erwarten. Aber du wirst keinen Erfolg haben!"

Ich sprinte zur Haustür hinaus, als mein Nachbar, Dustin Small, vor mir auftaucht.

Mit einem „Hoppla!" dreht sich Dustin nach rechts, um einen Zusammenprall zu vermeiden. Er hält eine Tüte Käsebällchen und ein großes Slush-Eis in den Armen. Dem Geruch nach ein künstlich blaues.

„Tschuldigung," sage ich und begutachte seine Snacks.

„Kein Problem."

Ich deute auf seine Knabbereien und sage: „Bitte sag mir, dass du irgendwann mal geschlafen hast? Du schläfst doch, oder?"

Sein Mund verzieht sich zu einem verschmitzten Grinsen und er zuckt die Schultern, wodurch die Tüte Käsebällchen knistert. „Du weißt doch, wie es ist. Hashtag Gamer-Life."

Er formt mit seinen Händen, in denen er immer noch die Snacks hält, eine Geste, die einen Hashtag darstellen soll – diese Anstrengung bringt mich trotz der Situation zum Lachen. Er als Mittzwanziger bringt mich als 33-Jährige mit seiner *YouTuber*-Sprache zum Lachen. Sein ulkiges Gesicht trägt noch zu seiner Albernheit bei: seine weit auseinanderstehenden Augen und eine leicht platte Nase passen auf sonderbare Weise gut zusammen.

„Und du? So früh schon auf dem Sprung. Hattest wohl einen One-Night-Stand und schleichst jetzt aus deinem eigenen Haus? Du weißt schon, dass das so eigentlich nicht läuft, oder?"

„Ha ha. Ich hab ′nen neuen Fall. Mein Boss will mich sofort im Büro haben.“

„An ′nem Sonntag? Was ein Frevel!“

„Der Chef denkt, dass es wichtig ist, also…“ erwidere ich nur schulterzuckend.

Dustin schürzt die Lippen, als ob er tief in Gedanken versunken wäre – oder als würde er versuchen, cool auszusehen. Ich würde jede Wette eingehen, dass es das zweite ist.

Eine von Rauschen durchzogene Melodie ertönt aus Dustins Wohnung. *Bah dah bah bah-dah baaaaaah daaaah. „Take me out to the ball…game. “*

Es ist die Gegensprechanlage. Ich fand diese Melodie einst einmal charmant. Hat mich an meine Zeit an der Uni erinnert, als ich Softball gespielt hab. Aber jetzt nervt sie mich jedes Mal noch mehr, wenn ich sie höre. Ich würde alles dafür geben, einfach nur das normale, mechanische Summen zu haben.

„Oh,“ sagt er. „Das muss meine Pizza sein.“

„Um sieben Uhr morgens? Direkt, nachdem du Snacks gekauft hast?“

Er weicht meiner Frage aus: „Musst du nicht los? Bis dann.“

Er fummelt am Türknopf zu seiner Wohnung; die Käsebällchen knirschen und das Slush-Eis wackelt gefährlich in seinem Griff. Fröhliche Videospielmusik ertönt aus der Wohnung, als er die Tür einen Spalt weit öffnet. Ich unterdrücke mein Gelächter und schnaube schließlich. Wie kann jemand nur ein solch realitätsfernes Leben führen?

Aber als ich die Treppen hinunterstapfe und in die frühe Morgenluft von Pittsburgh trete, ohne auch nur Zeit für einen Kaffee zu haben, nur um einen Job zu erledigen, der sich als zweifellos undankbar herausstellen wird, nämlich einem verwöhnten Teenager hinterherzurennen, der Papis Regeln nicht befolgt hat, frage ich mich, ob Dustin nicht den besseren Weg eingeschlagen hat. Immerhin hat ein minimalistischer Lebensstil schon etwas für sich. Wenigstens hast du keine Erwartungen, denen du gerecht werden musst.

2

JENA

Sonntag, 8 Uhr morgens

Als ich an der Polizeistation ankomme, springt meine Partnerin Mary Sarkis ins Auto. Ihr schulterlanges, dunkles Haar ist sorgfältig gekämmt und ihre olivfarbene Haut leuchtet unter kürzlich aufgetragener Hautcreme. Sie lässt ihr Kaugummi knallen und reicht mir wie üblich eine Tasse schwarzen Kaffee, die sie in ihren Händen mit grellpinken Nägeln hält. Ich kann nicht verstehen, wie sie so früh an einem Sonntagmorgen so gut zurechtgemacht sein kann. Wahrscheinlich war sie bereits wach und hat die Familie kirchenfertig gemacht. Was auch immer der Grund ist, ich könnte sie küssen.

Mary und ich sind wie Thelma und Louise, nur dass wir nicht auf Verbrechenstouren gehen. Und auch nicht Doppel-Suizid begehen. Hmm, wenn ich näher drüber nachdenke, sind wir überhaupt nicht wie Thelma und Louise. Ein besserer Vergleich wäre Laverne und Shirley aus der gleichnamigen TV-Serie der 70er Jahre. Ich bin Laverne. Mary ist Shirley. Hört sich viel besser an.

Ich fahre aus dem Parkplatz heraus, rase durch die Stadt und dann über die Route 1-376 in die Nachbarschaft Squirrel Hill North. Das Auto riecht die ganze Fahrt über nach Kaffee und Kaugummi. Mary legt die Füße, an denen sie Halbschuhe trägt, auf das

Armaturenbrett, ihre kurzen Beine ausgestreckt und der Saum ihrer maßgeschneiderten Hosen ein wenig zu lang.

Schon bald erreichen wir unser Ziel, eine Oase des Wohlstands.

„Schicke Gegend," bemerkt Mary.

In dieser Gegend gibt es Villen in verschiedenen Architekturstilen – modern, viktorianisch und edwardianisch – und das Haus von Gouverneur Ted Taylor ist eine beeindruckende Schönheit im Art Deco Stil, die Fenster sind elegante Bögen. Die Außenseite besteht aus zwei Stockwerken aus glattem Stuck mit abgerundeten Anbauten. Dekorative Doppeltüren aus Eisen – breit genug, um mit zwei Autos gleichzeitig hindurchzufahren - sind von getrimmten Hecken und Rankengittern eingefasst.

Mary blickt kurz in die Richtung und zieht dann eine Augenbraue hoch. „Die übliche Verhörungsmethode?" Mary zeigt mit einem Daumen auf sich selbst und sagt: „Nette Polizistin." Dann deutet sie auf mich. „Seriöse Polizistin."

„Musst du überhaupt fragen?" sage ich. „Sag nicht, der Gouverneur macht dich nervös."

Zur Antwort bläst Mary eine riesige Kaugummiblase. Ich bringe sie mit meinem kleinen Finger zum Platzen und der Kaugummi hinterlässt einen klebrigen, nassen Rückstand auf meiner Haut. Mary lacht und zieht Kaugummireste von der Haut rund um ihren Mund ab und ihre farbintensiven Nägel schimmern im Sonnenlicht.

Als ich meinen Ford Explorer vorsichtig in die lange, aus gemustertem Beton bestehende Einfahrt hineinmanövriere, tritt ein riesiger Mann in schwarzem Anzug aus den Eingangstüren heraus und steigt die Steintreppe hinab. Mitch Daniels. Der Bodyguard von Gouverneur Taylor und ein Polizist in den Diensten des Staates Pennsylvania. Er hat Ausschau gehalten, unsere Ankunft erwartet.

Als ich meine Fensterscheibe herunterfahre, zieht Daniels seine Sonnenbrille herunter. „Campbell." Er nickt leicht zum Gruß. „Gouverneur Taylor erwartet Sie bereits."

Ein kleines Päckchen Gummibärchen ragt aus seiner Brusttasche hervor wie ein Einstecktuch. Ich kann Marys Schwäche für Kaugummi ebenso wenig verstehen, wie sein Faible für klebrigen Zucker.

„Danke," sage ich und stelle den Motor ab.

Daniels öffnet meine Tür, während Mary aus der anderen Seite des Autos steigt. Er geleitet uns die Vordertreppe hoch und führt uns durch die verzierten Eisentüren. Wir betreten eine Eingangshalle mit hohen Decken und Deckenleuchten aus altmodischem Messing. Der Bodenbelag aus glänzendem, lokal gewonnenem Kalkstein zieht sich durch das ganze Haus. Diese Art Böden sind hier dank dem Ridge Kalksteinbruch direkt außerhalb der Stadt sehr oft zu finden. Die weißen Fliesen sind in so gut wie jedem Regierungsgebäude, jeder Schule und jeder Kirche in Pittsburgh zu finden. Daniels geht weiterhin voran, an einer prunkvollen Treppe aus Birkenholz vorbei und betritt ein Wohnzimmer mit einem Kaminofen aus Marmor und einem riesigen, sechseckigen Spiegel. Gouverneur

Ted Taylor, seine Frau Shannon und ihr jüngster Sohn Jude erwarten unsere Ankunft dort. Daniels verschwindet durch eine andere Tür, um uns etwas Privatsphäre zu geben.

Frau Taylor sitzt auf der Couch und hat ihre Hände im Schoß gefaltet. Das einzige Zeichen dafür, dass etwas nicht stimmt, ist eine Haarsträhne, die sich aus ihrer penibel frisierten Bobfrisur im Stil einer First Lady gelöst hat. Ihr Sohn Jude sitzt neben ihr und drückt einen Football an sich. Er ist eine junge Version des Gouverneurs: athletisch mit dichtem, dunkelbraunem Haar.

Gouverneur Taylor befindet sich in einem Sessel. An der Wand hinter ihm hängt ein riesiges Holzkreuz. Der Kopf der gekreuzigten Christusfigur ist schwer gebeugt und dicke Blutstropfen fließen aus der Dornenkrone. Der Gouverneur erhebt sich, um uns zu begrüßen; auf seinem Gesicht trägt er trotz der beunruhigenden Situation das Lächeln eines Politikers. Gerade, weiße Zähne strahlen hell – die eindeutige Folgeerscheinung von unermüdlichen Zahnbehandlungen. Sein Grinsen ist professionell und kühl; nicht eine einzige Lachfalte zeigt sich um seine Augen. Oder vielleicht ist sein Lächeln auch ehrlich und wirkt nur dank Botox unecht.

„Die Damen Detectives. Vielen Dank, dass Sie so schnell kommen konnten.“ Er schüttelt nacheinander unsere Hände, während die Spannung im Raum greifbar ist.

„Gouverneur,“ sage ich und wähle meine nächsten Worte sorgfältig. „Es tut mir leid, von Jacks unerklärlicher Abwesenheit zu hören.“

Frau Taylor überspielt ein leichtes Hüsteln. Jude legt ihr eine Hand auf die Schulter. Doch als sie leicht den Kopf schüttelt, lässt er sie sinken.

Frau Taylor blickt auf ihre mit Diamanten überzogene Armbanduhr. „Wie lange wird das hier dauern? Wir müssen uns in der Kirche zeigen."

Der Gouverneur zieht die Augenbrauen hoch und wirft ihr einen ungläubigen Blick zu. „Bitte, machen Sie es sich bequem." Er deutet auf das Sofa. „Ich weiß Ihre Diskretion zu schätzen. Selbstverständlich müssen wir dies geheim halten. Das letzte, was wir brauchen, ist die Presse, die irgendeinen Blödsinn umherwirft."

„Er ist ein Teenager und er ist noch nicht lange fort." sagt Mary mit ihrer sanften Art. „Gibt es Grund zu glauben, dass etwas nicht stimmt?"

Der Gouverneur nickt. „Er war noch nie *nicht* zur festgelegten Zeit zuhause. Nicht ein einziges Mal."

„Sie haben ihn letzte Nacht um spätestens Mitternacht zuhause erwartet, korrekt?" frage ich.

Der Gouverneur nickt wieder.

„Wohin ist er gegangen?"

„Das ist schwer zu sagen. Wir kontrollieren ihn nicht ständig. Jack ist beinahe erwachsen. Wohlerzogen, war noch nie in Schwierigkeiten." Der Gouverneur zwickt sich ins Kinn, möglicherweise eine einstudierte Geste, wenn er nachdenklich erscheinen will. „Er fuhr in seinem Auto los. Sagte, dass er ausgehen würde, um ein paar Freunde zu treffen."

„Jack hat keine Freunde.“, platzt Jude heraus.

Frau Taylor schnalzt missbilligend mit der Zunge und er lässt den Kopf sinken und zupft an der Schnürung des Footballs.

„Keine Freunde in der Schule? Oder in der Nachbarschaft?“, fragt Mary sanft.

„Nicht einen einzigen.“, sagt Jude. „Er hängt allein in seinem Zimmer an seinem Computer herum.“

Mit der Stimme, die sie für die schwierigsten Gespräche, wie das Überbringen von schlechten Nachrichten, aufhebt, fragt Mary: „Gibt es irgendeine Chance, dass er weggerannt ist?“

Bei dieser Frage bläht Frau Taylor ihre Nasenflügel auf und hebt ihr Kinn. „Er würde nicht einfach wegrennen. Er ist hier sehr glücklich.“

Jude streckt die Hand nach seiner Mutter aus, doch dann überlegt er sich es anders. Er sieht mir fest in die Augen. „Er hasst es hier.“, sagt er, seine Stimme voller Reue. „Er fühlt sich, als würde er nicht existieren.“

Frau Taylor starrt ihn wütend an, kann ihn jedoch nicht zum Schweigen bringen.

„Sie müssen die Wahrheit wissen.“, murmelt er.

Sie schüttelt den Kopf und sieht die Jesusfigur an der Wand an.

Jude richtet sich auf, und drückt den Football in seinen Händen zusammen, während sein Blick im Raum umherhuscht, unsicher, wohin er sehen oder was er tun soll. Er vermeidet es, seine Mutter anzusehen.

Ich fokussiere mich auf den Gouverneur, ignoriere den stillen Boxkampf der beiden anderen, und hake nach: „Ist irgendetwas ungewöhnliches passiert?“

Er reibt sich den Nacken. „Wir hatten vor ein paar Tagen eine kleine Meinungsverschiedenheit.“

„Ihr hattet einen Streit.“, murmelt Jude.

„Eine Meinungsverschiedenheit.“, beharrt der Gouverneur und verschränkt die Arme. „Jack ist im Abschlussjahr der High School. Er hatte sein VR-Headset auf. Ich sagte-“

„-du hast geschrien.“, unterbricht ihn Jude.

„Jude, es reicht.“, blafft Frau Taylor ihn an. „Lass deinen Vater ausreden.“

Der Gouverneur pausiert einen Moment lang und lässt die Stille anwachsen. „Ich hab ihm *gesagt*, dass er seine Hausaufgaben machen soll. Er widersprach, dass das „Programmieren“, das er in der Virtual Reality machte, besser sei als Hausaufgaben, weil es ihm dabei helfen würde, einen Job zu bekommen und wenn ich ihm *wirklich* helfen wolle, würde ich ihm ein besseres Headset kaufen. Ich erwiderte, dass ich das in Erwägung ziehen würde, wenn er mal echte Freundschaften schließen würde. Er beharrte darauf, dass seine Internetfreunde seine echten Freunde seien.“

„Wir wissen nicht, wer wirklich an diesen Computern sitzt und Jack ist ein verletzliches Kind.“, gibt Frau Taylor zu. Die Art wie sie ihre Nase rümpft, macht deutlich, wie sehr sie es verabscheut, auch nur irgendeine Art persönlicher Information preiszugeben. „Er weiß, dass er anders ist, nicht sehr gesellig, und es zieht ihn manchmal herunter. Er bewältigt das Ganze, indem er in die Internetwelt flieht."

„Bewältigt er diese Schwierigkeiten auch auf andere Weise? Drogen oder Alkohol?", frage ich.

Frau Taylor schüttelt den Kopf und blickt dann auf ihre Armbanduhr.

Es gibt einfach keinen einfachen Weg, diese nächste Frage zu stellen, also mache ich es einfach direkt: „Hat er je damit gedroht, sich selbst zu verletzen?"

„Nein!" sagt Frau Taylor. Dann fügt sie mit leiser Stimme hinzu: „Er würde so etwas nicht tun. Er könnte es nicht tun."

Der Gouverneur rutscht im Sessel herum, als hätte er mehr dazu zu sagen, aber er tut es nicht.

„Hat er irgendetwas mitgenommen?", frage ich.

„Seinen Laptop und sein Handy.", sagt der Gouverneur.

„Haben Sie versucht, ihn mit irgendeiner dieser Trackingapps zu finden?"

Frau Taylor lacht freudlos auf: „Das würde Jack nie mit sich machen lassen. Er ist ein Genie, was Technik angeht, und wir sind alle Technikfeinde. Er deaktiviert die Trackingfunktion für alles, was er macht."

Ich nicke. „Wir brauchen seine Handynummer. Wir können sein Anrufprotokoll über seinen Netzbetreiber erhalten und möglicherweise seinen Aufenthaltsort herausfinden. Haben Sie die Seriennummer des Laptops? Wir können das Gerät möglicherweise auch ausfindig machen."

Der Gouverneur erhebt sich aus seinem Sessel und glättet seine Krawatte. „Ja. Ich dokumentiere all meine Ausgaben in meinen Akten. Ich werde sie für Sie holen."

„Sie können das?", fragt Jude. „Ich meine, das Gerät nur anhand der Seriennummer ausfindig machen?"

Mary lächelt ihn beruhigend an. „Ja, das können wir. Unser Cyberermittler ist der Beste. Wir werden ihn finden."

„Ohne viel Aufhebens.", fügt der Gouverneur mit Nachdruck hinzu. „Sie werden ihn ohne viel Aufhebens finden."

3

JENA

Sonntag, 13 Uhr

Mary und ich arbeiten an dem beschichteten, ovalen Tisch in einem sterilen Konferenzzimmer in der Mitte der Pittsburgh Polizeizentrale, welcher den größten Teil des Raumes einnimmt. Eine festliche, goldene Schleife hängt verkehrt herum von der Zwischendecke. Möglicherweise ein Rest einer Weihnachtsfeier. Oder vielleicht jemandes Versuch, den tristen Raum etwas aufzuhellen. In der Mitte des Tisches stehen eine Industriekaffeekanne, zwei schmutzige Tassen und ein Tablett, auf dem sich hartgekochte Eier und Früchte befinden. Mein Versuch, für ein gesundes Frühstück zu sorgen. Allerdings wird der Geruch langsam ein wenig unangenehm.

Vor einer mit Holzimitat getäfelten Wand erstreckt sich ein Smartboard. Wir haben unsere nächsten Schritte auf der digitalen Schreibfläche zusammengefasst. Aufgrund ihrer sorgfältigen Handschrift hat Mary die Aufgabe des Schreibens übernommen. Meine Handschrift sieht immer noch wie die einer Grundschülerin aus. Noch ist unsere „To-Do"-Liste recht kurz. Wir werden Jacks High School morgen einen Besuch abstatten, wenn sie öffnet und die Klassenkameraden zur Befragung verfügbar sind. Hoffen, dass wir bei Jacks Autokennzeichen einen Treffer erzielen. Uns alle Anrufprotokolle ansehen, wenn sie durchkommen. Wir warten darauf, dass Brian Collins, den Mary zuvor als „den besten“ Cyberermittler bezeichnet hat, den Laptop oder das Handy von Jack ausfindig macht.

„Ich konnte nichts finden, gnädige Frau“, blafft Collins, während er zur Tür hineinstürmt. Keine Begrüßung. Nur Klartext – typisch IT-Menschen. Nur, dass Collins alles andere ist als ein normaler Computerfreak. Er ist ein ehemaliger Marinesoldat mit einem Gesicht wie ein Boxer, der T-Shirts trägt, die viel zu eng und größenmäßig für ein achtjähriges Kind geschneidert sind und spricht jeden als *mein Herr* oder *gnädige Frau* an.

Ich schiebe den Schreibtischstuhl vom Tisch weg. Mary hebt den Blick von ihrer Blume, die sie mit dem Digitalstift gekritzelt hat und die sich jetzt heimlich mit der Handkante „wegwischt“.

„Was meinen Sie mit nichts?“ frage ich mit gepresster Stimme.

Collins schnappt sich die Kaffeekanne und greift sich die schmutzige Tasse mit einem violett-pinken Lippenstiftabdruck am Rand. Er quetscht sich in einen Stuhl und fängt an, sich einzuschenken, doch sein Gesicht nimmt einen enttäuschten Ausdruck an, als keine dunkle Flüssigkeit herausfließt.

„Sie hätten meine schmutzige Tasse benutzt?“ Mary rümpft in gespieltem Ekel die Nase.

„Spare in der Zeit, dann hast du in der Not.“, erwidert Collins, stellt die Kanne zur Seite und schnappt sich ein Ei.

Mary lächelt mit pinken Lippen: „Ist das ein Motto der Marine oder sowas?“

Ich räuspere mich: „Was meinen Sie mit nichts?“

Collins riecht an dem Ei, verzieht das Gesicht und legt es dann auf den Tisch. Er verschränkt seine starken, muskulösen Arme über seiner Brust, mit der er Arnold Schwarzenegger Konkurrenz machen könnte. „Die einzigen Anrufe und Textnachrichten gingen an seine Familie, gnädige Frau. Das letzte Mal, dass sein Handy an einem Mobilfunkmast angepingt hat, war am Samstag, kurz nach 23 Uhr, vier Häuserblöcke von seinem Haus entfernt. Beide Geräte sind entweder ausgeschaltet oder komplett zerstört. Ich habe alle sozialen Medien und jegliche anderen Möglichkeiten nach Internetpräsenz durchforstet. Nichts zu danken. Er ist kaum aktiv in den sozialen Medien, außer auf Instagram, was aber nicht viel heißt, weil er nur zwanzig Accounts folgt und nur dreimal gepostet hat. Nichts von Bedeutung im Netz. Jedenfalls nicht öffentlich und unter seinem richtigen Namen. Wenn sein Laptop eingeschaltet wäre, hätte ich noch sehr viel mehr zu tun. Ich würde keine zwei Sekunden brauchen, um ihn zu knacken und Zugriff auf all seine Seiten zu bekommen. Aber wie schon gesagt, ohne zu wissen, wo ich hacken muss, kann ich nichts finden."

„Na großartig", sage ich und gleichzeitig gibt mein Handy einen Ton von sich. Ich lese die Nachricht mit großen Augen und sehe dann Mary an: „Sie haben Jacks Auto gefunden. Und er ist nicht darin."

Mary legt ihren Digitalstift zur Seite und sagt: „Du fährst."

Blitzschnell sind wir aus der Polizeiwache heraus. Fünf Minuten später steuere ich den Ford Explorer entlang der I-279 Süd. Die Autobahn ist beinahe leer. Typisch für einen Sonntag, es sei denn, ein Spiel findet statt. Wir rasen am Baseballstadion „PNC-Park“ vorbei. Ich habe dieses Stadion öfter von innen gesehen, als ich zugeben möchte, speziell als Mason und ich angefangen haben, einander zu daten. Er ist ein riesiger Fan der Pittsburgh Pirates. Ich beschwere mich nicht. Ich liebe ein gutes Baseballspiel, aber ich spiele lieber selbst. Das Beste daran, ein Spiel der Pirates zu sehen, sind die Nachos.

Die Bars und Pubs der Umgebung verschwinden in der Ferne, als wir die Fort Duquesne Brücke überqueren. Wir kommen um kurz nach 13:30 am Point State Park an, wo die 46-Meter-hohe Fontäne des Springbrunnens majestätisch in der Ferne hochschießt.

Ein unterirdischer Fußweg führt uns zu einem Dreieck aus üppigem Grün, wo sich der Allegheny River und der Monongahela River zum Ohio River vereinigen. Einige Menschen schlendern auf dem Gras umher. Familien gehen spazieren. Kinder spielen Fangen. Pärchen faulenzen auf Picknickdecken. Manche Leute wagen sich näher ans Ufer heran und steigen die Stufen herunter, um ihre Füße einzutauchen. Jeder genießt mitten am Nachmittag eine Pause voll Sonnenschein. Einschließlich der hoffnungsvollen Möwen, die auf der Suche nach einer einfachen Mahlzeit über alle hinweggleiten. Idyllisch. Nur so kann man diese Szenerie beschreiben. Ein starker Kontrast zu dem Parkplatz, auf dem einige Polizeibeamte einen kleinen Teil des Asphalts mit Polizeiband abgesperrt haben.

Ich parke den Ford Explorer einige Meter neben einem orangen Verkehrshütchen und springe aus dem Auto, während Mary es mir gleichtut. Ich zeige dem am nächsten stehenden Beamten meine

Dienstmarke und er winkt uns durch. Amanda Anders, die Kriminaltechnikerin, fotografiert das Auto. Ein burgunderroter Honda Civic, vielleicht ein paar Jahre alt. Eine nette, respektable Karre. Anders sieht von ihrer Kamera auf. Über einem T-Shirt aus Elasthan trägt sie eine Motorradjacke, ihr Haar ist in der Mitte gescheitelt und an jeder Seite ihres Kopfes zu einem Haarknoten gebunden, die sie *power puffs* nennt.

„Ich bin noch nicht lange hier“, sagt Anders, während sie ein Foto nach dem anderen macht. „Sieht verlassen aus. Innen haben wir Blut gefunden.“

Das Fenster auf der Fahrerseite ist beinahe ganz runtergelassen. Während ich ein Paar Nitrilhandschuhe aus meiner Tasche ziehe, trete ich näher. Die gepuderten Innenseiten der Handschuhe fühlen sich auf meiner Haut trocken an.

Ich finde das Blut an der Armlehne auf der Fahrerseite. Und noch mehr entlang der linken Sitzkante, dem Lenkrad und der Fußmatte.

„Passive Tropfen.“, sage ich.

Mary steht neben mir und reckt den Hals. „Sieht aus wie von einer Stichwunde.“, bestätigt sie.

„Wenn ich mir das Muster so ansehe, sind es zwei Wunden.“ Ich beiße mir auf die Lippe und zupfe am Finger eines Handschuhs, während ich mir den Spritzer genauer ansehe. „Wir haben auch Blutübertragungsstreifen. Als wäre er aus dem Auto gezerrt worden.“ Ich trete zurück und suche den Asphalt ab. „Kein Blut auf dem Boden. Wurde wahrscheinlich getragen. Die Wunde könnte von den Stacheln eines Elektroschockers stammen, die entweder steckengeblieben sind, oder zu tief in der Haut waren."

„Das macht schon mehr Sinn als ein doppelter Angelhaken, den er ins Gesicht bekommen haben könnte." Marys schwungvolles Verhalten legt sich, als sie sich der Bedeutung bewusst wird. „Ein schiefgelaufenes Treffen also. Armer Kerl. Er hat es zuhause und in der Schule schon schwer gehabt und jetzt das."

„Ja."

Dieser ungeschickte Teenager könnte jetzt tot sein, oder sogar schlimmeres. Mein Daumen streicht über die Narbe unter meinem Kinn. Der Kommentar über den Fischhaken ist Auslöser dafür. Das ging mir etwas zu nahe. Wenn jemand fragt, witzele ich, dass die Narbe ein Überbleibsel eines töricht platzierten Piercings sei und sage nie die Wahrheit. Dass ich sie selbst mit der Spitze eines Skalpells verursacht habe, als mich die Erinnerung an das enttäuschte Gesicht meines Vaters verfolgte, das er zog, als ich ihm sagte, dass ich es nicht an die medizinische Hochschule geschafft hatte. Dass ich stattdessen Polizistin werde würde. Das ist etwas, das Jack und ich gemeinsam haben: zu wissen, dass man in seiner eigenen Familie unerwünscht ist.

Ich nehme meine Hand von meiner Kehle weg, sehe auf und schütze meine Augen vor der Sonne, während ich die Gegend absuche. „Eine Entführung macht bei der Auswahl dieses Ortes Sinn. Keine Videoüberwachung in der Nähe. Aber wer auch immer ihn entführt hat, wollte ihn lebend. Jedenfalls fürs Erste." Ich blicke wieder hinunter und erhasche einen Blick auf Anders, die ein wenig abseits steht und geduldig mit dem Fingerabdruckpulver in der Hand wartet. „Tut mir leid, wir lassen Sie Ihren Job zu Ende bringen.“

Anders stürzt schnell herbei und pudert den Innenbereich ab. Überall sind Abdrücke zu sehen, aber ich wette, sie gehören alle Jack.

„Ist das ein Handy?“

Mary deutet zwischen den Sitz und die Mittelkonsole. Anders fischt es heraus und hält es mit spitzen Fingern hoch. Es ist komplett zertrümmert. Der Bildschirm gleicht einem Spinnennetz und die Adapter wurden vernichtet. „Die SIM-Karte fehlt.“

„Na großartig.“, murmele ich und lasse die Schultern hängen. Das bedeutet, es gibt keine Möglichkeit herauszufinden, ob er vor seinem Verschwinden irgendjemandem in einer App eine Nachricht gesendet hat.

„Ich schicke es an Collins.“, sagt Anders und tütet das Handy ein. „Nur für den Fall.“

„Ooh ja.“, stimmt Mary zu. „Ich bin mir sicher, Collins kann es reparieren.“

Ich will gerade antworten, als mein Handy eine eingehende Nachricht meldet. „Sie haben Jacks Laptop gefunden. Naja, einen Teil davon. Die Festplatte. Ohne das Gehäuse. Sie haben sie zwischen den Felsen in der Nähe des Springbrunnens gefunden. Aber sie ist komplett durchnässt.“

Marys Augen funkeln trotz meiner düsteren Neuigkeit voller Möglichkeiten. „Collins kann sie in einen Beutel voll Reis oder sowas stecken, um sie trocknen. Stimmt's?“ Mary. Immer optimistisch.

„Klar doch. Oder einen Föhn nutzen.“

Mary zieht eine Augenbraue hoch.

„Oder das Schuhregal im Trockenraum.“

„Du machst dich doch über mich lustig.“

„Vielleicht kann Collins es trockenpusten.“

Ich schreibe schnell eine Antwort, bevor ich zu Mary zurück sehe. „Ich lasse es jetzt dorthin schicken. Lass uns hoffen, dass Collins ein Wunder vollbringen kann.“

4

JACK

Sonntag, 22:30

Jack friert. Zittert am ganzen Körper. Zähne klappern. Haut prickelt mit einem dumpfen Schmerz, der an seiner Schädelbasis pocht. Seine Zunge ist schwer. Sein Mund wattig und trocken. Seine Muskeln zucken und ein roher Schmerz strahlt von einem Punkt aus, den er nicht ganz lokalisieren kann. Eine Welle der Übelkeit überkommt ihn und vermischt sich mit einem Gefühl der Hilflosigkeit, von dem sich ihm der Magen umdreht. Als wäre er ein wehrloses Opfer.

Er versucht, sich zu konzentrieren, ihm ist schwindelig. Er kann seine Augen nicht öffnen. Aber er horcht. Schritte. Sie schlurfen auf ihn zu.

Er kommt mich holen.

Die Nachricht, die er in seiner Chat App bekommen hat, blitzt in seinem Gedächtnis auf: „Wollen wir uns in echt treffen?"

Der Parkplatz. Behandschuhte Knöchel, die an Jacks Autofenster klopfen. Sein Internetfreund erschien; er trug ein Schlauchtuch mit Skelettaufdruck und eine Sonnenbrille. Eine Geheimidentität, sagte er. Er könne nicht riskieren, dass seine Streamer wüssten, wer er sei. Er würde nie wieder ein normales Leben führen können, immer belagert werden. Seine wahre Identität würde er nur Jack allein zeigen. Unter vier Augen.

Jack war so aufgeregt.

Als er sein Fenster herunterkurbelte, schoss das Skelett mit einem Elektroschocker auf ihn. Stachel bohrten sich in sein Gesicht. Einer in seine Wange, der andere direkt über dem Auge. Blut tropfte herab, bevor sein Gehirn anfing zu beben, wie ein Stein in einem Gefäß. Bienen schwirrten unter seiner Haut.

Und jetzt…

Er wird mich töten.

In seinem Gesicht flammt Schmerz auf. Ein Geschmack wie nach saurer Milch rinnt hinten in seiner Kehle. Warum kann er nicht aufhören, zu zittern? Kalt. So kalt. Halt still. Lass ihn nicht wissen, dass du wach bist.

Druck. Auf seinem rechten Auge. Ein Finger zieht sein Augenlid auf.

Über ihm steht, unscharf und verschwommen, das Skelett. Keine Augen. Die Tönung der Sonnenbrille ist so dunkel.

„Guten Morgen Prinzessin." Die Stimme des Skeletts ist verzerrt. *„Dachte schon du wachst nie auf. Hab dir nach dem Elektroschock einen kleinen Betäubungsmittelcocktail verpasst. Konnte nicht riskieren, dass du aufwachst, bevor wir einsatzbereit sind. Aber verdammt, ich bin kein Anästhesist. Dacht schon, ich hätte dir eine Überdosis verpasst. Das wäre kein guter Anfang gewesen. Aber man muss Risiken eingehen, wenn man das Spiel gewinnen will. Stimmt's?"*

Das Skelett lässt sein Auge los. Jack blinzelt und starrt hinauf an eine industrielle Decke, unfähig sich zu bewegen. Außer dem Zittern. Das Skelett berührt die Wunde an seiner Wange. Jack gluckst und wartet darauf, dass er fester drückt, wartet auf den weißglühenden Schmerzensstich. Aber Skelett lässt seinen Finger nur leicht dort liegen. Nicht einmal genügend Kraft, um ihn zu berühren, trotz des Zitterns, das durch Jacks Körper geht.

„Hör gut zu. Ich sag das nur einmal. Du bist eine Geisel, verstanden?“

Jack versucht, zu nicken, kann aber nur ächzen.

„Gut. Ich mag dich, Jack. Ehrlich. Wir hatten ein paar solide Gespräche, stimmt's? Ich will dir nicht wehtun. Aber ich werde, wenn du nicht tust, was ich sage. Verstanden? Befolge die Spielregeln und du kommst in einem Stück nach Hause zurück.“

Jack ächzt zur Antwort.

„Ich nehme das als ja. Aber ich bin noch nicht für dich bereit.“ Skelett nimmt seine Hand weg. *„Das wird ein bisschen weh tun.“*

Und dann flammt brennende Hitze in Jacks Hand auf und durchflutet seinen linken Arm, während sein Verstand schreit. Panik breitet sich in ihm aus, als er in Ohnmacht fällt.

Als er wieder zu sich kommt, wird er von denselben kalten Zitteranfällen geplagt. Die abklingende Anästhesie. Wie damals, als er seine Weisheitszähne entfernt bekommen hat. Jetzt versteht er. Er weiß nicht, wie viel Zeit vergangen ist. Er versucht, sich zu orientieren, aber die Entsetzensschreie in seinem Kopf wollen einfach nicht aufhören, sein Herz schlägt so wild, dass er sich sicher ist, einen Herzanfall zu erleiden.

Er schluckt und versucht, seinen Atem unter Kontrolle zu bringen, sodass er hören kann. Das Summen von Statik dringt an seine Ohren. Von weiter weg hört er schlurfende Schritte. Der fettige Geruch von Pizza lässt seinen Magen umdrehen. Er schluckt die Galle herunter.

Er liegt nicht mehr auf dem Boden. Jetzt ist er aufrecht. Als ob er hängen würde. Schweiß steht ihm auf der Stirn, tropft aber nicht in seine Augen.

Schließlich öffnet er seine Augen. In Dunkelheit. Er blinzelt. Verbundene Augen? Nein, etwas anderes. Er kann nichts sehen. *Warum kann er nichts sehen?*

Er hört Schreie, die in dem Raum widerhallen. Dann realisiert er, dass es seine eigenen sind.

Kaltes Metall berührt sein nacktes Gesäß. Ein weißer Blitz blendet ihn. Sein Körper krampft, ein lautes Summen schießt durch seinen Kopf. Brustkorb, Arme, Beine – alles krampft. Sein ganzer Körper kribbelt, als ob Nadeln durch seine Blutbahnen geschoben würden.

Und dann hört es auf.

„Hör mit dem Geschrei auf.", dringt die verzerrte Stimme des Skeletts an sein Ohr. *„Das war ein kleiner Schock. Das nächste Mal, wenn du die Regeln brichst, wird es länger dauern."*

Jack schluckt schwer, Schreie verwandeln sich in Schluchzer. Tränen rinnen seine Wangen herab und sammeln sich, bevor sie auf sein Kinn treffen. Er trägt eine Maske. Und Ohrenschützer. Was zur Hölle geht hier vor?

Vor ihm materialisiert ein dunkles Zimmer. Ein Fenster. Eine geschlossene Tür unter der ein schwaches Glühen hervorscheint. Nicht vollkommen. Nicht *definiert.* Digital? Ein VR-Headset? Muss es sein. Er kann die Konturen einer Brille um seine Augen herum und über seiner Nasenwurzel wahrnehmen.

„Das ist mein Zimmer.“, sagt er.

Zumindest eine Nachbildung davon. Aber er schläft nie im Dunkeln. Lichter an, immer. Das ist seine Kuscheldecke. Und er lässt die Schlafzimmertür weit offen.

Das Zimmer krümmt sich, Dunkelheit schlittert über Dunkelheit, kriecht aus den Ecken, lebend, sich sammelnd und von der Wand abblätternd.

Er springt zurück, bewegt sich merkwürdig schwebend, die Schwerkraft zu niedrig. Als ob das Zimmer an ihm vorbei schwebt. Und er sich überhaupt nicht bewegt hat.

Eine Gestalt erstarrt im Raum. Eine gewaltige Silhouette aus wogender Dunkelheit, die immer größer wird und sich auf ihn zu bewegt.

„Ich hab das für dich gemacht. Gefällt es dir?“ Es ist die verzerrte Stimme des Skeletts, die aus dem Inneren der schwarzen Masse dringt.

Jacks Körper zittert. Er will nicht hier sein, mit diesem überdimensionalen Ölteppich. Gar nicht. Er bricht in Angstschweiß aus und huscht noch einen Schritt zurück. Er muss hier raus. Er tastet seine Brust ab und versucht, abzureißen, was auch immer ihn festhält, aber seine leeren Hände fühlen sich voll an.

„Tief durchatmen, Jack.“, sagt das Schattenmonster. *„Tief durchatmen. Warum entspannst du dich nicht und siehst dich ein wenig um?“*

Er erinnert sich an den Stromschlag und erstarrt. Er muss tun, was der Skelettschatten ihm sagt, wenn er keine Schmerzen erleiden will.

Das Zimmer sieht aus wie seines. Die gleiche Bettdecke mit den schwarz-weißen Grafik-Eulen. Ecktisch mit seinem Gaming-Stuhl. Aber an der Wand hängt ein Ganzkörperspiegel. In seinem Zimmer gibt es keinen Spiegel.

Er gleitet näher an den Spiegel heran, die Bewegung fühlt sich befremdlich an, als er vor das Glas gleitet und sich dreht, um sein Spiegelbild zu sehen. Er wird mit einem grotesken Spiegelbild konfrontiert. Dünne Gliedmaßen und ein langgestreckter Körper. Ausgemergelt. Skelettartig. Verzerrt.

Nicht er. Das kann nicht sein.

„Hilfe!“, schreit er. „Bitte hilf mir doch jemand!“

Jack blickt auf seinen gespenstischen Körper hinab. „Das bin nicht ich.“ Er dreht seinen Kopf ruckartig herum, aber das Zimmer ist überall. Kein Entkommen. Das Headset auf seinem Gesicht ist so schwer. Sein Herz schlägt wie eine Kolbenflöte, die seine Kehle auf und ab gleitet. Und was noch schlimmer ist: er hat den Schatten aus den Augen verloren.

„Schatten?“

Das dunkle Monster materialisiert aus der Wand.

Jack schwebt von ihm weg und landet direkt vor einem verdunkelten Fenster, von dem aus man Pittsburgh überblicken kann. Das ist nicht die Aussicht aus seinem Zimmer.

„Was willst du von mir?“, sprudelt es aus Jack hervor. „Ist das -“

„*- Ein Spiel.*“, beendet der Schatten seinen Satz. „*Und wie in jedem Spiel gibt es Regeln.*“

Jack hält ganz still, hört seine flache Atmung und das Blut, das in seinen Ohren rauscht.

„*Ich muss deinem lieben, alten Vati eine Nachricht zukommen lassen, hast du verstanden?*“

Jack nickt, sein Kopf ist zu schwer, sein Körper zu leicht. „Ja.“, erwidert er heiser, während ihm ein Schauer über den Rücken läuft.

Die verzerrte Stimme fährt fort: „*Es ist ganz einfach. Neun Tage. Neun Spiele.*“

Neun Tage? Aber Jack hat morgen eine Geschichtsprüfung und hat das ganze Wochenende dafür gelernt. Es ist dumm, sich in dieser Situation ausgerechnet darum Sorgen zu machen, aber er kann nicht anders.

„*Jedes Mal, wenn du gewinnst, erhält dein Vater eine Nachricht von mir. Wenn dein Vater auf die Nachricht antwortet und tut, was ich sage, bist du frei.*“

Jack schluckt schwer. „Und wenn er nicht tut, was du sagst?“

„*Spielen wir weiter.*“

Jacks Mund wird trocken, seine Zunge schwer. „Und wenn er am Ende der neun Tage nicht antwortet?"

„Dann endet das Spiel."

Jacks Herz schlägt hart gegen seine Rippen, es fühlt sich an, wie wenn jemand gegen einen Boxsack schlägt. „TPK? Total Player Kill?", flüstert Jack, doch der Schatten schweigt. „Was auch immer du von ihm willst, du wirst es nicht bekommen."

„Du solltest lieber hoffen, dass ich es bekomme."

„Er schert sich einen Scheißdreck um mich. Er wird mich einfach sterben lassen. Meine Mutter auch. Jude nicht. Aber was kann Jude schon ausrichten? Er ist erst fünfzehn. Nichts. Das ist es. Ich werde hier sterben." Jack weint jetzt heftig.

„Das werden wir wohl herausfinden müssen."

Der Druck von Metall an seinem Hintern lässt ihn mit dem Heulen aufhören.

„Keine Schocks.", flüstert er mit angespannter Stimme. „Bitte. Ich werde brav sein."

„Oh, ich weiß, dass du das wirst." Der Schatten räuspert sich, das Geräusch ist von Statik und Hall durchzogen. *„Erstes Spiel."*

Das Zimmer um Jack herum verändert sich. Er steht jetzt am Bug eines majestätischen Segelschiffs. Ein Mast ragt hinter ihm auf und ein Segel wiegt sich im Wind. Vor ihm befindet sich eine schwenkbare Harpunenkanone. Unter seinen Füßen sind alte, knorrige Holzplanken. Ein klarer, blauer Himmel erstreckt sich über ihm. Der Ozean umgibt sie von allen Seiten, bis er in der Ferne verschwindet. Überall tauchen Wale auf und wieder unter und verursachen gewaltige Spritzer. Ein atmosphärisches Seemannslied spielt leise im Hintergrund; ein instrumentales Lied mit einer Fiedel und einem Schifferklavier.

„Erschieß den goldenen Wal.", befiehlt der Schatten.

Jack findet ihn sofort. Das Glitzern von Gold im Sonnenlicht. Er schwimmt ganz in der Nähe und bewegt sich langsam. Wenn er bei klarem Verstand wäre, wäre das hier einfach. Er hat nicht für vieles ein Talent, aber er ist ein Virtuose in VR-Spielen. Er schwebt nach vorne, umgreift den Abzug der Harpune und zielt. Seine Hände zittern, sein Atem geht abgehackt. *Reiß dich zusammen.*

„Du hast zwei Minuten.", erklärt der Schatten. *„Und falls du die gegenwärtige Abwesenheit von lähmendem Schmerz genießt, schieß nicht daneben."*

Jack beißt die Zähne zusammen und unterdrückt einen Schrei.

„Deine Zeit läuft...jetzt!"

Jack kneift die Augen zusammen, überprüft die Ausrichtung der Harpunenkanone und lässt den Speer losfliegen. Die Harpune sinkt in den goldenen Wal und Jack atmet aus, erleichtert darüber, dass seine Fähigkeiten ihn nicht verlassen hatten.

Volltreffer.

Pittsburgh Post-Gazette
Montag, 15. Mai

Leviticus-Mörder schlägt wieder zu
von Matt Burkhart

Die Leiche des Laien-Wrestlers Dante Inferno wurde neben den mit Blättern bedeckten Bahngleisen des längst verlassenen Dorfes Seldom Seen im Pittsburgh-Viertel Beechwood gefunden. Todesursache war laut dem Bericht des Gerichtsmediziners stumpfe Gewalteinwirkung auf den Schädel. Dante wurde 32 Jahre alt.

Dantes Tod trat unter ähnlichen Umständen ein, wie der des Schauspielers Michael O'Neill, dessen Leiche letzten Monat gefunden wurde. Dante war bis zu seiner Brust in der Erde eingegraben und von einem Haufen blutbeschmierter, Baseball-großer Steine umgeben. Als er ausgegraben wurde, fand man auch in seiner Hand einen Edelstein. Dieses Mal handelte es sich dabei um einen Smaragd. Es ist wahrscheinlich, dass die Juwelen die Geburtssteine des jeweiligen Monats darstellen, in welchem der Mord stattfand, jedoch sind sie nicht die Geburtssteine der Opfer, denn Michael wurde im Juli geboren und Dante im Januar. Angesichts der Methode der Steinigung, die der Mörder für die tödlichen Hinrichtungen ausgewählt hat, steht der Name *„Leviticus-Mörder"* in den sozialen Medien im Trend. Die Polizei Pittsburgh gab keinen Kommentar ab, jedoch hoffen wir, dass sie den Mörder lieber heute als morgen finden und ihn seiner gerechten Strafe zuführen.

Dante hatte eine schillernde Karriere als Wrestler. Liebevoll „Großmaul" genannt, war

Dante dafür bekannt, sich opulent zu kleiden und ein Frauenheld zu sein. Seine Reihe von Affären und außerehelichen Eskapaden gelangten letztes Jahr im Frühling an die Öffentlichkeit, als explizite Bilder an die Zeitschrift *Hush Hush* verkauft wurden. Gloria-Jean, mit der er seit zwei Jahren verheiratet war, beging drei Wochen später Suizid.

451 Kommentare KOMMENTAR HINZUFÜGEN Filtern nach: NEUESTE

Diese Diskussion wird nach den Regeln der Post-Gazette moderiert. Bitte ***lies die Regeln durch****, bevor du der Diskussion beitrittst. Im Falle technischer Probleme, bitte* ***kontaktiere unser Kundenservice-Team****.*

T-BONE
Großmaul!!!
Montag, 15. Mai 2017 um 11:22

Ken
Ich besitze eine seiner kristallbesetzten Roben. Hab sie bei einer Auktion billig erstanden. Vielleicht wird sie jetzt mehr wert sein!
Montag, 15. Mai 2017 um 11:23

T-Bone
Zeig mal Respekt. Die Leiche ist noch warm.
Montag, 15. Mai 2017 um 11:25

Ken
Schreib mir eine Privatnachricht, wenn du Interesse hast!
Montag, 15. Mai 2017 um 11:28
T-Bone
Ok. Nachricht geschickt.

Montag, 15. Mai 2017 um 11:33

Muffin69

Meine beste Freundin und ich haben beide mit ihm geschlafen. Gleichzeitig.

Montag, 15. Mai 2017 um 11:27

Ken

Schreib mir bitte auch eine Privatnachricht.

Montag, 15. Mai 2017 um 11:29

Dangerfield

Der Ballknebel und die Oma-Schlüpfer haben Gloria in den Wahnsinn getrieben.

Montag, 15. Mai 2017 um 11:35

CriticalBean

Sind denn alle hier in den Kommentaren Arschlöcher?

Montag, 15. Mai 2017 um 11:37

LuvTrueCrime

Wenigstens hat Dahmer gegessen, was er getötet hat!

Montag, 15. Mai 2017 um 11:41

CriticalBean

Jap. Alle.

Montag, 15. Mai 2017 um 11:42

RockStarGamer

Der Leviticus Mörder weiß definitiv, wie man ein Statement macht. Das bringt ein ganz neues Level an schlechtem Ruf ins Spiel. Was ein absolutes Ass!

Montag, 15. Mai 2017 um 11:46

MEHR ANZEIGEN

5

JENA

Montag, 7:45

Die Warteschlange vor dem Drive-In des Coffee-Shops zieht sich aus dem Parkplatz

hinaus bis auf die Straße. Mary hat sich bereit erklärt, in den Laden zu gehen, um unseren Kaffee schneller zu beschaffen, also sitze ich im Ford Explorer am Handy und sehe mir die alte Nachrichtenmeldung noch einmal an, während ich warte. Ich tippe auf den Bildschirm und das Video startet. Die Kamera zoomt an einen großen Raum mit fluoreszierenden Lichtern heran, die sich über eine Zwischendecke hinweg erstrecken und auf einen hässlichen Boden bestehend aus übergroßen Linoleum-Fliesen in Beige, Weiß, Jadegrün und Burgunderrot. Wände aus Betonziegeln sind in gegensätzlichen Farben gestrichen; die obere Hälfte ist eierschalenfarben, die untere Hälfte ist schlachtschiffgrau. Die Worte *Pittsburghs Action News 4* schweben in einem blauen Rechteck in der rechten, unteren Ecke während in der linken, oberen Ecke *SCI Fayette* steht.

Reihen von Gefängnisinsassen sitzen in burgunderroten Stühlen, die aus einem einzelnen Stück geschmolzenen Plastiks bestehen. Sie tragen farblich passende, burgunderrote Overalls, auf deren Rücken in großen, weißen Buchstaben „D.O.C.“ gestempelt ist. Sie sehen alle in gespannter Aufmerksamkeit zu einem Mann hoch, der in einer aus Holzimitat bestehenden Kanzel steht. Silas Halvard. Über 1,82 Meter groß, jedoch schlank, und sein mittelbraunes Haar formt zwei perfekte Bögen. Er hält ein kabelloses Mikrofon in seinen gefesselten Händen, an seiner linken Hand fehlt der Ringfinger. Aus dieser Perspektive kann man die Fußschellen nicht sehen. Sie sind von der Kanzel verdeckt. So sehr ich es auch bestreiten möchte, muss ich zugeben, dass Silas umwerfend gut aussieht: ein starker Kontrast zu der Leere seiner Augen. Diese sturmblauen Augen lösen jedes Mal eine Gänsehaut auf meinen Armen aus.

Ich war hinten auf dem Feld in Windgap, als ich die Leiche gefunden habe. Joseph Burton, ein Name, der sich in mein Gedächtnis eingebrannt hat. Ein Mann mit feuerroten Haaren, der bis zur Brust im Boden vergraben war. Zerschmetterte Vorderzähne. Ströme aus getrocknetem Blut fließen aus den Ecken seines Mundes zu seinem Kinn. Der Kopf ist zurückgerissen. Der Mund weit geöffnet, als ob er schreien würde, dass er von diesem Horror verschont bleibe. Das Gesicht verunstaltet durch lila, orange und gelbe Blutergüsse unter mehr Flecken aus getrocknetem Blut. Die rechte Wange brutal eingeschlagen. Die Kopfhaut teilweise abgerissen.

Auf dem Handybildschirm bewegen sich Silas‘ Lippen. Zweifellos eine leidenschaftliche Rede. Ich stelle mir den Hauch des Dialekts aus New Orleans vor, den er so verzweifelt mit Würze in seinen Worten zu überdecken versucht. Doch alles, was ich hören kann, ist der Begleitkommentar des Journalisten.

„Die Mordserie des Leviticus-Mörders erschütterte Pittsburgh bis ins stählerne Mark. Elf männliche Opfer. Alle über einen Zeitraum von elf Monaten hinweg bis zur Brust im Boden vergraben und zu Tode gesteinigt. Die brutalen Morde wurden begangen, indem faustgroße Steine nach den Opfern geworfen wurden, bis sie an stumpfer Gewalteinwirkung starben. Die Tatorte sollen so grauenhaft ausgesehen haben, dass selbst erfahrene Beamte wegtreten mussten.

Obwohl Silas Halvard nur eines Mordes schuldig befunden wurde, und es keine Beweise gibt, dass er an den anderen zehn Schuld haben könnte, sind viele der Meinung, dass der Professor für Bibelstudien der Leviticus-Mörder sei. Und dass er mit einer Serie an abscheulichen Taten davonkam, und „Sünder" als Teil irgendeines biblischen Werkes tötete. Wieder andere bezeichnen ihn als Nachahmungstäter. Und dann gibt es diejenigen, die der Überzeugung sind, dass das Gericht einen unschuldigen Mann verurteilt hat. Was auch immer die Wahrheit ist, Silas hat Trost in der Religion gefunden und hält für seine Mitinsassen motivierende Reden."

Das Video wird geschnitten, und zeigt den musikalischen Hintergrund für Silas. Eine Frau mittleren Alters, die ein altes Keyboard spielt. Ein langhaariger Mann, der auf einer smaragdgrünen E-Gitarre klimpert.

„Und seine Botschaft wird über die Gefängniswände hinaus gehen. Die Gefängnisse Pennsylvanias und der Parole Podcast werden jeden Sonntag Sonderfolgen von Silas' Reden übertragen.

Auch die regelmäßigen Spenden, die von gewöhnlichen Bürgern in Massen gegeben werden, um die erste Kapelle des SCI Fayette zu bauen, werden Silas zugeschrieben. Silas hat es seit seiner Verhaftung durch Detective Jena Campbell der Polizei Pittsburgh weit gebracht -"

Die Beifahrertür des Ford Explorers schwingt auf und das Aroma von Kaffee strömt herein. Ich schließe das Video schnell. Mary kommt dem Geruch hinterher ins Auto und hält ein Tablett mit zwei Pappbechern in den Händen. Ihre Augenbrauen sind beinahe bis zum Haaransatz hochgezogen. Sie hat das Video gesehen.

Sie stellt die Kaffeebecher in die Getränkehalter der Mittelkonsole und stopft das Tablett neben die Seite ihres Sitzes. „Nicht schon wieder das Video. Du musst damit aufhören, dir diesen Blödsinn anzusehen. Es ist ungesund."

Ich sitze beschützend gebückt über dem Handy. „In zehn Tagen ist es fünf Jahre her."

Mary legt beruhigend eine Hand auf mein Bein. „Ja. Fünf Jahre, seit du einen unglaublich gefährlichen Mann hinter Gitter gebracht hast. Du solltest stolz sein."

Nichts am heutigen Tag verdient auch nur einen Funken Stolz. Ich schmeiße das Handy auf das Armaturenbrett und seufze.

Ich hab das Monster nicht hinter Gitter gebracht, damit er all diese Narren mit seinem Charme hereinlegen kann. Seine Anhänger sind der Meinung, er wurde fälschlicherweise verurteilt. Das, oder sie denken, er habe nur *einen* Mord begangen und sei jetzt geläutert, friedlich. Aber ich nehme ihm dieses geläuterte Getue nicht für eine Sekunde ab. Ich will nur herausfinden, was für ein Spiel er spielt. Welche Geheimoperationen er möglicherweise von innen heraus leitet.

Mein Handy leuchtet auf, also schnappe ich es mir. Eine Nachricht von Collins.

„Was? Es ist schlecht, nicht wahr?"

„Eher enttäuschend. Collins konnte nichts von Jacks Laptop oder Handy wiederherstellen."

Mary tätschelt mein Knie. „An die Arbeit, was?"

Obwohl ich es nicht ertragen kann, nehme ich einen Schluck von meinem Kaffee und verbrenne mir die Zunge. Nach einem weiteren heißen Schluck fahre ich aus dem Parkplatz heraus und in Richtung von Jacks High School.

Zehn Minuten später erwacht das Funkgerät zur Zentrale zum Leben.

„20?" Der Disponent blafft meine Dienstmarkennummer.

„Ja, ich höre." Das Funkgerät gibt ein elektronisches Piepsen von sich, als ich die Sendetaste loslasse.

„Ein Code 187 bei der Adresse 158 North Drive. Der Anrufer hat das Mordopfer in einem Whirlpool gefunden. Keine Verdächtigen vor Ort. Ihr seid die am nächsten befindliche Einheit."

Mein Herz setzt einen Schlag aus. *Lass es bitte nicht Jack sein*, flehe ich stumm. Es darf nicht er sein.

„Ist das Opfer jung? Männlich?"

Aus dem Funkgerät dringt nur Statik, aber dann antwortet der Disponent: *„Weiblich."*

Ich stoße einen angehaltenen Atemzug mit einer Mischung aus Schuld und Wut aus. Erleichterung darüber, dass es nicht Jack ist. Wütend darüber, dass in meiner Stadt noch ein weiterer Mord stattgefunden hat. „Verstanden. Wir sind auf dem Weg."

„North Drive. Das ist in der Nähe.", sagt Mary, als ich eine 180-Grad-Wende vollziehe.

Aktennotizen - Montag, 16. Oktober 2017
Detective J. Campbell

ERSTINFORMATIONEN ZUM TATORT

Am Montag, den 16. Oktober 2017 um ca. 6:30, traf Garth Raycroft, ein Hausmeister, an der Brashear High School in der Crane Avenue 590 ein, um das Gebäude aufzuschließen und seine Schicht zu beginnen. Das Gebäude war über das Wochenende geschlossen gewesen und es war kein Reinigungspersonal vor Ort, da das Gebäude am Freitagabend, den 13. Oktober desinfiziert wurde. Als er sein Auto parkte, sah Raycroft eine Leiche im hinteren Feld, welche bis zur Brustmitte in der Sandgrube vergraben war, welche für Lauf- und Sprungwettbewerbe genutzt wird. Er wählte die Notrufnummer 911, um die Behörden zu alarmieren.

Der Verstorbene wurde von dem Ersthelfer-Officer Tom Dale als männlich identifiziert, vollkommen bekleidet, von mittlerer Statur und mit dunklem Haar. Das Opfer wies heftige Prellungen und blutende Wunden auf. Er hatte schwere Schädelverletzungen. Ein Bruch des linken Hinterhauptbeins. Die rechte Kieferhälfte ausgekugelt. Blutgetränkter Sand unterhalb des Kopf- und Nackenbereichs weist auf starke Blutungen hin. Der Verstorbene war von einem Haufen blutbeschmierter Steine umgeben. Scheint 8-20 Stunden vor der Entdeckung verstorben zu sein. Vollkommene Leichenstarre. Als man die Leiche ausgrub, fand man die Hände geschlossen, die rechte umklammerte einen Beryll-Edelstein.

Das Opfer trägt ein Arbeiterhemd. Keinen Schmuck. Keine Waffen gefunden. Das Opfer wurde aus der Sandgrube entfernt und zu dem

Gerichtsmediziner von Allegheny transportiert, um eine Autopsie vornehmen zu können.

INFORMATIONEN DES GERICHTSMEDIZINERS

ICH, Rowan O'Reilly habe den Verstorbenen als Leslie George, 44 Jahre alt, identifiziert. Als Todesursache wurde stumpfe Gewalteinwirkung auf den Schädel angegeben.

UNTERSUCHUNGSNOTIZEN

Leslie George ist in den letzten sieben Monaten das siebte Steinigungsopfer im Landkreis Allegheny. Er wurde schon zuvor aufgrund von sexuellem Kindesmissbrauch verurteilt und war ein registrierter Sexualstraftäter.

Alle Opfer waren wahrscheinlich an Sexualstraftaten und/oder mehrfachem Ehebruch beteiligt.

Die gefundenen Edelsteine in chronologischer Reihenfolge: Diamant, Smaragd, Achat, Türkis, Karneol, Chrysolith, Beryll.

Während die Steinigungen höchstwahrscheinlich mit religiöser Ideologie in Verbindung stehen, ist die Bedeutung der Edelsteine nach wie vor unklar.

NÄCHSTE SCHRITTE

Collins wird die Suche nach irgendeiner Erwähnung oder Beschaffung der sieben Edelsteine fortsetzen.

Ein Experte wird konsultiert, um mögliche biblische Bedeutung der Verbrechen herauszufinden.

~~Fr. Ian Dorman, Priester, St. Marcy of Mercy Kirche~~ (befragt)

Abdullah Abbas, Imam, al-Masjid al-Alwaal Moschee (befragt)

Silas Halvard, Professor für Bibelstudien, Geneva Universität (bisher noch keinen Rückruf erhalten)

6

JENA

Montag, 8:06

Wir kommen in Nullkommanichts am Haus an. Es befindet sich am Ostende Pittsburghs, wo durchschnittliche Kolonialhäuser mit kinderfreundlichen Hinterhöfen beinahe das ganze Viertel Stanton Heights ausmachen. Dieses Haus ist doppelstöckig. Gut gepflegte Gartenlandschaft übersät mit Herzblattlilien und einem japanischen Fächerahorn.

Ein Krankenwagen und der kirschrote Ford Mustang, der Anders gehört, stehen bereits dort. Die Sanitäter eilen die Einfahrt hinunter als ich den Motor abstelle.

„Hinterm Haus.“, murmelt einer der Sanitäter.

Ich renne an der Seite des Hauses entlang und quetsche mich zwischen der Außenmauer aus weißen Ziegeln und dem Zedernholzzaun des Nachbarn hindurch. Ich entriegle das Tor und gehe hindurch in den Hinterhof. Sobald ich dort angekommen bin, versuche ich zu verstehen, was ich sehe.

Ich starre etwas an, was eigentlich ein Whirlpool ist, jedoch ist der Aufbau so üppig, dass es frevelhaft wirkt, es als solchen zu bezeichnen. Es ist eher wie ein Freiluft-Spa. Eine Pergola aus Teakholz überdeckt die Oase und ist mit tropischem Blattwerk gesäumt: Bromeliengewächse, Paradiesvogelblumen, Philodendron. Eine Bar aus Betonplatten erstreckt sich auf der einen Seite, ein halb ausgetrunkener Martini mit Oliven darin steht noch immer darauf. Auf einer anderen Seite hängt ein Bildschirm von der Pergola herab. Ein alter Film läuft ohne Ton. Das Bild kommt von einem Projektor, der sich ein wenig weiter hinten im Garten auf einem Stand unter einer weißen Birke befindet. Doris Day ist sichtlich davon in Verlegenheit gebracht, was auch immer das grinsende Gesicht von Rock Hudson am Telefon zu ihr sagt. Das Bild des Hinterhofs könnte ein Tiki-Revival-Paradies der 50er Jahre sein, wenn die Leiche nicht wäre.

Und das ganze Blut.

Das Opfer ist eine Frau etwa in ihren Mittfünfzigern. Ihr rotblondes Haar ist von grau durchzogen, hochgebunden und mit einem Haarstäbchen aus Jade befestigt. Ihr Körper ist vornüber zusammengesackt. Ihr einst marineblau und weiß gestreifter Vintage-Badeanzug ist jetzt schauerhaft patriotisch rot, weiß und blau.

Anders schlüpft neben mich und gibt mir ihren Bericht.

„Das Opfer heißt Michelle Green. Sie wurde von einem Metallgeschoss, das circa 30cm lang ist, aufgespießt. Da wo der Oberkörper des Opfers das Wasser berührt, schimmert etwas silbern durch das ganze rot hindurch. Ich werfe einen Blick auf die getrockneten Blutflecken auf den Latexhandschuhen von Anders und dann auf ihre Unterwasserkamera, die von geronnenem Blut überzogen ist. Ich kann mir gar nicht vorstellen, welche Überwindung es gebraucht hat, um diese Bilder zu bekommen. Zu sehen, was sich unter der Wasseroberfläche abspielt.

„In dem Wasserstrahl ist ein Mechanismus. Hat das Projektil direkt in sie geschossen."

„Das muss ein höllischer Glückstreffer gewesen sein, der sie so schnell getötet hat." Mit einem normalen Schuss in den Oberkörper bleibt einer Person normalerweise etwas Zeit. Kann vielleicht zu einem Telefon kriechen und Hilfe rufen, während sie ausblutet. Aber dieses Opfer hat sich nicht von dem Ort bewegt, an dem sie getroffen wurde.

„Todesursache war ein Stromschlag.", fügt Anders hinzu. „Das Rohr war verkabelt."

„Wie grauenvoll.", flüstert Mary und bekreuzigt sich. „Armes Ding."

Tod durch Stromschlag macht allerdings mehr Sinn. Es ist schwer, sich zu bewegen, wenn man lebendig gebraten wird.

„Keine Sorge.", sagt Anders. „Der Strom ist aus. Der Schuss hat den Schutzschalter ausgelöst."

„Warum jemanden aufspießen und elektrisch hinrichten?", murmele ich halb an mich selbst gewandt. „Das Blut muss zur Show sein."

„Ich trete halb gebückt einen Schritt näher und sehe mir das Gesicht des Opfers an. Sie trägt volles Makeup. Perfekt gebogene Augenbrauen und die Wangenknochen gleichen denen von Meryl Streep.

Michelle Green.

Sie kommt mir so bekannt vor, aber ich kann nicht sagen, warum und bei ihrem Namen klingelt auch nichts. Ich suche den Rest der Wanne ab und ziehe meine Latexhandschuhe an.

Eine Stimme dringt in den Hinterhof. Der ausgeprägte Akzent des Detectives Dennis „Jersey“ Spiers, der lautstark redet. Ohne Zweifel mit seinem Partner, Levi Weisz.

„Das ist der schlechteste Witz, den ich je gehört hab.“ lässt Jersey verlauten, als die beiden um die Ecke kommen. Jersey ist nur etwa 1,78 Meter groß, doch überragt er den viel kleineren und dünneren Weisz. Während Jersey muskulös ist und einen Hautton hat, den man nur als eine Mischung aus der Farbe von Kürbiskuchengewürz und Bräunungsspray bezeichnen kann, ist Weisz schlaksig und so blass, dass er beinahe durchsichtig ist.

Jersey zupft mit den Fingern an der Stachelfrisur seines schwarzen Haares herum. „He!“, ruft er, die Arme ausgebreitet, als er uns bemerkt. „Hört euch diesen schlechten Witz an.“

„ -Oh verdammt.“ stößt Weisz aus, als er das Opfer sieht.

Jerseys Blick wandert dahin, wo Weisz sieht und sogar er wird still.

„Ich nehme an, dass Price euch ihren Fall zugeteilt hat?“, frage ich.

„Ja.“ Jersey gewinnt wieder ein wenig an Fassung. „Hat gesagt, dass ihr damit beschäftigt seid, dem Gouverneur in den Arsch zu kriechen.“

Ich kläre Jersey und Weisz darüber auf, was wir über das Opfer und ihre Todesumstände wissen und sage dann: „Alles klar, Mary, auf geht's!"

Mary und ich wollen gerade gehen, als mir ein Aufkleber außen an dem Whirlpool ins Auge fällt.

„Was ist das?", frage ich und zeige darauf.

„Das Label der Whirlpool-Pumpe?", erwidert Mary.

„Sieh dir den Strichcode an. Jemand hat einen QR-Code-Sticker darüber geklebt." Dort wo normalerweise *Scan mich* steht, befindet sich ein paar schwarzer Flügel.

„Gute Platzierung.", stellt Anders fest. „Fügt sich fast perfekt ein."

Ich zerre mein Handy aus der Tasche und scanne den Code. Eine Internetadresse zu einer Social Media Seite erscheint und ich klicke auf den Link.

7

JENA

Montag, 8:28

Ein Gesicht starrt zurück, ein makabres Grinsen mit verfaulten Zählen und schwefelgelben Augen, die sich in meinen Verstand einbrennen, als ich versuche, wegzusehen. Aber ich kann nicht wegsehen. Ich starre auf dieses Profilbild und lasse dunkle Wunden auf mich wirken, Furunkel und Geschwüre, die aus wachsartigem Fleisch hervortreten. Alles daran ist grotesk und Übelkeit erregend. Die schwarze Nase ist teilweise weggeätzt. Der höllische Heiligenschein schwebt über allem. Dämonische Flügel entfalten sich. Dunkelheit, die ich beinahe in meiner Kehle fühlen kann und die in meinem Bauch gerinnt, tropft von rasiermesserscharfen Federn.

Es ist ein neuer Account, der gestern erstellt wurde. Keine Follower. Der Account folgt auch niemandem. Ich sehe den Namen des Accounts.

@azrael

„Der Name ist biblisch, stimmt's?“, sage ich zu Mary, die über meine Schulter hinweg zusieht.

Mary nickt. Als fromme, maronitische Katholikin, kennt sich Mary mit religiösem Zeug aus. Viel mehr als ich, die Agnostikerin, die sich nicht um Religion schert, es sei denn, sie hat mit einem Fall zu tun.

Die Möglichkeit, dass die Person hinter diesem Avatar unser Mörder sein könnte, lässt mich erschaudern. Mörder wie dieser, mit Wahnvorstellungen von religiöser Erhabenheit, sind die Schlimmsten. Sie begehen keine direkte Folter. Sie zerreißen Fleisch zu einem blutigen Brei und werfen im Namen des Allmächtigen Stein um Stein.

Er hatte feuerrotes Haar. Zähne die aus Blutlachen inmitten der Steine hervorglänzten. Eine durch ein zerschmettertes Hinterhauptsbein eingefallene Wange. Das Gesicht für immer zu einem letzten, durchdringenden Schrei verzogen.

Ich verdränge das Bild von Silas‘ Opfer meines alten Falles aus meinem Kopf. Auf dem Feed der Seite ist ein Video, pausiert auf der dunklen Silhouette einer Figur, der Hintergrund voller Flammen. Ich drücke auf *Play* und zucke zusammen, als ein qualvoller Schrei durch meine Lautsprecher dringt. Unscharfe Bilder leuchten auf dem Bildschirm auf. Blut. Eine Frau, die zu Tode geprügelt wurde, ihre leblosen Augen zum Himmel gerichtet.

Die Schattengestalt spricht mit einer tiefen Tenorstimme, die von einem Stimmenmodulator verzerrt ist. „Hallo, Pittsburgh. Seid ihr bereit für eine Wiederkunft des Herrn?“

Die Stimme ist verzerrt, doch die Bosheit ist klar zu hören. Mir läuft ein Schauer den Nacken herunter und ich umklammere das Handy.

„Ich bin dabei, neun der zwölf Mitglieder der Geschworenengruppe abzuschlachten, die den legendären Leviticus-Mörder verurteilt haben, bis er freigelassen wird.“

Bei der Erwähnung von Silas dreht sich mir der Magen um.

Seine Kopfhaut abgerissen. Dreckverkrustete Fingernägel. Ein lilafarbener Edelstein.

„Wer werden sie sein?“ drängt das Phantom. „Und wer werden die drei Glücklichen sein, die verschont bleiben? Wollt ihr es nicht herausfinden? Meine Bedingungen sind unmissverständlich. Befreit den Leviticus-Mörder. Sofort. Oder stellt euch auf Blutvergießen ein.“

Eine Atombombe explodiert auf dem Greenscreen und jagt das Gerichtsgebäude, in dem Silas verurteilt wurde, in die Luft. Ein rollender Atompilz türmt sich über den Trümmern auf. Das Bild friert ein.

Mir dreht sich der Magen erneut um, als ich frage: „Weißt du irgendetwas biblisches über den Mord von neun Menschen?“

„Äh.“ Mary schluckt und sammelt sich. „Nein. Neun ist keine sehr heilige Nummer.“

„Michelle Green.“ sage ich und durchforste meine Erinnerungen.

„Geht’s dir gut?“

Ich sehe Mary in die Augen und erwidere flüsternd: „Darum habe ich sie wiedererkannt. Sie war das Jurymitglied, das Silas‘ Urteil verlesen hat.“ Ich räuspere mich und verlagere mein Gewicht, bevor ich wieder spreche, doch meine Stimme zittert noch immer. „Dieser Typ wird wieder töten.“

Ich steuere den Ford Explorer an und versuche, Captain Price anzurufen. Als er nicht abnimmt, hinterlasse ich eine Nachricht auf dem Anrufbeantworter, in der ich erkläre, was wir gefunden haben. Das Opfer. Das Video auf Social Media. „Ich will den Fall von Green.“, sage ich, bevor ich auflege und ihm das Video schicke.

Ich steige in das Auto.

„Was machen wir jetzt?“, fragt Mary.

„Wir warten kurz hier.“

Mary zuckt die Schultern und trinkt ihren kalten Kaffee.

Fünf Minuten vergehen, bevor ich Price erneut anrufe, meine Gedanken sind bei Michelle Green, die in dem Gerichtssaal saß und Silas für schuldig erklärte.

„Captain, rufen Sie mich zurück.“

„Bereit zum Einsatz?“, fragt Mary.

Ich schüttele den Kopf. Warte zwei Minuten. Ich bin kurz davor, die Nummer ein drittes Mal zu wählen, davon überzeugt, dass Price mir aus dem Weg geht, doch dann klingelt mein Handy mit „Glory Days“ und Marys Mundwinkel verzieht sich beinahe zu einem Lächeln, der Witz entfaltet seine Wirkung.

Ich nehme ab und stelle das Handy auf Lautsprecher.

„Campbell“, blafft Captain Price. *„Hören Sie auf damit, Nachrichten zu hinterlassen!“*

„Ich will diesen Fall!“, schieße ich zurück. „Lassen sie die Männerwirtschaft das Verschwinden des Sohns des Gouverneurs handhaben. Wir haben es mit einem angehenden Serienmörder zu tun. Ich bin die beste Wahl für diesen Job und Sie wissen es.“

„Hören Sie“, sagt Price. *„Ich weiß Ihre Fähigkeiten zu schätzen, aber wir wissen noch nicht, womit wir es hier zu tun haben.*

Wir wissen nicht, ob derjenige, der das Video gepostet hat, das Opfer getötet hat. Und wenn das der Fall sein sollte, gibt es keinen Grund zur Annahme, dass es sich um einen Serienmörder handelt, es sei denn, er begeht noch einen Mord. Im Moment ist dieses Video nur eine Drohung. Ich werde zur Sicherheit die Häuser der restlichen Jurymitglieder überwachen lassen. Aber die Vergangenheit verfolgt Sie und wenn ich ehrlich bin, glaube ich nicht, dass dieser Fall Ihnen guttun würde. Finden Sie das Kind des Gouverneurs. Schluss, aus, Ende!"

„Wir haben kaum angefangen. Das ist ein einfacher Wechsel", protestiere ich.

„Lassen Sie es gut sein, Campbell. Das ist ein Befehl."

„Informieren Sie mich wenigstens, falls Collins irgendwas über diesen Account herausfindet!", verlange ich, doch ich schreie ins Leere. Price hat mich aus der Leitung geworfen.

Ich schmeiße das Handy in den Becherhalter und schlage dann auf das Lenkrad.

Mary berührt vorsichtig meinen Arm, als dächte sie, ich würde spontan in Flammen aufgehen. „Tut mir leid", sagt sie. „Ich bin mir sicher, dass Jersey und Weisz uns auf dem Laufenden halten werden. Du weißt doch, dass Jersey seine Klappe nicht halten kann, stimmt's? Stimmt's?"

Ich nicke, denn ich traue mir nicht zu, zu sprechen.

„Wenn es mehr als nur eine Zielperson gibt, werden sie es uns sagen." Mary tätschelt meinen Arm. „Lass uns den Burschen finden, was?"

8

JACK

Dienstag, 9:09

Jack macht sich in die Hose. Ein Strahl, der für lange Zeit aus ihm herausströmt. Er weiß, dass das ist, was passiert, aber der Urin wird weggeschwemmt. Während er in der Luft hängt, bleibt er komplett trocken.

Ein Katheter? denkt er. Aber er hat dort unten kaum Gefühl. Von seinem eigenen Körper abgeschnitten. Er ist sich nicht sicher, ob es der Mangel an Durchblutung ist, oder etwas Schlimmeres. Panik durchflutet seine Brust und erschwert ihm das Atmen. Er schluckt schwer, seine Kehle arbeitet, sein Adamsapfel bewegt sich auf und nieder.

Wann hat er zum letzten Mal etwas gegessen? Oder getrunken. Sein Mund ist ausgetrocknet, seine Zunge schwer und geschwollen. Ein verdorbener Geschmack hängt hinten in seiner Kehle. Sein Verstand rast, sein Herz hämmert gegen seinen Brustkorb. Eine kalte Flüssigkeit rinnt in seinen Arm.

Eine Infusion?

Grauen verknotet seinen Magen. Blinzeln ist eine Qual. Als ob mehrere Liter Sand in seine Augen gegossen worden wären. Wärme strahlt von seiner Wange und seiner Stirn aus, die Haut ist rau und empfindlich.

Eine Infektion?

Angst nagt an ihm, jeder Herzschlag ist wie eine Basstrommel in seinen Ohren als er darum kämpft, sich ein Bild von der Situation zu machen. Er will nach Hause. Nicht dieses Zuhause. Nicht diese Fälschung aus Schmerz und Kälte, wo das Schattenmonster lauert und darauf wartet, ihm wehzutun. Er sucht den abgedunkelten Raum ab, sein Herz schlägt wie wild, sein Kopf hämmert und seine Handflächen sind verschwitzt. Aber er kann seine Hände nicht abwischen, weil sie voll von irgendeiner Art Nichts sind, das er nicht sehen kann.

Jack fängt an zu weinen, die Tränen quellen in Lachen auf seinen Wangen und können nicht entkommen. Er versucht, sie wegzuwischen, aber seine Hände erreichen sein Gesicht nicht. Rotz tropft aus seinen Nasenlöchern. Er hyperventiliert und bläst Schleimblasen, die platzen und an der Haut außerhalb seiner Nase festkleben.

Eine Welle Übelkeit erfasst ihn.

„Schatten“, krächzt er und erkennt seine eigene Stimme nicht, sie ist so heiser und schwach.

Er will nicht die Aufmerksamkeit des Schattens erregen. Aber es wird sehr viel schlimmer für ihn sein, wenn er eine Sauerei anrichtet.

Er nimmt all seine Stärke zusammen und schreit wieder: „Schatten? Ich muss mich übergeben.“

Er würgt und lehnt sich mit dieser merkwürdig schwebenden Bewegung nach vorne, sein Körper wirbelt in den Fesseln herum.

Eine kräftige Hand drückt auf seine Schulter und hält ihn an Ort und Stelle. Er hört ein metallisches Geräusch von einem Eimerhenkel auf Plastik. Es ist surreal, etwas, das außerhalb der Welt geschieht, in der er sich befindet.

„*Ziel nicht daneben*", sagt die verzerrte Stimme des Schattens.

Bilder zucken durch seinen Kopf.

Ein Auto.

Ein Skelettgesicht.

Ein Elektroschocker.

Er erinnert sich an Schmerzen. Metall auf Haut. Der elektrische Schock, der seinen Körper erschüttert.

„Tu mir nicht weh", fleht er und starrt in die Dunkelheit.

Und dann übergibt er sich. Flüssigkeit spritzt in einen Eimer. Das Erbrochene ist dünn und riecht beißend, als er sich krümmt, und sein Körper hängt in dem Suspensionsapparat. Er hat keine Ahnung, wie er aus diesen Gurten, diesem Geschirr, was auch immer ihn gefangen hält, herauskommen soll. Aber er muss. Er muss fliehen.

Eine Flut an Flüssigkeit strömt in seinen Mund. Wasser. Die Abruptheit des ganzen lässt ihn würgen. Er will es hinunterschlucken, aber er schwenkt es in seinem Mund und spuckt es wieder aus, spült die übelriechende Galle aus seinem Mund. Dann wartet er verzweifelt auf mehr. Aber es kommt nicht mehr Wasser.

Er will raus. Raus! Und dann hustet er heftig. Er muss sich beinahe wieder übergeben, aber sein Magen ist vollkommen leer.

Er flippt aus. Schlängt nach der Luft und greift dann nach sich selbst. Rasend, entschlossen, sich aus seinem Gefängnis herauszureißen. Er kann seine Hände nicht schließen, also schlägt er die nutzlosen Klumpen gegen seine Brust. Wieder und wieder schlagen dumpfe Schläge auf seinen Körper ein. Dann schlägt er blindlings die Hände zusammen. Er hört einen Schlag von Hartplastik, das auf Hartplastik trifft, der im Raum widerhallt. Er realisiert, dass es sich um VR-Controller handelt. Er schlägt seine Hände wieder und wieder zusammen und versucht, aus den Fesseln herauszusprengen.

Und dann Schmerz. Flüssiges Feuer durchströmt ihn und seine Muskeln ziehen sich zusammen. Verkrampfen sich so heftig, dass seine Waden beinahe von seinem Körper abreißen.

„Stopp, stopp!!“ schreit er, seine Kehle brennt, seine Zähne werden heiß.

Das Feuer erlischt. Sein ganzer Körper schmerzt.

„Worüber haben wir gesprochen?“ Die Stimme kommt wie aus weiter Ferne.

„Befolge die Regeln“, japst Jack.

„Das hier ist ein Spiel für zwei Spieler, Jack. Du musst deinen Teil beitragen.“

„Ja, ja. Es tut mir leid.“

„Das kannst du besser.“

„Es tut mir leid. Es tut mir leid.“

„Ich verzeihe dir. Dieses Mal. Und jetzt hast du die Chance, es wiedergutzumachen. Du hast das letzte Spiel einfach perfekt beendet. Hast es getötet. Zeit für das nächste. Ist das nicht wunderbar?“

Jack nickt und beißt sich auf die Zunge. Eine Ablenkung von dem tiefen, rohen Schmerz in seinen Muskeln. Er kann kein Spiel spielen. Nicht jetzt. Alles ist wund. Er ist erschöpft.

Sein gefälschtes Zimmer verwandelt sich in eine Zirkusszene, eine fröhliche Melodie aus einer Kolbenflöte pfeift durch sein Headset. Die Sonne scheint in einem perfekten, blauen Himmel und Jack spürt, wie falsch das Ganze ist. Die kranke Perversion der Realität.

Er spürt den Druck des VR-Headsets auf seinem Gesicht, getrockneter Schweiß klebt auf seinen Wangen. *Ich bin in einem dunklen Zimmer gefangen. Ich bin eine Geisel. Ein Opfer von Folter.*

Lebhaft rot-weiß gestreifte Markisen überdecken Schaubuden, die aus hölzernen Balken gebaut sind, jedes Gehäuse beinhaltet verschiedene Spiele, die man mit Glück und Geschick gewinnen kann. Wirf den Ping-Pong Ball in das Fischglas. Wirf einen Dartpfeil und bringe Ballons zum Platzen. Fange eine Gummiente mit einer magnetischen Angel. Überall, wo er hinsieht, rufen Marktschreier, dass man kommen und ein Spiel spielen soll, einen Preis gewinnen, drei Versuche für fünf Dollar. Er kann die süße Zuckerwatte und die teigigen, heißen Brezeln beinahe in der Luft riechen und ihm läuft das Wasser im Mund zusammen.

Ich bin so hungrig. Wann habe ich zum letzten Mal was gegessen?

Der Stand vor ihm ist prägnant, seine Rückwand mit dutzenden bunter Katzen gefüllt, die auf übereinandergeschichteten Regalen hocken. Jedes Metallgesicht ist mit knalligen Gelb-, Pink-, und Blautönen angemalt. Ihre aufklaffenden Mäuler sind weit gedehnt, als würden sie auf ein Leckerli warten.

Oder schreien.

Entlang der Vorderseite des Stands verläuft eine Reihe von Stühlen. Jeder Sitz ist mit einer stilisierten Wasserpistole ausgerüstet, und sieht aus wie etwas aus einem Science-Fiction-Film der 50er Jahre.

„Nimm Platz“, kommandiert Schatten.

Jack gleitet zu dem Stand und plumpst hin. Er hockt mehr, als dass er auf einem Stuhl sitzt. Seine Hände zittern so fürchterlich.

„Schieß die Leckerli in die Mäuler der Katzen. Wenn eines der Halsbänder aufleuchtet, schieß darauf. Läute die kleine Glocke und das Spiel ist vorbei. Wenn du gewinnst, bekommt dein lieber, alter Vater seine Nachricht.“

„Ich hab dir doch schon gesagt. Er wird nicht antworten.“

Panik überkommt ihn und sein Körper bebt.

„Er wird mich verrotten lassen. Kannst mich genauso gut jetzt töten.“ Die Galle kommt wieder hoch. Jack würgt.

„Wag es nicht. Es gibt schlimmere Dinge als den Tod. Ich könnte dein Rückgrat durchtrennen, hmm? Du brauchst deine Beine für die Spiele nicht. Oder eine Amputation? Was hältst du davon?“

Jack wimmert und beißt sich fest auf die Lippe, um den Schrei nicht entkommen zu lassen. *Keine Schmerzen mehr. Keine Schmerzen mehr.*

„Beruhig dich, Jack. Solange du dich benimmst und weiterspielst, hast du nichts zu befürchten. Erinnerst du dich?“

„Okay“, bringt er heraus. *Muss mich benehmen. Muss mich benehmen.*

„So ist's brav. Mach dich bereit. Fertig.“

Er umklammert die Wasserpistole – oder Leckerli-Pistole, wie er vermutet – und konzentriert sich darauf, seinen Arm ruhig zu halten.

Du kannst das. Du bist ein Profi-Gamer. Reiß dich zusammen.

Ein Alarm ertönt, rote Lichter wirbeln aus der Spitze der Markise und verkünden den Beginn des Spiels.

Er schießt mit der Leckerli-Pistole, sein stetiges Betätigen des Abzugs entsendet kleine, dreieckige Katzenleckerli in einem konstanten Strom. Er tut es. Sein Körper wund, seine Hände zitternd, und er tut es trotzdem. Ein kleiner Nervenkitzel durchfährt ihn, das Adrenalin, das mit dem Vernichten eines Spiels einher geht. Sein Gehirn ist benebelt, aber er erinnert sich an die Anweisungen von Schatten und zielt auf die Mäuler der Katzen. Feuert die Häppchen hinein. Schon bald leuchtet eine der Glocken an einem Halsband auf und blinkt in leuchtendem Glühwürmchen-Gelb.

Er zielt und trifft genau ins Ziel. Die Glocke läutet.

9

JENA

Dienstag, 11:07

Wieder im Konferenzzimmer angekommen, bin ich auf Social Media und scrolle durch @azrael's Profil. Es gibt keine neuen Updates. Nur das eine Video. Ich will noch eines. Fürchte mich davor, aber will es haben.

„Azrael hat in vier Sunden über tausend Follower bekommen.", sage ich zu Mary. Alle von denen lechzen zweifellos nach einem Update. Das ging schnell. Und ich habe eine dunkle Vorahnung, dass das Geschwür von @azrael sich verbreiten wird.

„Was weißt du über Azrael? Biblisch gesehen, meine ich."

„Im Koran ist Azrael der Todesengel", erwidert Mary.

„Ich dachte, Azrael sei ein Engel des Christentums."

Mary schüttelt den Kopf. „Häufiger Irrtum. Die Idee von Engeln als Individuen ist nicht wirklich ein Teil von hebräischen Schriften. Das ist das Quellmaterial für die modernen, christlichen Versionen der Bibel."

„Ich würde ja dagegen protestieren, dass du mir alles wie einem zweijährigen Kind erklärst, aber ich hab von dem Zeug keine Ahnung."

„Ich weiß. Auf jeden Fall werden Engel in der Bibel als Diener oder Boten Gottes bezeichnet. Man gibt ihnen normalerweise keine richtigen Namen."

„Oha“, sage ich, während Azraels dämonisches Profilbild mich aus dem Bildschirm heraus anstarrt. „Man lernt nie aus.“

„Wir müssen uns auf Jack konzentrieren.“ Mary sticht mit einem Digitalstift an das Smartboard.

Natürlich hat sie Recht. Es steht mehr auf dem Spiel als nur der Zorn von Captain Price, weil der Gouverneur ihm im Nacken sitzt. Wenn wir Jack nicht schnellstens finden, wird er wahrscheinlich sterben. Aber alles, woran ich denken kann, ist der Anruf, den Weisz und Jersey heute Morgen bekommen haben. Er spielt in Dauerschleife in meinem Kopf – noch ein Mord.

Diesmal handelt es sich um Lisa Bell, auch ein ehemaliges Mitglied der Jury, die Silas verurteilt hat. Das zweite Opfer. Mir ist richtig schlecht und ich habe eine Riesenangst um die anderen Jurymitglieder. Keine Details des Tatorts zu kennen, macht es nur noch schlimmer, das ganze nagt an mir. Und der faulige Eiergeruch meines gesunden Frühstückstellers gibt mir beinahe den Rest.

Ich habe beobachtet, wie Jersey und Weisz losgezogen sind, um die Familie von Lisa Bell zu informieren. Habe beobachtet, wie ein von Price zusammengestelltes Team umherwieselte, um das Ganze von der Presse fernzuhalten. Vor einer Weile ist Anders mit Spurensicherungsbeuteln in den Händen am Konferenzraum in Richtung Labor vorbeigerannt. Ich hab mich an den Seiten meines Stuhls festgekrallt und bin wie festgewurzelt in meinem Stuhl sitzen geblieben.

„Gibt es irgendwelche Familienmitglieder, die Jack versteckt halten würden?“

Marys Worte erreichen mich, als wäre ich unter Wasser, gedämpft und verzerrt. Mein Bein zittert, mein Absatz hämmert gegen den Boden. Ich antworte ihr nicht. Ich schieße aus meinem Bürostuhl und sprinte den Flur entlang zum Labor.

Ich reiße die Tür auf und finde Anders über ein Mikroskop gebeugt. Ihre Augen weiten sich, als sie mich bemerkt. Sie grinst unter ihrer Schutzbrille und ihren Nitrilhandschuhen, unter ihrem langen, offenen Laborkittel trägt sie ein bauchfreies Oberteil. Unter dem Saum lugen die Räder eines Motorrad-Tattoos hervor, die ihre unterste Rippe bedecken. Ihre Haarknoten werden von pinken Schleifen an Ort und Stelle gehalten.

„Hi“, begrüßt sie mich.

„Hi. Wie läuft's?“

„Ich bin dabei, das herauszufinden.“

Sie geht zu einem Monitor hinüber und liest einen Bericht, der in Echtzeit generiert wird, während dieser über den Bildschirm rollt. Einige Minuten vergehen, die Stille greift nach mir, bis ich es nicht mehr ertragen kann.

Ich räuspere mich. „Irgendwas in den Ergebnissen?“

„Was? Ja.“ Sie zerdrückt einen ihrer Haarknoten mit den Fingerspitzen und kaut auf ihrer Lippe herum. „Ich hab eine Übereinstimmung gefunden.“

„Eine Übereinstimmung von was?“

„Dem Gift.“

Mein Magen verkrampft sich. „Welches Gift?“

Anders sieht mich mit argwöhnisch zusammengekniffenen Augen an. „Oh, stimmt ja. Das hier ist nicht dein Fall." Ihre Lippen formen eine dünne Linie und ich kann beinahe ihre innere Debatte darüber hören, wie sie fortfahren soll. „Bell wurde auf ihrem Küchenboden gefunden. Lungenversagen und Herzstillstand. Sollte ich dir das überhaupt erzählen? Ich will nicht, dass Weisz und Jersey sauer auf mich sind. Jersey legt großen Wert auf Loyalität."

„Ich werde mich nicht in ihre Ermittlungen einmischen. Bitte, Anders. Ich muss es wissen."

„Na gut, aber du bist mir was schuldig", sagt sie mit einem Grinsen. „Hat dein hübscher Freund aus dem Justizministerium eine attraktive Schwester?

„Sorry. Mason hat keine Geschwister."

„Eine Frau darf träumen. Weiter im Text, bei dem Gift handelt es sich um Batrachotoxin. Zu finden in drei Arten von Pfeilgiftfröschen, vier Arten von Käfern und einigen Vögeln aus Neuguinea."

„Wie das Zeug, das in Blasrohrpfeilen genutzt wird?"

„Ja."

„Ich dachte auf der Straße vor ihrem Haus befand sich ein Überwachungsauto? Wie ist jemand nahe genug rangekommen?"

Anders schüttelt den Kopf. „Bell wurde nicht erschossen. Sie hatte viele Haustiere. Zwei Pekinesen, fünf Ragdoll-Katzen und eine Russisch Blau, sowie auch einen Graupapagei."

Mary platzt ins Labor. „Dachte ich mir doch, dass ich dich hier finden würde."

Ich zucke mit den Schultern. „Bin ich so leicht durchschaubar?"

„Tausendprozentig. Du hast heute Morgen schon Collins bezüglich des Social Media Accounts genervt. Guck mich nicht so an. Ich weiß, dass du das getan hast.“

„Schuldig“ erwidere ich.

„Hat Collins irgendwas gefunden?“

„Nee.“ Ich reibe mir den Nacken. „Er sagt, dieser Azrael ist ein verdammt guter Hacker. Collins hat noch nie erlebt, dass jemand seine Spuren so sorgfältig verwischt.“ Ich sehe wieder zu Anders. „Bitte, mach weiter.“

„Eine der Katzen hat das Gift von draußen reingebracht. Wir haben es auf dem Halsband von Fluffy gefunden. Wir vermuten, dass sich das Gift auf Bell übertragen hat, als sie die Katze gestreichelt oder hochgehoben hat.“ Anders beugt sich näher an den Monitor heran. „Oder als sie versucht hat, herauszufinden, was mit Fluffy nicht stimmt. Weder Bell noch die Katze haben überlebt.“

Mary zieht ein langes Gesicht. „Die arme Frau.“

„Wenigstens wird ihr Tod schnell gewesen sein“, sagt Anders. „Und es gibt kein Gegengift, niemand hätte irgendetwas tun können, nicht einmal wenn wir gewusst hätten, was es war.“

Das ist alles Bockmist. Ich sollte diesen Fall lösen, sie beschützen. Ich kann nicht zulassen, dass mir eine weitere Reihe von Menschen stirbt. So wie bei Silas. Aber ich muss meine Gefühle im Moment zur Seite schieben und mit klarem Kopf denken. Wenn man Emotionen überhandnehmen lässt, werden mehr Menschen sterben.

Mein Hirn arbeitet daran, die Todesumstände der zwei ehemaligen Jurymitglieder und das Video auf dem Account von @azrael miteinander in Verbindung zu bringen.

Mein Blick trifft den von Mary. „Wie erklärst du dir das? Erst Wasser zu Blut, dann Gift, möglicherweise von einem Frosch. Na, klingelts?“

Wiedererkennung erhellt Marys Gesichtsausruck und sie bestätigt meinen Verdacht.

„Er inszeniert die Plagen neu. Neun ist keine heilige Nummer. Aber mit zehn sieht das ganz anders aus.“

„Danke für die Hilfe, Anders.“

Wir eilen aus dem Labor heraus und diskutieren die Schlussfolgerungen. Wir sind seit vielleicht einer halben Stunde wieder im Konferenzzimmer, als Captain Price hereinstürmt und die Tür hinter ihm zuschlägt, als sei er ein wilder Revolverheld, der statt dieser jämmerlichen Entschuldigung eines professionellen Meetingraums einen Saloon betritt. Er platziert sich steifgliedrig am Kopfende des Tisches und steht gerader als sein Bürstenschnitt. Er kneift die Augen zusammen und sieht mich prüfend an, während er seinen gepflegten Schnurrbart glättet, der in geraden Linien endet, bevor er auf seine Mundwinkel trifft.

Er hebt warnend einen Finger, bevor er schroff verkündet: „Ich werde jetzt etwas sagen, und bevor ich das tue, muss klar sein, dass Sie nichts sagen von wegen *Ich hab's Ihnen doch gesagt.*“

Ich salutiere zur Antwort subtil. „Ich würde nicht im Traum daran denken.“

Price zieht skeptisch eine Augenbraue hoch, aber er fährt fort. „Es sieht so aus, als hätten wir es mit einem Serienkiller zu tun. Wir müssen für diese Drohung, neun von zehn ehemaligen Jurymitgliedern zu töten, ernsthafte Maßnahmen ergreifen."

Ich räuspere mich und füge dann hinzu: „Plus einer weiteren Person."

Prices blaue Augen sehen mich durchdringend an. „Was meinen Sie mit noch eine weitere Person?"

Mary kaut ihren Kaugummi und zwitschert: „Es sind zehn Plagen."

Sie gestikuliert in Richtung des Smartboards. Wenn Price unsere Notizen gelesen hätte, bevor er anfing, uns anzublaffen, hätte er gewusst, dass wir sowohl über unseren eigenen Fall als auch über den Fall Azrael Brainstorming gemacht hatten.

Mary hat die zehn Plagen feinsäuberlich mit zugehörigen Cartoon-Illustrationen dargestellt. Mein persönlicher Favorit sind die platzenden Eiterbeulen. Eine sieht aus, als hätte sie ein furchterregendes Grinsen, aber Mary schwört, dass sie nur Eiter gezeichnet hat.

„Aber die Drohung bezieht sich auf neun Jurymitglieder." Die Falte zwischen Prices Augen wird so tief, dass ein Baby hineinfallen könnte.

„Weil das zehnte Opfer kein Jurymitglied sein wird. Wir haben es bereits herausgefunden."

„Sitzen Sie nicht so selbstzufrieden herum. Raus mit der Sprache!" Geduld ist keine von Prices Stärken.

„Azrael verlangt die Freilassung von Silas. Und wer hat die Macht darüber, Silas zu begnadigen, oder einem Gnadengesuch stattzugeben und seine Strafe als verbüßt zu erklären?“

„Der Gouverneur.“, nickt Price. „Gute Arbeit. Wir werden so viele Sicherheitsleute ausschicken, dass sie dem Gouverneur beinahe ins Hinterteil kriechen werden.“

„Nicht der Gouverneur“, sage ich und meine Stimme wird leiser. „Die zehnte Plage ist das Töten des erstgeborenen Sohnes.“

„Sein Sohn Jack?“ Alle Farbe weicht aus Prices hartem Gesicht und sein Mund erschlafft für einen Moment, bevor sein er seine Beherrschung wieder vollkommen zurückgewinnt. Er sieht mich prüfend an, seine Lippen zu einer dünnen Linie zusammengepresst. „Na gut“, blafft er und zeigt auf mich. „Sie sind an diesem Fall beteiligt.“

Ich öffne meinen Mund, um *vielen Dank* zu sagen, aber Price bedeutet mir, ihn zu schließen.

„*Mit* Weisz und Jersey“, sagt er. „Ich will, dass Sie zusammen an diesem Fall arbeiten. Jetzt sagen Sie mir bitte, dass Sie einen Hinweis auf den Aufenthaltsort des Jungen haben.“

Ich ziehe ein langes Gesicht, bevor ich mich abwende, nicht in der Lage, seinem durchdringenden Blick zu begegnen.

10

JENA

Dienstag, 20:26

Ich möchte mich in Masons Haus wohlfühlen, aber das ist nie der Fall. Vielleicht liegt das an der frappierenden Ähnlichkeit mit dem Haus, in dem ich im East End von Pittsburgh aufgewachsen bin. Einige Stufen führen hinauf in den Raum der gleichzeitig Wohn- und Esszimmer ist, getrennt von der beengten Küche, die einen neuen Durchbruch in einer Wand hat, um sie weniger beengend zu machen. Das alles geht mir viel zu nahe.

Während ich mit Mason am Küchentisch sitze, eine halb ausgetrunkene Flasche Cabernet Sauvignon zwischen uns, kreisen meine Gedanken in Richtung einer Vergangenheit, die ich unter Schichten von Kompetenz und Sarkasmus vergraben habe.

„Erde an Jena", sagt Mason. „Wo bist du gerade?"

„Tut mir leid. Dieser neue Fall beschäftigt mich und der fünfte Jahrestag von Silas' Inhaftierung steht bevor. Es wirkt nicht wie ein Zufall."

Mason zieht die Augenbrauen zusammen und Sorge steht in seinem Gesicht. „Vielleicht solltest du Silas aus deinen Gedanken verbannen. Nur für heute Nacht, hm?"

„Was soll das denn bitte heißen?"

Mason nimmt meine Hände in seine und hält mich, als wäre ich ein verängstigter Vogel, als würde er denken, dass ich, wenn er mich loslässt, herumflattere und mich verletze. Mein Rücken versteift sich sofort, als er mir in die Augen sieht.

„Nur, dass du in letzter Zeit ein wenig von ihm besessen warst. Naja, nicht nur in letzter Zeit."

Ich ziehe meine Hände zurück, seine Berührung fühlt sich brennend hieß an. „Was zur Hölle?"

„Ich will nur...ich will nur, dass du dich entspannst, das ist alles. Wie lange sind wir schon zusammen und du scheinst nie vollkommen du selbst zu sein? Du lässt deine Deckung nie fallen. Nicht einmal für eine Sekunde. Und das macht mich nachdenklich, ob das hier genug für dich ist. Ob ich genug bin."

Ich lehne mich von ihm weg, meine Finger ballen sich zu Fäusten.

„Weißt du was? Lass gut sein. Vergiss, dass ich irgendetwas gesagt habe. Ich wollte das nicht auf uns beziehen. Ich verstehe, dass du auf der Arbeit unter unglaublich viel Stress stehst, aber vielleicht solltest du ein bisschen Abstand nehmen. Das ist alles. Lass dein Unterbewusstsein für eine Weile an dem Problem arbeiten."

„Wie bitte? Du denkst, dass mein Urteilsvermögen getrübt ist? Dass ich meine Emotionen überhand nehmen lasse? Und ich dachte, du kennst mich besser als irgendjemand sonst." Meine Nasenlöcher blähen sich und mein Blutdruck schießt empor.

„Das sage ich ganz und gar nicht. Ich mache mir nur Sorgen darum, wo sich dein Verstand befindet. Es ist so, als wärst du immer irgendwo anders."

„Oh Verzeihung, dass ich Gefühle habe, Mister kalt-und-berechnend."

Mason sieht aus, als hätte ich ihm einen Schlag in die Magengrube verpasst. „Das ist nicht fair und das weißt du."

Ich würde ihn gern verächtlich anprusten, aber entscheide mich für gehässige Kränkungen statt kindischer Taten.

„Mister Perfekt, Mister Ich-lasse-mich-nie-von-meinen-Emotionen-leiten. Vielleicht wärst du nicht immer noch allein, wenn du mal ein wenig mehr Emotionen zeigen würdest."

Das war vollkommen unangemessen, aber es ist mir egal. Wenn meine Kollegen mich jetzt sehen könnten, würden sie alle nur mit den Köpfen nicken und sich in ihrem Verdacht bestätigt fühlen, dass ich unter den komödiantischen Bemühungen genau das gefühllose Miststück sei, das sie dachten. Ich kann nicht in Masons Augen sehen, in denen sich Schmerz abzeichnet. Ich war schon so oft für diesen Ausdruck in seinen Augen verantwortlich. Habe diesem Mann, der immer nur geduldig mit mir war, viel zu oft diesen Schmerz zugefügt. Und genau das ist mein Problem. Ich erwarte das Schlimmste von ihm, als würde er sich in meinen Vater verwandeln, mich anbrüllen, herumschreien und verlangen, was auch immer er will, zum Teufel mit den Folgen. Aber ich bin diejenige, die brüllt und schreit.

Diese Beziehung ist total im Arsch. Ich bin total im Arsch. Und ich bin mir nicht sicher, ob mir das alles so wichtig ist. Ob es mir so wichtig ist, den Schaden, den ich zwischen uns angerichtet habe, den Schaden, den ich in mir trage, zu reparieren, wie es mir wichtig ist, Azrael dranzukriegen. Ich bin ein verdammtes Wrack. Im Leben und der Liebe. In allem. Ich sollte dankbar sein, dass Mason so lange bei mir geblieben ist und die Sachen, die ich gerade gesagt habe, zurücknehmen, aber ich habe den Zug bereits ins Rollen gebracht und ich war noch nie gut darin, zu bremsen.

Ich schieße vom Tisch hoch, der Küchenstuhl quietscht über die Fliesen.

„Jena, warte." Mason springt hoch und greift nach mir, aber ich halte meine Arme dicht an meinen Seiten und sehe ihn aus kalten Augen abschätzend an.

„Weißt du was? Du kannst vergessen, dass du mich nochmal fragen darfst, ob ich bei dir einziehe. Es ist aus."

Ich sage mir zum hundertsten Mal, dass ich ihm einen Gefallen tue. Uns beiden einen Gefallen tue.

Ich schenke ihm ein eisiges Lächeln. „Ruf mich bloß nicht an", sage ich und stürme davon.

Masons Bitten schweben mir nach, er bittet mich darum, vernünftig zu sein und all die Sachen, die er normalerweise sagt, wenn ich mich so verhalte, aber ich höre nicht zu, verarbeite seine Bitten nicht.

Ich fliege die paar Stufen in den Flur beinahe herunter und renne zur Tür hinaus.

Ein paar Stunden später sitze ich zusammengekauert in meinem Bett und mein Laptop steht auf einem Kissen, aber ich schäume immer noch vor Wut wegen der Trennung von Mason. Wie kann er es wagen, zu behaupten, ich hätte eine ungesunde Besessenheit von Silas? Es ist mein gottverdammter Job. Er sollte besser als irgendjemand anders verstehen, wie es ist, seine Arbeit mit nach Hause zu bringen.

Ich schiebe Mason aus meinen Gedanken und mache mich wieder daran, jedes einzelne Detail zu durchforsten. In meinem Browser sind viel zu viele Fenster offen und ich brüte über den Akten von Jack, Green und Bell. Ich habe die Akten von Silas Halvard auch wieder geöffnet, obwohl Mason sagen würde, ich hätte sie nie geschlossen. Scheiß auf ihn. Mein Bauchgefühl sagt mir, dass es irgendeine Verbindung gibt. Wenn ich sie nur sehen könnte.

Mein Handy gibt ein Geräusch von sich und ich werfe einen Blick auf den Nachttisch, denn ich vermute eine Nachricht von Mason, der sich wieder versöhnen will, aber stattdessen taucht plötzlich eine Social Media Benachrichtigung auf meinem Bildschirm auf.

intentionallyblank – das ist mein Profilname

Azrael (@azrael) folgt dir jetzt.

Mir dreht sich der Magen um und ich ziehe die Decke bis an meinen Hals hoch. Woher zur Hölle weiß er, dass das mein Profil ist? Ich nutze es nur für die Arbeit, um heimlich Kriminelle zu belauern. Auf meinem Profil gibt es nichts. Einen kleinen Stern im Cartoon-Stil als Profilbild. Eine beinahe leere Biografie, die lautet: *Dieser Platz wurde absichtlich leer gelassen.* Kein einziger Post. Niemand, dem ich folge und auch keine Follower. Überhaupt nichts.

Noch eine Benachrichtigung.

[intentionallyblank] Azrael

Möchte dir eine Nachricht senden

Ich schnappe mir mein Handy und mein Daumen schwebt über der Taste, während ich so tue, als würde ich nicht zittern. Ich schimpfe mit mir, weil ich so ein Baby bin. Ich wollte das hier doch. Habe den Wunsch ans Universum geschickt und die Bitte hat sich manifestiert. Nicht so, wie ich es wollte. Ich hatte auf einen öffentlichen Beitrag gehofft. Aber ich werde jegliche Informationen nehmen, die ich bekommen kann. Egal wie ich sie bekommen kann.

Er hat wahrscheinlich einige Hacker-Bot-Tracking-Profile, die sein Profil ansehen. Das ist die rationale Erklärung. Auf gar keinen Fall weiß er, dass ich das bin. Vielleicht versucht er, Follower zu gewinnen und ich werde etwas Nützliches erfahren. Ich kontrolliere schnell die Einstellungen meines Handys, um sicherzustellen, dass die App nach wie vor keinen Zugriff auf meine Kamera und mein Mikrofon hat. So ist es auch.

Ich klicke auf die Benachrichtigung.

Hallo Detective Campbell,

Ich werfe mein Handy beinahe durchs Zimmer und drücke auf die Seiten, was dazu führt, dass ich versehentlich einen Screenshot mache.

Er weiß, wer ich bin. Woher zur Hölle weiß er das?

Mein Atem wird schneller und ich schieße in meinem Bett hoch. Ist er in meinem Zimmer? Im Schrank? Im Badezimmer? Beobachtet mich durch die Lücken in meinen Jalousien? Die Lüftungen? Den Spalt unter der Tür?

Hör auf, auszuflippen, sage ich zu mir. Es ist unmöglich, dass er weiß, dass ich es bin. Es macht keinen Sinn. Außer…

Hat er zugesehen? Am Tatort von Green? Er könnte dort gewesen, auf der Lauer gelegen sein. Es ist nicht ungewöhnlich, dass sich Serienmörder an den Folgen ihrer Taten weiden.

Wenn er mich dort gesehen hat, gesehen hat, wie ich den QR-Code gescannt habe, hätte er sofort eine Benachrichtigung erhalten. Gewusst, dass jemand auf seinem Profil war. Er hätte genau gesehen, um wen es sich dabei handelte.

Natürlich würde er mich von Silas Fall wiedererkennen. Das macht Sinn. Er hat eins und eins zusammengezählt und wusste, dass dieses Profil, mein Profil, seines angesehen hat. So weit hat er Zugriff auf mich. Meine Privatnachrichten. Nicht meine Adresse oder meine Privatinformationen. Nichts sonst.

Dieser Gedanke beruhigt mich ein wenig und ich sinke zurück in mein Bett. Ich lese weiter.

Du denkst wahrscheinlich, ich sei bösartig, oder? Aber du bist selbst nicht unschuldig, oder? Du könntest gestehen, kleiner Vogel, und all das hier wäre vorbei. Leviticus wäre endlich frei. Oder vielleicht könntest du einen unkonventionelleren Weg einschlagen, hmm? Einen Hacker bezahlen, um mich über illegale Wege zu finden. Obwohl ich bezweifele, dass irgendjemand talentiert genug ist.

Ich bin sehr gut darin, meine Spuren zu verwischen, wie du feststellen wirst. Aber was sagst du? Wirst du den gleichen Fehler machen?

Noch sieben Tage, um zu gestehen…

~ Azrael

Meine Hände sind rutschig vor Schweiß, mein Herz schlägt wild in meinen Ohren. Diesmal schleudere ich mein Handy doch, direkt aufs Bett.

Azrael weiß mehr als er sollte. So viel mehr als er durch eine zufällige Beobachtung an einem Tatort wissen würde. Er kann nicht wissen, was ich getan habe, um Silas wegzusperren. Wie zur Hölle sollte er das wissen? Niemand weiß das. Nein. Er weiß es nicht. Vermutet es vielleicht. Er muss versuchen, mir Informationen zu entlocken. Wenn er wüsste, was ich getan habe, wenn er irgendwelche Beweise hätte, würde er vortreten und Silas aus dem Gefängnis befreien. Ich muss mich zurückziehen und Logik nutzen, aus Azraels Sicht darüber nachdenken.

Aber auch wenn Azrael nicht weiß, was er andeutet, hat er viele Informationen. Erforscht er mich genauso sehr, wie ich Untersuchungen über ihn anstelle? Er hat schon jetzt gewonnen, weil er weiß, wer ich bin. Das ist mehr als ich von ihm weiß.

Was, wenn er mich trackt? Ich greife nach meinem Handy, will instinktiv Mason anrufen, aber er würde vermutlich nicht einmal abnehmen. Nicht nach unserem letzten Streit. Vielleicht sollte ich

Collins mein Handy geben. Sehen, ob er die Nachricht nachverfolgen kann. Aber der Inhalt wird mich vor meiner eigenen Abteilung auf den Prüfstand stellen. Ich kann keine Ermittlungen riskieren.

Ich schnappe mir mein Handy von der Decke und schalte es aus. Ich habe alles bei mir, was ich zu meinem Schutz brauche. Ich ziehe eine Nachttischschublade auf und ziehe die Sig P320, meine private Pistole, heraus. Ich stecke die Waffe unter mein Kissen und dann trifft es mich wie ein Schlag.

Azrael hat mich *kleiner Vogel* genannt. Es gibt nur eine Person, die mich so nennt.

Silas.

Azrael und Silas hatten Kontakt miteinander.

Niederschrift eines aufgezeichneten Gesprächs – Silas Halvard

Detective J. Campbell, 22. Januar 2018, 13:20

[JCs handschriftliche Notiz: Silas sieht überhaupt nicht so aus, wie ich es von einem Theologieprofessor erwartet hätte. Mittvierziger. Etwa 1,82 Meter groß. Muskulös, aber schlank. Glänzendes, mittelbraunes Haar. Blaugraue Augen. Sein linker Ringfinger fehlt. Ein sauberer Schnitt, viele Jahre alt.]

JC: Professor Halvard. Vielen Dank, dass sie sich die Zeit genommen haben, sich mit mir zu treffen.

SH: Ist mir ein Vergnügen. Es tut mir sehr leid, dass es eine Weile gedauert hat, bevor ich mich mit Ihnen in Verbindung gesetzt habe. Die Umstände waren ein bisschen verrückt. Aber ich bin froh, dass Sie hier sind. Es kommt nicht oft vor, dass Menschen ein so lebhaftes Interesse an Bibelstudien zeigen. Meine Studenten könnten sich noch eine Scheibe von Ihnen abschneiden. Nicht, dass ich es ihnen zum Vorwurf mache. Als ich selbst an der Universität war, hab ich mich auch nur darum geschert, in den Prüfungen zu brillieren.

JC: Das kann ich mir gut vorstellen. Es ist ein faszinierendes Thema, aber ich muss etwas Dringenderes mit Ihnen besprechen.

SH: Na, das hört sich nach einem Tempowechsel an. Ich bin ganz Ohr. Was bewegt Sie, Detective?

JC: Ich stecke knietief in Ermittlungen, Professor. Eine Serie an Morden. Die Opfer werden bis zur Brust in der Erde eingegraben, bevor sie zu Tode gesteinigt werden.

SH: Davon habe ich in den Zeitungen gelesen. Hört sich nach einem Haufen widerlicher Geschäfte an.

JC: Bisher gab es zehn Opfer. Jedem von ihnen wurde post mortem ein Edelstein in die Hand gelegt. Bisher handelt es sich um die Steine …

[JCs handschriftliche Notiz: Die Pause in der Aufnahme entstand, als ich meine Notizen durchgesehen habe.]

… Diamant, Smaragd, Achat, Türkis, Karneol, Chrysolith, Beryll, Topas, Rubin, Granat. Einige der Steine sind Geburtssteine, einige jedoch nicht. Sagt Ihnen das etwas?

SH: Nun, sicherlich. Steinigung ist eine brutale, alte Methode der Bestrafung, die ihre Wurzeln in der biblischen Geschichte hat. Sie wurde genutzt um verschiedene Verbrechen, wie Gotteslästerung, Ehebruch und dergleichen, zu bestrafen. Es war eine Methode für die Gemeinde, um sich zu reinigen, um das Böse aus ihrer Mitte zu vertreiben. Was die Edelsteine angeht, könnten diese eine symbolische Verbindung haben. In der Offenbarung des Johannes sind diese Steine zehn der zwölf Grundbausteine des himmlischen Jerusalems. Sie stehen für die zwölf Apostel und die zwölf Völker Israels.

JC: Ich kenne mich mit Grundbausteinen nicht aus. Ich habe religiöse Texte nach Referenzen zu diesen Steinen durchsucht und kam mit leeren Händen zurück. Können Sie mir mehr darüber erzählen?

SH: Natürlich. In der Bibel selbst werden diese Steine nicht namentlich genannt. Aber sie haben sicher eine mächtige Bedeutung in biblischen Überlieferungen, wenn man weiß, wo man suchen muss. In älteren Texten. Anderen Sprachen. Hebräisch. Aramäisch…

JC: Sie lesen in diesen Sprachen?

SH: So ist es. Und Altgriechisch und Sanskrit.

[JCs handschriftliche Notiz: Silas' Büro in der Geneva Universität ist bis zum Rand mit Büchern und Schriften gefüllt, sowohl auf den Regalen als auch auf dem Boden. Manche sind offen, als ob er sie kürzlich zur Recherche genutzt habe. Ich bin geschockt von all dem Papier, wo man doch auf alles Digitale so viel einfacher und schneller zugreifen kann. Silas ist ein Gelehrter der alten Schule.]

JC: Das erste Opfer hielt einen Diamanten in der Hand. Irgendwelche Überlegungen hierzu?

SH: Bei diesem Edelstein handelt es sich um die Basis von himmlischer Reinheit. Es gibt keinen reineren Stein als den Diamanten. Der Henker strebte vermutlich danach, seine Mission bekanntzugeben, das Böse auszutreiben. Vielleicht strebt er danach, das Fundament zu legen, um die himmlische Stadt in unsere Welt einzuleiten, indem er das verschmutzte besiegt.

JC: Sie meinen, indem der Mörder Sünder beseitigt, hofft er, die Entrückung oder sowas herbeizuführen?

SH: Die Entrückung? Ich wette, es ist nicht ganz so dramatisch.

JC: Irgendwelche Spekulationen darüber, was der Mörder wollen könnte?

SB: Vielleicht versucht der Henker, anderen zu zeigen, dass das Himmelsreich sich direkt vor ihrer Tür befindet.

JC: Das ist ein Zitat von Jesus, stimmt's? Das Himmelreich ist nahe.

SH: So, wie Matthäus und Markus es geschrieben haben, ja. Der Kirchgang zählt nicht zu Ihren Stärken, oder, Detective Campbell?

JC: Bedauerlicherweise ist meine Partnerin, Detective Sarkis, die Religiöse von uns beiden. Meine Großmutter hat versucht, mich in den Gottesdienst mitzunehmen, aber ich kann nicht gut stillsitzen.

SH: Ha! Das überrascht mich nicht wirklich.

[JCs handschriftliche Notiz: In diesem Moment entdecke ich mehrere Schwielen an Silas' rechter Hand. Sie haben eine auffallende Ähnlichkeit mit Schwielen, die vom Pitching kommen können, so wie die, die ich hatte, als ich an der Universität beim Softball Pitcher

war. In Silas' Büro gibt es nichts, was auf eine Vergangenheit im Coaching oder Spielen von Baseball, oder irgendeine andere Aktivität, die neue Wundstellen verursacht haben könnte, hinweist. Diese neuen Schwielen, gepaart mit seiner biblischen Fachkenntnis, sind ein bisschen zu sehr Zufall. Verdächtiger? Eine Untersuchung wert.]

JC: Ich danke Ihnen für Ihre Einblicke, Herr Professor. Sie waren sehr aufschlussreich. Wenn Sie sich sonst noch an irgendetwas erinnern, das mir bei meinen Ermittlungen helfen könnte, zögern Sie nicht, sich an mich zu wenden.

[JCs handschriftliche Notiz: Die Aufnahme hier ist verzögert, da ich ihm meine Visitenkarte gegeben habe.]

SH: Ein Karte! Nein, was ein Vergnügen! Ich schätze die Höflichkeiten der alten Schule wirklich wert. Und natürlich, Detective Campbell. Ich werde an Sie denken. Viel Glück dabei, diese Mysterien zu entwirren.

[JCs handschriftliche Notiz: Als ich dieses Interview arrangiert habe, um ein wenig Licht in die religiöse Bedeutung der Edelsteine zu bringen, habe ich nicht erwartet, einen möglichen Verdächtigen zu finden. Er hat nicht nur fundiertes Wissen über die Steine, nein, diese Schwielen gehen mir nicht aus dem Kopf. Sie stimmen mit dem überein, was sich bilden würde, nachdem man ein Opfer wiederholt mit Steinen beworfen hat. Silas und seine Vergangenheit in New Orleans müssen weiter erforscht werden. Unklares Fluchtrisiko. Mit Bedacht vorgehen.]

11

JENA

Mittwoch, 8 Uhr morgens

Grauer Nebel erstreckt sich über dem Garten des Hochsicherheitsgefängnisses State Correction Institute Fayette, auch bekannt als SCI Fayette. Eine doppelte Reihe von circa sechs Meter hohen Zäunen, auf deren Spitzen sich spiralförmiger Stacheldraht befindet, umfasst dünnes Gras und Matsch. Ein Wärter lässt mich durch den mechanisierten Eingang hinein und die Vordertür öffnet sich mit einem Klicken. Ein weiterer Wärter ist mein Begleitschutz. Ich kann einen kurzen Blick auf sein Namensschild erhaschen, auf welchem Kyle irgendwas steht, bevor er mir den Rücken zudreht.

„Hier entlang“, sagt Kyle.

Wir laufen einen langen, breiten Korridor hinunter. Das hässliche Mosaik aus beigefarbenem, weißem, jadegrünem und burgunderrotem Linoleum zieht sich über seine gesamte Länge hin und stinkt nach Bleichmittel. Wir gehen etwa 30 Meter, bevor wir an der ersten Kreuzung ankommen. Auf der rechten Seite befindet sich der erste von zwei Blöcken, welche aus Gefängniszellen und Wohnbereichen wie im Studentenheim besteht. Das Ganze hat die Form eines gigantischen, eisernen Kreuzes. Jeder Block beherbergt tausend Häftlinge, in jedem Arm des Kreuzes 250, unter Hochsicherheitsbedingungen. Aber hier gibt es keine Eisengitter. Das

Gefängnis besteht aus modernen Zimmern mit stabilen Wänden und Türen und Möbeln aus Edelstahl.

Im linken Gang befindet sich eine Kennzeichenpresse. Das SCI Fayette ist das einzige Gefängnis in Pennsylvania, das diese herstellt. Dieser Ausbeutungsbetrieb sieht genauso aus, wie jede stereotype Gefängnisszene, die man in Filmen sieht. Das Brummen der Maschinen pulsiert in perfektem Rhythmus, das Klirren von Metallplatten, die Gestalt annehmen, das zeitweilige Zischen von Dampf. Im Zentrum des Raumes steht die gigantische Druckerpresse, deren glattes Gestell in der harten Industriebeleuchtung glänzt. Gigantische Walzen drehen sich mit kalkulierter Präzision und verwandeln leere Metallbleche in Schilder, welche das Siegel des States tragen. Die Anzahl der gestapelten Schilder wirkt wie eine Armee, die darauf wartet, entsandt zu werden.

Dahinter befindet sich die Einheit für besondere Bedürfnisse, eingerichtet für diejenigen, die Anpassungen aufgrund geistiger oder körperlicher Gesundheit benötigen, oder die zumindest das Gericht davon überzeugt haben. Der Gemeinschaftsraum ähnelt einem Erlebnisrestaurant für Kinder. Vor ein paar Jahren verwandelte sich der Betonziegel im Rahmen eines Wandmalerei-Projektes in eine Landschaft, die aussieht, als hätte der Dschungel künstliches Blattwerk und Cartoon-mäßige, große Katzen ausgekotzt. Und direkt neben diesem Gemeinschaftsraum hat das Gefängnis den Ausbau für Silas‘ Kapelle gebaut.

Kyle dreht sich nach links.

„Ist Silas nicht in seiner Zelle?“, frage ich.

Der Wärter ändert seine Position, sein Gesicht unlesbar, als er über seine Schulter sieht und grunzt: „Nein. Er ist in seiner Kapelle. Verbringt dort so viel Zeit, wie er nur kann."

Ich gewinne langsam den Eindruck, dass Kyle kein Fan von mir ist und dass seine Abneigung etwas mit Silas zu tun hat. Vielleicht hat er sich freiwillig als meine Begleitperson gemeldet, um ein Auge auf mich haben zu können.

Da ich am liebsten direkt bin, wenn ich kommuniziere, sage ich: „Sie mögen mich nicht, oder?"

Kyle grunzt wieder. „Ich kenne Sie nicht wirklich."

Mein Mundwinkel zuckt nach oben. „Aber sie mögen mich nicht. Warum?"

Kyle wird langsamer und sein Blick trifft auf meinen. „Es hat nichts mit Ihnen zu tun. Ich glaube nicht, dass Silas getan hat, wofür er verurteilt wurde. Das ist alles."

„Wer hat Ihnen das gesagt? Er selbst?"

Kyles Augen verengen sich noch weiter, aber seine Füße bewegen sich vorwärts.

„Kyle, wie lange arbeiten Sie schon hier?"

„Bald sechs Jahre."

„Also lange genug, um zu wissen, dass jeder hier drinnen sagt, er sei unschuldig."

„Ich erwarte nicht, dass Sie verstehen.", murmelt er, bevor er sich wieder umdreht und schneller läuft.

Bei dem Gedanken, dass Silas seinen Wärter genauso hereingelegt hat, wie all die normalen Bürger, die sich dazu verschrieben haben, seine Jünger zu sein, steigt mir Hitze in die Wangen. Ein Gefängniswärter sollte es besser wissen. Aber vielleicht ist das unverschämt von mir. Ich schlucke meine Verächtlichkeit hinunter. Zu Silas hineinzugehen, während meine Emotionen so offenliegen, ist das letzte, was ich brauche. Er wird sich daran festhalten und drehen, und alles nutzen, was er nur kann, um mich zu manipulieren. Ich versenke den Anflug von Ärger ganz unten in meinem Magen, in den Abgrund, in den ich Emotionen stopfe, wenn ich mich konzentrieren muss. Die Wut wird dort bleiben, wie ein friedlicher Drache, der in einer dunklen Höhle auf einem Goldschatz liegt. Bis irgendetwas das Biest wieder provoziert.

Und doch kann ich nicht anders, als eine Frage an Kyle abzuschießen: „Warum glauben Sie, hat Silas mich auf seiner Liste für genehmigte Besucher gesetzt?“

Kyle zuckt mit den Schultern und läuft weiter.

Ich bin versucht, ihm zu sagen, dass der Grund dafür ist, dass Silas es genießt, mit Menschen zu spielen und sie zu manipulieren. Speziell diejenigen, die seine „Südstaaten-Gentleman“-Schau durchschaut haben. Und seitdem wir das erste Mal miteinander gesprochen haben, hat Silas höchsten Gefallen daran gefunden, sich mit mir anzulegen. Über die Motive des Mörders zu spekulieren, während er der Mörder *war*. Dass ich hier nicht der Bösewicht bin. Oder vielleicht sollte ich an Kyles Wahnvorstellungen appellieren und sagen, dass, wenn Silas glaubt, ich könne errettet werden, er mir dann nicht auch eine Chance geben sollte? Wer ist er schon, dass er den Allmächtigen Silas infrage stellt? Aber es würde keinen Unterschied machen, also bleibe ich stumm.

Wir kommen an einer schweren Holztür an, die gotisch aussieht. Ein formschöner Spitzbogen, der mit kunstvollen Schnitzereien verziert ist. Fluoreszierendes Licht reflektiert von Hochglanzlack.

Mit einem Wischen von Kyles Karte, öffnet sich die massive Tür knarrend. Er schlüpft hinein und nimmt seinen Platz an der Hinterwand ein, wo er in den Schatten warten wird, bis ich meinen Besuch beende. Auf der anderen Seite wird die Tür von zwei hoch gewachsenen Wärtern flankiert. Sie sind die durchtrainiertesten und am mürrischsten aussehenden Wärter, die ich je in Fayette gesehen habe. Ich kann verstehen, dass sie als Aufpasser von Silas gewählt wurden. Sie stehen in strammer Haltung, ihre Augen nach vorne fixiert. Zwei weitere Wärter von ähnlicher Statur und Gesinnung sind an der Vorderseite der Kapelle positioniert und haben auch ein wachsames Auge auf Silas. Vier Wärter für einen. Mit Kyle sind es fünf. Anscheinend nimmt Gefängisdirektor Papich seine Aufgabe, Gefangene eingesperrt zu halten, sehr ernst.

Tageslicht dringt durch ein wunderschönes Buntglasfenster an der Vorderseite der Kapelle. Ein Regenbogen an Farben wird von einer Taube unterbrochen, welche über einem Kruzifix schwebt, auf welchem sich die Inschrift *INRI* befindet. Ich erinnere mich an Marys Erklärung, dass die Initialen für lateinische Wörter stehen, die sich in etwa mit *Jesus ist König* übersetzen lassen.

Die aufgehende Sonne sendet glitzernde Lichtmuster auf den Innenbereich der Kapelle. Es gibt eine bescheidene Kanzel und einen Altar mit Reihen von Kirchenbänken, die sich durch den Raum erstrecken. Regale an der Hinterseite jedes Sitzes sind mit Bibeln ausgestattet. Das rauchig-süße Aroma von Weihrauch hängt in der Luft.

Eine einsame Gestalt kniet zum Gebet in einer Kirchenbank vorne in der Kapelle nieder, den Kopf gesenkt. Silas. Ohne aufzusehen, sagt er mit einem Hauch von Akzent, der sich beinahe nach Brooklyn anhört, obwohl er aus New Orleans kommt: „Hallo, kleiner Vogel.“ Seine Worte hallen in dem gewölbten Raum wider.

Mir gefriert das Blut in den Adern, als ich den Spitznamen vernehme und ihn sogleich mit Azraels Nachricht verbinde. Ich atme tief durch. Ich darf nichts verraten. Nicht ihm. Ich marschiere den Mittelgang hinunter, jeder Schritt hallt wie das Ticken einer Uhr wider, als ich mich ihm nähere.

Als ich noch etwa drei Meter von ihm entfernt bin, wendet Silas mir langsam seinen Kopf zu, er sieht auf und mich an. Rotes Licht scheint auf sein attraktives Gesicht. Ich stoppe und wahre einige Distanz zwischen uns. Die Luft wird dick, als die Zeit stoppt. Silas ist am Boden festgekettet, seine Handschellen mit einer dicken Eisenkette gesichert. Die Kette ist kurz und gibt ihm kaum Bewegungsfreiheit. Ich wiederhole diese Tatsache in meinem Geist.

„Silas.“ Meine Stimme klingt für mich fest, aber ich bezweifle, dass das so ist.

Er lässt ein strahlendes Lächeln aufblitzen, das durch das gefärbte Glas in blutrotes Licht getaucht ist. Als wären seine Zähne blutverschmiert. „Wo treibst du dich herum?“, fragt er, seine Augen brennen sich durch mich hindurch. „Ich hab dich seit einer ganzen Weile nicht mehr gesehen. Wie gefällt dir meine Kapelle?“

„Sie geben dir ernsthaft freie Hand über diesen Ort?“

Silas erhebt sich in seiner bewussten, gemütlichen Art und die Kette, die ihn am Boden festhält, rasselt auf beunruhigende Weise.

Silas Augen funkeln im rubinroten Licht. „Nicht ganz frei.“

Ich bin nicht die Einzige, deren Aufmerksamkeit er erregt. Die Wärter passen ihre Haltung an, und behalten ihn im Blick. Silas ist so groß, seine Hände und Arme so muskulös, dass ich mich zusammenreißen muss, um nicht zusammenzuzucken. Er hält meine Augen mit seinem roten Blick gefangen, seine Pupillen durchdringend. Er hebt seine Hände, an der linken fehlt der Ringfinger. Dies sind dieselben Hände, die die Steine geschleudert haben, die Joseph Burtons Körper umgaben.

Ich denke an das erste Mal zurück, als ich diese Hände gesehen habe. Eine blutgefüllte Blase befand sich auf dem Ballen seines rechten Mittelfingers. Reibung, Spannung, Wiederholung – die schmerzhaften Zutaten, mit denen sich eine Schwiele bildet.

Blutgetränkter Boden. Steine rund um die Leiche verstreut, keiner größer als Mandarinen. Von ihren Schlägen rot gefärbt. Das elfte Opfer. Ich konnte nicht zulassen, dass es ein Zwölftes geben würde.

Silas tritt einen Schritt auf mich zu und ich komme wieder aus meinem Flashback zurück. Der Wärter, der Silas am nächsten steht, bewegt sich einen Schritt nach vorne, bevor er stoppt und seine veränderte Position beibehält. Ich bleibe standhaft und weigere mich, zurückzuweichen, doch ich bekomme eine Gänsehaut. Seine Hände sind gefesselt und seine Beine sind in Ketten gelegt. Die Kette, die seine Handschellen an einem Metallring im Boden befestigt, klimpert, wenn er sich bewegt, und ich rufe mir in Erinnerung, dass er mich nicht erreichen kann.

Ich setze mich in die Bank auf der gegenüberliegenden Seite des Ganges und Silas setzt sich dort, wo er ist, nieder. Er neigt den Kopf zur Seite und taxiert mich.

„Na sieh dich nur an. Sogar beim Hinsitzen stolzierst du."

Ich weigere mich, ihm eine Reaktion zu zeigen und setze ein höfliches Lächeln auf.

Silas lehnt sich in der Bank zurück und rollt seine Schultern wie ein Panther. Ein Raubtier. Und ich bin seine Beute. „Was führt dich in mein bescheidenes Reich? Bist du vielleicht gekommen, um über ein Gnadengesuch zu sprechen, hmm?"

Ich bleibe steif wie eine Statue und warte darauf, dass er spricht. Denn Silas liebt das Reden.

„Nein? Nun, dann vielleicht eine Begnadigung?"

Ich halte mich sorgfältig zurück. Hinter seinen Worten steckt so vieles. So vieles, dass er nutzen wird, um zu versuchen, mit mir zu spielen. Ich lasse einen Moment der Stille vorbeiziehen und sage dann: „Ich habe von jemandem, der sich Azrael nennt, eine interessante Nachricht bekommen. Willst du mir vielleicht sagen, wer er ist?"

„Schrecklicher Name. Nicht einmal christlich. Aber man muss sein Werk bewundern."

„Also kennst du ihn?"

Oh, natürlich kennt er ihn. Silas versucht, sein Gesicht sorgfältig unter Kontrolle zu halten, aber ich kann ein leichtes Naserümpfen sehen, einen Zug an der Oberlippe – das lässt mich darüber nachdenken, ob er die „Arbeit" von Azrael als unter seiner Würde ansieht.

„Azrael spricht mich mit *kleiner Vogel* an. Niemand außer dir hat mich je so genannt."

„Das überrascht mich. Jena bedeutet im Arabischen *kleiner Vogel*. Nimm Campbell dazu, was im Gälischen schiefer Mund bedeutet, und schon hat man das Ergebnis: ein kleiner Vogel, der mit zuckersüßer Melodie lügt. Scheint mir sehr eindeutig."

Ich sehe ihn unter meinen Augenbrauen hervor an und verweigere ihm die Genugtuung einer Antwort.

Silas hebt seine Handschellen und zwickt sich ins Kinn. „Hmm, mal nachdenken. Möglicherweise kann ich ein wenig mehr sagen. Vielleicht kannst du Direktor Papich dazu überreden, mir ein Schlafzimmer, statt einer Zelle zu geben. Vielleicht hilft das meinem Gedächtnis auf die Sprünge."

Meine Augen verengen sich. „Du weißt genau, dass ich das nicht tun kann."

Silas lässt die Hände fallen, die Schellen klappern in seinen Schoß. „Ich bin ein vorbildlicher Gefangener. Ich bin in den letzten fünf Jahren auf dem Pfad der Tugend gegangen."

„Du bist noch keine fünf Jahre eingesperrt. Und du weißt genau, warum du isoliert bist. Du brauchst noch immer ein zwölftes Opfer, um dein Projekt der zwölf Edelsteinen und zwölf Morde zu vollenden.“

Silas Augen blitzen. „Es gibt keine konkreten Beweise, dass ich diese Morde begangen habe.“ Er versucht, die Bosheit aus seinen Worten zu nehmen, doch sie haben eine giftige Schärfe. „Nicht einen einzigen Fetzen.“

Mein Wutdrache ist jetzt wach und spuckt bei seiner Leugnung Feuer, bei seiner Verhöhnung meiner Kompetenz. „Du hast elf Menschen getötet. Nur weil man dich lediglich mit einem in Verbindung gebracht hat-“

„Oh kleiner Vogel, beleidige mich nicht. Ich bin blitzsauber. Alles, was ich tue, ist legal. Und wie du nur zu gut weißt, kann der Leviticus-Mörder keine weitere Seele beanspruchen, ohne den letzten Stein zu besitzen. Jaspis, kleiner Vogel. Wunderschöner, eisenroter Jaspis.“

Die Anspielung ist klar, aber er weiß nicht, was ich getan habe. Er vermutet es, weil ich diejenige war, die an seiner Tür geklopft hat. Aber er sucht nur nach Informationen. Genau wie Azrael. Die beiden arbeiten auf irgendeine Weise zusammen, um zu versuchen, mich einzulullen. „Ich bin mir sicher, du würdest eine Ausnahme machen.“

Silas sieht mich schräg von der Seite an. „Du versuchen immer noch, an etwas festzuhalten, was ich nicht getan habe, wie? Aber ich verstehe es. Manchmal muss man tun, was richtig ist, auch wenn es falsch ist."

Immer nur Schall und Rauch mit Silas. „Was soll das heißen?"

„Was will dein Azrael?"

„Deine Freilassung. Aber das wusstest du schon."

„Mir scheint, als hättest du die Macht, das zu bewirken. Wir wissen beide, was du getan hast, kleiner Vogel. Was meinst du? Bereit, ein paar Leben zu retten? Beichte heilt die Seele." Seine Augen reflektieren das rote Licht wie brennende Kohlen.

„Woher weiß dieser Azrael, dass du mich *kleiner Vogel* nennst? Ich nehme dir die Erklärung von wegen ‚er hat es einfach rausgefunden' nicht ab. Er kommt mir nicht wie ein Gelehrter vor. Nicht belesen genug, um mit der arabischen Bedeutung meines Namens anzukommen."

„Willst mein Ego streicheln, was? Bedauerlicherweise kann ich nicht mehr enträtseln, als ich schon habe."

„Es sei denn…?"

„Ganz genau. Es sei denn. Und Azrael mag kein Gelehrter sein, aber das macht ihn nicht weniger bösartig. An deiner Stelle würde ich in meinen Stiefeln zittern, kleiner Vogel. Extrem verängstigt."

Ich schlucke hart und zwinge mich dazu, aufzustehen. Ich sage kein weiteres Wort zu ihm. Ich gehe den Gang mit langsamen, gemessenen Schritten in Richtung Ausgang hinunter. Ich weigere mich, zu fliehen. Die Wärter überwachen jede meiner Bewegungen und ihre Augen huschen zwischen Silas und mir hin und her. Ich schätze, es ist beruhigend, dass sie bereit sind, einzugreifen, falls notwendig. Nicht so beruhigend, dass sie bei einem angeketteten Mann so wachsam sind.

Während ich laufe, ärgere ich mich darüber, dass ich es nicht geschafft habe, Silas irgendetwas zu entlocken. Vielleicht sollte ich ihm beichten. Privat, im Austausch gegen mehr Informationen, die mir helfen, Azrael zu fangen. Niemand würde je davon erfahren – es wäre mein Wort gegen seines. Ich zwinge den Gedanken aus meinem Kopf, die dümmste Idee, die ich je hatte.

Als ich auf die Tür zu schreite, sieht mich Kyle, der Wärter, der mich hereinbegleitet hat, mich kalten Augen an. Sein Blick durchdringt mich, als könne er in mein tiefstes Inneres sehen, bevor er mit seiner Karte wischt, um mich hinauszulassen.

Fallnotizen - Dienstag, den 13. Februar 2018

Detective J. Campbell

ERSTINFORMATIONEN ZUM TATORT

Am Dienstag, den 13. Februar 2018, haben wir die Überwachung von Silas Halvard, dem Hauptverdächtigen in den fortlaufenden Ermittlungen des Leviticus-Mörder, beibehalten. Über Nacht gab es hat man Silas weder gesehen, wie er sein Wohnhaus verlassen hat, oder dorthin zurückgekehrt ist.

Am darauffolgenden Morgen, um ca. 7.15, berichtete man uns von einer verstörenden Entdeckung in der Nachbarschaft Windgap. Ich erreichte den Tatort, wo Wachtmeister Tom Dale die Umgebung bereits abgesichert hatte. In einem isolierten Feld fanden wir eine Leiche, bis zur Brustmitte im Boden vergraben.

Der Verstorbene ist männlich, vollkommen bekleidet, von kleiner Statur, mit rotem Haar. Auftreten von schweren Blutergüssen und Blutungen. Zerschmetterte Vorderzähne. Die Kopfhaut teilweise abgezogen. Der rechte Wangenknochen konkav. Scheint weniger als 8 Stunden vor dem Auffinden verstorben zu sein. Keine Leichenstarre. Während des Ausgrabens, waren seine Hände geschlossen, die rechte umklammerte einen Amethyst.

Der Verstorbene trägt ein weißes T-Shirt und eine 55cm lange Goldkette. Keine Waffen gefunden. Der Tatort passte konsistent zu dem unverkennbaren Stil des Leviticus-Mörders. Der Verstorbene wurde aus dem Feld entfernt und zur Autopsie zum Gerichtsmediziner von Allegheny transportiert.

INFORMATIONEN DES GERICHTSMEDIZINERS

ICH, Rowan O'Reilly, konnte den Verstorbenen als Joseph Burton, 34 Jahre alt, identifizieren. Als Todesursache wurde stumpfe Gewalteinwirkung auf den Schädel angegeben.

ERMITTLUNGSNOTIZEN

Joseph Burton ist das elfte Steinigungsopfer. Er wurde bereits mehrfach aufgrund des Besitzes von Kinderpornografie verhaftet.

Die Reihenfolge der gefundenen Edelsteine ist: Diamant, Smaragd, Achat, Türkis, Karneol, Chrysolith, Beryll, Topas, Rubin, Granat, Amethyst. Ausgehend von meinem vorhergehenden Gespräch mit Silas Halvard sind dies die zwölf Grundbausteine aus der Offenbarung des Johannes und wir rechnen mit einem weiteren Stein, um die Reihe zu vervollständigen.

NÄCHSTE SCHRITTE

Ich habe mich mit den relevanten Abteilungen abgesprochen, um für das Vorantreiben der Verarbeitung von am Tatort gesammelten Beweisen zusätzliche Ressourcen und gerichtsmedizinische Unterstützung zur Verfügung zu haben.

Es ist eindeutig, dass bestimmt werden muss, wie die Edelsteine erworben wurden, um die entscheidende Information zu erhalten, welche in diesem Fall notwendig ist, um einen Durchsuchungsbefehl zu erhalten.

Unsere Überwachungsmaßnahmen von Silas werden intensiviert werden und ein erhöhter Fokus wird auf der Kontrolle seiner Tätigkeiten, Verbindungen und jeglichen möglichen Hinweisen liegen, welche zu seiner Verhaftung führen könnten.

Die Dringlichkeit, den Täter zu verhaften ist von entscheidender Bedeutung, da wir wissen, dass der Leviticus-Mörder plant, ein zwölftes und letztes Opfer zu fordern.

12

JENA

Mittwoch, 9 Uhr morgens

Ich stehe vor dem Büro des Gefängnisdirektors Duko Papich und sehe zu, wie er einen beeindruckenden Takt zum Maschinengewehrrhythmus von Metallicas Lied „One“ hält, als er auf seinem extra breiten Tisch herumtrommelt. Sein Büro ist ein Schrein an Heavy Metal und Alternative Rock, mit Konzertpostern bedeckt und voller Regale, die mit CDs gefüllt sind. Er ist ziemlich Old School. Ein seriöser Sammler, der schwört, dass MP3 Player robotische Stimmbänder durchsickern lassen. Lassen Sie ihn gar nicht erst von Autotune anfangen.

Als Papich bemerkt, dass ich vor seiner Tür herumlungere, schnappt er sich eine Fernbedienung und dreht die Lautstärker herunter. Er winkt mich herein und schüttelt seinen Kopf, sodass sein langes Haar über die Schultern seines Kragenhemds streicht. Ich vermute, dass episches Haar ein Metal-Ding ist. Sein weißes Hemd ist weit genug aufgeknöpft, dass man sein Black Sabbath T-Shirt darunter sehen kann. Die Manschetten sind hochgekrempelt und seine Armtattoos an beiden Armen sind sichtbar, Totenköpfe mit roten Augen sind vor einem Friedhof an Kreuzen angehäuft und der blutrote Himmel über dem Friedhof wird von einem Blitz zerteilt. Das Kunstwerk sieht so aus, als hätte er sich das Albumcover von

Metallicas Master of Puppets tätowieren lassen wollen, aber versucht, es weniger offensichtlich erscheinen zu lassen.

Papich seufzt, als ich mich hinsetze. „Metallica haben gerade ein total cooles CD-Boxset voll mit seltenen Bootlegs herausgebracht. Aber kann ein normaler Mann wie ich sich das mit einem Beamtenlohn leisten?“

Ich weiß es besser, als zu wagen, ihm den digitalen Download vorzuschlagen. Die kommen nicht inklusive der Cover-Art und den Covertexten. Welcher ernsthafte Musikliebhaber würde sich auf diese Weise entwürdigen?

„Und die Inflation ist verdammt heftig.“, füge ich hinzu.

Er schlägt auf den Tisch. „Aber hallo! Wir warten schon seit Ewigkeiten auf eine Lohnerhöhung. Man kann nicht mal mit den verfluchten Lebenserhaltungskosten mithalten. *Jebiga*!“, flucht er auf Kroatisch.

Ich nicke verständnisvoll mit dem Kopf und lasse ihn so wissen, dass wir das gemeinsam durchstehen. Kameraden mit beschissenem Regierungslohn. Zwei Menschen, die füreinander da sind, wenn einer von ihnen Hilfe braucht.

„Aber ich hör jetzt auf damit, mich über meinen Geldmangel zu beschweren. Was kann ich für sie tun, Detective Campbell?“

„Ich hatte ein sehr interessantes Gespräch mit Silas.“

„Sind sie das nicht alle?“

„Halbwahrheiten und Andeutungen. Er hält das, was er möglicherweise weiß gegen mich in der Hand.“

„Also ein übliches Geschäft für ihn, würde ich sagen.“

Es verlangt meine gesamte Zurückhaltung, um Papich nicht meine Erleichterung darüber zu zeigen, dass er nicht von Silas Charme umgarnt wurde.

„Etwas, was er sagte, lässt mich vermuten, dass er Außenkontakt mit jemandem hatte, der nicht auf seiner üblichen Besucherliste steht. Haben Sie irgendjemand neues zu ihm kommen sehen? Irgendetwas ungewöhnliches?"

„Keine neuen Gesichter, aber er quatscht jeden voll – sowohl Insassen als auch Wärter. Gebete und wasweißich. Vielleicht hat er einen Insider, der seine Nachrichten übermittelt." Papich verschränkt seine tätowierten Arme über der Brust. Ein Totenkopf auf seinem Unterarm grinst mich mit einem schauderhaften Lächeln höhnisch an. „Ich werde meine Techniker Videomaterial von seinen Klatschereien abrufen lassen, sowie auch Aufnahmen von dem Gejammer anderer Insassen. Aber, Mensch, es ist ein verdammter Berg. Um diesen Kram zu durchforsten, braucht man Befugnis und Papierkram. Wird eine Weile dauern, bis wird das geregelt haben."

Ich verstehe, dass bei diesem Prozess hohe Arbeitskosten entstehen, aber ich weiß auch, dass Papich dafür bekannt ist, seine Leute für den richtigen Preis schneller arbeiten zu lassen. Ich schenke ihm ein dankbares Lächeln. „Ich schätze es wirklich sehr, dass sie das genauer prüfen werden. Vielen Dank. Ich habe noch eine Frage, wenn Sie nicht zu beschäftigt sind."

„Kein Problem. Was liegt Ihnen auf dem Herzen?"

„Silas hat ein Gnadengesuch erwähnt. Wissen Sie irgendwas davon?"

Papich schüttelt seinen Kopf mit mehr Nachdruck als notwendig und bringt dabei seine glänzende Mähne zur Geltung. Er nutzt mehr Haarpflegeprodukte als ich. Was vermutlich nicht schwer ist, denn ich nutze überhaupt keine.

„Nee", sagt er. „Davon hab ich nichts gehört. Gouverneur Taylor ist keiner, der die schweren Strafen abmildert. Strafen für vorsätzlichen Mord zu verkürzen? Das ist nicht seine Art. Verstehen Sie mich nicht falsch, ihm geht es immer darum, seine Anhänger zufriedenzustellen. Aber er hat noch nie den Abzug betätigt, um einen Gefängnisinsassen vorzeitig aus der Haft zu entlassen. Aber man weiß nie, selbst er könnte eine andere Tonart anschlagen."

Mir dreht sich der Magen herum und mir wird schlecht. Auf keinen Fall würde Gouverneur Taylor Silas' Gnadengesuch stattgeben. Das ist etwas, wobei ich sicherstellen muss, dass wir beide vollkommen auf der gleichen Seite stehen.

„Vielen Dank für Ihre Einsichten. Und danke nochmal, dass Sie ihre Leute in die Besuchsaufnahmen sehen lassen.", sage ich, während ich von meinem Stuhl aufstehe.

„Jederzeit. Ich ruf Sie an, wenn ich irgendetwas aufdecke." Er seufzt erneut. „Fetzige Songs machen diesen Auftrag erträglicher. Aber ich kann mir das Album nicht vor dem nächsten Zahltag leisten, der erst in einigen Wochen ist."

Bevor ich eine Antwort geben kann, nimmt er wieder die Fernbedienung zur Hand und dreht *...And Justice for All* lauter.

Die Säure frisst an meinem Inneren und kriecht meine Kehle hoch. Ich muss das haben, was Papich über Silas herausfinden kann. Schnellstens.

Sobald ich aus dem Fayette-Gefängnis heraus bin, ziehe ich mein Handy heraus und tippe eine Nummer ein.

Ein junger Mann hebt ab, sein Tonfall ist mehr nonchalant als professionell: *„Dr. Disc.“*

„Hi. Ich brauche eine Eillieferung des neuen CD-Boxsets von Metallica.“

13

JACK

Mittwoch, 10:18 Uhr morgens

Schatten ist verärgert. Wenn Schatten sich so verhält, spricht Jack nicht, es sei denn er wird angesprochen. Er hat gelernt, still zu bleiben. Oh, und wie er das gelernt hat.

Jack wartet wie ein guter Unterwürfiger auf das nächste Spiel. Er zittert kaum. Aber er ist so müde. Die Erschöpfung übertüncht beinahe das Wund sein seines Körpers, den tiefen Schmerz seiner Muskeln. Beinahe. Vielleicht wird Schatten ihn schlafen lassen, wenn dieses Spiel vorbei ist.

Jack schwebt über dem Bett während Schatten in dem dunklen Raum herumläuft. *„Wir hätten schon längst anfangen sollen.“*, brüllt Schatten. *„Wir werden wegen diesen verdammten Beamten spät dran sein.“*

„Beamte?“ Jack realisiert gar nicht, dass er gesprochen hat, bis die Worte bereits aus seinem Mund stürzen. Er versucht, seine Hände über dem Mund zuzuhalten, aber sie sind gefesselt.

„Ich sagte Bedienstete. Wettkampffunktionäre. Hör auf zu reden.“

Jack seufzt erleichtert auf. Kein Schmerz. Nicht diesmal. Weil Schatten so abgelenkt ist. Jack ist sich ziemlich sicher, dass er *Beamte* gesagt hat. Vielleicht geht in der Außenwelt etwas vor sich, das Jack nicht sehen kann. Beamte…etwa Polizeibeamte? Jack hält die Luft an und wagt es nicht, zu hoffen. Sie würden nach ihm suchen, oder? Sein Vater würde veranlassen, dass die gesamte Polizeitruppe nach ihm sucht. Vielleicht haben sie Schatten gefunden. Vielleicht ist Hilfe schon auf dem Weg. Er versucht, sich am Gedanken der Rettung festzuklammern, während er in seinen Fesseln hängt und der Raum um ihn herum sich dreht und wendet. Seine Beine kribbeln, sie sind aufgrund von Mangeldurchblutung taub.

Sein Darm entleert sich ohne Vorwarnung. Heiße, dünne Flüssigkeit rinnt aus ihm heraus in seine Kottüte und brennt dort, wo der Durchfall die wunde Haut seiner Pobacken berührt. Ein abstoßender Geruch erfüllt die Luft.

Schatten hört auf, hin und her zu laufen und fixiert sein ausdrucksloses Gesicht auf Jack. Er kann beinahe Augen sehen, zwei dunklere Vertiefungen in der dunklen Silhouette, die mit unerschütterlicher Wut pulsieren. Jack schreckt zurück, und kämpft, um zu entkommen. Es gibt keinen Ausweg.

„Das ist ekelhaft, oder? Da denkt man, man habe jedes Detail durchdacht, doch man vergisst ein kleines Detail und alles steckt in der Scheiße. Wörtlich gemeint...Ach naja, die besten Pläne...“ Er knurrt wie ein wildes Tier und fügt dann hinzu: *„Ich hätte dir eine Kolostomie verpassen sollen, aber verdammt, ich bin kein Chirurg. Ich kann nicht riskieren, dass du einen septischen Schock erleidest. Noch nicht.“*

Sein Hintern schmerzt. Jack windet sich, fühlt sich eklig und hat Schmerzen. Seine Lippe zittert und ein sanftes Wimmern entweicht ihm.

„Halt die Klappe.“, sagt Schatten und seine Stimme hallt nach, als er aus dem Fenster starrt, aus dem man Pittsburgh überblicken kann. *„Endlich. Los geht's.“*

Der Raum löst sich auf und Jack findet sich auf einer Stahlplattform hockend wieder, die hoch über einer Rennstrecke hängt und seine Beine baumeln nach unten. Er ist wirklich weit oben. Herunterzusehen verursacht ihm Schwindelgefühl. Er wird nach vorne geworfen und klammert sich an der Plattform fest, um zu verhindern, dass er über die Kante fällt und sich unten auf dem Asphalt den Schädel einschlägt.

Aber das hier ist nicht echt. Das hier ist Virtual Reality. Er ist hier nicht in Gefahr. Nein, die Gefahr lauert in der Außenwelt. Er nimmt heftige Atemzüge während er sich orientiert.

Eine fröhliche, computergesteuerte Melodie pfeift in sein Headset. Die Melodie hat ein schnelles Tempo. Das hochwertige, musikalische Äquivalent des Zoomens. In der Ferne befindet sich eine Startlinie mit einer Zielflagge und die Grenzen der Rennstrecke sind mit Bäumen und hohem Gras gesäumt. Er sieht sich das an, worauf er sitzt, obwohl er nicht wirklich darauf sitzt, denn die Tüte, die seinen Durchfall beinhaltet, ist nicht an ihn gequetscht. Er baumelt in seinen Fesseln. Er beugt sich vor, dreht seinen Kopf herum und liest das Wort „Sicherheitspersonal“ in knallroten Buchstaben geschrieben. Ein Förderband, auf dem sich eine Reihe an schnittigen, schwarzen Helmen befindet, bewegt sich vor ihm.

„Hilf den Motorradfahrern.“, hört er die körperlose Stimme von Schatten. *„Sie brauchen Helme, aber ziele sorgfältig. Du willst dein Ziel nicht verfehlen. Sicherheit geht vor.“*

„Oh ja!“, schreit Jack. „Man muss sicher sein. Ich werde gute Arbeit leisten. Du kannst dich auf mich verlassen.“

Schatten sagt nichts. Hat er mit dem Enthusiasmus übertrieben? Manchmal versucht er, so perfekt zu sein und das macht Schatten auch wütend.

Aber dann hallt ein Schuss durch die Luft und die Zielflagge weht. Er muss das Spiel spielen. Er muss gewinnen. Er weiß nicht, was Schatten ihm antun wird, wenn er verliert.

Motorräder rumpeln auf ihn zu. Er streckt sich, um einen Helm zu nehmen, aber seine Koordination ist schlecht, seine Muskeln sind zu verkrampft. Er verpasst es, den ersten Helm zu schnappen, der vorbeitrudelt. Sein Herz rast, seine Handflächen sind feucht, er bricht in Angstschweiß aus, doch es gelingt ihm, sich den nächsten zu schnappen.

Er hält den Helm mit ausgestreckten Armen, bereit, ihn auf den Kopf eines Fahrers fallen zu lassen, als das Motorrad unter ihm vorbeifährt und dann…

… er zuckt in die Höhe, als er seine Augen öffnet, seine Sicht verschwommen und unfokussiert. Er hält einen Helm umklammert. Was hat er getan? Das Spiel. Scheiße, scheiße, scheiße. Er muss das Spiel um jeden Preis spielen. Er muss gewinnen. Ansonsten Schmerz. So viel Schmerz.

Ein Motorrad dröhnt unter ihm und Jack lässt den Helm los. Er fliegt durch die Luft und er sieht zu, wie die schwarze Kugel dem Ziel entgegenrast. Der Helm fällt auf den Kopf des Fahrers und Euphorie durchströmt ihn. Ein irrer Treffer! Ein Glückstreffer!

Er…

…schüttelt sich beim Aufwachen. Wo ist er? Was dröhnt da in seinen Ohren?

Schatten schreit: *„Wach auf, Jack!"*

„Ich bin wach!" Oh Gott, das Motorradspiel. Er muss spielen. Muss gewinnen.

„Bleib dran, Jack. Oder ich werde dir wehtun müssen, um dich wachzuhalten. Aber das will ich nicht tun. Du willst auch nicht, dass ich dir wehtue, oder? Oder brauchst du ein paar hundert Volt genau in die Brust?"

„Nein, nein." Seine Hände zittern. „Ich werde nicht einschlafen. Ich bin hellwach. Ehrlich. Schau." Er blinzelt heftig und zwingt sich zu einem Lächeln und wedelt mit weit gespreizten Fingern in Schattens Richtung, obwohl seine Fähigkeit, die Finger zu spreizen, begrenzt ist.

„Ich will, dass du dich konzentrierst, Jack. Das ist das Bonuslevel. Jetzt! Enttäusch mich nicht."

Ein diamantbesetzter Helm gleitet das Förderband entlang, während die Musik schneller wird. Zu selben Zeit sieht Jack einen Fahrer mit flammendem Kopf in der Ferne. Er weiß, was zu tun ist. Er wird nicht versagen. *Keine Schmerzen mehr. Keine Schmerzen mehr.* Er wiederholt die Worte immer wieder, wie einen Anfeuerungsruf. Er ist ein Superstar im Gaming. Ein absolutes Ass.

Sobald der glitzernde Helm nahe genug ist, nutzt er all seine Kräfte, um ihn aufzuheben. Dann hält der den Atem an, während das Motorrad schneller auf ihn zufährt, bevor er den Helm loslässt.

Er hat zu lange gewartet. Das Motorrad wird an ihm vorbei zischen, bevor der Helm sein Ziel erreichen kann, und die Diamanten werden auf dem Asphalt zerschellen. Schatten wird ihn töten. Er wird sterben. Oder vielleicht wird Schatten ihm das Bein abhacken. Er ist sich nicht sicher, was schlimmer ist. Sein Magen zieht sich zusammen und er würgt heiße Säure hoch.

Aber dann geschieht etwas wunderbares. Das Motorrad verlangsamt und der Helm fällt auf den Kopf des Fahrers. Magie. Beinahe, als könne er nicht verlieren. Das kann doch nicht mit rechten Dingen zugehen? Aber er denkt nicht zu sehr darüber nach und genießt sein Glück. Er wird keine Elektroschocks in die Brustwarzen bekommen.

Jack atmet aus, als der Motorradfahrer mit seinem neuen, juwelenbesetzten Helm davonrast.

„Schatten.“, sagt er atemlos. „Ich hab es geschafft.“

Die Musik stoppt und Jack ist wieder in seinem Zimmer, die Wände um ihn herum flackern, pulsieren, atmen.

Schatten materialisiert wie ein Geist aus dem Äther und nickt seine Anerkennung. *„Gut gemacht. Sehr gut gemacht. Dein Vater hat die Nachricht bekommen.“*

Jack ist erleichtert, dass Schatten ihm nicht wehtun wird, aber er kann seine Augen nicht offenhalten. Er versucht, auf sein Bett zu plumpsen, aber er hängt mitten in der Luft. Weil das hier nicht echt ist. Jack starrt seine Bettdecke an, die Eulengesichter tanzen unter ihm. Wenn er die Augen zusammenkneift, kann er beinahe das künstliche Licht sehen, dass von dem Stoff glüht, die virtuelle Realität, in der er gefangen ist. Aber es gibt auch eine Außenwelt. Er wiederholt das für sich immer wieder wie ein Mantra. Denk daran, es gibt eine Außenwelt. Eine, in der Papa, Mama und Jude auf ihn warten.

Seine Augen suchen nach den Grenzlinien, an denen er das VR-Headset vermutet, sucht nach dem kleinsten Fetzen Licht von außen. Den winzigsten Spalt. Aber es gibt nur Dunkelheit. Er horcht angestrengt. Er hört keinen vorbeiziehenden Verkehr, oder die Fernseher der direkten Nachbarn, nicht einmal einen Ventilator oder Lüftungsschlitz, der wie ein beruhigendes Flüstern bläst. Nur die künstliche Stille der Kopfhörer, die seine Ohren bedecken. Leere.

Er weint, doch seine Augen sind zu trocken, als dass Tränen fallen könnten. Und dann flackert ein brennender Schmerz an seinem Hintern auf.

Jack jault auf.

„*Was?!*“, brüllt Schatten.

„Nichts. Nur mein Hintern. Er ist wund.“

„Ich sollte dich darin lassen. Aber da ich nicht riskieren kann, dass du eine Infektion kriegst…“

Ein Klettverschluss reißt, als die Tüte, die an seinem Hintern festgemacht ist, weggerissen wird. Er stellt sich diese Einrichtung so vor, wie die Kottüten, die man an Kutschpferden festmacht. Und dann spürt er das Stechen von Alkohol auf offenen Wunden. Schatten reibt das grobe Wischtuch in Jacks Fleisch und überflutet seine Sinne mit Schmerz.

Jack jault und er kann nicht aufhören zu jaulen, als sei er ein irrer Wolf, der den Mond anbellt.

14

JENA

Mittwoch, 10:24 morgens

Ich halte in Rekordzeit vor dem Haus des ehemaligen Jurors Matt Butler. Das Haus ist ein Neubau in der Gegend Jefferson Hills. Graue Außenverkleidung und ein ungepflasterter Hof, der auf Rasen wartet. Ein PBP Ford Interceptor und ein Dodge Charger stehen bereits in der gekiesten Einfahrt. Die Garage ist mit gelber Vollkunststofffolie verhüllt, welche mit rotem Klebeband für biologische Gefahren versiegelt ist.

Das Wetter ist kühl und ein Nebel hängt in der Luft, der nicht so ganz Regen ist, aber versucht, es zu sein. Ich trete durch die Vordertür, die Feuchte klebt an meinen Klamotten fest. Die Wände sind in neutralem Eierschalenweiß gestrichen und riechen leicht nach frischer Farbe. Mary wartet in der Eingangshalle auf mich. Mit einem grimmigen Nicken führt sie mich zu einer Tür, die in die Garage führt. Eine trübe Glühbirne lässt den Raum mit einem schwachen gelben Schimmer erleuchten, was den Beamten im Inneren gelbsüchtig aussehen lässt. Die Wände sind von Regalen gesäumt, die mit Werkzeugen und alten Farbdosen vollgestopft sind. Haken, die an verschiedenen Orten befestigt sind, halten zwei Fahrräder, Sprungseile, Boxhandschuhe, ein Skateboard, Tennisschläger. Auf dem schmutzigen Betonboden verstreut liegen eine Schleifmaschine, ein Hammer und eine Stanzahle.

Genau in der Mitte der Garage, neben einer glitzernden, polierten, goldenen Harley des Modells Heritage Classic, liegt die Leiche von Butler. Er liegt ausgestreckt auf dem Boden, die Beine gebeugt, als würde er jeden Moment kampfbereit aufspringen, seine Hände umklammern einen völlig schwarzen Helm. Im Schritt seiner Jeans befindet sich ein nasser, dunkler Fleck und unter ihm hat sich eine Pfütze Urin angesammelt. Der beißende Gestank von Pisse hängt in der Luft.

Mein Blick wandert zu Mary, dann zu dem betreuenden Beamten. „Was zur Hölle ist passiert?"

Der Beamte zuckt zusammen, als hätte ich ihn erschreckt. Selbst in dem gelben Licht kann ich sehen, dass sein Gesicht bleich ist. „Zuerst haben wir nichts Ungewöhnliches bemerkt. Bevor er in die Garage ging, haben wir das Haus durchsucht und ihm Entwarnung gegeben. Wir haben in unseren Autos gewartet, kurz davor, ihn zur Arbeit zu geleiten. Dann fing er an, an seinem Helm zu zerren und ist wie ein Betrunkener durch die Garage getorkelt. Da wussten wir, dass etwas nicht stimmte. Ich bin aus meinem Auto gestürmt und habe versucht, ihm zu helfen, den Helm auszuziehen. Er ließ sich nicht bewegen.

Ich kniee mich neben der Leiche nieder und sehe Blutergüsse, wo der Helm um seinen Hals geklemmt ist. Auf keinen Fall hätte der sich lösen lassen, indem man versucht hat, ihn herauszuziehen.

„Es war nicht so, als hätten wir den Helm durchbrechen können. Wissen Sie, wie viel Druck man benötigt, um einen Helm zu zerbrechen? Wenn wir mit einer Kraft von hundert Pfund oder mehr nach ihm geschlagen hätten, hätten wir ihn möglicherweise getötet. Also haben wir versucht, die Gesichtsabdeckung abzunehmen, konnten sie aber nicht lockern."

„Sie lässt sich nicht öffnen?"

„Genau, also haben wir versucht, das Visier zu durchbrechen, aber die sind auch verdammt stark. Mich hat mal ein Stein in die Gesichtsabdeckung getroffen, als ich mit 160 Stundenkilometer gefahren bin. Nicht mal ein Kratzer. Wir haben es mit seiner Schleifmaschine probiert.“ Der Beamte zeigt auf das Werkzeug, das zur Seite geworfen auf dem Boden liegt.

„Das kann ich sehen.“

„Aber das hat auch nicht funktioniert. Also dachte ich mir, vielleicht ein Einstich, wissen Sie?“ fährt der Beamte beinahe faselnd fort. „Wir haben uns die Lochahle geschnappt und haben am Helm herum gehämmert. Lieber etwas Schädelrasseln als zu sterben, aber es hat nichts genützt. Nicht einmal eine Kerbe. Wenn Sie mich fragen, ist das kein normales Visier. Polykarbonat hätte wenigstens eine Delle bekommen. Aber selbst, wenn wir es geschafft hätten, ein Loch hineinzuschlagen, weiß ich noch immer nicht.“

„Was wissen Sie nicht?“

„Woran er gestorben ist? Strangulation, Erstickung oder die Insekten.“

Ich beuge mich näher heran, spähe in die Gesichtsabdeckung und bedecke meinen Mund mit meinem Ärmel. „Was zum…“

Mary beugt sich neben mir herunter und bekreuzigt sich.

Ich leuchte mit meiner Handytaschenlampe auf das Gesicht von Butler; winzige Läuse schwärmen unter der Maske. Läuse. Die dritte Plage.

Sie krabbeln in seine Nasenlöcher und Augen und wieder heraus. Butler hat keine Haare, sein Kopf ist glattrasiert. Das perfekte Opfer für Läuse, denn niemand würde den Glatzköpfigen verdächtigen.

Ich klemme mir mein Handy unter die Arme, zücke meine Nitrilhandschuhe und ziehe sie an. Ich richte das Licht wieder auf Butler und untersuche ihn genauer.

Sein Mund ist weit offen und die Insekten können hineinkrabbeln. Weil er nicht atmen konnte. Hätte er normal atmen können, hätte er seine Lippen zusammengepresst. Armer Teufel. Erstickungstod ist eine schreckliche Art, zu sterben. Ich kann nichts mehr für ihn tun, außer darauf zu warten, dass Anders den Tatort konserviert.

„Wie lange?“, frage ich.

„Wie lange was?“, fragt der Beamte zurück.

„Hat es gedauert, bis er gestorben ist?“

„Etwa sieben Minuten.“

Ich hoffe, er wurde lange vorher ohnmächtig. Sieben Minuten der Hölle. Ich kann nicht zulassen, dass das noch jemand anders passiert. Ich kann keinen zweiten Silas am Hals haben. Der Gedanke bringt mich zum Hyperventilieren und ich nehme kleine Schlucke Luft, um mich unter Kontrolle zu bringen. Ich will weinen, schreien, mit den Füßen aufstampfen. Ich werde nicht zulassen, dass das unter meiner Aufsicht geschieht. Ich werde nicht zulassen, dass Menschen sterben. Familien bittere Tränen weinen. Dass die ganze Stadt wieder Angst hat, nach draußen zu gehen. Aber ich zerquetsche die Bestürzung innerlich, lasse meine Ausbildung die Führung übernehmen und denke über umsetzbare Schritte nach. Wir brauchen mehr Schutz, mehr Ressourcen. Aber selbst dann, weiß ich nicht, wie man einen technikversierten Phantommörder stoppt.

15

JENA

Mittwoch, 13:46

Als ich drei Stunden später auf dem Parkplatz des Gerichtsmediziners in der Penn-Straße halte, steht der brutale Tod von Matt Butler noch immer zwischen Mary und mir. Eine unsichtbare Wand, die jegliche Kommunikation verhindert. Ich durchdringe diese Teilung, indem ich das sage, was in meinem Kopf herumschwirrt.

„Dieser Mord war so brutal."

Azrael steigert das Ganze. Jeder Tod ist schlimmer als der Vorhergehende.

„Wir wissen, wer sein Ziel ist.", sagt Mary. „Wir haben die Reihenfolge der Plagen. Als nächstes sind Fliegen dran. Diesmal werden wir es stoppen."

Ich wünschte, ich würde Marys Zuversicht teilen. Ich schenke ihr ein halbes Lächeln und will ihr glauben.

„Wohin bist du heute Morgen gegangen? Bevor du bei Matt Butler ankamst?"

Ich habe damit gerechnet, dass sie fragen würde, hatte aber gehofft, dass ich der Frage ausweichen könne. „Bin einem Verdacht nachgegangen."

„Ganz alleine?"

Ich verstehe, worauf sie anspielt, und vielleicht hat sie Recht. Damit, dass ich das nicht alleine bewältigen kann und sie einweihen sollte. In alles. Mein Besuch bei Silas. Die Nachricht von Azrael. Dass ich Collins mein Handy nicht ausgehändigt habe. All meine Geheimnisse belasten mich. Ich will Mary vertrauen, aber als ich in ihre warmen, braunen Augen sehe, sehe ich ein Risiko. Sie zu meinem Besuch bei Silas mitzunehmen, wäre dumm gewesen. Er hätte all die richtigen Dinge über mich gesagt, um Zweifel bei ihr zu säen. Davon ausgehend, dass er sie überhaupt als Besucher genehmigt hätte.

Meine Augen verweilen zu lange und sie windet sich unter meinem Blick, rutscht herum und räuspert sich. Ich schenke ihr ein unschuldiges Lächeln und hoffe, dass es nicht schuldbewusst aussieht.

„Es war keine große Sache", sage ich und schiebe das ganze zur Seite. „Wirklich nicht."

„Okay.", sagt sie und ich bin dankbar, dass sie mich nicht weiter drängt. „Aber hat dein Verdacht irgendwas ergeben?"

„Noch nicht. Aber ich habe einige Möglichkeiten in Gang gesetzt. Ich werde nicht aufgeben."

Ich parke auf der Straße vor dem untersetzten, beigefarbenen Gebäude, dass sich über den gesamten Block erstreckt. Umgeben von einer Sandsteinfassade besteht der Vordereingang aus zwei Glasschiebetüren mit dem Siegel des Gerichtsmediziners von Allegheny darauf. Wenn man nicht zu genau hinsieht, könnte man denken, dass das Gebäude Unternehmensbüros oder eine Notfalleinrichtung beherbergt. Aber das hier war kein Ort, an dem man Leben rettete. Hier erhielt man Leichen mit Hilfe von Chemikalien und eisigen Temperaturen. Die Leichen von denen, deren Leben durch ein Gewehr oder Tabletten oder Seil oder Erstickung durch einen Motorradhelm und Ungeziefer ein vorzeitiges Ende nahm.

Ich steige aus dem Ford Explorer und drehe meinen Körper von den Vordertüren des Büros des Gerichtsmediziners weg. Ich brauche eine Minute, um mich zusammenzunehmen, um mich vor dem zu wappnen, was darinnen liegt. Ich nehme einen tiefen Atemzug und gehe die Treppe hinauf. Als die Automatiktüren sich öffnen, stoppe ich mit pochendem Herzen. Mein Geist schubst ein anderes Bild in den Vordergrund, aus der Zeit, als ich diese Türen vor fünf Jahren durchquerte.

Joseph Burton, der auf dem Tisch des Gerichtsmediziners lag. Seine Haut ein wächsernes Weiß mit lilafarbenen Prellungen. Sein feuerrotes Haar ein Farbschock, leuchtend unter den harten Lichtern. Der präzise Y-Einschnitt, der die Mitte seiner Brust zerschnitt, von dem ich die Augen nicht abwenden konnte. Als wäre der Schnitt gemacht worden, um die letzten Worte von Joseph Burton nachzuahmen, die er aus gequälten Lippen hervorbrachte. Warum?

Ich habe diese Türen seitdem so oft durchschritten, aber der Tod von Matt Butler lässt mich die Vergangenheit noch einmal erleben.

„Ich gehe zuerst rein, wenn dir das hilft“, sagt Mary sanft. „Komm. Ich bin da, wenn du eine Hand zum Drücken brauchst. Ich bin für dich da.“

Mary geht an mir vorbei und hinterlässt ihren Duft von warmem Zucker, als sie nach drinnen läuft. Ich sehe in den grauen Himmel hinauf und nehme einen tiefen, stärkenden Atemzug, bevor ich mich dazu bringe, den beengenden Raum zu betreten, der im Keller auf mich wartet. Ich marschiere nach drinnen und hole Mary ein. Ich brauche niemanden, der meine Hand hält. Ich brauche einen Täter, den ich festnageln kann.

Wir zeigen dem Schreibstubenhengst unsere Dienstmarken und nennen den Namen des Opfers.

Ein gequälter Blick blitzt in seinem breiten Gesicht auf, bevor er wieder professionell wird. Seine Augen zeigen immer noch zu viel weiß. Er hat vorher noch nie von etwas gehört, wie dem Körper, den man vorhin an ihm vorbei gerollt hat, da bin ich mir sicher. Willkommen im Club.

„Sie betrachten es als biologische Gefährdung," sagt er. „Ihr müsst euch Anzüge anziehen."

Er zeigt uns den Weg zu einer Umkleidekabine, in der wir ausgeleierte Schutzanzüge anlegen. Mein Gesichtsschutz wird von jedem Atemzug vernebelt. Und schon bin ich wieder in der Garage zurück. Ich bin Butler, der in einem Motorradhelm erstickt, mein letzter Atemzug kondensiert am Plastik. Ich schnappe nach Luft und schüttle meinen Kopf, um ihn klar zu kriegen. Dann geselle ich mich zu Mary und wir marschieren zum Autopsieraum.

Drinnen hat es bestenfalls 18 Grad. Der Raum ist von dem Geruch nach Formaldehyd und Wick Vaporub erfüllt, welches der Gerichtsmediziner, Rowan O'Reilly nach wie vor großzügig verwendet, weil er sich nie an den Geruch des Todes gewöhnen konnte. Vielleicht ist das gesund. Sich an den Geruch von Fäulnis und

Verwesung zu gewöhnen, ist vermutlich nichts, wonach man streben muss. Obwohl O'Reilly sagt, dass er seinen Job liebt. Oder vielleicht liebt er die epischen Filmsoundtracks, die er den ganzen Tag mit voller Lautstärke spielt. Kraftvolle Musikstücke, die von der Schönheit des Lebens und Todes sprechen, und vielleicht von der Hoffnung auf ein Leben nach dem Tod. John Williams' Filmmusik aus *Jurassic Park* schallt aus den Lautsprechern. Die Musik verwandelt die kalten und deprimierenden, grabsteinfarbenen Fliesen in eine andere Welt, weit entfernt von der diesen.

In der Mitte des Raumes befindet sich eine Isolierkammer. Überdimensionale Schläuche, die abwechselnd gelb und schwarz gefärbt sind, halten einen transparenten Folienwürfel empor. Darinnen kann ich zwei Figuren in Schutzanzügen ausmachen. Eine von ihnen fotografiert zwei schwarze Hälften eines Motorradehelms, welcher sich in einem großen Druckverschlussbeutel auf einem Metalltisch befindet.

Ich trete an den Isolierwürfel heran und rüttle sachte an seinen Wänden. Gesichter, die hinter Gesichtsschützen aus Plastik verzerrt sind, drehen sich zu mir. Das, das mir am nächsten ist, O'Reilly, winkt uns herein. Ich öffne schnell den Verschluss und trete hinein und schließe ihn wieder, nachdem Mary sich zu mir gesellt hat.

O'Reilly späht mich hinter runden Brillengläsern an, der obere Teil seines Kragenhemdes und seiner Fliege ist dort sichtbar, wo der Gesichtsschutz auf den Stoff des Anzugs trifft. Neben ihm steht Anders und sieht aus, als könnte sie einen Schutzanzug auf einem Laufsteg rocken.

„Hier gibt's nichts, worum man sich Sorgen machen muss.", sagt O'Reilly, nein, er ruft, damit man ihn trotz der Musik aus *Jurassic Park* und der Dämpfung seines Anzugs verstehen kann. „Die Viecher sind alle tot. Ich hab sie ausgeräuchert." Er tippt auf seinen Anzug. „Die hier sind jetzt wahrscheinlich unnötig. Keine Spur von Krankheit oder irgendetwas anderem in ihnen. Ist aber vermutlich besser, das Insektizid nicht einzuatmen."

„Sie arbeiten schnell.", sagt Mary.

O'Reilly strahlt. „Ich hab diesen hier zur Priorität gemacht. Hoffe, das hilft euch."

„Wir wissen das wirklich zu schätzen." Meine Augen sind auf Butler fixiert. Das weiße Tuch, das ihn bedeckt, entblößt ein wenig von seiner Kopfhaut, die von roten Insektenbissen entstellt ist.

O'Reilly nickt. „Todesursache Erstickung, wie Sie vermutlich schon erraten haben. Verengung der Luftröhre durch externen Druck. Und ein Mangel an Sauerstoff."

O'Reilly drückt seine Knöchel in sein Kreuz und beugt sich zurück, bevor er sich nach links und rechts beugt, um die Spannung zu lösen. Wenn ich mir den eingetüteten Motorradhelm so ansehe, der von welchem Werkzeug auch immer in der Hälfte durchgetrennt wurde – vielleicht von einer Knochensäge? – muss das eine verdammt schwere Aufgabe gewesen sein. Kleine weiße Punkte, die wie Samen aussehen, kleben am Schaumstoff und mein Magen dreht sich bei dem Anblick herum. Ovale eines toten Läusebefalls auf dem Mitternachtsschwarz.

„Das ist mal ein Hightech-Helm. Ein Extraring aus stabilem Polycarbonat um die Kehle, der herausgesprungen ist. Der Gesichtsschutz von Supermagneten verschlossen gehalten.“

„Sieht aus, als wäre dieser Mechanismus von einer Fernbedienung aktiviert worden.“, fügt Anders hinzu.

O’Reilly zuckt mit den Schultern. „Das wissen Sie besser als ich. Meine Spezialität ist Biochemie, nicht Technologie. Wie auch immer, an der Hinterseite des Helms befindet sich ein Fach, das sich geöffnet hat. Gefüllt mit Läusen, die ihr eigenes Blutversorgungssystem hatten, um sie am Leben zu halten. Die Analyse sagt, es handelt sich um Kaninchenblut.“

„Ziemlich genial,“ unterbricht ihn Anders. „Bei diesem Level an Veränderungen, glaube ich nicht, dass das der eigentliche Helm von Matt Butler war. Azrael muss sie ausgetauscht haben. Collins arbeitet bereits daran. Aus Butlers Haus gibt es natürlich kein Filmmaterial. Collins sucht nach jedem, der auf der Arbeit an Butlers Helm herumgepfuscht oder ihn ausgetauscht haben könnte, wo man einfachen Zugriff darauf gehabt hätte. Auf den Kameras dort hat er bisher nichts gefunden.“

„Gute Arbeit,“ sagt Mary und ich realisiere, dass sie in ihrem Schutzanzug Kaugummi kaut.

„Na komm“, seufze ich. „Lass uns die Familie informieren gehen. Danach treffen wir uns mit Weisz und Jersey, gehen alle Details durch. Beide Fälle, soweit wir bisher sind und die nächsten möglichen Opfer. Es muss etwas geben, was wir übersehen haben.“

SMARTBOARD

Opfer

Michelle Green

Plage #1 – Wasser zu Blut

Todesursache – Stromschlag

Lisa Bell

Plage #2 – Frösche

Todesursache – Gift des goldenen Blattsteigers

Matt Butler

Plage #3 – Läuse

Todesursache – Erstickung

NÄCHSTE PLAGE – #4 Fliegen

Zielpersonen/Juroren

Michael „Mickey“ Hughes (männlich, 50 Jahre alt)

Wichtige Notizen: Football-Coach. Hat vier Jahre in der Armee gedient.

James Cox (männlich, 46 Jahre alt)

Wichtige Notizen: Digitaler Archivar. An Krypto interessiert. Familie besitzt Milchbauernhof.

Norma Littlejohn (weiblich, 53 Jahre alt)

Wichtige Notizen: Kämpferin für soziale Gerechtigkeit. Eine der besten Spendensammler für ein Sommercamp für Kinder mit Diabetes Typ 1.

Charles „Chuck“ Gomez (männlich, 70 Jahre alt)

Wichtige Notizen: Mag Formel 1. Hat einen Golden Retriever.

David Bacco (männlich, 64 Jahre alt)

Wichtige Notizen: Liebt die Natur, Tourismus und Bücher. Leidet an Multipler Sklerose.

Kent Baker (männlich, 42 Jahre alt)

Wichtige Notizen: besitzt ein Flämisches Riesenkaninchen. Lehrt Technologie an der High School.

Avi Spieler (nicht-binär, 29 Jahre alt)

Wichtige Notizen: Multimedia-Künstler. Koscher.

Earl Rogers (männlich, 76 Jahre alt)

Wichtige Notizen: Leiter einer Nonprofitorganisation, die sich auf Drogen- und Alkoholsuchtbehandlung spezialisiert. Leidet an grünem Star.

Chris Brown (männlich, 33 Jahre alt)

Wichtige Notizen: Mechaniker. Arbeitet nachts als Bartender. Leidet an Morbus Raynaud.

Jack Taylor (männlich, 17 Jahre alt)

Wichtige Notizen: Sohn des Gouverneurs. Vermutlich eine Geisel von Azrael, der verkündet hat, dass Jack das zehnte und letzte Opfer sein wird.

Hinweise

~~Jacks Laptop~~

~~Jacks Handy~~

~~Azraels Social Media Profil~~

~~Filmmaterial von den Kameras auf Matt Butlers Arbeitsstelle~~

16

JENA

Mittwoch, 16:02

Ich lehne mich in dem rollenden Bürostuhl zurück und lege meine Füße auf den Konferenztisch, während ich das Smartboard studiere.

„Baker hat ein Kaninchen und Gomez hat einen Hund?“, sagt Weisz. „Ist das die Art von Information, die wir brauchen? Wie hilft uns das?“

„Man weiß nie, was wichtig sein könnte.“, verteidige ich Marys Arbeit. „Bells Katze hat das Gift gebracht, an dem sie gestorben ist.“ Ich setze mich in meinem Stuhl auf und stütze meine Ellbogen auf dem Konferenztisch ab. „Sieht irgendjemand ein Muster oder hat Ideen dazu, wer als nächster dran sein könnte?“

„Die nächste Plage sind Fliegen?“ murmelt Weisz. „Es gibt überall Fliegen.“

„Ehm.“ Mary schnalzt mit ihrem Kaugummi. „David Bacco liebt die Natur. Ein Wanderweg könnte ein großartiger Ort sein, um jemanden zu töten. Dort gibt’s viele Fliegen.“

„Er hat MS. Ist vermutlich nicht wirklich ein großer Wanderer.“, sagt Jersey, während er ein Bild eines Schraubenschlüssels kritzelt.

„Ich wette auf den High School Lehrer. Werkunterricht ist gefährlich. All die Klingen und Maschinen. Bin mir aber nicht sicher, was die Fliegen angeht."

„Im Moment behalten wir sie alle unter Hausarrest", sagte ich. „Wir haben jeden Zentimeter ihrer Häuser durchsucht und wir haben Wachposten abgestellt. Videoüberwachung haben wir auch. Nichts kommt ohne unsere Genehmigung hinein oder heraus. Price kümmert sich in diesem Moment um geheime Unterschlupfe. Wir werden alle von ihnen in den nächsten Tagen dorthin ziehen lassen."

Weisz nickt. „Das ist das Klügste, was ich in diesem Raum je gehört habe. Was ist mit…"

Ich verpasse den nächsten Gedanken von Weisz, weil eine Benachrichtigung auf meinem Handy aufleuchtet.

[intentionallyblank] Azrael

Hallo kleiner Vogel,

Mein Herz schlägt so heftig, dass ich darüber staune, dass die anderen nicht mitten im Gespräch aufhören zu reden und mich anstarren. Ich senke das Handy unter den Tisch und öffne die Nachricht.

Wie gefällt dir meine Arbeit? Drei Tage sind vergangen und ihr Schweine quiekt bereits. Wie viele Leben wirst du noch opfern, bevor du Leviticus freigibst?

Sechs Tage, um zu gestehen…

~ Azrael

Ein sinkendes Gefühl breitet sich in meinem Magen aus und ich drücke meine freie Hand an meinen Bauch, während meine Augen an der Nachricht festkleben. Ich sollte Collins mein Handy aushändigen. Ihm sagen, dass Azraels Anschuldigungen gegen mich Schwachsinn sind. Dass er Lügen erfindet. Ich sollte sofort den Gang hinab zu Collins' Büro gehen und –

„Was guckst du an?" fragt Mary

Ich wische die Nachricht schnell weg. „Es ist nichts Wichtiges, nur…"

Alle Augen heften sich auf mich. Meine Wangen glühen heiß. Sie wissen, dass etwas nicht stimmt.

„Mason und ich hatten einen Streit.", platze ich heraus.

Marys Miene wird enttäuscht und besorgt. „Schon wieder?", fragt sie so sanft, dass es beinahe ein Flüsterin ist.

„Es war alles meine Schuld, ich war neurotisch und hab die Fassung verloren. Mal wieder."

„Na ich hoffe, dass du das wieder flickst.", wirft Jersey ein. „Mason ist einer der Guten."

„Das ist er." Ich schenke Jersey ein gezwungenes Lächeln, als mein Handy in meiner Hand vibriert. Ich halte Jerseys Blick fest, weil ich nicht nach unten sehen will. Weil ich genau weiß, was die Nachricht sein wird. Noch eine *kleiner Vogel* Stichelei von Azrael.

„Vielleicht wäre der Milchbauernhof von James Cox ein guter Ort für Fliegen.", sagt Mary.

Sie weiß genau, dass Cox nicht auf dem Bauernhof seiner Familie lebt. Als die Gruppe anfängt, untereinander über den Fall zu plaudern, bin ich dankbar, dass sie das Gespräch umgelenkt hat.

Ich forme ein lautloses *danke* in ihre Richtung und bringe dann den Mut auf, die neue Benachrichtigung anzusehen.

Es ist eine E-Mail von Direktor Duko Papich. Ich verkneife mir den erleichterten Seufzer, der mir beinahe entweicht und öffne die Nachricht.

Hey, Detective Campbell,

Ich höre grade geniale Metallica Songs. Ich habe hier ein paar visuelle Leckerbissen für Sie. Schauen sie vorbei.

~ D 🤘

Hat er ernsthaft einen Metal Fork Emoji nach seiner Initiale gesetzt? Vielleicht ist die Geste noch eine Referenz an mein Geschenk, aber das spielt gerade keine Rolle. Dass Mary mich vor den prüfenden Blicken von Jersey und Weisz gerettet hat, hat mich in weiche Stimmung versetzt. Zeit, Mary in meine kleine Exkursion einzuweihen.

„Mary“, sage ich. „Zeit zu gehen. Mein geheimnisvoller Trip hat möglicherweise etwas gebracht.

Mary schießt aus ihrem Stuhl hoch und strahlt, als wir den Konferenzraum verlassen. „Ciao, Jungs.“, zwitschert sie.

„Sagt ihr uns, was Ihr herausgefunden habt?“, ruft Jersey mir nach.

Ich winke ab. „Wenn etwas dabei herauskommt. Arbeitet weiter an dem, was wir schon haben.“

„Unfassbar“, protestiert Jersey, aber nicht heftig genug, dass ich denken würde, es stört ihn.

Ich schmeiße die Tür zu, als sie anfangen, zu scherzen.

„Wohin gehen wir?“, fragt Mary noch lebhafter als sonst.

„Zum SCI Fayette.“

„Ich hatte so ein Gefühl, dass du dort hingegangen bist.“

„Du kennst mich einfach zu gut.“

Ich lege einen Arm um ihre Schultern, als wir zum Ford Explorer marschieren.

Fallnotizen - Dienstag, der 5. März 2018
Detective J. Campbell

INFORMATIONEN ZUR AUSGANGSSITUATION

Am Dienstag, den 5. März 2018, wurde basierend auf den bisher erlangten Beweisen ein Durchsuchungsbefehl für den Wohnsitz von Silas Halvard bewilligt, welcher der Hauptverdächtige in den Ermittlungen gegen den Leviticus-Mörder ist. Die Befugnis wurde basierend auf einer Quittung über den Kauf von zwölf Edelsteinen in einem Pfandleihhaus erlassen, welches in Silas' Müll gefunden wurde. Elf dieser Edelsteine passten zu den Steinen, die im Besitz der elf Opfer gefunden wurden.

Detective Mary Sarkis und ich begaben uns zu Silas' Wohnsitz, einem Haus im Neutudorstil. Silas war zuhause und verweigerte uns den Zutritt ohne eine gedruckte Befugnis. Nachdem Detective Sarkis den Durchsuchungsbefehl für die Überprüfung seines Hauses vorlegte, kooperierte er, blieb jedoch während der Untersuchung in der Nähe. Beginnend im Erdgeschoss, arbeiteten wir uns systematisch durch alle Räume, wobei wir den Protokollen und Vorgehensweisen eines Durchsuchungsbefehls folgten. Während wir suchten, ließ Silas mehrere Bemerkungen fallen, die hier zur späteren Verwendung notiert sind:

„Man sagt, der Teufel steckt im Detail. Aber Sie werden ihn nicht auf meinem Speicher versteckt finden."

„Das ist wie eine große Schatzsuche, finden Sie nicht? Sich auf eine Jagd nach versteckten Edelsteinen begeben."

„Falls Ihr Ziel ist, Leichen in meinem Keller zu enthüllen, stellen Sie sich auf eine Enttäuschung ein."

Als wir uns dem Keller näherten, fanden wir eine verschlossene Tür vor, die mit einem Türriegel gesichert war. Silas behauptete, nicht zu wissen, wo sich der Schlüssel befände. Wir setzten Silas darüber in Kenntnis, dass wir die Tür aufbrechen würden, falls er den Schlüssel nicht umgehend herausgäbe, und wiesen ihn auf den Teil des Durchsuchungsbefehls hin, welcher „durch gewaltsames Eindringen, wenn der Eintritt nicht zur Verfügung gestellt ist" Zutritt und Zugriff auf alle Teile seines Wohnsitzes gewährte.

Nachdem die Details des Durchsuchungsbefehls geklärt waren, holte Silas den Schlüssel und gewährte uns Zutritt in den Keller, und enthüllte einen großflächigen, unfertigen Raum, der in krassem Gegensatz zu dem Rest seines makellosen Hauses stand. Silas informierte Detective Sarkis und mich darüber, dass sich der Lichtschalter für den Keller am Fuße der Treppe befände. Nachdem wir Silas den Schlüssel abgenommen und das Risiko abgeschätzt hatten, entschieden wir, dass Detective Sarkis mit dem Verdächtigen im Obergeschoss bleiben, während ich alleine in den Keller gehen würde. Der Hauptgrund dahinter war, zu verhindern, dass Silas uns beide mit einem Ersatzschlüssel im Keller einsperren würde.

Ich schritt die Stufen hinab und nutzte meine Taschenlampe zur Beleuchtung. Der Keller war mit vielen Gegenständen vollgestopft, darunter Konserven, mit Wasser gefüllte Plastikkannen, Zeitungs- und Zeitschriftenstapel, Karten von Örtlichkeiten in Pittsburgh, darunter das Rathaus und der Ridge Kalksteinbruch, Baupläne der St. Antonius-Kirche und des PNC-Parks, sowie mehrere Busfahrpläne.

Inmitten der Gegenstände entdeckte ich eine Sammlung an religiösen Utensilien wie Kreuze, Kerzen, Salböle und religiöse Texte. Ich fand auch eine kunstvoll verzierte, offene Truhe, welche winzige Knochenfragmente enthielt, die sorgfältig auf Samtkissen angeordnet waren. Jeder Knochen war säuberlich mit den Namen von Heiligen und religiösen Ikonen beschriftet.

Von großem Interesse war der Fund einer Reihe handschriftlicher Notizen, die Silas' Überwachung von Joseph Burtons wöchentlicher Routine, einschließlich Standorte und Zeiten, vor seinem Mord dokumentierten. Diese Notizen und daneben Zeitungsausschnitte, welche die vergangenen Verhaftungen Joseph Burtons aufzeichneten, scheinen Silas mit Joseph Burtons' Mord in Verbindung zu bringen.

ERMITTLUNGSNOTIZEN

Die religiösen Utensilien, Zeitungsausschnitte und handschriftlichen Überwachungsnotizen wurden als potenzielle Beweisstücke von Silas Halvards Verbindung zu den Verbrechen des Leviticus-Mörders dokumentiert und beschlagnahmt.

Silas wurde wegen Verdacht des Mordes verhaftet und zur weiteren Untersuchung in das Bezirksgefängnis gebracht.

Unser Ermittlungsteam wird weiterhin die beschlagnahmten Beweise analysieren, Befragungen durchführen und weiterführende Hinweise verfolgen, um den Fall gegen Silas Halvard zu stärken.

17

JENA

Mittwoch, 17 Uhr

Als wir in Papichs Büro ankommen, rockt er zu Slayers „Raining Blood“ als er uns hineinwinkt. Die gewollte Gitarrenresonanz verursacht mir Kopfschmerzen, aber Mary rockt innerlich weiter und zuckt mit den Schultern im Takt des kakophonischen Lärms.

„Yeah, genau so, Mädchen!“ jubelt Papich und beide nicken rhythmisch mit den Köpfen.

Mary kichert und Papich dreht die Laustärke runter. Heute trägt er unter seinem Anzughemd ein Iron Maiden-Shirt. In der Ecke seines ausladenden Tisches befindet sich auch ein sehr teures Metallica Boxset.

Als Mary und ich Platz nehmen, erwischt Papich mich dabei, wie ich mir die CDs ansehe. „Beeindruckendes Geschenk, finden Sie nicht?“

Marys Augen bohren sich in mich, aber ich drehe mich nicht, um ihrem Blick zu begegnen.

„Das bedeutet mir sehr viel.“ Papich fährt liebevoll mit einem Finger über die Oberfläche, bevor er seinen Laptop herumdreht, sodass wir den Bildschirm sehen können. „Und ich glaube, das hier bedeutet Ihnen sehr viel.“

Er nickt in meiner Richtung. Ich drücke auf PLAY und Mary und ich drängen uns näher an den Bildschirm. Das unscharfe Bild zeigt eine komplett in Schwarz gekleidete Figur auf dem Parkplatz vor dem Gefängnis. Ihr Gesicht ist komplett von einem Schlauchtuch mit Skelettabdruck und einer dunklen Sonnenbrille verdeckt. Das Skelett nähert sich einem Wärter, der mit dem Rücken zur Kamera steht. Sie unterhalten sich kurz. Das Skelett händigt ihm ein Stück Papier aus. Das Video stoppt und ich sehe zu Papich auf.

„Er war hier oft zu Besuch. Immer so verkleidet.“ Er öffnet die Schublade seines Schreibtisches und holt einen USB-Sticker heraus, den er mir gibt.

„Und keiner hat es mitbekommen?“

„Das gesamte Überwachungs-Videomaterial zu durchsuchen ist nicht zweckmäßig, es sei denn wir haben einen Grund dazu. Außerdem war er seit fast zwei Wochen nicht mehr hier.“

Ich lehne mich vom Bildschirm weg. „Weil er bereits alles gesagt hatte, was notwendig war?“

Papich nickt. „Könnte sein.“

Mary stützt sich mit den Ellbogen auf dem Tisch ab und neigt sich zu Papich. „Wo ist dieser Wärter gerade? Wir würden gern kurz mit ihm sprechen.“

„Er gehört ganz Ihnen.“ In Papichs Augen flammt ein Höllenfeuer auf und der Blitz, der auf seinen Arm tätowiert ist, kräuselt sich, als er die Kante des Tisches umklammert. „Wenn Sie mit ihm fertig sind, schicken Sie ihn zu mir, okay? Wir haben einige…Angelegenheiten zu besprechen.“

Papich wirkt komplett ruhig, aber es gibt einen Grund dafür, dass er der Gefängisdirektor ist. Er ist hervorragend diszipliniert.

Wir verlassen Papichs Büro und ein weiterer Wärter geleitet uns in den richtigen Raum. Ich stehe auf der Schwelle und spähe hinein. Der Raum ist ein Platz, wo die Wärter ruhen können – von Rost zerfressene Tische, die das Logo D. O. C. tragen, der penetrante Geruch von verbranntem Kaffee in der Luft. Ein bestrafter Wärter wartet darin, den Kopf in seinen Händen und seine Finger in seinem Haar verfangen.

Es ist der Wärter, der mich begleitet hat, als ich Silas besucht habe. Dieses Mal kann ich sein Namensschild gut sehen: Kyle Mander.

Er sieht auf und als er realisiert, wer ich bin, verengen sich seine Augen zu Schlitzen.

„Alles in Ordnung?", fragt Mary.

Sein Gesichtsausdruck wird weicher als er diese winzige, 1,50 Meter große Polizistin mit den knallpinken Lippen und manikürten Fingernägeln erblickt. „Ich schwöre, ich hab nichts Falsches gemacht. Ich wollte nur Silas' Segen. Nach dem, was er für mich getan hat…"

Ich schließe die Tür und lehne mich an den Tisch, der vor dem steht, an dem Kyle kauert. „Was hat er für Sie getan?"

Kyle seufzt und die Spannung weicht aus seinen Schultern. „Meine Frau und ich hatten schreckliche Fruchtbarkeitsprobleme. Wir haben alles probiert. Intrauterine Insemination. Dann künstliche Befruchtung. Fehlgeburt folgte auf Fehlgeburt, unser Konto leerte sich und wir hatten noch immer kein Baby. Silas, nun ja…" Sein Blick schweift zu Marys Goldkette, als könne er den Umriss ihres Kreuzes unter ihrer Hemdbluse sehen. „Silas hat mit mir gebetet, hat mir gesagt, ich solle nur glauben.“

„Glaube ist alles, was wir haben“, stimmt Mary ihm zu.

Er nickt ihr zu, als hätte er eine Gleichgesinnte gefunden. „Ich bin nicht sehr religiös, wissen Sie? Oder zumindest war ich das nicht. Aber ich tat, was er sagte. Betete die Worte, die er mir gab, jede Nacht. Zwei Wochen später fanden wir heraus, dass Cecilia schwanger war.“

Ich rolle innerlich die Augen. „Und Sie schreiben das nicht der künstlichen Befruchtung zu?“

Kyle wirft Mary einen Blick zu, als wolle er sagen, meint Ihre heidnische Partnerin das ernst? Mary gibt einen verständnisvollen Laut von sich und Kyle wendet seinen Blick wieder zu mir.

„Es ist okay, dass Sie mir nicht glauben, aber vielleicht sollten Sie auch mal mit Silas beten. Sie werden sehen, ob Sie danach immer noch so denken. Es wäre ein Segen für Ihr Leben, wenn Sie das tun würden.“

Nur über meine Leiche. Das würde Silas vermutlich auch bevorzugen.

Mary nähert sich ihm und legt ihre Hand auf seinen Arm. „Welche Nachrichten haben Sie überbracht?“

Kyles Augen sind weit aufgerissen, als er antwortet: „Bibelverse. Nichts anderes, das schwöre ich.“

„Was für Bibelverse?“, frage ich und trete näher.

Kyle hebt die Hände hoch, als ob ich ihn in Handschellen legen würde und er mir seine Kooperationsbereitschaft zeigt, was mir gut in den Kram passt. „Ich kann Ihnen genau sagen, welche Verse. Ich habe sie als Screenshots auf meinem Handy gespeichert, damit ich mich an sie erinnern kann. Ein bisschen mehr Göttlichkeit kann nie schaden, wissen Sie?“

Er zieht das Handy aus seiner Hemdtasche und ich nehme meins heraus und schubse es ihm entgegen. Er dreht sich halb, als würde er die Bilder lieber mit Mary teilen, aber ich bestehe darauf. „Transferieren Sie die Bilder hierhin.“

„Na klar.“ sagt er und überträgt die Bilder auf mein Handy.

„Und jetzt zum zermürbenden Verhör.“, sage ich mit ausdruckslosem Gesicht.

„Wenn es Ihnen nichts ausmacht.“, fügt Mary hinzu.

Kyles Kopf zuckt in die Höhe. „Brauch ich einen Anwalt?“

„Nicht, wenn Sie nichts Belastendes getan haben.“ Dann entscheide ich, dass Sarkasmus vermutlich nicht die beste Art ist, das hier anzugehen und füge hinzu: „Wir sind nicht wegen Ihnen hier, Kyle. Was auch immer Sie getan haben, ist im Vergleich zu dem Fall, an dem wir arbeiten, unbedeutend und Sie sind nicht in Schwierigkeiten, okay? Jedenfalls nicht von uns aus. Ich kann von Papich nicht dasselbe behaupten.“

Kyles Augen treten hervor, aber dann verengt er sie und versteckt seine Angst vor Papich. Das zu sagen, war vermutlich auch nicht das Richtige. Ich sollte das Reden wahrscheinlich Mary überlassen. Aber sie ist der gute Bulle. Ich bin der ernste Bulle. Also fällt es mir zu, ihn in die Mangel zu nehmen.

„Stellen Sie Ihre Fragen. Dann entscheide ich.“

„Bitte,“ sagt Mary. „Wir brauchen Ihre Hilfe, Kyle. Sie könnten Leben retten.“

Kyle sieht uns beide genau an und nickt dann, er hat sich mit der Aufgabe abgefunden. Ich bombardiere ihn mit meinen Fragen, während Mary seine Antworten aufschreibt.

„Beschreiben Sie das Skelett bitte, Größe und Gewicht.“

„Etwa 1,75 Meter groß und um die 77kg schwer.“

„Geschlecht?“

„Sah männlich aus.“

„Haut-, Haar- und Augenfarbe?“

Er zuckt mit den Schultern. „Keine Ahnung, sein Kopf war bedeckt.“

„Was können Sie mir über seine Stimme sagen?“

„Er hat einen Verzerrer genutzt.“

Ich ziehe eine Augenbraue hoch. „Sie fanden es nicht merkwürdig, dass der Kerl verkleidet war und seine Stimme verzerrt hat?“

Er starrt mich einen Moment lang an, bevor er antwortet. „Ich kann verstehen, wenn jemand Anonymität wünscht. Sich mit Silas zu assoziieren, ist, wie Sie vielleicht bemerkt haben, etwas kontrovers.“

Ich grunze und fahre fort. „Was ist mit seiner Kleidung? Marken?“

„Jeans, Kapuzenpulli, Sneakers. Ganz in schwarz. Dunkle Sonnenbrille mit Rand. Schlauchtuch mit Skelettgesicht. Ich weiß nichts über Marken. Da kann ich Ihnen nicht helfen.“

„Irgendetwas markantes? Tattoos, Schmuck, Parfum?“

„Nein,“ sagt er mit einem Kopfschütteln. „Nichts sichtbares.“

„Art und Modell des Fahrzeugs.“

„Hab nie eins gesehen. Jedenfalls nicht auf dem Parkplatz. Er muss woanders geparkt haben.“

„Wie hat er den Erstkontakt aufgenommen?“

„Ich war in meiner Raucherpause.“

„Und das finden Sie nicht merkwürdig? Dass er das Gefängnis beobachtet hat, um jemanden in der Pause ins Visier zu nehmen?“

Er zupft an seinem Hemdkragen und wendet den Blick ab. „Ich hab nicht wirklich drüber nachgedacht, aber jetzt wo Sie es sagen, ja, etwas merkwürdig. Aber wie ich schon sagte, er wollte Silas nur Bibelverse zukommen lassen. Um zu zeigen, dass er fromm sei. Er sagte, dass er einige Schwierigkeiten in seinem Leben zu bewältigen hatte und hoffte, dass Silas für ihn beten würde. Daran ist nichts Schlimmes.“

Ich durchbohre Kyle mit meinem eisigsten Blick. „Ist das absolut alles, was Sie uns über den Austausch zwischen diesem Fremden und Silas sagen können?“

„Das ist alles, Ehrenwort. Sie sagten, es stehen Leben auf dem Spiel. Das nehme ich ernst.“

Ich nicke knapp. „Danke für Ihre Kooperation. Komm mit, Mary. Wir haben, was wir brauchen.“

Aber Kyle umklammert Marys Hand, seine Augen flehend. „Silas ist reformiert. Selbst wenn ich glauben würde, dass er vorher jemanden verletzt hat, würde er nichts mehr tun, um irgendwem Leid zuzufügen. Er würde das einfach nicht tun.“

18

JENA

Mittwoch, 19:15

Zurück im Konferenzraum angekommen, unterdrückt Mary ein Gähnen. Es ist eine Weile her, dass wir Spätschicht gemacht haben. Sie steht bei Sonnenaufgang mit ihrem Kind auf und liegt normalerweise um 9 Uhr abends im Bett. Der Kaffee ist schon lange leer und unser Abendessen bestehend aus Thunfischsandwiches aus dem Gemischtwarenladen war alles andere als nahrhaft. Ich strecke meinen Arm aus und tätschele sie beruhigend.

„Soll ich noch eine Kanne kochen?"

Sie schüttelt den Kopf. „Nein danke. Wenn ich jetzt Kaffein trinke, wird mich das komplett fertigmachen."

Collins nutzt das Smartboard, um die gescreenshotteten Bibelverse von Kyle in einer Hightech-Slideshow zu vergrößern. Er trägt heute ein grünes T-Shirt und die Ärmel reichen kaum bis an das obere Ende seines Bizeps. Ich kann jeden einzelnen Muskel unter dem straffen Stoff zählen.

„Also, nur damit ich das richtig verstehe. Es gibt andere Insassen und Gefängniswärter, die Silas hörig sind?" Collins verschränkt die Arme auf eine Weise über seiner Brust, die willentliches und unnötiges Muskelspiel fördert.

Mary lächelt aus ihrem Stuhl zu ihm hoch und zuckt die Schultern. „Die Insassen, sicherlich. Wer weiß schon, wie viele von den

Wärtern? Was die Hochrangigen angeht, kann ich nur sagen, dass Fayette ein unterfinanziertes Gefängnis ist, das auf einmal Spenden erhält. Ich wette, sie nutzen das voll aus“

Ich öffne gespielt überrascht meinen Mund. „Du willst damit sagen, dass Papich zu seinen persönlichen Vorteil ein doppeltes Spiel spielt? Ich bin schockiert, sag ich dir. Schockiert!“

„Trotzdem,“ sagt Collins. „Ich kann nicht glauben, dass Silas seinen eigenen Podcast bei der Show *PA Prisons and Parole* hat.“

„Seit bald vier Jahren.“

„Es ist dämlich, ihn so missionieren zu lassen.“

„Wenn Sie weiter über Silas quasseln, können Sie mir die Fernbedienung reichen?“

„Ja, Madam.“

Collin wirft sie herüber und die Fernbedienung schlittert über den Tisch. Mary schnappt sie sich und klickt sich durch die Screenshots. Die Bibelstellen sind alle langatmig, aber einige Stellen sind unterstrichen worden.

„Da ist irgendwas mit der Reihenfolge der Verse.“ Mary scrollt zurück zum ersten Bild. „Leviticus 20 ist der erste. Vers zehn ist unterstrichen.“

„Das ist der Teil über Steinigung,“ sage ich.

„Jap,“ bestätigt Mary. „Ein Mann, der mit der Frau seines Nächsten die Ehe bricht, wird mit dem Tod bestraft, der Ehebrecher samt der Ehebrecherin.“

„Na,“ schnaube ich verächtlich, „wir wissen, dass Silas dem zustimmt.“

Mary klickt auf das nächste Bild. „Dann kommt Offenbarung 21. Vers neunzehn ist unterstrichen. Das ist der über die Grundsteine."

„Das war Silas' Ding, stimmt's?" fragt Collins und zieht eine Augenbraue hoch.

„Ich beneide dich darum, dass du es vergessen konntest," sage ich. Fairerweise, wenn es sich nicht auf einem Computerbildschirm befindet, schert es Collins nicht im Geringsten.

„Erinnern Sie mich an den Zusammenhang."

Mary kommt der Bitte nach. „Das Kapitel beschreibt eine Heilige Stadt, die aus den Wolken vom Himmel herab sinkt. Zwölf Engel, zwölf Tore, zwölf wertvolle Steine, die die Wände schmücken. Die Bibel ist ein Freund der Zahl zwölf."

„Faszinierend," murmelt Collins.

Marys Blick tanzt. „Du hast nicht gelebt, bis du es auf Altsyrisch vorgetragen in der Mitte eines zweistündigen Gottesdienstes gehört hast."

„Also ja," fahre ich fort, „du hast doch den Erwerb der Steine untersucht, erinnerst du dich? Die Grundsteine sind die Steine, die Silas in den Händen seiner Opfer hinterließ."

„Angeblich hinterließ." sagt Collins.

Ich rolle mit den Augen. „Fang bloß nicht damit an."

Collins grinst. „Du hast ihn über diese Steine befragt, um Recherche in seinem Fall zu betreiben, stimmt's?"

„Ja, aber bevor ich wusste, dass er eigentlich der Leviticus-Mörder ist."

„Angeblich."

„Herrgott nochmal, Collins."

„Hey." Mary sticht einen fuchsienfarbenen Fingernagel in meine Richtung. „Ich verbitte mir solche Ausdrücke."

„Tschuldigung, Mary. Ich sage später ein paar Mal das Ave-Maria auf."

Mary haut mir mit dem Handrücken auf den Arm.

„Wie auch immer," sage ich und richte meine Antwort an Collins. „Silas war die logische Wahl, weil er ein Professor für Bibelstudien an der Geneva Universität war. Ich dachte, er könnte mir helfen, die Leviticus Morde in Verbindung zu der Theologie hinter der Steinigung und der Bedeutung der Edelsteine besser zu verstehen. Und wie Mary erklärt hat, sagte er, dass die Edelsteine genutzt würden, um eine schimmernde Stadt zu erbauen, die vom Himmel auf eine neue Erde gebracht werden würde, nachdem alles Böse ausgelöscht sei."

„Und er hat versucht, die Auslöschung zu beschleunigen," sagt Collins.

„Danke," sage ich.

„Wofür?"

„Dass Sie nicht *angeblich* gesagt haben."

„Okay." Mary klatscht in die Hände. „Mal sehen, ob wir irgendeine Bedeutung aus diesen Versen zusammenbasteln können."

Sie steht auf und geht hinüber zum Smartboard, klickt durch die Bibelstellen und erstellt eine aufeinanderfolgende Liste der unterstrichenen Verse. Sie fügt keine Karikaturen hinzu, denkt vermutlich, dass das respektlos sei. Als sie fertig ist, tritt sie zurück und begutachtet ihr Werk:

BIBELVERSE

Leviticus 20:10, Ein Mann, der mit der Frau seines Nächsten die Ehe bricht, wird mit dem Tod bestraft, der Ehebrecher samt der Ehebrecherin.

Offenbarung des Johannes 21:19, Die Grundsteine der Stadtmauer waren mit edlen Steinen aller Art geschmückt.

Buch der Sprüche Salomos 1:5, Der Weise höre und vermehre sein Wissen, der Verständige lerne kluge Führung.

2. Buch der Chronik 15:7, Ihr aber, seid stark! Eure Hände sollen nicht erschlaffen, denn euer Tun wird seinen Lohn finden.

Lukas 21:36, Wacht und betet allezeit, damit ihr allem, was geschehen wird, entrinnen könnt.

Jesaja 40:4, Jedes Tal soll sich heben, jeder Berg und Hügel sich senken. Was krumm ist, soll gerade werden, und was hüglig ist, werde eben.

Jesaja 27:9, Darum sei dadurch Jakobs Schuld wieder gesühnt, darin bestehe die volle Befreiung von seiner Sünde, dass er alle Altarsteine vernichtet, wie man Kalksteine zerschlägt. Nie mehr soll man Kultpfähle und Rauchopferaltäre errichten.

„Am unteren Rand des letzten Screenshots ist etwas abgeschnitten," sage ich. „Handschriftlich. Seht ihr das?"

„Jawohl, Madam." erwidert Collins. „Sarkis, geben Sie mir die Fernbedienung:"

Mary schiebt sie ihm zu und er spielt mit den Einstellungen herum und zoomt heran. Alles, was man sehen kann, ist der obere Teil von Federstrichen. Unmöglich zu entziffern-

„Vielleicht die Zahlen für mehr Bibelkapitel und Verse?" schlägt Mary vor.

„Verflucht, wir brauchen die. Aber Silas würde auf keinen Fall die Beweise behalten. Nicht für mehr als zwei Wochen. Er würde dir selbst sagen, alles, was er tut, ist sauber. Hat das Papier wahrscheinlich sofort geschluckt."

„Lasst uns nochmal durchgehen, was wir haben, okay? Hoffentlich reicht es." Mary betrachtet das Smartboard.

„Leviticus und die Offenbarung müssen wohl von Azrael genutzt werden, um Silas wissen zu lassen, dass er von seinen Taten weiß," sage ich.

„Sind wir sicher, dass das Skelett Azrael ist?" fragt Mary.

„Er muss es sein, aber du hast Recht, könnte auch ein Bote sein. Aber ich glaube nicht, dass Azrael diese Aufgabe irgendjemand anderem anvertrauen würde."

„Dem stimme ich zu."

„Das Buch der Sprüche Salomos und das 2. Buch der Chronik sehen mir nach Schmeichelei aus. Azrael will Silas damit sagen, wie sehr er seine Arbeit bewundert."

„Ihn lobpreisen wie einen Mentor, sagen, dass Silas eine Inspiration dafür war, was Azrael jetzt tut."

„Genau. Lukas handelt von Azraels Plan, Silas zu befreien."

„Dem stimme ich auch zu."

„Was ist mit den letzten beiden?" fragt Collins.

Ich blicke zu Mary, die genauso ratlos aussieht wie ich es bin, ihre Stirn ist verwirrt gerunzelt. „Ehm, vielleicht geht es um seine Pläne, alles in Schutt und Asche zu legen?"

„Wie die Juroren?"

„Möglich." Mary kaut auf ihrer Lippe herum, ihr grell pinker Lippenstift, verschmiert sich über ihren Vorderzahn.

„Könnte auch etwas Schlimmeres sein. Wie zum Beispiel seine Pläne, nachdem er Silas aus dem Gefängnis befreit.“

„Dann stellen wir besser sicher, dass Silas nie frei kommt.“

Pittsburgh Post-Gazette
Dienstag, 5. März

Silas Halvard, Ehrenprofessor, Verhaftet, mit vorsätzlichem Mord angeklagt
von Matt Burkhart

Silas Halvard, Professor für Bibelstudien an der Geneva Universität, wurde heute Morgen für den Mord an Joseph Burton, dem elften Steinigungsopfer des letzten Jahres, verhaftet. Die Verhaftung löste in ganz Pittsburgh sowohl Wellen des Schocks als auch der Erleichterung aus. Schock, weil Bürger mit der Tatsache ringen, dass ein angesehener Akademiker möglicherweise für die grauenvolle Mordserie verantwortlich sein könnte, die das Gebiet seit Monaten heimgesucht hat. Erleichterung, weil sie realisieren, dass diese Morde wahrscheinlich vorbei sind. Halvards Expertise in Bibelstudien gibt den Verbrechen, bei denen die Opfer bis zur Brust vergraben und zu Tode gesteinigt wurden, mit Edelsteinen in der Hand, als makabre Visitenkarte, eine dunkle Bedeutungsebene.

Die Behörden nahmen Halvard nach sorgfältigen Ermittlungen fest, während derer sie Beweise zusammenstückelten, welche ihn mit dem Mord an Joseph Burton in Verbindung bringen. Die Festnahme war der Höhepunkt nach vielen Monaten unermüdlicher Arbeit der Polizei Pittsburgh, welches bei ihrer Suche nach Hinweisen in diesem Fall unerbittlich war.

In einem exklusiven Interview mit Detective Jena Campbell, der Hauptermittlerin dieses Falls, enthüllte sie: „Wir hatten Professor Halvards Aktivitäten überwacht, seitdem mein Interview mit ihm im Januar ihn zu einer Person von besonderem Polizeiinteresse machte. Bestimmte Teile fingen an, sich anzugleichen und es wurde klar, dass man ihn weiteren Ermittlungen unterziehen musste. Die Beweise, die wir gesammelt haben, führten schlussendlich zu seiner Verhaftung."

Während die Verhaftung von Silas Halvard einen Hoffnungsschimmer aufflammen lässt, ist sie auch Ursache für eine Vielzahl an Fragen. Wie konnte ein respektierter Gelehrter in der Lage sein, solche abscheulichen Taten zu begehen? Was veranlasste ihn dazu, diese Morde zu begehen? Die Ermittlungen sind noch lange nicht vorbei und der Prozess verspricht, eine lange und fesselnde Angelegenheit zu werden.

Staatsanwältin Emily Sanchez, die den Prozess gegen Halvard führen wird, gab bekannt: „Wir haben stichhaltige Beweise, die den Verdächtigen mit dem Tatort von Joseph Burtons Mord in Verbindung bringen. Der Prozess soll die Motive hinter diesen brutalen Vergehen aufzeigen und wir werden Gerechtigkeit für die Opfer und ihre Familien suchen.

Patricia Burton, die Schwester des Opfers, sagte: „Als eine devote Anglikanerin ist es niederschmetternd, zu erfahren, dass ein angeblicher Gottesmann für solche Grausamkeit verantwortlich sein könnte. Mein Bruder war nicht perfekt. Er war von Mängeln behaftet, wie alle Menschen es sind. Vielleicht hatte er mehr Fehler als andere. Aber wer sind wir, dass wir einander verurteilen? Meine Gedanken sind bei all den Familien, die von diesem Alptraum betroffen sind."

Was die „Mängel" von Joseph Burton angeht, so war er mehrfach wegen Besitzes von Kinderpornographie verhaftet worden.

Ein ehemaliger Student von Halvard trat mit der *Post-Gazette* in Kontakt und sprach unter der Bedingung, anonym zu bleiben. Der Student behauptete: „Professor Halvard hatte schon immer eine dunkle Ausstrahlung an sich. Es war immer etwas beunruhigendes unter dem oberflächlichen Charisma, als ob er versteckte Geheimnisse hätte. Aber ich hätte nie gedacht, dass er zu so etwas fähig wäre."

Während sich die Stadt auf etwas vorbereitet, von dem man erwartet, dass es ein Prozess von großem öffentlichem Interesse sein wird, wechselt der Fokus jetzt auf den Gerichtssaal, wo die Wahrheit hinter Silas Halvards angeblichem Verbrechen bis ins kleinste Detail untersucht werde wird. Man erwartet, dass der Prozess das ganze Land fesseln wird, während die Staatsanwaltschaft und die Verteidigungen ihre Fälle der Jury darlegen.

Währenddessen müssen sich die Einwohner von Pittsburgh damit auseinandersetzen, dass das Böse an Orten lauern kann, wo man es am wenigsten erwartet. Die Verhaftung von Silas Halvard hat die Illusion der Sicherheit zunichte gemacht und uns daran erinnert, dass die Grenze zwischen Rechtschaffenheit und Dunkelheit verschwimmen kann. Die Stadt wartet darauf, dass die Gerechtigkeit siegt und darauf, dass den Opfern und deren trauernden Familien ein Abschluss gebracht wird.

837 Kommentare VERFASSE EINEN KOMMENTAR Filtern nach: Neueste

Diese Diskussion wird nach den Regeln der Post-Gazette moderiert. Bitte ***lies die Regeln durch****, bevor du der Diskussion beitrittst. Im Falle technischer Probleme, bitte* ***kontaktiere unser Kundenservice-Team****.*

Brutal-saurus Rex
Silas verdient den elektrischen Stuhl!
Dienstag, 5. März 2018 um 9:08

Kitteh38
Du machst deinem Namen alle Ehre, nicht wahr?
Dienstag, 5. März 2018 um 9:10

Brutal-saurus Rex
ROAR!
Dienstag, 5. März 2018 um 9:12
CarkMan
Die Polizei hat lang genug gebraucht.
Dienstag, 5. März 2018 um 9:08

PrimantiBrosRestaurant
Detective Campbell ist eine Heldin. Detective,
wenn Sie das hier lesen, Sie bekommen Ihr Leben lang Sandwiches
umsonst, wann immer Sie bei uns vorbei kommen!
Dienstag, 5. März 2018 um 9:09

ArtRooneyII
Genau! Wir schicken 2 Tickets für Logenplätze für die Saison zu
ihr. Auf geht's Polizei Pittsburgh!
Dienstag, 5. März 2018 um 9:11

LuvTrueCrime
Bin ich der Einzige, der denkt, dass alle Opfer riesige Scheißhaufen waren?
Dienstag, 5. März 2018 um 9:13

CriticalBean
Man sollte dich bannen. Deine Kommentare lassen mich Hirnzellen verlieren.
Dienstag, 5. März 2018 um 9:16

LuvTrueCrime
Ich wette, du bist der Mittelpunkt jeder Feier.
Dienstag, 5. März 2018 um 9:17

LupineScat
SILAS ALS PRÄSIDENT!
Dienstag, 5. März 2018 um 9:18

RockStarGamer
Ja oder?! Lasst uns hoffen, dass Leviticus im Gerichtssaal nochmal auflevelt. Das hier geht in die Geschichte ein. Ich kann nur davon träumen, diesen Status als Meister des Spiels zu erreichen. Legendär!!!!!!
Dienstag, 5. März 2018 um 9:21

CriticalBean
Weißt du was? Jap. Nach diesem Kommentar lege ich eine Pause von dieser Seite ein. Ist besser für meine geistige Gesundheit.
Dienstag, 5. März 2018 um 9:22

WEITERE LADEN

19

JENA

Mittwoch, 20 Uhr

Mary und ich kommen an unserem letzten Halt des Abends an, dem Haus von Gouverneur Taylor. Dank der ständigen Anrufe von Frau Taylor am Ende seiner Kräfte hat Price uns genervt, dem Gouverneur und seiner Familie einen Lagebericht über den Fall ihres Sohnes zu geben. Ich hab den persönlichen Besuch ewig herausgeschoben, weil ich mich schäme, dass ich keinen nennenswerten Fortschritt zu melden habe.

„Vielleicht solltest du das Reden übernehmen,“ flüstere ich Mary zu, als der Bodyguard, Daniels, uns in die Wohnstube führt.

Mary nickt mit zusammengepressten Lippen. Ich kann ihr das Zögern nicht übel nehmen. Der Gouverneur wird die Situation wie ein Politiker handhaben, aber Frau Taylor wird sie handhaben wie die Frau eines Politikers – sie wird uns Stück für Stück auseinander nehmen.

Die Familie erwartet uns in der gleichen Sitzverteilung wie beim ersten Mal, der Gouverneur im Lehnstuhl, seine Frau und Jude auf dem Sofa. Nur dass sich diesmal zwei Beamte zur Überwachung im Raum befinden, die versuchen, sich in die Tapete einzufügen und unauffällig zu erscheinen.

„Vier Tage,“ sagt Frau Taylor, ihre Stimme hart und die Hände im Schoß gefaltet. „Jack wird seit vier Tagen vermisst. Und Sie schicken ohne jegliche Erklärung Beamte um unser Haus zu bewachen. Was glauben Sie, wie wir uns dabei fühlen?"

„Mit Sicherheit frustriert," erwidert Mary.

Frau Taylors Augen richten sich blitzschnell auf sie. „Wütend. Es macht mich wütend."

„Und ängstlich," fügt Jude hinzu.

„Achtundvierzig Stunden," sagt Frau Taylor. „Das ist der Zeitraum, um eine vermisste Person lebend zu finden. Und das erkläre ich Ihrem lieben Captain Price jedes Mal, wenn ich anrufe."

Und einen Aufstand veranstalte, füge ich im Stillen hinzu.

„Und wissen Sie, was er mir sagt? Er wird mich informieren, sobald es etwas Neues gibt. Und darum sitze ich hier und kratze an meinen Nägeln herum, während ich darauf warte, dass Sie auftauchen und mir erzählen, dass mein Kleiner tot ist."

„Es tut mir furchtbar leid," sagt Mary. „Aber es gibt etwas Neues."

Frau Taylor wappnet sich und sagt, „Dann raus damit."

Mary öffnet den Mund und ich weiß, ich sagte, ich würde ihr das Reden überlassen, aber ich muss etwas einwerfen. Meine Augen wandern zu Jude. „Ich muss klarstellen, dass das hier nicht an die Öffentlichkeit gelangen darf. Nicht auf den sozialen Medien. Nicht durch Privatnachrichten. Es könnte Jacks Leben in Gefahr bringen. Ist das klar?"

Jude schluckt schwer und nickt.

Frau Taylors Schultern entspannen sich ein wenig. „Sie wollen damit sagen, dass Jack lebt?"

„Die Hinweise deuten darauf hin, dass er eine Geisel ist," sagt Mary.

„Was wollen sie?", verlangt Frau Taylor zu wissen. „Geld?"

Mary setzt sich auf das Zweiersofa und ich sinke neben ihr nieder. Mary stützt ihre Ellbogen auf den Knien ab, die Hände zusammengelegt. Sie beugt sich nach vorn. „Ich fürchte, so einfach ist das nicht."

„Was meinen Sie?"

„Lass sie ausreden," sagt der Gouverneur. Der Blick, den ihm seine Frau zuwirft, könnte Städte zerstören.

Mary fasst alles, was passiert ist, so sanft wie möglich zusammen. Die Tode von drei ehemaligen Juroren von Silas' Fall. Azraels Drohung, noch sechs weiter zu töten, wenn Silas nicht freigelassen wird. Dass er die zehn biblischen Plagen inszeniert.

Gouverneur Taylor wendet sich dem an der Wand hängenden Kreuz zu. „Und die zehnte Plage ist die Tötung des Erstgeborenen."

„Oh mein Gott," entfährt es Jude.

„Also lebt mein Sohn noch, aber nicht mehr lange," sagt Frau Taylor.

Der Gouverneur wendet sich mir erneut zu. „Aber Sie werden diesen Azrael fangen, hab ich Recht?"

„Wir tun alles menschenmögliche," sage ich. „Wir haben all unsere Mittel darangesetzt."

Sein Gesichtsausdruck ist stoisch, aber alle Farbe weicht aus seinem Gesicht. „Ich könnte Silas niemals begnadigen. Oder einem

Gnadengesuch stattgeben. Die Stadt würde den Verstand verlieren."

Ich bemühe mich nach Kräften, mir die Erleichterung nicht ansehen zu lassen. „Dem stimme ich zu. Das ist nicht notwendig. Die Juroren und Ihre Familie sind gut geschützt. Wenn zwei Mörder herumlaufen würden, würde das mehr Leben kosten, als es retten würde."

„Das wissen Sie doch nicht," sagt Jude. „Silas wurde nur wegen eines Mordes angeklagt. Die Leute sagen, er sei geläutert."

Sein Vater wirft ihm einen ungläubigen Blick zu. „Eine kleine Gruppe Fanatiker. Sie sind nicht in der Mehrheit. Du sollest die Briefe lesen, die sie in mein Büro schicken. Diejenigen, die sagen, er sei fälschlicherweise beschuldigt worden, sind die noch die Zahmen. Sie behaupten allerlei Irrsinn über Silas. Das Gericht hat vielleicht nicht genug Beweise gehabt, um ihn der anderen Morde anzuklagen, aber ich glaube nicht eine Sekunde lang, dass Silas nicht der Leviticus-Mörder ist."

„Natürlich ist er das," sage ich und klinge zu eifrig, dem Gouverneur zuzustimmen. „Er wird wieder töten."

Der Gouverneur umklammert die Armlehnen seines Stuhls und starrt mich für lange Zeit an, bevor er sagt: „Ich glaube an Sie. Ich glaube an Ihr Team. Sie haben Silas beim ersten Mal hinter Gitter gebracht und ich vertraue darauf, dass Sie alle in Sicherheit halten und diesen Irren fangen."

Judes sieht zwischen seinen Eltern hin und her. „Warum sagst du nichts?", fragt er seine Mutter.

„Ich habe kaum Vertrauen in dieses…Team," sagt Frau Taylor ausdruckslos. Jude sieht sich bestätigt, bevor sie hinzufügt, „Aber Ted hat Recht. Silas darf nicht freigelassen werden. Ich kann die Morde, die er begehen würde, nicht auf meinem Gewissen haben."

„Was zur Hölle?!" ruft Jude. „Ihr beide schert euch mehr um Papas Karriere als um Jack?"

„So einfach ist das nicht," sagt der Gouverneur, während Jude unterdrückt flucht. „Wir müssen darum beten, dass Jack sicher zu uns zurückkommt."

„Ach scheiß drauf." Jude schießt vom Sofa hoch und stürmt aus dem Zimmer, einen Beamten dicht auf seinen Fersen.

„Ich verbitte mir solche Ausdrücke," ruft Gouverneur Taylor ihm halbherzig nach.

Jude marschiert in angespannter Stille die Treppe hoch und knallt eine Tür zu.

Wir sind offensichtlich nicht mehr willkommen, also erhebe ich mich von dem Zweiersofa. „Wir informieren Sie, sobald wir Neuigkeiten haben."

„Vielen Dank," sagt der Gouverneur und das professionelle Politikerlächeln klebt auf seinem Gesicht.

Ich gebe Mary einen sanften Schubs. Zeit zu gehen. Wir verabschieden uns und Daniels geleitet uns zur Haustür, bevor er sich zur Familie zurück begibt. Wir gehen zum Auto. Draußen ist es dunkel, aber die Außenbeleuchtung der Villa ist eingeschaltet. Ich halte inne, als ich eine schnelle Bewegung hinter den Hecken wahrnehme. Marys Blick huscht zu meinem. Ich lege einen Finger an meine

Lippen und eine Hand an meine Pistole. Wenn Azrael herumschleicht, kann er sich auf eine Überraschung gefasst machen. Ich ziehe meine Glock-Pistole geräuschlos, schleiche auf den Fußballen näher heran und bleibe bis zum letzten Moment auf dem gepflasterten Weg. Sobald ich das Ende der Hecke erreiche, springe ich, den Finger am Abzug und lande auf der anderen Seite.

„Keine Bewegung!"

Hände schießen in die Luft und ich sehe in ein angsterfülltes Gesicht. „Nicht schießen!" Es ist nur Jude.

Ich stecke meine Pistole zurück ins Holster und werfe Jude einen strengen Blick zu. „Was zur Hölle machst du hier draußen?"

„Wegrennen," murmelt er.

„Du bist fast angeschossen worden. Wie zur Hölle bist zu an dem Wärter vorbei gekommen?"

Mary schiebt sich hinter ihn, sie kam von der andern Seite der Hecke. Teamarbeit.

Jude verschränkt herausfordernd die Arme. „Es war nicht schwer. Aus meinem Schlafzimmerfenster hinaus und das Abflussrohr hinunter. So viel zu eurer Absicherung."

„Wir haben mehr Interesse daran, Menschen aus dem Haus herauszuhalten. Die Kameras hätten dich erwischt."

„Ja, aber bis dahin wäre ich auf und davon gewesen."

Mary stellt sich neben mich. „Dein Haus und deine Familie sind nicht in Gefahr."

„Vielleicht nicht mein Haus. Aber es ist nicht meine gesamte Familie da drin, schon vergessen?"

Mary legt ihm eine beruhigende Hand auf die Schulter. „Wegrennen ist nicht die Lösung."

„Ich will helfen, ihn zu finden."

„Und was ist dein Plan?", frage ich und halte seinen Blick mit meinem fest.

„Ich…ich wollte nur…"

„Genau. Du hast keinen Plan. Schau, ich weiß, dass du aufgebracht bist, aber ich werde ehrlich sein. Wenn du abhaust, ist Jack in größerer Gefahr. Weil wir dann einige Ressourcen zurückziehen, und einige der Beamten, die nach ihm suchen, stattdessen nach dir suchen lassen müssen. Kapiert?"

Jude nickt mürrisch.

„Gut. Sich von Gefühlen leiten zu lassen, ist nicht der beste Weg zu guten Entscheidungen."

„Sie und meine Eltern haben das definitiv drauf."

Ich ignoriere die Beleidigung. Er braucht jemanden, an dem er seinen Ärger auslassen kann. Das kann gerne an mir sein, wenn das Dampf ablassen ihn davon abhält, irgendwas Dummes zu tun. „Bleib wo du bist. Du bist hier sicher. Du und deine Eltern sind in keiner Weise ein Ziel. Wenn du kooperierst, hilft das Jack am meisten, okay?"

„Okay," murmelt er.

„Ich meine es ernst."

„Ich sagte okay!"

„Gut. Gut, dass wir uns verstehen. Kannst du jetzt auf demselben Weg, auf dem du hergekommen bist, wieder zurück schleichen, damit ich weiter an dem Fall arbeiten kann, statt mich mit deinen Eltern herumzuschlagen?"

Jude schenkt mir ein freudloses Lächeln. „Verstanden," sagt er halb spöttisch.

Mary und ich verharren, wo wir sind, und beobachten, wie Jude sich zurückzieht und das Abflussrohr hinaufklettert.

„Lass jemanden diesen Ausgang überwachen," sage ich.

Mary nickt und schnappt sich ihr Funkgerät. Sie übermittelt Anweisungen, während wir zurück zum Ford Explorer gehen. Ich öffne die Tür und die Innenbeleuchtung des Autos geht an. Ich will gerade hineinsteigen, als ich etwas neben dem Vorderrad sehe, das halb unter das Auto gerollt ist. Während Mary weiterplappert, bücke ich mich, um das Objekt zu untersuchen.

Ein kleiner Plüschvogel, nicht größer als ein Golfball. Blutrot. Meine Schultern kriechen mir in den Nacken, mein Herzschlag ist zu schwer, zu langsam. Ich vergesse das Atmen, als ich die Kreatur anstarre. Die kleinen, perlenartigen Knopfaugen starren mich an. Das ist ein Test. Azrael verhöhnt mich, um zu sehen, was ich verstecken und was ich aushändigen werde. Und er hat diese Runde gewonnen. Ich atme scharf ein, lasse den Vogel in meiner Hand verschwinden und beruhige meinen Atem, während ich das Spielzeug in meine Tasche stopfe. Als ich aufstehe, sieht Mary mich an.

„Verdammte Schuhbändel."

Bevor ich in den Fahrersitz steige, halte ich inne und sehe in die Luft.

„Ich will nur kurz die Überwachungseinrichtung ansehen,“ sage ich und drehe mich langsam. „Es ist nachts einfacher, die roten Kameralichter zu sehen.“

„Okay.“ Ohne einen Hauch Verdacht steigt Mary in das Auto.

In diesem Moment sehe ich, wonach ich gesucht hatte. Ein Fleck, der sich in der Ferne durch den Himmel bewegt und im Mondlicht glitzert. Wenn das keine Drohne ist, fresse ich den Plüschvogel.

20

JACK

Donnerstag, 8:07 morgens

Jack schreckt auf. „Papa?“

Dunkelheit antwortet ihm. Wieder. Derselbe Kreislauf wiederholt sich immer wieder. Blackout. Aufschrecken. Vergessen, wo er ist. Sich erinnern. Blackout. Aufwachen. Blackout. Aufwachen. Nicht schlafen können. Kein Schlaf. Schlaf ist nicht erlaubt. Er kann sowieso nicht schlafen. Selbst wenn man ihn für lange Zeit allein lässt. Das Eis, das in seinen Arm gepumpt wird, muss mit einer Art Aufputschmittel versetzt worden sein. Er zittert. Sein ganzer Körper bebt, als er von der Decke hängt, er wie ein hilfloses Stück Fleisch am Metzgerhaken.

„Hallo, Jack.“ Die verzerrte Stimme wabert um ihn herum.

Nicht sein Vater. Definitiv nicht.

„Warum tust du mir das an?“ schreit Jack und wünscht sofort, er hätte das nicht getan. Schatten hasst Fragen. Er spannt seinen Körper an und beißt die Zähne zusammen, als er sich auf Schmerzen vorbereitet.

Aber der Schmerz kommt nicht.

„Ich bin so froh, dass du gefragt hast.“

Schattens verzerrte Stimme hört sich beinahe zufrieden an.

„Ich tue das hier, weil ich das will, was wir alle wollen. Tief drin. Eine Legende zu sein. Denk darüber nach. Warum hast du dich ursprünglich bereit erklärt, mich zu treffen?“

Jack schluckt, kann aber nicht die Kraft aufbringen, zu antworten.

„Weil ich ein berühmter YouTuber bin, stimmt’s, Kumpel? Du wolltest Umgang mit mir haben, hast gehofft, dass ein bisschen von meinem Ruhm auf dich fallen würde.“

Das stimmt nicht. Er wollte nur einen Freund. Einen einzigen Freund.

Okay, mit einem beliebten Streamer befreundet zu sein erschien cool zu sein, aber das war nicht der Grund. Nicht der einzige Grund. Jack fängt an zu weinen.

„Siehst du? Jetzt bist du mit dir selbst ehrlich, oder? Ich hab zu tausend Prozent Recht. Das ist keine Schande. Das ist, was wir alle wollen. Status. Macht. Vermächtnis. Dass unser Name für zehn Minuten in die Geschichtsbücher eingeht, nachdem wir tot und tief in der Erde vergraben sind, wo die Würmer in unsere Augenhöhlen und wieder hinaus kriechen.

Aber verdammt, es gibt mittlerweile so viele berühmte YouTuber, nicht wahr? So viele Reality-Stars. Es ist schwierig, da noch eine Legende zu sein. Früher konnte man ein Niemand sein und zu Ruhm und Schande aufsteigen. Nimm zum Beispiel den Gründervater Alexander Hamilton. Verflixt, wenn es nur dreizehn Kolonien gibt, ist es einfach, berühmt zu werden, hab ich Recht?

Gebt dem Kerl ein verdammtes Musical. Wenn du heutzutage weltweit bekannt sein willst? Musst du etwas Gewaltiges tun. Und gewalttätig. Aber selbst das ist nicht genug. Ein Amoklauf in einer Schule wird dir kaum ein Vermerk einbringen. Du musst kreativ sein."

„Du tust mir weh, damit du berühmt sein kannst?"

„Es geht nicht darum, dir weh zu tun. Was hab ich gesagt? Ich will dir nicht wehtun."

Bullshit. Schatten ist jede Ausrede Recht, um Schmerzen zuzufügen.

„Welche Art von Gewalt? Ich verstehe nicht."

„Du sollst nicht verstehen. Noch nicht. Aber warte ab. Vertrau mir. Wenn das hier vorbei ist, wird JEDER meinen Namen kennen. Übrigens, wie gefallen dir meine Spiele, Jack?"

Vorsichtig. Gib die richtige Antwort. „Die Grafiken sind irre. Beste Qualität."

„Verdammt richtig. Ich bin ein verdammter Künstler. Wenn ich fertig bin, werde ich die Spiele herausbringen. Natürlich zu einem gesalzenen Preis. Was denkst du, wie viel kann ich den Leuten berechnen, damit sie sich ihren kranken und perversen Fantasien hingeben können? Sich in deine Lage versetzen können? Oh, und sie werden wissen, was du durchgemacht hast. Die Resultate der Spiele, die du spielst. Das muss ein wenig Trost sein, oder? So viele Menschen fantasieren davon, eine Geisel zu halten. Und…andere Gelüste, von denen ich dir nicht erzählen kann, ohne die Überraschung zu verderben. Ich wette, ich kann ziemlich viel verlangen.

Aber bisher waren die Spiele ziemlich zahm, meinst du nicht? Zeit, dem Ganzen etwas Würze zu verleihen. Gewalt erzeugt Gewalt."

„Gewalt erzeugt gar nichts," flüstert Jack. Das ist etwas, das sein Vater sagt. Er hält an diesem Gedanken fest und betet, dass sein Vater die Nachrichten von Schatten beantworten wird. Schatten davon abhalten wird, ihm noch mehr Gewalt zuzufügen.

„Zeit für das nächste Spiel."

Die Dunkelheit seines unechten Zimmers löst sich auf in…noch mehr Dunkelheit. In seiner Hand befindet sich eine Langwaffe. Ein Jagdgewehr. Er dreht sich langsam, sein Herz hämmert. Alles um ihn herum ist schwarz. Aber als sich seine Augen daran gewöhnen, sieht er über sich gezackte Umrisse hängen, Blätter, die im nicht vorhandenen Wind zittern. Bäume? Er hört Musik, wenn man das so nennen kann. Ein tiefer, wummernder Bass, wie ein Herzschlag.

„Wa – was ist das hier? Schatten?"

Keine Antwort. Und dann stürzt ein Fleck aus der Dunkelheit auf ihn zu, etwa sechs Meter entfernt. Vier. Drei. Er kommt schnell näher. Seine Hände zittern, das Gewehr zuckt nach links und rechts. Die Form ist gewaltig. Noch anderthalb Meter entfernt. Zwei bösartige Haken stürzen sich auf ihn. An einem Wildschwein befestigt, das so groß ist wie ein Linebacker beim Football. Er fummelt an dem Gewehr herum, sein Mund so trocken, dass seine Lippen zusammenkleben, und seine Zunge fühlt sich wie raues Sandpapier am Gaumen an. Zu spät zum Schießen. Zu spät.

Ein Stoßzahn rammt in seine rechte Seite und er wird herumgewirbelt. Er schreit auf, während das Gewähr aus seinen Händen gerissen wird. Schmerz flammt in seiner Seite auf. Er krümmt sich, und versucht zu verstehen, was gerade passiert ist. Die Spiele sollen nicht wehtun. Sie sind nicht echt.

Schattens Gelächter geistert durch den dunklen Raum. *„Vorsichtig, Jack. Erinnere dich daran, was ich dir gesagt habe."*

„Gewalt erzeugt Gewalt," flüstert Jack.

„Auge um Auge. Eine Kugel für einen Stoßzahn. Das nächste Schwein kommt. Schieß nicht daneben."

Sein Gewehr. Wo ist es. Oh Gott, wo? Jack beugt sich vor und krabbelt auf allen Vieren über den Boden, und tastet den Boden mit seinen Händen ab. Da. Ein metallenes Glitzern in der Finsternis. Er krabbelt hin und schnappt sich das Gewehr. Er steht auf und dreht sich um. Dreht sich wieder. Sucht die Dunkelheit ab.

Und dann entdeckt er das Wildschwein. Ein Bewegungsstreifen, der direkt auf ihn zu rast. Seine Muskeln sind erschöpft und seine Koordination ist schwerfällig. Trotzdem spannt er das Gewehr. Schießt. Das Wildschwein, das auf ihn zu rast, stoppt und stürzt. Ein schrecklicher Todesschrei durchdringt seine Ohren. Er will sie bedecken, aber er muss aufmerksam bleiben. Er sucht weiter. Sucht.

„Erschieße das Preisschwein. Du wirst wissen, welches. Das Biest ist doppelt so groß wie die anderen und dreimal so schnell."

Die Wildschweine kommen aus allen Richtungen. Seine Arme zittern mit jedem Schuss noch mehr, das Gewehr wird schwerer, sinkt tiefer. Aber er schießt jedes Mal, sein Atem und sein Herzschlag beruhigen sich ein wenig, als er in einen Rhythmus verfällt. Und dann…

…Er schreckt auf. Noch ein Blackout. Das Wildschwein rückt ihm auf den Leib. Hauer wie Baseballschläger. Direkt auf seinen Kopf gezielt. Wenn diese Sensen ihn treffen, heißt es Technischer K.O. Licht aus.

Jack spannt das Gewehr, das Wildschwein rammt in den Lauf, als er abdrückt. *Bumm!* Genau zwischen die Augen. Jack wird zurückgeschleudert, aber dann schwenken ihn seine unsichtbaren Fesseln in die andere Richtung. Er stoppt genau vor dem gewaltigen Biest, die Kreatur liegt auf der Seite, eine riesige Zunge ragt zwischen haarigen Lippen hervor, blinde Augen starren ihn aus einer weißen Sklera an. Tot.

Das Biest löst sich auf und Jack ist wieder in seinem tintenschwarzen Schlafzimmer.

„Gut gemacht."

Jack schmatzt mit trockenen Lippen. Durstig, so durstig. Seine Zunge ist schwer, als er versucht, zu sprechen. „Wasser. Bitte."

„Noch nicht. Heute ist ein besonderer Tag. Du musst zwei Spiele gewinnen. Mach das, und du wirst sehen, wie großzügig ich sein kann. Ich geb dir morgen einen freien Tag. Wie hört sich das an?"

Das klingt verdammt suspekt, will er sagen. Aber Schatten würde das nicht mögen. Stattdessen nickt er.

„Exzellent. Runde zwei."

Ein heruntergekommenes Krankenhaus nimmt Formen an. Die Fliesenwände, die aussehen wie in einer Unterführung haben eine ekelhaft grüne Farbe und Leuchtstofflichter an der Decke flackern hin und wieder. Reihen um Reihen an Tragbahren mit hustenden und stöhnenden Patienten breiten sich vor ihm aus. Eine Musikbox spielt eine Melodie, die beruhigend sein könnte, wenn sie nicht so falsch wäre und so sehr von aggressiven Rhythmen einer E-Gitarre akzentuiert.

„Zeit, Arzt zu spielen. Spritze jeden Patienten mit den Nadeln neben ihren Betten. Bleib aufmerksam. Kapiert? Scharfsinnig! Und halte Ausschau. Ein Patient hat eine Kraniotomie. Das heißt, ein Teil seines Schädels wurde weggeschnitten. Er ist dein Bonuspatient. Spritze ihn ins Gehirn."

„Okay," sagt Jack. „Okay."

„Wenn du daneben stichst, wirst du derjenige sein, der eine Nadel abkriegt. An die gleiche Stelle wie der Patient. Ein Überraschungsstich!"

Seine Hände werden von Zittern geplagt. Er will keine Nadel ins Gehirn bekommen. Reiß dich noch ein bisschen länger zusammen. Schnapp dir die Nadeln und halte sie ruhig. Ziel nicht daneben. Ziel nicht daneben.

Er schnappt sich die erste Spritze.

21

JENA

Donnerstag, 9:46 morgens

Ein Wärter öffnet die gotische Kapellentür und ich husche hinein und presse mich an die Hinterwand. Dieselbe Stelle, an der Kyle stand, als ich das letzte Mal im SCI Fayette war. Nur dass die Kapelle heute mit Insassen vollgestopft ist, burgunderrote Overalls füllen die Kirchenbänke. Umgeben von einer Eingrenzung aus Wärtern. Der süße Geruch von Weihrauch, der in der Luft hängt, kann den Gestank nach Schweiß von den Körpern hunderter erwachsener Männer nicht übertünchen.

Silas steht in der Kanzel. Er predigt, die Akustik trägt seine Stimme bis unters Dach, aber er pausiert, als die Tür sich öffnet. Die Insassen drehen sich, um zu sehen was los ist, ein Meer an Gesichtern, dass mich anstarrt. Silas fährt fort. Meine Präsenz bedeutungslos.

„Ich sage, wir *alle* haben Leichen im Keller."

Seine Worte klingen mit natürlichem Charisma. Man kann nicht anders als zuzuhören. Die anderen Gefangenen wenden ihre Aufmerksamkeit wieder der Front der Kapelle zu. Ich blende Silas aus und gehe in Gedanken alles durch, was ich ihn zum letzten Opfer, Mickey Hughes, fragen muss. Der Footballtrainer. Fünf Minuten bevor er sein Haus in Richtung des geheimen Unterschlupfs verlassen sollte, wurde er ermordet. Ich blende auch meine maßlose Enttäuschung darüber aus, dass wir alles Menschenmögliche tun, aber trotzdem kein weiteres Opfer beschützen konnten. Vor Silas Emotionen zu zeigen ist, wie wenn man ihm eine Wunder hinhält, in die er seinen Finger stechen kann.

Aber ich brauche mehr als eine devote Katholikin wie Mary, um zu verstehen was passiert ist. Ich brauche einen Theologen. Azrael hat uns an jeder Ecke im Dunkeln tappen lassen und ich traue den geheimen Unterschlüpfen nicht zu, dass sie genug Schutz bieten. Ich muss vorausahnen können, was als nächstes passiert.

Die Insassen murmeln, ein Wispern, unterstrichen von gelegentlichen Rufen wie „Amen!“ und „Richtig!“ Ich glaube, eines der Hallelujas stammt von einem Wärter.

Silas Worte erregen meine Aufmerksamkeit.

„Gott gibt uns den Anstoß dazu, unsere eigenen Leben anzusehen, unsere schweren Bürden fallenzulassen. *Ehrlichkeit ist der Schlüssel zwischen dem Allmächtigen und uns.*“

Silas starrer Blick durchdringt mich und ich male mir aus, dass er sich mein Ableben vorstellt. Mein Fehler, dass ich ihn angesehen haben. Jetzt kann ich nicht wegsehen.

Die Kapelle wird beengend. So viele Insassen. Nicht genug Wärter. Vielleicht sind einige von ihnen Silas wohlgesonnen. Was wenn er sie anweisen würde, auf mich loszugehen? Ich hätte nicht die geringste Chance. Ich kann nicht mal die Tür öffnen, um wegzurennen. Ich atme schnell durch die Nase ein und aus, meine Nasenflügel blähen sich und ziehen sich zusammen.

Silas faltet seine Hände zum Gebet und beendet seine Predigt. „Gehet in Frieden, um zu lieben und dem Herren zu dienen."

„Danke sei Gott," tönt der Chor der Gefangenen.

Sein Blick verlässt meinen nie, während die Insassen ihre Sitze verlassen. Ich hoffe darauf, dass sie den Raum schnell verlassen, aber sie schlurfen in ihren Fesseln zu ihm hin. Er unterbricht endlich den Blickkontakt, als er sich umdreht, um mit dem ersten von ihnen zu sprechen. Ein Pfarrer, der seine Schafherde empfängt. Gefesselte Hände schütteln gefesselte Hände, als eine kleine Gruppe nach der anderen mit einem Wärter den Raum verlässt.

Silas bietet Worte der Ermutigung. „Behalte diese Stärke." „Du bist eine gute Seele." „Frieden, Bruder."

Als die letzten Insassen hinausgehen, atme ich erleichtert auf. Vier Wärter für Silas und meine Begleitung bleiben zurück.

„Nur zu, Detective," sagt meine Begleitung. „Er ist am Boden festgekettet."

Ich marschiere nach vorne, der Gang verlängert sich unter Silas' durchdringendem Blick. Ich steige die letzte Treppenstufe hinauf, begebe mich auf gleiche Höhe, bleibe aber außer Reichweite dieser Hände. Seine Fesseln sind erneut an einer Metallschlaufe im Boden befestigt.

Er verschränkt seine Arme, als könne er meine Beklommenheit spüren. „Nun sieh mal einer an, was haben wir denn da. Einen kleinen Vogel. Was bringt dich hierher?"

Ich richte mich auf, weigere mich, mich einschüchtern zu lassen. Am besten komme ich sofort zum Punkt. „Ich brauche deine Hilfe. Um ein bisschen Theologie zu verstehen."

Silas zieht eine perfekte Augenbraue hoch. „Neuestes Opfer?"

Ich nicke, mein Gesichtsausdruck stoisch. „Von einer seiner Jagdtrophäen aufgespießt worden. Der Kopf eines Wildschweins, der an der Wand befestigt war. Der Stoßzahn hat ihn wie eine Kugel durchschossen. Genau durch die Kehle."

Silas schweigt, aber ich will verdammt sein, wenn seine Augen nicht glitzern.

„Ich verstehe nicht. Wir haben Fliegen erwartet. Was zur Hölle hat ein Schwein mit den Plagen zu tun?"

Er beugt sich vor, einen Ellbogen auf der Kanzel und stützt den Kopf in eine Hand. Die andere Hand durchblättert die Bibel auf der Kanzel. „Ein weiteres Opfer von Fernsteuerung beansprucht. Azrael ist definitiv kein Freund vom Schwitzen, was?"

Aber Silas ist. Das letzte Opfer seiner Arbeit verfolgt mich unaufhörlich. Und da ist es schon wieder. Derselbe flüchtige Gesichtsausdruck, den Silas letztes Mal zeigte, als wir Azraels „Arbeit" diskutiert haben. Ein schwaches Naserümpfen. Ein hochziehen der linken Seite der Oberlippe. Dieses Mal bin ich mir dessen, was ich gesehen habe, sicher. Diese Enthüllung könnte mir einen Vorteil verschaffen. Bei dem Gedanken kribbelt es in meiner Brust.

„Was denkst du über das, was passiert ist? Mit dem Wildschwein meine ich. Was ist der Grund für das Schwein?"

„Du klopfst ständig an meiner Tür, um Hilfe zu erbitten und ich wundere mich jedes Mal, warum du denkst, dass ich sie anbieten würde.“

Zeit herauszufinden, ob meine Vermutung korrekt ist. Diese Ahnung, gepaart mit der Tatsache, dass Silas den Klang seiner eigenen Stimme liebt, sollte dieses Gespräch zu meinen Gunsten lenken. „Azrael.“ Ich ziehe den Namen in die Länge, mache ihn so unangenehm wie möglich. Und wie gedacht, zieht sich Silas Mund nach links. „Deine Opfer-“

„-Willst du diesen Weg wirklich wieder beschreiten?“

Ich hebe kapitulierend die Hände. Ich brauche Kooperation. Ich werde sagen, was immer er will. Ich fange von vorne an, und formuliere meine Worte um. „Die Opfer des Leviticus-Mörders. Sie waren alle entsetzliche Sünder. Die Schlimmsten der Schlimmsten. Aber diese Opfer. Die Azrael getötet hat. Die restlichen Zielpersonen sind ein dekorierter Militärveteran. Ein Krieger für soziale Gerechtigkeit. Ein Spendensammler für Kinder mit Diabetes. Der Gründer eines Behandlungszentrums für Abhängige. Sie verdienen das nicht. Nicht einer von ihnen. Und Azrael bringt deinen Namen damit in Verbindung. Ist das wirklich das Vermächtnis, das du willst?“

Er hebt kaum merklich die Augenbrauen. Ich glaube ich hab’s geschafft. Ich habe einen moralischen Appell an einer Serienmörder gerichtet. Die Idee ist beinahe lachhaft. Aber Silas ist verliebt in seine eigene Idee von Gerechtigkeit. Und was Azrael tut, passt nicht zu dieser Definition. Ich kann es in meinen Knochen spüren.

„Wilde Tiere."

Mein Gesicht bleibt teilnahmslos, um mein Entzücken darüber, dass ich ihn zum Reden gebracht habe, nicht zu verraten. „Ich kann nicht folgen. Was sind wilde Tiere?"

„Die vierte Plage. Nicht Fliegen, sondern wilde Tiere. So steht es in der alten Interpretation, sowie auch Jaspis die ältere Interpretation der Grundsteine ist.

Ich halte seinen Blick und weigere mich, seine Anschuldigung zu würdigen.

„Auf hebräisch heißt die vierte Plage *aroy*, was eine Mischung, ein Gemisch bedeutet," doziert Silas. „Aber was ist vermischt, fragst du dich? Nach Fröschen, so steht es in der Bibel, versank Ägypten in nutzlosen, stinkenden Froschleichen. Aber mit dem Ende der *aroy* Plage befreite Gott den Pharao von den *aroy*, bis kein einziger übrig blieb. Warum? Nun, tote Viecher haben wertvolle Häute und Gott wollte nicht, dass dieses Chaos in Ägypten herumliegt. Wenn die *aroy* ein Schwarm Fliegen gewesen wären, wären diese Leichen übriggeblieben, so wie die Frösche."

„Das macht Sinn. Was aber keinen Sinn macht, ist woher Azrael, jemand der ganz klar nicht genug von Religion versteht, um sich ein gutes Pseudonym auszudenken, dieses Wissen hat."

Langsam breitet sich auf Silas' Gesicht ein Lächeln auf. „Das ist wirklich ein Rätsel, nicht wahr? Eine ziemlich harte Nuss."

„War diese Information etwas, das du und Azrael in euren kleinen Briefchen hin- und her geschickt haben?"

„Ich hab nicht die geringste Ahnung, wovon du schwatzt, kleiner Vogel."

„Die Bibelverse. Die, die er dir durch einen Wärter hat zukommen lassen."

„Ich habe nicht genug Platz im Kopf, um mich an jede Bitte, die vor meiner Tür landet, zu erinnern."

„Wir haben die Bedeutung von den meisten Versen herausbekommen."

„Sagst du."

„Ich vermute, dass du mich nicht über Jesaja 40:40 und 27:9 aufklären willst?"

„Du hast den Nagel auf den Kopf getroffen." Silas Lächeln wird boshaft. Er blättert durch die Bibel auf der Kanzel, bis er findet, was er sucht, und öffnet das Buch auf einer bestimmten Seite.

Er will mir eine Falle stellen. Will, dass ich nahe an ihn heran trete, sodass er einen Arm um meine Kehle legen kann, während ich die Seite ansehe und versuche, seinen Hinweis zu entschlüsseln. Mich entwaffnen kann. Schießen ist nicht Silas' Stil, aber er könnte mein Genick im Handumdrehen brechen. Ich rühre mich nicht vom Fleck.

„Was ist mit den handgeschriebenen Zahlen?"

„Hier zu stehen, strapaziert mich, kleiner Vogel. Deine Zeit läuft ab." Silas schließt die Bibel. Ich kann nicht anders, als den Verlust des Hinweises zu betrauern, den er mir soeben entrissen hat, welcher auch immer es war.

„Die nächste Plage. Ist Viehpest die richtige Interpretation?"

„Ich gebe dir einen Hinweis. Ist nicht so, als würdest du aufhören, mit oder ohne meine Hilfe. Viehpest ist korrekt."

„Und was ist das? Viehpest? Was genau?"

„Oh kleiner Vogel. Der Name passt zu dir, nicht wahr? Hilflos wie ein Küken, das im Sturm verlassen wurde. Viehpest ist eine bösartige Krankheit, die sich rasant ausbreitet. Denke an die Beulenpest. Halte nach Ratten Ausschau."

„Oh, die habe ich bereits im Blick."

„Wenn du wirklich meine Hilfe willst, könntest du dem jetzt ein Ende setzen. Gib zu, wie du die Wahrheit verdreht hast, um mich ins Gefängnis zu bringen."

Ich schlucke schwer. Ich werde mich nie an Silas' Todesblick gewöhnen. Ich hab keine Ahnung, wovon du redest."

Silas erhebt sich mit solch flüssiger Letalität von der Kanzel, dass ich dankbar bin, wie nie zuvor, dass er am Boden festgekettet ist. „Woran glaubst du, kleiner Vogel?"

„Gerechtigkeit," antworte ich, ohne zu zögern.

„Gerechtigkeit, wie sie vom Gesetz definiert wird? Oder dein eigenes Verständnis von Gerechtigkeit?"

„Ich glaube an das Gesetz."

„Versichere dir das nur immer wieder selbst. Vielleicht wirst du auch eines Tages praktizieren, was du predigst." Silas intensiver Blick bohrt sich durch mich hindurch. „Jetzt sagen Sie mir, wie wollen Sie einen vorsätzlichen Mörder aufhalten?"

Ich habe darauf keine Antwort.

Seine starken Finger beugen sich und ziehen sich zurück, sodass sich seine Hände in Krallen verwandeln. „Ich könnte ihn völlig zum Stillstand bringen, und das weißt du. Aber dafür müsstest du deine Haltung zur Niederlegung deiner Lasten ändern. Hört sich allerdings nach einem Weg an, den du nicht gehen wirst."

Ich will um seine Hilfe betteln, aber ich bleibe stumm.

„Die Kirchenglocken haben aufgehört, zu läuten, kleiner Vogel. Bis demnächst."

Er wendet sich von mir ab und kniet sich unter das Buntglasfenster mit dem Kreuz und der weißen Taube. Keinerlei Angst davor, mir den Rücken zugedreht zu haben. Ich wünschte, es ginge mir mit ihm genauso.

Vertrauliche Fallnotizen

Datum: 2. August 2019
Ort: Anwaltsbüro von Thomas Jones

Beteiligte:

Thomas Jones, Rechtsanwalt, Anwalt des Angeklagten
Silas Halvard, Angeklagter

Zusammenfassung des Mandantengesprächs:

Herr Halvard plädierte auf „nicht schuldig" und ich begann das Gespräch damit, dass ich erklärte, dass unser erster Schritt sei, den Haftbefehl anzusprechen, wie es Herr Halvard wünschte. Ich bestätigte, dass ich den Befehl geprüft habe und lieferte eine Zusammenfassung des Inhalts des Haftbefehls und der Grundlage für Herrn Halvards Verhaftung, welche sich auf einen Kassenbeleg eines Pfandleihhauses stützt, auf welchem die Edelsteine zu finden waren, welche man in den Händen der Opfer gefunden hatte.

Herr Halvard bekundete seinen Unglauben und behauptete, er habe nie einen solchen Kauf in einem Pfandleihhaus getätigt. Er argumentierte, dass die Behauptungen der Staatsanwaltschaft gegenstandslos und die Beweise gegen ihn ein Ergebnis von gefälschtem Beweismaterial seien.

Ich erklärte, dass ich beabsichtige, einen Antrag auf ein Vorverfahren zu stellen, welches die Authentizität des Beleges aus dem Pfandleihhaus, auf welchen der Haftbefehl sich stützt, anfechten würde. Im Falle des

Erfolgs würde sein Verfahren abgewiesen werden. Ich erklärte, dass die Staatsanwaltschaft als Antwort auf mein Plädoyer eine Gegenschrift verfassen würde und wir dann unsere Standpunkte vor einem Richter vertreten würden, ohne dass eine Jury anwesend sein würde. Jedoch, falls der Antrag im Vorverfahren scheitert, würde es zum Verfahren mit einer Jury kommen. In diesem Fall würde unsere Verteidigungsstrategie darin bestehen, die Klage der Staatsanwaltschaft anzugreifen und angemessenen Zweifel zu etablieren. Herr Halvard drückte seine Zufriedenheit mit dieser Herangehensweise aus.

Ich fasste die Schlüsselschritte zusammen, um die Verteidigungsstrategie einzuleiten, eingeschlossen Fallanalyse, Ermittlung, Zeugenbefragungen, Expertenberatung, Rechtsanträge, Zeugenvorbereitung und Prozessvorbereitung. Ich versicherte Herrn Halvard, dass jeglicher zur Verfügung stehende Weg geprüft würde, um Mängel oder Unzuverlässigkeit in den gegen ihn stehenden Beweisen aufzuzeigen.

Ich erörterte die Vorteile davon, einen Bericht eines Experten für Schadensbegrenzung zu nutzen und erklärte, dass dieser ein umfassenderes Verstehen von Herrn Halvards Herkunft und persönlicher Geschichte bieten würde, ohne die Unschuldsbeteuerung der Verteidigung zu untergraben. Jedoch war Herr Halvard in diesem Punkt anderer Meinung und drückte sein Unbehagen darüber aus, wenn irgendjemand in seine Vergangenheit eintauche. Ich stellte klar, dass während wir hier um das beste Resultat kämpfen würden, wir uns auch auf das Schlimmste vorbereiten würden. Das

Schlimmste in diesem Fall wäre die Todesstrafe. Ich erörterte, dass der Bericht ein strategisches Werkzeug für ein günstigeres Resultat sei, falls man ihn für schuldig erklären würde, während ich den Glauben an Herrn Halvards Unschuld beibehielt. Herr Halvard bekundete, dass er nicht wünsche, dass ein Milderungsbericht als Teil der Verteidigungsstrategie genutzt würde. Ich wiederholte erneut, dass seine Verweigerung dieses Berichts den Unterschied zum Todesurteil bedeuten könnte, falls die Jury ihn für schuldig befinden solle. Herr Halvard erklärte, er würde dies verstehen, jedoch wolle er nicht, dass der Milderungsbericht genutzt würde. Ich sagte ihm, ich würde seine Wünsche respektieren, jedoch könnten wir zu einem späteren Zeitpunkt auf diese Diskussion zurückgreifen, je nachdem, wie sich die Gerichtsverhandlung entwickeln würde. Herr Halvard gab seine Zustimmung, dies zu einem späteren Zeitpunkt erneut zu diskutieren, jedoch bekundete er, dass er seine Meinung nicht ändern würde.

Das Gespräch wurde beendet und ich bekräftigte erneut meinen Einsatz zur Verteidigung von Herrn Halvard und das Hauptziel, seine Unschuld während der Gerichtsverhandlung zu beweisen. Ich beteuerte Herrn Halvard, dass das Verteidigungsteam jeden zur Verfügung stehenden Weg erproben würde, um das bestmögliche Resultat zu sichern.

22

JENA

Freitag, 10:17

Mary und ich befinden uns im Gebäude des Gerichtsmediziners im Büro von Rowan O'Reilly. Das Opfer ist David Bacco. Der Naturliebhaber.

„Nekrotisierende Fasziitis," sagt O'Reilly und gibt uns die Zusammenfassung der Autopsie. „Bacco erhielt eine gewaltige Dosis an fleischfressenden Bakterien."

„Verdammt," ich spucke das Wort aus. „Ich kann diesen Scheiß nicht glauben. Wie? Wir hatten so viele Sicherheitsleute bei ihm."

Mary nickt. „Und wir haben ihn zu einem geheimen Unterschlupf gebracht."

O'Reilly öffnet den Aktenordner auf seinem Tisch. Darin befindet sich ein Stapel Bilder. Das oberste zeigt eine Hand, die Haut knallrot, eine Stelle in der Mitte ist blutig und rau. Ich nehme das Hochglanzbild in die Hand.

„Was genau sehe ich hier?"

„Einstichstelle."

Ich lege das Bild zurück auf die andern. „Bacco hatte MS. Er bekam eine Infusion im Krankenhaus. Gestern."

„Infusionen brauchen ein paar Stunden," sagt O'Reilly. „Die ganze Zeit über ist diese tödliche Zeug direkt in ihn hinein getropft.

Und bei dieser Menge agiert nekrotisierende Fasziitis sehr schnell. Blutvergiftung. Schock. Organversagen. Tod."

„Ist das ansteckend?", flüstert Mary.

„Kein Sorge. Es breitet sich nur selten aus. Ich habe die Leiche isoliert. Ich habe mich dementsprechend angezogen und danach eine luxuriöse Chemikaliendusche genommen."

Ich bin wütend, weil wir noch einen verloren haben, aber ich will es nicht an O'Reilly auslassen. Ich schlucke meine Wut hinunter und sage: „Nochmals vielen Dank für die schnelle Arbeit. Verstehen Sie mich bitte nicht falsch, aber ich hoffe nicht, dass wir uns bald wiedersehen."

„Gleichfalls. Ich hab diese Woche genug von Ihren interessanten Fällen gesehen, sodass es ein Leben lang hält."

Als wir aus seinem Büro heraustreten, realisiere ich etwas. Ich schnappe mir Marys Arm und stoppe sie in der Mitte des Ganges. „Das Zeug wurde ihm *gestern* gespritzt. Azrael hat uns keine Change gegeben, Silas freizulassen, nachdem er Mickey Hughes getötet hat."

„Anscheinend hat er nicht viel Vertrauen in uns."

„Er hält sich nicht an seine eigenen Regeln. Warum habe ich das Gefühl, dass wir ein verlorenes Spiel spielen? Was, wenn wir die Juroren nicht schützen können, egal was wir tun? Was, wenn Jack…"

Mary zieht eine Grimasse und ein Stück Kaugummi ist zwischen ihren Zähnen sichtbar. „Denk nicht so. Wir werden die Sicherheitsmaßnahmen verschärfen. Und Azrael ist sehr intelligent, nicht wahr?"

„Verdammt viel intelligenter als wir im Moment."

Geisel sind wertvoll. Wenn sein Plan schiefläuft, wird er Jack brauchen, um zu verhandeln."

„Ich hoffe wirklich, dass du Recht hast. Wenn wir nur herausfinden können, wo er Jack gefangen hält und uns diesen Mistkerl schnappen, werden alle in Sicherheit sein. Aber wenn Azrael Jack tötet, könnte er verschwinden und weiter töten und wir werden ihn nie aufhalten können. Wir können nicht zulassen, dass das passiert. Aber ich habe Angst. Eine verdammte Angst. Sowohl um die Leben der Jurymitglieder als auch darum, dass wir weniger Zeit haben, um Jack zu finden, als wir dachten. Wie viel Zeit Azrael uns auch immer gebt, sie läuft ab."

Mein Handy vibriert in meiner Tasche. Dreimal kurzes summen, dreimal langes, dann wieder dreimal kurzes. SOS. Das Muster, das ich nach der letzten Nachricht von Azrael für Benachrichtigungen von meinem Social Media Account programmiert habe. Auf keinen Fall würde ich mich wieder unvorbereitet erwischen lassen.

Ich ziehe den Schlüsselanhänger zum Explorer heraus und werfe ihn Mary zu. „Ich brauche eine kurze Klopause, bevor wir losfahren."

Mary hält beide Daumen hoch und begibt sich zur Vorderseite des Gebäudes. Ich ducke mich in den Toilettenraum und gehe schnurstracks auf eine Kabine zu. Die Luft riecht frisch nach Kloreiniger. Eine angenehme Überraschung. Meine männlichen Kollegen denken, dass die Frauentoiletten eine Oase an Parfüm und frischem Quellwasser sein müssen, aber die Dinge die Frauen in öffentlichen Toiletten tun, sind der Stoff, aus dem Alpträume gemacht sind.

Ich schließe die Tür hinter mir ab und klicke auf die Nachricht.

Hallo, kleiner Vogel,

Ich kann nicht verhindern, dass bei dem Spitznamen ich unwillkürlich zittere und mir die Worte in Silas‘ Stimme vorstelle.

Es gibt da etwas, worüber ich nachgedacht habe. Wie planst du, mir Einhalt zu gebieten, wenn ich alles vorher arrangiert habe? Die einzige Möglichkeit, ist Leviticus freizulassen. Wenn nicht, werde ich mich zurücklehnen und entspannen, während du zusiehst, wie sie sterben. Es liegt alles an dir. Ich mache mir nicht einmal die Hände schmutzig.

Noch vier Tage, um zu gestehen…

~ Azrael

Na sicher. Ich glaube nicht mal eine Minute daran, dass irgendetwas, das ich tue, seiner Mordserie ein Ende setzen wird. Nicht einmal die Freilassung von Silas. Wenn Silas aus dem Gefängnis kommt, werden sie beide noch weitere Opfer fordern. Mehr als die Jurymitglieder und Jack. Ich hasse es, Leben abzuwiegen. Zu entscheiden, dass das Verhindern von noch mehr Toden in der Zukunft darüber Priorität hat, die Leben der wenigen verbleibenden Zielpersonen zu schützen. Aber der einzige Weg, um diese Mordserie zu stoppen, ist, Azrael zu fangen. Eine Verhaftung wird den Schaden, den Azrael bereits angerichtet hat, nicht ungeschehen machen. Aber ihn im Todestrakt zu sehen, wäre ein netter Trostpreis.

Unter der Privatnachricht ist ein Video. Ich klicke auf PLAY. Eine Montage an Clips wird abgespielt, eine skelettartige Avatar-Hand drückt auf Knöpfe und betätigt den Steuerknüppel.

Ich mache mir nicht einmal die Hände schmutzig, sagte Azrael.

Ich spiele das Video noch einmal ab und pausiere an verschiedenen Zeitspannen. Ich kann nichts Menschliches unter der computergenerierten Hand erkennen. Der Controller ist schwarz und unscheinbar. Das Video ist eine Nahaufnahme. Kein Hintergrund. Wir werden aus den Bildern nichts Nützliches ziehen können, das kann ich jetzt schon sehen. Trotzdem. Ich sollte Collins das Video unbedingt zukommen lassen. Was heißt, dass ich ihm Zugriff auf mein Handy und alle vorangehenden Nachrichten geben muss. Scheiße, scheiße, scheiße. Ich wünschte, ich verstünde mehr von Technik. Wie ich Azraels Nachrichten mit den Anschuldigungen verschwinden lassen kann. Aber selbst dann wüsste Collins vermutlich, dass das Handy von Nachrichten gereinigt wurde.

Ich muss das hier zu ihm schicken. Ohne mein Handy abzugeben. Ich klicke auf die Teilen-Option und wähle Collins‘ E-Mail als den Zielort aus.

Hey, schreibe ich.

Ich bin unterwegs, aber ich hab grade dieses Video in meinen Social Media Privatnachrichten bekommen. Wollte es dir schnellstmöglich zukommen lassen.

~ Campbell

Bevor ich mich davon überzeugen kann, dass das hier eine kolossal schlechte Idee ist, drücke ich auf SENDEN.

Ich stopfe mein Handy gerade in die Hosentasche, als es vibriert und mir fast einen Herzinfarkt verursacht. Es ist eine Nachricht von Collins.

Hey, ich muss alles auf deinem Handy kopieren, um neue Nachrichten zu überwachen. Ich schicke dir einen Link zu einer App. Lade sie herunter und folge den Anweisungen. Wird 2-3 Stunden zum Synchronisieren brauchen. Danke.

~ Collins.

Ich schlucke und warte auf den Link. Mein Handy vibriert, mein Finger schwebt darüber, als ich darauf warte, die App anzuklicken. Aber dann geht mein Klingelton los. Ich hab Bruces peppiges „Woo“ mittlerweile so satt, dass ich mein Handy schmeißen will. Aber ich nehme den Anruf von Captain Price entgegen, um es herauszuzögen, die Nachrichten von Azrael mit Collins zu teilen.

„Detective Campbell,“ antworte ich.

„Campbell. Gouverneur Taylor will einen neuen Lagebericht.“

„Ich bin ein wenig beschäftigt. Ich werde später hin gehen.“

„Sind Sie einem Hinweis auf der Spur?“

„Im Moment nicht, aber die anderen Juroren-“

„Brauchen Sie im Moment nicht. Sie gehen hin.“

„Verstanden. Ich werde hingehen. Heute Abend.“

„Sie werden jetzt gehen,“ sagt er und legt genau in dem Moment auf als die *Teile-dein-Privatleben-mit-der-Polizei Pittsburgh*-Link von Collins aufpoppt.

Dieser Tag wird immer besser.

Vertrauliche Fallnotizen

Datum: 9. September 2019
Ort: Anwaltsbüro von Thomas Jones

Beteiligte:

Thomas Jones, Rechtsanwalt, Anwalt des Angeklagten
Silas Halvard, Angeklagter

Zusammenfassung des Mandantengesprächs:

Ich begann das Gespräch damit, die Ablehnung des Antrags im Vorverfahren auf die Untersuchung der Glaubwürdigkeit des Haftbefehls durch Richterin Spadina zu besprechen. Herr Halvard war sichtlich aufgebracht und brachte seine Frustration zum Ausdruck. Ich nahm seine Enttäuschung über die Entscheidung von Richterin Spadina über den Antrag im Vorverfahren zur Kenntnis. Silas erklärte nachdrücklich, dass er Rechte habe, welche nicht geschützt würden. Ich erinnerte ihn erneut daran, sich auf die gegenwärtige Situation zu konzentrieren und sich auf das Verfahren vorbereiten zu müssen.

Nach einer kurzen Erinnerung an den Verfahrensprozess, nahm ich die Idee eines Milderungsberichts wieder auf. Herr Halvard erklärte, dass er nicht zulassen würde, dass sein „Leben vor dem Gericht zur Schau gestellt" würde. Ich besprach die Wichtigkeit davon, ihn vor der Jury zu vermenschlichen und welche Auswirkungen dies auf die Urteilsverkündung haben könnte. Herr Halvard erklärte erneut, dass er dies nicht zulassen würde und dass sein Privatleben kein Teil der Verteidigungsstrategie sein würde. Ich sagte, ich würde seine Einwände verstehen, jedoch müsse ich als sein Anwalt das tun, was in seinem besten Interesse wäre.

Herr Halvard schlug vor, einen neuen Repräsentanten zu finden. Ich erklärte, dass wenn er glaube, dass dies für ihn richtig sei, würde ich seine Entscheidung unterstützen, dass mir jedoch all meine Jahre an Erfahrung gezeigt hatten, dass die Verweigerung, einen Milderungsbericht bereitzustellen, keine gute Entscheidung sein würde. Herr Halvard wies mich dann an, das zu tun, was nötig sei, aber dass er nicht einverstanden sei und auch nicht daran teilnehmen würde. Ich erklärte, ich verstünde dies und würde den Milderungsbericht in Angriff nehmen, und machte eine Notiz von seinen Einwänden und behielt seine Distanz von dem Prozess bei.

Das Gespräch endete damit, dass ich die Wichtigkeit einer starken Anwalts-Mandantenbeziehung während des gesamten Verfahrens betonte.

23

JENA

Freitag, 20:15

Wieder zurück in meiner Wohnung, liege ich ausgestreckt auf meinem Bett. Ich habe ein neues Wegwerfhandy gekauft. Ich sage Wegwerfhandy, aber es hat all den technischen Schnickschnack meines eigentlichen Handys. Azrael und die Plagen-Morde sind der schlimmste Fall, den ich je hatte. Ich muss mit jemandem sprechen, der mich unterstützt, ohne dass meine Kollegen lauschen. Also rufe ich Mason an.

Er nimmt ab und der Trost, der mit seiner Stimme einher geht, überkommt mich. Seine Präsenz ist, wie nach Hause zu kommen, sogar über das Handy. Die gigantische Blödheit meines Tuns treffen mich schwer und ich schlucke meinen Stolz herunter, weil ich weiß, dass ich die Dinge zwischen uns wieder ins Lot bringen muss.

„Hey," sage ich.

„Hey," antwortet er, verstummt dann aber. Denn das hier liegt an mir.

„Ich wollte mit dir reden."

„Ja," seufzt er. *„Ich auch mit dir."*

„Ich weiß, dass ich Sachen gesagt habe…Sachen, die ich nicht so gemeint habe."

„Du warst gestresst."

„Das ist aber keine Entschuldigung."

„Nein, ist es nicht.“

„Es tut mir leid.“

„Mir auch.“

„Mein Stolz kam mir in die Quere. Mal wieder. Ich weiß nicht, ob du mir diesmal verzeihen kannst.“

„Wir haben so viel zusammen durchgemacht. Ich will das nicht verlieren.“

„Ich auch nicht.“

„Aber du musst damit aufhören. Ich verstehe es, aber ich weiß nicht, wie viel mehr davon ich noch ertragen kann.“

„Und was verstehst du?“ Ich werde hitzig. Das ist nicht, was ich wollte. Ich will nicht wütend auf Mason sein. Er verdient das nicht.

Mason seufzt. *„Ich werde offen und ehrlich sein, weil du das hören musst und ich glaube, ich muss das loswerden, damit wir weitermachen können. Du hast Angst. Angst davor, verlassen zu werden, also rennst du zuerst weg. Angst davor, nicht liebenswert zu sein, also versuchst du, es zu beweisen. Das ist Selbstsabotage. Und es muss aufhören.“*

Ich will ihn anschreien, brüllen, toben, weil er es wagt, den Pseudotherapeuten zu spielen. Aber verdammt. Er hat genau ins Schwarze getroffen. Natürlich hat er das.

„Ja,“ sage ich, die Wut verwandelt sich in Verzweiflung. Ich kämpfe darum, die Tränen zurückzuhalten, das Zittern aus meiner Stimme zu halten.

„Ich hab dich vermisst,“ sagt er und versucht so, den Schock ein wenig abzumildern.

Es funktioniert, ich kann die Tränen nicht zurückhalten. „Ich hab dich auch vermisst."

„Schon gut, Jena," sagt er. *„Nicht weinen. Ich verzeihe dir."*

Wir sitzen schweigend da und je länger das so ist, desto mehr legen sich die Wut und der Schmerz. Und ich fange an, es zu begreifen. Er verzeiht mir.

Als ich aufgehört habe, zu schniefen, fragt Mason: *„Willst du über deinen Fall reden?"*

„Wenn es okay ist?"

„Leg los."

Ich kann das Lächeln in seiner Stimme hören. Er wusste bereits, dass das der Grund ist, warum ich angerufen hatte. Natürlich wusste er das. Weil Mason mich besser versteht als irgendjemand anders auf dieser Welt. Und er ist ein sehr geduldiger Zuhörer. Ich bin dankbar, als ich ihm alles wiedergebe, was passiert ist.

„Gouverneur Taylor ist auch der Meinung, dass es keinen Grund gibt, Silas freizulassen," sage ich.

„Bist du sicher, dass der Gouverneur fest dazu steht?"

„Ja. Er sagte, dass wenn man Silas freiließe, würde das nur die Botschaft vermitteln, dass jeder, der eine Mordserie begeht, so ein Insassen befreien kann."

„Kluger Mann. Warum hörst du dich nicht so begeistert an, wie du solltest?"

„Es ist ein Moraldilemma, oder nicht? Wir wissen, dass Azrael mehr Menschen töten wird, eingeschlossen die Juroren und den Sohn des Gouverneurs, wenn wir ihn nicht fangen. Jack ist nur ein

Kind. Ich habe Alpträume davon, was Azrael ihm antut. Auf der anderen Seite vermuten wir, dass Silas freizulassen die Anzahl der Opfer noch erhöhen würde."

„Aber die Begnadigung ist die Entscheidung des Gouverneurs, also ist es nicht dein Moraldilemma, mit dem du dich herumschlagen musst. Es nützt nichts, dich um Entscheidungen zu sorgen, die du nicht kontrollieren kannst."

Ich seufze. „Kann ich dir etwas im Vertrauen gestehen?"

„Natürlich."

„Ich habe eine Möglichkeit, die Silas Freilassung bedeuten könnte. Aber sie könnte mich in Schwierigkeiten bringen. Und wenn ich Silas nicht als Köder nutzen kann, um Azrael zu fangen, werden die Dinge noch schlimmer sein, als wenn ich gar nichts getan hätte. Jack und all die anderen Juroren könnten so oder so sterben. Ich bin mir nicht sicher, ob ich sie nutzen soll."

„Ist diese Möglichkeit legal?"

Ich stocke, nicht sicher, wie ich meine Antwort formulieren soll.

„Weißt du was, lass gut sein. Ich will es nicht wissen. Du sagst also, das wäre ein riesiges Wagnis. Ein Schuss ins Dunkle, dass Silas' Freiheit Leben retten und dir helfen könnte, Azrael zu fangen. Du willst meinen Rat? Es hört sich nicht so an, als wäre es das wert, dich zu gefährden."

„Aber du weißt doch gar nicht, was es ist."

„Jena, du willst meine Meinung nicht immer hören, aber ich werde sie dir sagen. Persönlich als auch professionell. Du hast einen sehr guten Ruf. Ganz Pittsburgh sieht dich als Heldin an, weil du Silas hinter Gitter gebracht hast. Riskiere nicht all die wundervollen Dinge, die du aufgebaut hast. Löse das hier nicht außerhalb des Gesetzes."

„Ich versuche es. Ich versuche es wirklich."

„Hör mir zu. Du bist intelligent. Du bist erfahren. Du kannst das. Du hast schon einmal einen Serienmörder gefasst."

Nicht innerhalb des Gesetzes, denke ich. Stattdessen sage ich: „Du hast Recht. Danke. Schau, ich muss ein bisschen Arbeit erledigen, bevor ich schlafen gehe, aber lass uns bald treffen, okay?"

„Hört sich gut an. Ich vermisse dich."

„Vermisse dich auch," sage ich und lege dann auf.

Keine zwei Sekunden später vibriert mein anderes Handy auf dem Nachttisch. Morsezeichen. S.O.S.

Ich schüttle den Schauer ab, der mein Rückgrat empor kriecht, tausche die Handys und öffne die Privatnachricht.

Hallo kleiner Vogel,

Und hallo an das Cyberteam der Polizei. Was, dachtest du etwa, ich würde nicht merken, wenn du dein Handy klonst. Ich bin kein Anfänger. Aber es ist mir egal, wenn ihr diese Nachricht ausspioniert. Ich habe nicht viel zu sagen, außer…

Noch vier Tage, kleiner Vogel. Noch vier Leben übrig. Wirst du Leviticus freilassen?

~ Azrael

P.S. Niedlich, dass du Krankenhauskleidung als Schlafanzug trägst. Diese Hosen haben einen schönen Lavendelton.

Ich werfe mein Handy beinahe gegen die Wand.

Er kann mich sehen.

Er kann mich verdammt noch mal sehen.

Ich schalte mein Handy aus, bevor ich aus dem Bett springe, mein Herz hämmert in meiner Kehle auf einem Boxsack herum. Ich presse mich gegen die Wand und schiebe mich hinüber zum Fenster, linse hinaus und zeige so wenig von meinem Gesicht wie nur möglich. Will ihm kein Ziel geben. Ich suche die Straße ab, die geparkten Autos, die Apartmentgebäude. Sieht er gerade jetzt durch dieses Fenster?

Mit zitternder Hand schnappe ich mir die Kordel für die Jalousien und lasse sie zufallen. Dann gehe ich zu meinem Nachttisch und schnappe mir meine Pistole. Ich durchsuche das Schlafzimmer gründlich und halte Ausschau nach Kameras, öffne Schubladen, schiebe Kunst zur Seite und krieche unters Bett. Stelle mich auf den Beistelltisch und nehme die Deckenplatten in Augenschein. Dann schnappe ich mir einen Schraubenzieher und schraube die Lüftungsschächte los. Da ich nichts finden kann, verlasse ich das Schlafzimmer und mache das Gleiche mit allen anderen Räumen. Entwarnung. Er muss dann wohl durchs Fenster gespannt haben. Hat wahrscheinlich wieder eine Drohne genutzt. Ich wünschte, dass der Glaube daran, dass sein Voyeurismus aus der Ferne stattfindet, dass er irgendwo weit weg ist, mich beruhigen würde. Aber das tut es nicht. Er weiß, wo ich wohne.

Ich stehe zitternd und bebend da. Das Ganze hat sich soeben in eine Nacht verwandelt, in der ich mit meiner Pistole unter dem Kissen schlafen werde. Ich könnte darum bitten, in einen geheimen

Unterschlupf verlagert zu werden, bis das alles vorbei ist. Der verängstigte Teil von mir bettelt darum, zu fragen. Aber der knallharte Teil von mir sagt, es kommt nicht in Frage, dass ich weggehe. Auf keinen Fall wird er mich verängstigt davonrennen sehen. Dieser Teil hofft, dass er durch diese Tür marschieren wird. Mir eine Entschuldigung geben wird, ihm eine Kugel zu verpassen.

Mein Hirn flüstert, dass das nicht sein Stil ist. Wenn er mich töten wird, wird er es tun, ohne dass ich jemals sein Gesicht sehe. Was der Grund dafür ist, dass ich ihn finden muss. Sodass er meines sehen kann, wenn ich komme, um ihn zu holen. Es gibt noch einen Ort, an dem ich nachsehen muss. Ich renne zur Haustür und spähe aus dem Türspion. Der Korridor ist leer, aber das heißt nicht, dass nicht jemand die Vorder- oder Hintertreppe hinunterrennt. Ich schlage die Tür mit einem Knall auf und richte meine Pistole nach rechts und links. Nichts. Ich warte und horche. Aber ich höre keine Schritte. Nur die leise Musik aus Dustins Wohnung nebenan.

Ich bin beinahe an der Hintertreppe, meine Pistole noch immer gezogen, als Dustin seine Tür einen Spalt weit öffnet. Ich stopfe die Pistole in meinen Hosenbund, ziehe mein Shirt darüber und drehe mich um. Dustin schlüpft heraus und mustert mich von oben bis unten. Was für einen Anblick ich doch bieten muss. Mascara, die über mein Gesicht gelaufen ist, mein Haar voll Schweiß an meinen Kopf geklebt.

Sein Gesicht nimmt einen mitleidigen Ausdruck an und ich will mich einrollen und verschwinden.

„Willst du reinkommen?“, fragt er. Er fährt sich mit einer Hand durchs blonde Haar, das unordentlich und willkürlich in alle Richtungen absteht, und ich frage mich, wann er es das letzte Mal gebürstet hat.

Ich schüttle den Kopf und lehne seine Einladung hab. Er wartet darauf, dass ich etwas sage, aber das tue ich nicht. Ich kann nicht. Ich weigere mich, vor einem Gamer zusammenzubrechen.

„Lass mich dir wenigstens ein Taschentuch bringen.“

Ich bin beinahe versucht, aber dann hält er die Tür weiter offen und enthüllt einen dunklen Raum, aus dem die Videospielmusik in den Gang hinaus dröhnt, die mich aus meiner erbärmlichen Trance reißt und mir unmissverständlich klarmacht, dass ich nicht hierhin gehöre.

„Ich komm schon klar,“ bringe ich heraus. „Aber danke. Ich weiß das Angebot zu schätzen.“

Meine Lippe zittert und ich beiße darauf, damit sie aufhört.

„Na okay, aber ich bin nur eine Tür entfernt, falls du es dir anders überlegst. Es macht mir nichts aus, für eine Weile afk zu gehen.“

Ich hab keine Ahnung, was das heißen soll, aber ich nicke, als wüsste ich es.

Er schenkt mir eine alberne, kleine Verbeugung und sagt: „Meine Dame,“ bevor er drinnen verschwindet und die Tür hinter ihm schließt, was mich in einem leeren Korridor stehen lässt wie eine Idiotin.

Und dann summt die Gegensprechanlage. *Bah dah bah bah-dah baaaah daahh. „Take me out to the ball…game."*

Ich renne wieder hinein, um zu antworten.

„Hallo?"

„Detective Campbell? Dale hier. Sind Sie in Ordnung?"

„Ja. Ja, alles gut."

„Können Sie uns reinlassen? Wir wurden als Wachposten geschickt. Und Collins sagt, Sie sollen ‚Ihr verdammtes Handy wieder anschalten.' Seine Worte."

Mein Gesicht erhitzt sich. Natürlich hat Collins nach Azraels Nachricht jemanden geschickt. Weil ich mein Handy ausgeschaltet habe und so nicht nur Azrael abgeschaltet habe, sondern auch Collins. Er muss von der Nachricht genauso erschrocken gewesen sein wie ich. Mit immer noch brennenden Wangen lasse ich Dale herein.

24

JENA

Samstag, 9:28

Der geheime Unterschlupf von Normal Littlejohn ist ein Hotel, das bestenfalls drei Sterne hat. Mary und ich nehmen den Aufzug hoch in den siebten Stock.

„Du siehst gut aus," bemerkt Mary. „Erfrischt."

„Hab geschlafen wie ein Stein." Dank der Kollegen, die letzte Nacht mein Apartment patrouilliert haben.

Als wir ankommen, ist ein Team in Frau Littlejohn's Zimmer, eingeschlossen Anders, Jersey und Weisz. Es ist ein standardisierter, depressiver Raum. Zwei Doppelbetten mit hässlichen, geblümten Steppdecken. Kopfteile aus Kunstholz, die an die Wand genagelt sind. Abstrakte Kunst. Schwere Vorhänge. Abgenutzter Teppich.

„Großer Schrank," kommentiert Mary.

„Ich rieche Schimmel."

Anders arbeitet am Tisch, während Weisz ihr über die Schulter sieht. Jersey relaxt im Sessel, die Füße auf den Polsterhocker gelegt; eine schäbige Lampe beleuchtet sein selbstgefälliges Gesicht, als sei er der Patriarch auf einer Familienweihnachtsfeier.

Jersey erhebt sich und schlendert mit einem großen, selbstzufriedenen Grinsen auf seinem Gesicht zu mir herüber. „Wir haben es gefunden!"

„Frau Littlejohn hat es gefunden,“ klinkt sich Weisz von hinter ihm ein.

Jerseys Lächeln gerät ins Stocken. „Unglaublich, dieser Typ. Muss mir immer widersprechen. Der größte Spaßverderber.“

„Sag es mir,“ verlange ich.

„Das Parfum von Frau Littlejohn,“ sagt Weisz. „Es löste bei ihr Juckreiz aus.“

„Anders hat es untersucht,“ unterbricht Jersey. „Staphylokokken.“

Weisz nickt. „Sie hätte davon mit Sicherheit Furunkel bekommen.“

„Gute Arbeit, Team!“ zwitschert Mary.

Ich bin bei weitem nicht so erfreut. „Wie zur Hölle hatte sie einen persönlichen Gebrauchsgegenstand bei sich? Die hätten konfisziert werden sollen.“

Jersey zieht ein langes Gesicht und jetzt bin ich der Spaßverderber, aber es ist mir egal, ob ich ihm die Stimmung verdorben hab.

„Sie hatte es in ihrer Handtasche. Hat es nie rausgenommen.“

„Das ist keine Entschuldigung. Wo ist Frau Littlejohn jetzt?“

„In der Dusche,“ sagt Weisz. „Wäscht die Staphylokokken ab.“

„Haben Sie auch zugelassen, dass sie ihre eigenes Seifenstück mitnimmt?“

Jersey schüttelt den Kopf. „Nein. Nur Hotelprodukte. Ich hab genau nachgeprüft.“

Ich sehe ihn mit stechendem Blick an, die Hände in die Hüften gestemmt.

„Dreimal überprüft, das schwöre ich."

Ich trete weiter in den Raum hinein und nehme alles ins Visier.

„Ich sehe, wie es in dir arbeitet," sagt Mary, als sie sich zu mir gesellt. „Was ist los?"„Etwas stimmt nicht. Hautfurunkel töten niemanden."

„Du denkst, es ist eine Ablenkung?"

„Ja. Frau Littlejohn ist möglicherweise nicht einmal das Ziel."

Nur Sekunden später zeigt mir Frau Littlejohns Schrei, dass ich mich geirrt habe.

Ich renne zum Badezimmer und fasse nach dem Türknopf. Ich höre einen Knall, wie von einem Gewehrschuss. Ich reiße die Tür auf und Rauch wabert heraus. Meine Haut und meine Augen brennen. Ich huste und niese. Aber der Rauch kann nicht verstecken, das passiert ist. Die Blutspritzer an den Wänden. Frau Littlejohn's Körper, der, verheddert im Duschvorhang, auf dem Boden liegt. Ihr Kopf ist weg. Blut tropft aus dem Stumpf, der ihr Nacken ist und breitet sich auf dem gefliesten Boden aus. Das gesamte Badezimmer hat sich innerhalb von fünf Sekunden in einen Horrorfilm verwandelt.

Ich erstarre und will wegsehen. Kann aber nicht. Ich fasse mir an die Kehle und schlucke den Schrei herunter, der sich anschleicht. Und dann weiche ich zurück. Bringe Distanz zwischen mich und den Anblick dieses Massakers, das aussieht, wie wenn es direkt dem Film *Psycho* entsprungen wäre und kollidiere mit dem Schrank hinter mir. Meine Lungen sind wie aus Beton. Ich kann nicht atmen. Kann nicht begreifen, dass das was sich vor mir befindet, gerade noch eine lebende und atmende Person war. Mein ganzer Körper zittert, der Beton zerbricht und wird von einem harten Klopfen in meiner Brust ersetzt. Der Rauch quillt weiterhin aus dem Badezimmer heraus.

Die Geräusche des Zimmers hören sich an, als seien sie weit weg. Marys Geschrei. Jerseys Würgen. Jemand zieht mich zurück. Ich kann nicht verstehen, wo ich bin, und stolpere über meine eigenen Füße. Die Tür zu dem Hotelzimmer öffnet sich und ich werde zu den anderen gestoßen. Ich sehe zu dem Raum zurück, wo noch immer Rauch unter der Tür in den Gang entweicht.

„Ich verstehe das nicht." Jersey hört sich an, als sei er den Tränen nahe. „Wir haben alles überprüft."

Weisz legt ihm eine Hand auf den Rücken und Mary sagt: „Es ist nicht deine Schuld."

„Ist es wirklich nicht? Weil es sich absolut so anfühlt."

Die Gruppe bewegt sich weiter weg und teilt Scham und Unglauben miteinander. Ich folge ihnen wie in Trance auf die Treppe zu und schniefe die Tränen zurück, die drohen, mein Gesicht herunterzulaufen, will der Hölle entkommen, die ich zurückgelassen habe. Aber etwas draußen vor dem Gangfenster fällt mir ins Auge und ich bleibe stehen, drehe mich in die Richtung und laufe darauf zu. In meinem Kopf dreht sich alles. Ich kann kaum verstehen, was los ist. Ich glaube, ich habe unter Umständen flüchtig eine Drohne gesehen, bevor sie hinter einem Gebäude verschwand, aber ich kann es nicht sicher sagen.

Dann vibriert mein Handy. S.O.S. Während ich den Bildschirm anstarre, vibriert es wieder wie S.O.S. Und ich reiße mich aus meinen Gedanken los. Azrael.

Meine Oberlippe kräuselt sich. Das letzte, was ich will, ist eine seiner Nachrichten zu öffnen. Ich sollte bei meinem Team sein. Aber es könnte dabei helfen, den Sinn hinter dem, was hier vor sich geht, zu verstehen. Davon, was mit Norma Littlejohn passiert ist. Ich ducke mich in eine Nische, in der ein Münzautomat und eine Eismaschine stehen und sehe die Benachrichtigung an. Es ist ein Video. Ich drücke auf PLAY.

Azrael erscheint, seine Silhouette vor einem Greenscreen.

Wie läuft's da drüben?

Seine Stimme klingt trotz der Verzerrung jovial. Stück Scheiße. Brüstet sich nach seinem Mord.

Weißt du, was man auf YouTube lernen kann? Natrium reagiert in Wasser brutal. Bringt es zum Kochen, bevor es explodiert. Verursacht verdammt viel Rauch. Sollest du dir mal ansehen. Es gibt ein Video, wo eine Familie einen Klumpen in einen Teich schmeißt und bumm! *Für extra viel Spaß sieh dir die Entsorgung von 9.000 Kilogramm Natrium in Wasser aus dem Jahr 1947 an. Alt, aber gut!*

Wie auch immer, wenn ihr am Tatort arbeitet, werdet ihr herausfinden, dass Normas Shampoo nicht war, was es zu sein schien. Pulverisiertes Natrium und Erdöl sehen auf den ersten Blick wie Shampoo aus.

Das Shampoo war vom Hotel bereitgestellt. Wie zur Hölle hat er es ausgetauscht? Die Selbstzufriedenheit in seiner Stimme verursacht, dass ich meine Glock-Pistole ziehen und den Bildschirm wegschießen will. Sein Gesicht zu zerstören, wäre so verdammt befriedigend.

Mensch, du siehst überrascht aus!

Eine Aufnahme von mir, wie ich in den Gang stolpere, erscheint im Video, mein Gesicht schlaff vor Schock, als Mary mich aus dem Raum zerrt. Das Bild beginnt weiter weg und zoomt hinein. Als wäre es mit einer Drohne gefilmt worden. Ich hab es verdammt nochmal gewusst. Ich muss mich zusammennehmen, um mein Handy nicht in kleine Stücke zu zerschlagen.

Wie auch immer, Furunkel! Kapiert? Ich hab dir auch einen kleinen Hinweis hinterlassen. Und du hast ihn gefunden. Staphylokokken! Verrät dir das mehr über mich? Fang mich, wenn du kannst, bevor ich dir das nächste Geschenk hinterlasse.

Der kopflose Körper von Frau Littlejohn schreit in meinem Verstand und ich kann das Bild nicht wegblinzeln. Die Vision verwandelt sich in Jack und ich kann es nicht ertragen, dass ein Siebzehnjähriger als Nächster dran sein könnte. Galle schießt mir die Kehle hinauf. Ich schlage eine Hand vor den Mund und weigere mich, wie ein Anfänger zu kotzen.

Ich muss mich beruhigen. Auszurasten bringt Frau Littlejohn nicht zurück und rettet auch Jack nicht. Und es wird mir nicht dabei helfen, Azrael zu fangen. Ich schnappe nach Luft, bis meine Atmung sich verlangsamt und ich mit einem Funken Kohärenz denken kann.

Ich spiele das Video noch einmal ab und sehe, dass Azrael weniger gekünstelt wirkt. Natürlicher. Als ob er nach jedem Mord mehr und mehr Spaß hat. Davon überzeugt, dass er unaufhaltsam ist. Gott, ich will ihn aufhalten, aber ich fühle mich nicht intelligent genug, diesen Fall zu lösen.

Ich zwinge mich dazu, das Bild von Frau Littlejohn aus meinem Verstand zu schieben. All die bevorstehende Schrecklichkeit zu vergessen, die mich erwartet, sobald ich wieder zu meinem Team stoße: ihre Familie zu informieren, einen weiteren Tod und unser Versagen, ihn zu verhindern, von der Presse fernzuhalten. Ich zwinge mich dazu, die Schuld und Verzweiflung wegzuschieben und mich zu konzentrieren. In jedem Wort nach Hinweisen zu horchen. Irgendwelche Hinweise, die Azrael fallenlassen hat, von denen er nicht denkt, dass wir sie wahrnehmen würden und über die er genau jetzt lacht. Doch nicht, was ich höre, was mein Blut in Wallung bringt, sondern was ich sehe.

Ich pausiere das Video und vergrößere das Bild. Der Greenscreen breitet sich nicht ganz bis zum Rand des Bildschirms aus. Es gibt einen schmalen Spalt, in dem ich ein Fenster sehen kann. Ha. Nimm das, du dreister Wichser. Wer ist jetzt nicht intelligent genug?

Collins sieht sich das geklonte Video wahrscheinlich gerad jetzt an. Ich schreibe ihm eine schnelle Nachricht.

Du siehst es, oder? Das Fenster?

Collins antwortet mit einem Daumen hoch und ich entferne mich schnell aus der Nische, um mich zu den anderen zu gesellen, damit wir den Nachwirkungen dieses Horrors gemeinsam entgegentreten können.

SMARTBOARD

Opfer

Michelle Green

Plage #1 -Wasser zu Blut

Todesursache – Hinrichtung durch Stromschlag

Lisa Bell

Plage #2 – Frösche

Todesursache – Gift des Goldenen Blattsteigers

Matt Butler

Plage #3 – Läuse

Todesursache – Erstickung

Mickey Hughes

Plage #4 – ~~Fliegen~~ wilde Tiere

Todesursache – vom Hauer eines präparierten Ebers aufgespießt

David Bacco

Plage #5 – Pestilenz

Todesursache – nekrotisierende Fasziitis

Norma Littlejohn

Plage #6 – Furunkel

Todesursache – Reaktion von Natrium und Wasser

NÄCHSTE PLAGE – #7 HAGEL

Zielpersonen/Juroren

James Cox (46 Jahre, männlich)

Wichtige Notizen: Digitalarchivar. Mag Krypto. Familie besitzt Milchfarm.

Charles „Chuck" Gomez (70 Jahre, männlich)

Wichtige Notizen: Mag Formel 1. Golden Retriever.

Kent Baker (42 Jahre, männlich)

Wichtige Notizen: Flämisches Kaninchen. Lehrt Technologie an der High School.

Avi Spieler (29 Jahre, nicht-binär)

Wichtige Notizen: Multimedia-Künstler. Koscher.

Earl Rogers (76 Jahre, männlich)

Wichtige Notizen: Direktor einer gemeinnützigen Organisation, die sich auf Drogen- und Alkoholsuchtbehandlung spezialisiert. Grüner Star.

Chris Brown (33 Jahre, männlich)

Wichtige Notizen: Mechaniker. Bartender bei Nacht. Raynaud-Krankheit.

Jack Taylor (17 Jahre, männlich)

Wichtige Notizen: Sohn des Gouverneurs. Vermutlich eine Geisel von Azrael, der verkündet hat, dass Jack das zehnte und letzte Opfer sein wird.

Hinweise

~~Jacks Laptop~~

~~Jacks Handy~~

~~Azraels Social Media Account~~

~~Filmmaterial der Arbeitskameras von Matt Butler~~

Bibelverse, die zu Silas geschickt wurden

25

JENA

Samstag, 11:34

„Rosinante, vor allen anderen Pferden platziert."

Joe Torres, der Teamleiter der SWAT-Einheit, der ein gelehrtengleiches Literaturwissen besitzt, redet von seinem massigen weißen Van, den er augenscheinlich nach Don Quichotes Pferd benannt hat. Und ich sitze in den Vordersitz dieses Stahlmonsters gequetscht. Torres sitzt im Fahrersitz. Ich im Beifahrersitz. Und Mary ist zwischen meiner knochigen Hüfte und Torres' muskulösem Oberschenkel eingequetscht. Aber sie hat ihr typisches Lächeln auf dem Gesicht und scheint es nicht im Geringsten unangenehm zu finden, dass sie ein Mary-Sandwich ist. Hinten im Van ist die SWAT-Einheit startklar in voller Schutzausrüstung. Jersey und Weisz beschatten uns aus dem Auto hinter uns.

„Und jetzt würde ich sagen, ist eine Lagebesprechung überfällig, warum wir mit einem unangekündigten Haftbefehl zur Adresse 632 Fort Duquesne Boulevard rasen," sagt Torres. „Da wir uns alle hier in meinem Bereitschaftsraum versammelt haben."

Ist das eine Referenz auf *Star Trek*? Torres ist heute neben der Spur. Muss wohl das Adrenalin sein.

Sobald Mary und ich wieder auf der Station waren, gab Collins uns Anweisungen und scheuchte uns wieder hinaus. Wir hatten kaum Zeit, zu verarbeiten, was mit Norma Littlejohn passiert war.

Meine Kehle brennt noch immer vom Einatmen des ätzenden Rauchs. Ich bringe Torres schnell auf den neuesten Stand.

„Dieser Serienmörder, nennt sich Azrael, genießt es, uns mit Videos zu verspotten. Er hat eine Montage geschickt, von virtuellen Händen, die einen VR-Controller bedienen. Collins hat daraus nichts ziehen können. Aber dieses letzte…“ Ich kann das Glänzen in meinen Augen spüren, als ich innehalte, um die Erwartung aufzubauen.

„Fahrt fort, verehrte Dame.“

„Natürlich ist Azrael ein Meisterhacker. Er hat seine Spuren verwischt, sodass Collins keine Informationen erhalten kann, indem er versucht, eine IP-Adresse oder dergleichen ausfindig zu machen. Aber bei dem letzten Video, dass er geschickt hat, hat er es verbockt.“

Ich strecke mich über Mary hinweg und halte mein Handy hoch, sodass Torres es sehen kann. Er blickt kurz hinunter, dann zurück auf die Straße. Auf meinem Bildschirm befindet sich das eingefrorene Bild einer knallgelben Brücke.

„Die Andy-Warhol-Brücke?“

„Genau. Azrael nutzt einen Greenscreen für seine Videos. Aber er hat sich nicht ganz bis ans Ende des Bildes erstreckt.“

Ich wische nach rechts. Das gleiche Bild, ein bisschen weiter hineingezoomt. Es zeigt eine Fenster mit einer roten Markierung.

Torres blickt kurz nach unten. „Was sehe ich da?“

„Schön, dass du fragst. Es ist Graffiti. Laut Collins der Buchstabe *V*.“

„Also das ist das Bild, aufgrund dessen wir nach Fort Duquesne Boulevard fahren?“

„Jap. Collins hat herausgefunden, dass es sich, ausgehend vom Winkel, in dem die Brücke zu sehen ist, um eines der Etagenhäuser dort handeln muss.“

„Aber ich weiß aus all den Jahren, in denen ich mit Collins zusammengearbeitet hab, dass er uns nicht einfach rausschicken würde, um umherzustreifen, bis wir ein Apartment mit einem roten *V* auf dem Fenster finden.“

„Stimmt. Er hat Google Earth genutzt. Laut ihm ‚mächtiges Zeug‘. Hat ein Gebäude gefunden, auf dessen Fassade das Wort REVOLT gesprüht wurde. 632 Fort Duquesne.“

„Vernunft ist des Menschen Instrument, um zur Wahrheit zu gelangen.“

Ich hab keine Ahnung, was zur Hölle Torres diesmal zitiert.

„Vernunft und das Internet,“ sagt Mary.

„Touché.“

Torres biegt von der 6th Street auf die Fort Duquesne Straße und nähert sich langsam dem Zielort. Das Navi auf dem Armaturenbrett zeigt südwestlich von der Andy-Warhol-Brücke und nicht sehr weit östlich vom Point State Park, wo wir Jacks Auto gefunden haben.

Trotz der coolen Nachbarschaft hat die Auswahl des Ortes beinahe etwas spöttisches an sich. Mir sträubt sich alles, ich bin in höchster Alarmbereitschaft. Torres fährt am Byham Theater vorbei, dessen Fassade mit einem Gemälde von Richard Haas bemalt ist, welches der Stahlindustrie von Pittsburgh huldigt. Die Bilder sind hyperrealistisch. Ein Mann aus alter Zeit mit einer Schiebermütze sieht den Außenstehenden an, weg von den Fässern voll geschmolzenem Stahl. Torres fährt weiter und am Ziel vorbei. Ein plumpes, graues Gebäude, das die Buchstaben P.P.G. Co. in den Stein gemeißelt hat, die historische Firma Pittsburgh Plate Glass. Über der Fassade im Erdgeschoss, wurde das Wort REVOLT mit purpurroter Farbe über mehrere Fenster gesprüht. Ich blicke kurz auf das V. Die Lichter im Apartment sind aus. Entweder ist niemand zuhause, oder sie verhalten sich unverdächtig. Jack könnte genau jetzt dort drinnen sein. Allein, oder in unerwünschter Gesellschaft. Eine Geisel im Dunkeln.

Torres biegt rechts in eine Gasse ein und fährt an den Parkplätzen vobei, die nach 18 Uhr für Theaterbesucher reserviert sind. Jersey und Weisz parken dort, neben dem Gebäude, während Torres den Van hinter das Gebäude fährt.

Mary beugt sich so nahe zu mir, dass nur ich sie hören kann: „Warum ziehst du so ein Gesicht?“

Ich entspanne meine geschürzten Lippen. „Ich mag das hier überhaupt nicht. Fühlt sich nach Falle an.“

„Dann ist es gut, dass das SWAT-Team zuerst reingeht.“

Ich nicke kaum merklich.

„Der Ort macht Sinn,“ sagt Mary. „Azrael hätte Jack nicht sehr weit vom Point State Park wegbringen müssen.“

„Keine schlechte Theorie. Du bist so eine Optimistin,“ sage ich, doch meine Aufmerksamkeit gilt dem Gebäude. Alles ist still.

„Jack könnte hier sein,“ sagt Mary.

„Sicher,“ sage ich, bin aber nicht überzeugt.

Torres hat sein Handy in der Hand und wählt eine Nummer an.

„Detective Spiers,“ antwortet Jersey, seine Stimme schwach und blechern im Lautsprecher des Handys.

„‘Noch einmal stürmt, noch einmal, liebe Freunde,‘“ sagt Torres. Er meint bereitmachen.

„Verstanden,“ sagt Jersey und legt auf.

Torres dreht sich zu mir und Mary. „Zeit, uns bereitzumachen. Wir werden das Gebäude sichern. Ihr kommt hinterher.“

Wir klettern aus dem Van und gehen zum Hinterausgang. Die Türen schwingen auf und man gibt uns zwei kugelsichere Westen und eine große Maglite-Taschenlampe. Mary und ich ziehen die Westen an und ziehen dann unsere Glock-Pistolen. Weisz und Jersey rücken hinter uns auf und nicken. Wir sind bereit.

Wir treten zur Seite, als das SWAT-Team aus den Hintertüren des Vans herausströmt. Die ersten zwei SWAT-Offiziere tragen einen großen Rammbock aus Metall. Die anderen halten AR-15 Sturmgewehre bereit. Sie bewegen sich mit flüssiger Präzision auf den Eingang des Gebäudes zu.

Ich husche ihnen hinterher, Mary an meiner Seite, Jersey und Weisz auf unseren Fersen. Die Hintertür zum Apartmentgebäude ist offen und die Gruppe verschwindet darin. Wir folgen ihnen und latschen die Treppen in den vierten Stock hoch. Sie sind den Gang bereits zur Hälfte entlang gelaufen, als wir auftauchen und probieren bereits, die Tür zu öffnen. Sieht aus, als wäre sie verschlossen, weil die ersten beiden SWAT-Agenten den Rammbock zurückschwingen und ihn dann vorschnellen lassen. Die Tür splittert und fällt mit einem Schlag nach vorn. Die zwei mit dem Rammbock treten zur Seite als das Team hineinstürmt. Dann lassen sie den Rammbock fallen und schnappen sich ihre eigenen Gewehre, und schließen zu den anderen auf.

Es gibt einen Überschallknall und einen Lichtblitz, als eine Blendgranate explodiert. Meine Ohren klingen, aber ich kann die Rufe von „Polizei!“ „Keine Bewegung!“ und „Sauber!“ aus dem Inneren des Apartments immer noch hören. Mein Griff um die Glock-Pistole festigt sich, als ich mich der Tür nähere.

Tageslicht scheint durch die Fenster. Innen befindet sich nichts außer dem SWAT-Team, das den Raum gründlich absucht. Ein leeres Apartment mit offenen Beleuchtungskörpern und einem Boden aus Holzbohlen, der mit Schutt verschmutzt ist. Umzugsboxen und Kisten. Pizzakartons und Fastfood-Verpackungen. Eine alte, gelbe Matratze. Weggeworfener Krimskrams. Mein Herz zieht sich zusammen.

Joe Torres steht neben mir. „…es ganz verlieren und nicht darum klagen, nur wortlos ganz von vorn beginnen kannst.“

Verdammter Torres und seine Zitate. Aber ich verstehe, was er meint.

„Verteilt euch und sucht nach Hinweisen,“ weise ich Mary, Weisz und Jersey an. „Dieser Kerl würde uns nicht hierher bringen, ohne irgendeine Art von „fickt euch“ zu hinterlassen.“

Ich stürze schnurstracks auf das Fenster mit dem roten V zu. Der Buchstabe aus dem Video ist wie ein Pfeil, der mich auf den Beweis stößt. Als ich mich dem Fenstersims nähere, sehe ich ein Vogelnest, aus dem ein Hauch von Rot hervorlugt. Ich renne hin und sehe hinein. Ein Heliotrop liegt in der Wiege der Zweige. Mein Herz hämmert in meiner Kehle, ich schnappe mir den Stein und stecke ihn in meine Hosentasche, bevor ihn irgendjemand sehen kann.

26

JENA

Samstag, 15:19

Ich bin zurück im SCI Fayette. Ein Wärter geleitet mich zu Silas‘ Zelle. Diesmal ist es nicht Kyle. Ich frage mich, wie es ihm mit Papich ergangen ist und ob er gefeuert oder nur abgemahnt und ihm ein beschissener Job zugeteilt wurde. Ich hoffe auf ersteres. Silas‘ Sympathisanten befinden sich besser außerhalb des Gefängnisses.

Während ich meiner Begleitung den Korridor entlang folge, bereite ich mich auf mein Treffen mit Silas vor, indem ich die Beweise im Kopf durchgehe, die mein Team gefunden hat, und die uns zu Azrael bringen könnten. Er sagte, dass Staphylokokken ein Hinweis gewesen seien, aber wie bitte soll uns das weiter helfen? Datensätze von allen Menschen in der Gegend durchzusehen, die mit Staphylokokken infiziert waren, ist eine umfangreiche und unmögliche Aufgabe. Azrael würde das wissen. Also ist das wieder nur Spott. Und dann ist da der Heliotrop. Muss auch Spott sein. Wahrscheinlich über seine Verbindung zu Silas. Was der Grund ist, warum ich hier bin. Das und die Tatsache, dass ich keine anderen Anhaltspunkte habe.

Ich schrecke zusammen, als die mechanische Tür zu Silas‘ Gefängnisflügel hinter mir zuschlägt und der Riegel sich mit einem elektronischen Summen schließt. Der Wärter läuft voran, den gebleichten Korridor entlang. Wir laufen an den Schlafsaal-artigen

Räumen vorbei zu den Einzelzellen. Die Fenster hier sind viel kleiner und es gibt mehr Leuchtstofflampen als Tageslicht.

Die Zellentür ist massiv und hat ein Schiebefenster. Das Guckloch erinnert mich an die Trennwand zu den Gefangenen im Ford Explorer.

„Bleiben Sie außer Greifweite,“ sagt der Wärter, bevor er das Fenster aufschließt.

Er verhält sich, als sei Silas eine nervige Mücke und ich bin froh, dass er keiner der Wärter ist, die sich von Silas‘ Charm betören haben lassen. Er schiebt die Glastür auf und überlässt den Rest mir.

Ich nähere mich dem Fenster und bleibe auf Armeslänge stehen und dann erscheint Silas‘ Gesicht. Ich verankere mich fest am Boden und weigere mich, zusammenzuzucken. Seine Augen, die in der Kapelle blutrot aussahen, sind jetzt zwei schwarze Löcher, die alles Licht schlucken. Sein Blick zieht mich in den Bann.

Ich sollte glauben, dass ich durch die Tür zwischen uns mehr geschützt bin, aber ich habe mich in der Kirche sicherer gefühlt, mit seinen Handschellen am Boden verankert und bewaffneten Wärtern, die ihn ein Auge auf ihn hatten. Trotz der Hochsicherheitszelle hat Silas für meinen Geschmack zu viel Freiheit.

„Silas.“ Ich denke, meine Stimme hört sich fest an. „Kann ich dir ein paar Fragen stellen? Über Azrael?“ Letztes Mal hat er mir einen Hinweise gegeben. Ich hoffe, er wird großmütig genug sein, um mir mehr zu geben.

Silas zwickt sich ins Kinn, als sei ich ein Vertreter, den er entweder fortscheuchen oder dem er eine Audienz gewähren würde, nur um ihn zu verhöhnen. „Und was tauschst du gegen meine Hilfe ein? Vielleicht ein Zimmer mit Aussicht? Oder die Freiheit selbst?“

Ich bewege mich näher auf das Fenster zu, um zu zeigen, dass ich keine Angst habe, aber die Gänsehaut auf meinen Armen beweist das Gegenteil. „Azrael hat die Kämpferin für soziale Gerechtigkeit getötet. Pulverisiertes Natrium in ihrem Shampoo. Ich hab ihren Todesschrei gehört. Den unschuldigen Schrei einer rechtschaffenen, gottesfürchtigen Frau.“

Ich fürchte, ich habe möglicherweise zu sehr auf sein Mitleid gedrängt, aber die linke Seite seines Mundes zuckt, also habe ich vielleicht mein Ziel getroffen.

„Die Juroren sind vielleicht unschuldig, aber was ist mit dir? Vielleicht solltest du anstelle des Jungen Geisel spielen.“

Oder vielleicht war mein Schuss zu weit. Ich bleibe gelassen und dränge noch weiter. „Keinem von uns nützt es, wenn du versuchst, mich einzuschüchtern. Aber wenn du gegen das bist, was Azrael tut, während er behauptet, es sei für dich, dann kannst du mir helfen.“

Silas seufzt leise. „Also willst du mehr über Azrael erfahren, hm? Hat er ein Andenken für mich hinterlassen? Vielleicht einen Klunker?“

Merkwürdig, dass er den Heliotrop als Klunker bezeichnet. Er hat die Edelsteine bisher nur als Steine bezeichnet. Ich lege das gedanklich zu den Akten. Alles was Silas tut, ist vorsätzlich.

„Keine Worte für mich, kleiner Vogel?“

„Keine. Aber wenn es irgendetwas anderes gibt, was du- “

Er unterbricht mich mit erhobener Hand. „Am Kai entlang der Glockenklang, der Menge Lustgespinster. Das Auge folgt dem festen Kiel, der Barke, wild und finster.“

„Was?“

Silas seufzt. „Versuche es mal mit lesen. Das wird dein Gehirn davon abhalten, an Einsamkeit zu sterben.“

„Wie hilfreich.“ Ich kann den bissigen Tonfall nicht vermeiden.

„Ja, das ist es. Schau. Ich werfe dir einen Knochen hin, kleiner Vogel, wenn du hungrig genug bist, ihn zu fangen. Er ist ein Fan von Videospielen.“

„Und das hat irgendwas mit dem Zitat zu tun, das du soeben von dir gegeben hast?“

Er betrachtet mich, schüttelt dann seinen Kopf und tritt einen Schritt vom Fenster zurück. „Wenn du nicht gekommen bist, um mich freizulassen, haben wir uns nichts mehr zu sagen, nicht wahr? Aber lass dir das, was ich dargelegt habe, vielleicht durch den Kopf gehen. Wenn ein Tod fällig ist, wer sollte es sein? Du? Oder der Junge?“

Seine Augen durchbohren mich, aber ich weigere mich, ihn in meinen Kopf zu lassen. Weigere mich, seine Drohung zu bedenken, denn ich weiß, er würde mein Leben kassieren, wenn er frei wäre. Ich halte seinen Blick.

Silas dreht mir den Rücken zu. Er zeigt wieder einmal, wie wenig er mich als Bedrohung ansieht. „Ich bin mir recht sicher, dass du den Weg nach draußen kennst.“

Silas verschwindet im Schatten seiner Zelle, außerhalb meines Blickfeldes durch das kleine Fenster. Seine Pritsche ächzt, als er sich niederlässt, meine Anwesenheit hat er bereits abgewiesen.

Ich bin niedergeschlagen, wie ein Boxer, der versucht, aufzustehen, nachdem man ihn in den Mund geschlagen hat, aber ich kann nicht noch eine Runde mitmachen. Ich winke den Wärter herbei, der etwas weiter unten im Gang an der Wand lehnt. Er verlässt seinen Posten und kommt, um mich hinauszubegleiten.

Silas Stimme schwebt aus seiner Zelle und jagt mir hinterher. „'Man wird alle Altarsteine vernichten, wie man Kalkstein zerschlägt. Nie mehr soll man Kultpfähle und Rauchopferaltäre errichten.' Was bedeutet es, kleiner Vogel? Was bedeutet es?"

Bericht eines Sachverständigen für Schadensbegrenzung vor Gericht

Angeklagter: Silas Halvard
Fallnummer: 2019-0012
Anklage: Mord

Einführung:
Dieser Bericht dient als eine umfassende Analyse von Herrn Silas Halvard, ein Angeklagter, verurteilt aufgrund eines Mordes in der Sache Joseph Burton. Als Sachverständiger für Schadensbegrenzung vor Gericht, ist es mein Ziel, ein umfassendes Verständnis von Silas' Vorgeschichte, persönlicher Geschichte und allen Faktoren, die eine Einsicht in sein Verhalten geben könnten, zu schaffen. Silas erklärte sich mit dem Bericht einverstanden, weigerte sich jedoch, am Prozess teilzunehmen. Daher ist keinerlei direkte Information von Silas in diesem Bericht enthalten.

Hintergrund:
Silas Halvard, ein Einheimischer aus New Orleans, Louisiana, ist eine gebildete und intellektuelle Person. Er hält einen Doktortitel in Theologie inne und übt seinen Beruf als Professor der Theologie an der Geneva Universität erfolgreich aus.

Familiengeschichte und Erziehung:
Die folgenden Informationen wurden von anderen Quellen, wie Kollegen, Nachbarn, Freunden, Lehrern, Jugendamtsarbeitern und Polizeiberichten ohne Silas' Zutun gesammelt.

Silas' Kindheitsumfeld, voller Missbrauch und Vernachlässigung, hatte tiefgehende Auswirkungen auf sein Leben. Er wurde in

New Orleans in einem tiefreligiösen Haushalt aufgezogen, in dem sein Vater, Samuel Halvard, strenge Glaubenssätze hielt und harte Disziplin ausübte. Samuel, von seiner eigenen missbräuchlichen Vergangenheit verfolgt, wurde zu einem religiösen Fanatiker, der im Namen von Disziplin und Seelenheil zu extremem Maßnahmen griff.

Laut dem Jugendamt und Polizeiberichten, war der Missbrauch, dem Silas und seine Geschwister ausgesetzt waren, eine Mischung aus körperlicher und geistiger Folter. Samuels Methoden waren unorthodox, er setzte seine Kinder brutalen Züchtigungen, Zwangsfasten und langwieriger Isolation aus. Er glaubte, dass Leiden und Opfer die Wege zu Erkenntnis und Seelenheil seien und zwang diese Glaubensvorstellungen seinen Kindern mit unerschütterlicher Intensität auf.

Silas' Mutter, Martha Halvard, spielte in diesem missbräuchlichen Umfeld eine passive Rolle, gefangen zwischen Treue zu ihrem Ehemann und Verantwortung ihrer Kinder gegenüber. Sie war vor Angst gelähmt und darauf konditioniert, zu glauben, dass der Missbrauch für ihren spirituellen Wachstum notwendig sei. Ihre Untätigkeit ermöglichte es, dass der Missbrauch während Silas' Entwicklungsjahren andauerte und unterstützte emotionale Vernachlässigung.

Silas' Kindheitserfahrungen und das missbräuchliche Umfeld, in dem er großgezogen wurde, spielten eine bedeutende Rolle in der Formung eines verzerrten Glaubenssystems. Der erbarmungslose, körperliche und psychologische Missbrauch, den sein Vater ihm zufügte, hinterließ bleibende Narben - sowohl sichtbare als auch unsichtbare. Der erklärte religiöse Eifer seines Vaters verschlang sich mit dem Trauma und schuf ein verzerrtes Verständnis von Disziplin, Opfer und Erlösung.

Erwachsenenleben:
Als Silas älter wurde, intensivierten seine religiösen Studien und akademischen Streben seine Wahnvorstellungen von Erhabenheit. Sein umfangreiches Wissen über Theologie und die Bibel gaben ihm eine Fassade der Kultiviertheit, die die Tiefe seines religiösen Fanatismus verdeckte. Als seine Kollegen über die religiöse Philosophie von Silas befragt wurden, berichteten sie, dass seine Glaubensvorstellungen sich um das Konzept der Buße drehen, um die Idee, dass Menschen für ihre Sünden büßen müssen, um Erlösung zu erlangen.

Von einem Familienmitglied wurde berichtet, dass Silas Ehebruch begangen habe und dass seine Schwierigkeiten mit der Akzeptanz dieser Sünde ihn dazu brachte, seinen linken Ringfinger abzuschneiden. Jedoch war dies nicht genug, um die Vergebung seiner Frau zu erlangen. Kurz danach beging sie mit einer Überdosis Tabletten Suizid. Nach diesem Vorfall begann Silas, sich als Vertreter göttlicher Vergeltung zu sehen, angetrieben von einem verzerrten Bild von Gerechtigkeit, um andere dazu zu bringen, auch für ihre Sünden zu büßen.

Ich möchte auch Silas' Isolation von gesellschaftlichen Normen hervorheben. Trotz seiner hervorragenden, akademischen Karriere löste er sich immer mehr von gesellschaftlichem Umgang ab und tauchte tief in seine religiösen Studien und Rituale ein. Diese Isolation ermöglichte es, dass seine Wahnvorstellungen unkontrolliert schwären konnten, was ihn in eine dunkle, selbstzerstörerische Abwärtsspirale brachte.

Silas rang sein gesamtes Leben lang mit Gefühlen von Schuld und Scham, welche durch die missbräuchlichen Praktiken seines Vaters und seine eigenen Vergehen hervorgerufen wurden. Sowohl der Verlust seines vorherigen Jobs in der Abteilung für Religionswissenschaft an der Loyola Universität in New Orleans als auch der Suizid seiner Frau nach seiner Untreue, verstärkten sein Gefühl von Versagen und steigerten seinen religiösen Fanatismus.

Fazit:

Es ist essenziell, anzumerken, dass während dieser Bericht einen Einblick in Silas Vorleben gewährt, er ihn nicht von der Verantwortung für jegliche Handlungen freispricht, die er begangen haben könnte. Stattdessen beabsichtigt er, Informationen zu dem komplexen Netz an Faktoren bereitzustellen, welche zu seinen Handlungen beitrugen.

Im weiteren Verfahren wird dazu geraten, dass Silas einer umfassenden psychiatrischen/psychologischen Beurteilung unterzogen wird, um das Ausmaß seiner seelischen Störungen besser verstehen zu können, und um das angemessene Behandlungsverfahren, die Resozialisierung und die Einschätzung des zukünftigen Risikos festzustellen.

Schlussendlich lässt sich sagen, dass der Fall Silas Halvard ein facettenreiches Bild eines Mannes präsentiert, dessen Leben von einer traumatischen Erziehung, religiösem Extremismus und einem verzerrten Sinn von Buße geprägt wurde. Es ist nun die ehrwürdige Pflicht des Gerichtes, diese strafmildernden Faktoren in Betracht zu ziehen und eine informierte Entscheidung bezüglich des Urteils zu treffen.

27

JACK

Sonntag, 9:46

Als Jack sechs war, hat ihn sein Vater für die Juniorenliga im Golf eingeschrieben. Er konnte den verdammten Ball einfach nicht treffen. Endloses Laufen und frisch geschnittenes Gras, das seine Allergien entfachte. Der Stich einer Hornisse. Rotflügelstärlinge, die im Sturzflug auf seinen Mützenschirm herabflogen. Sand, der aus dem Bunker in seine Augen geriet. Enttäuschung in den Augen seines Vaters, als er aufgab.

Tennisstunden, als er acht war, kaum in der Lage, den Schläger hochzuheben, versteckte er sich hinter blauen Hintergrundvorhängen. Nicht in der Lage, es zu bringen. Wieder.

Aber dann, als er neun war, bekam er seinen ersten Laptop, Reihen an Codes, die zusammenpassten, die strahlende Welten erschufen, in die er sich flüchten konnte. Freunde, die plauderten und lachten und Insiderwitze erzählten. Zugehörigkeit.

Und jetzt, Verlassenheit, Schmerz, der ganze Körper schreit-

Jack schreckt aus seinem Tagtraum auf, zappelt in seinen Fesseln und ein Kribbeln breitet sich in seinen Beinen aus. Er blinzelt mit trockenen Augen, sieht sich um, orientiert sich in dem dunklen Raum, seiner fake-Welt.

Er kann seine Gegenwart spüren. Schatten, der in der Umgebung herumschleicht. Der Gedanke daran, was als nächstes kommt, erfüllt ihn mit Grauen. Er fürchtet sich vor Schmerz, vor den Spielen, vor dem Verlieren, vor Schattens Schmerzstab, der in den Ansatz seines Rückgrats gerammt wird und einen Elektroschock durch seinen Körper sendet, was seine Glieder zum Verkrampfen bringt. Doch so sehr, wie er den Schmerz von Schatten fürchtet, so sehr braucht er Schatten. Muss die nächste Nachricht an seinen Vater senden und hoffen, dass Rettung kommt.

Er weiß nicht, wie lange er es noch aushalten kann. Es waren jetzt … fünf Tage? Sieben? Er hat versucht, mitzuzählen, aber es gibt kein Sonnenlicht, kein Tag und Nacht, keinen Sinn für Zeit. Nur ein langes Stück Dunkelheit.

Sein Mund ist wüstentrocken, sein Kopf dreht sich, Träume vermischen sich mit der Realität. *Reiß dich zusammen*, schimpft er sich selbst. Aber er kann nicht viel länger ausharren. Schon jetzt gibt es Risse an der Oberfläche. Der unkontrollierbare Drang zu lachen bis der Wahnsinn ihn in tausend Teile zerbricht.

Er hört Schlurfen, hört, wie Ausrüstung in der Außenwelt über einen Tisch gleitet. Ein knacken in seinem Headset. Schatten ist hier. Er dreht und windet sich und überprüft die Ecken des Zimmers. Hält den Atem an, lauscht.

Und dann: *„Jaa-aack."*

Die verzerrte Stimme erschreckt ihn. Er kippt vornüber und fuchtelt mit den Armen.

„Bereit für das nächste Spiel?"

Das irre Lachen, das sich in ihm zusammenbraut, droht überzuschwappen. Natürlich ist er nicht bereit. Aber trotzdem: „Ich bin bereit.“ Seine Stimme hört sich wie das Quaken eines Ochsenfrosches an.

„Halte noch ein bisschen durch. Noch ein paar Tage.“

„Und dann was?“

„Das große Finale.“

Er mag den Klang davon nicht.

Das Zimmer löst sich auf und er befindet sich auf einem verschneiten Feld. Diese Veränderung macht ihn benommen, ihm wird schwindelig, als würde er in eine Grube aus ewigem Winter fallen. Er breitet seine Arme zu Seite aus und versucht, sein Gleichgewicht zu finden.

Eine Fernbedienung erscheint in seinen Händen, eine Drohne schwebt vor ihm. Schneemänner tauchen aus dem Boden empor, erheben sich wie Winterzombies aus einem gefrorenen Grab. Die Musik ist ein Duett aus Geigen. Eine Anhäufung aus disharmonischen, hohen Noten, scharf und kreischend.

„Das ist eine Drohne, die Eiszapfen abfeuert. Ist das nicht witzig? Du weißt wie's läuft. Triff die Schneezombies. Durchbohre ihre gefrorenen Herzen, bevor sie dich entzweireißen.“

„Und triff einen Bonuszombie?“

„Du hast Recht. Er ist der, der einen Höllenhund an einer Kette führt.“

Jack testet die Fernbedienung, lässt die Drohne nach links und rechts fliegen, während die Geigen in seinen Ohren quietschen. Seine Bedienung des Controllers ist schwerfällig, die Reaktion viel langsamer, als ihm lieb ist. Aber er kann kaum bei Bewusstsein bleiben, kämpft darum, dass sein Körper tut, was er will.

„Auf die Plätze. Fertig…Los!“

Die Horde schlurft auf ihn zu und Jack feuert. Eiszapfengeschosse fliegen aus der Drohne. Einige landen daneben, aber die meisten treffen ihr Ziel. Das hier ist, worin er gut ist, ruft er sich selbst ins Gedächtnis. Müde, Schmerzen leidend, halluzinierend. Er kann das immer noch.

Als er die Horde ausdünnt, erspäht er ihn. Ein größerer Zombie mit einer Eisskulptur in Hundeform, die vor ihm her trabt. Die Geigen schwellen zu einem höllischen Geheul an.

Und dann…

…stockt die Welt.

Statt einem verschneiten Feld, kann er die Rückseite eines Hauses sehen. Abblätternde, gelbe Hausverkleidung, die dringend einen neuen Anstrich bräuchte. Ein Mann öffnete eine Glasschiebetür. Er ist älter. Wahrscheinlich um die siebzig. Er hat beinahe eine Glatze und auf seinem Kopf sind überall Altersflecken, aber er hat einen Kranz aus weißem Haar und einen weißen Schnurrbart. Ein Golden Retriever trottet aus dem Haus heraus, trägt einen roten Pulli und seine Zunge hängt aus seinem lächelnden Maul.

Was zur Hölle ist das? Das sieht echt aus. Wirklich echt und keine VR-Nachbildung. Aber es ist nicht echt. Es ist eher, als würde er Videomaterial ansehen.

„Scheiße." Die Stimme ist von Jacks Headset gedämpft. Aber es ist die Stimme eines Menschen. Die Stimme des YouTube Streamers, mit dem er sich angefreundet hatte und den er treffen wollte. Jung. Wütend. Männlich. „Scheiße, scheiße, scheiße."

Hektisches Klicken in der Außenwelt. Schatten, der auf einem Keyboard herumhämmert.

Und dann ist das verschneite Feld wieder da. Ein Schneezombie und ein Hund aus Eis ersetzen den alten Mann und den Golden Retriever. Und dann begreift Jack…

…Schatten's Spiele sind nicht nur VR. Er nutzt einen AR/MR Overlay.

Darum sieht sein fake-Schlafzimmer so fehlerfrei aus. Schatten muss es aufgenommen haben. Mit einer Kamera in sein Zuhause eingedrungen sein. Er erschauert, als die Spiele, die er gespielt hat, in seinem Geiste aufflammen: den Wal harpunieren, auf die Katze zielen, einen Helm auf einen Motorradrennfahrer setzen, das Wildschwein erschießen. Seine Handlungen beeinflussten die echte Welt. Aber was hat er getan?

Er will Schatten nicht fragen. Aber er muss Schatten fragen.

„Was passiert?", flüstert Jack.

„Was?"

„Wenn ich auf diesen Mann schieße. Mit einem Eiszapfen. Was passiert in der echten Welt? Es wird ihm nicht wehtun, oder?"

Schmerz durchfährt ihn, eine Stromleitung bringt sein Blut von innen heraus zum Kochen. Jack schreit.

„Kein Fragen. Erschieß den Schneemann. Es sei denn, du willst mehr Schmerzen."

„Ich…kann nicht."

„Tu es!", schreit Schatten. *„Jetzt!"*

„Ich kann nicht…nicht, wenn es ihm wehtut…Ich werde nicht. Wird es wehtun-"

Noch ein Schock, sein Körper lebendig und zitternd vor Schmerz.

„Jetzt! Ich sagte jetzt!"

Sein Kopf fällt vornüber, er drückt seine Augen zu. Kein Schmerz mehr. Er kann keinen Schmerz mehr ertragen. Die Geigen lachen wie wahnsinnig, als Jack feuert und feuert und feuert, sich weigert, aufzublicken, und zu sehen, was er getroffen hat.

28

JENA

Sonntag, 10:55

Chuck Gomez ist tot. Und im Freien.

Der Außenbereich des geheimen Unterschlupfs hat meinen Wutdrachen geweckt. Ich bin mehr als wütend und herrsche andere Beamte an, aber im Moment ist es mir egal, was sie von mir denken. Sollen sie mich doch als Miststück bezeichnen. Das hier hätte nicht passieren sollen, er hatte nicht das Recht, draußen zu sein.

„Was zur Hölle ist passiert?“ schreie ich alle an, schreie ich ins Universum. Aber sie verstecken sich alle vor mir.

Gomez liegt am Fuße der Treppe auf einer Betonplatte. Sein Kopf sieht aus, als hätte er mehrere Schusswunden abbekommen. Einen zwischen die Augen; eine tiefe, kreisförmige Fleischwunde auf seiner Stirn. Sein linkes Auge ist rot und geschwollen, als würde die Haut gleich ein Hämatom formen. Ein zweiter Schuss in die Wange. Ein dritter dort wo der Kiefer auf die Kehle trifft.

Minimale Blutungen im Gesicht. Aber unter seinem Kopf ist eine Pfütze Blut; dort wo er auf das Pflaster gefallen ist, nachdem er hinfiel.

Die Wunden geben mir Flashbacks zu Silas‘ letztem Opfer. Das Muster so ähnlich, dass ich hyperventiliere, meine Hände schwitzen, mein Herz hämmert.

„Ich sagte, was zur Hölle ist passiert?“

Mary drückt meine Schulter. „Lass uns nach drinnen gehen und mit Anders reden, okay?“

Ich nicke und atme tief durch. Ich kann meine Wut nicht an meinem Team auslassen. Ich brauche sie. Muss in dem Fall vorankommen und diesen Bastard namens Azrael schnappen.

Ich marschiere die Stufen hinauf und durch die Glasschiebetür in einen geteilten Bereich für Küche und Esszimmer. Anders hat sich auf der Kücheninsel eingerichtet.

Weiter unten im Gang kratzt und winselt es hinter einer geschlossenen Tür.

„Der Hund?“, frage ich.

Anders nickt. „Der Arme saß nach dem Vorfall jaulend neben Gomez. Hat einen kleinen roten Pulli getragen, wie auf einer typischen Weihnachtskarte, und all das. Herzzerreißend. Er ist untröstlich.“

Das bemitleidenswerte Geheul macht mich noch wütender. „Ist der Hund verletzt?“

„Nein.“, sagt Anders. Er wurde nicht getroffen. Das Sicherheitsteam versicherte mir, dass Gomez die Tür nur für eine Sekunde geöffnet hat, um den Hund hinauszulassen. Und dann war es im Nu vorbei. Du musst dir das hier ansehen.“

Sie winkt Mary und mich zum Kühlschrank hinüber und zieht dann die unterste Schublade des Gefrierschranks heraus. Darin befinden sich drei runde Eisbälle mit einem Durchmesser aus zehn bis zwölf Zentimetern.

„Wir müssen die Leiche zur Untersuchung zu O'Reilly bringen, aber ich vermute, dass der Treffer zwischen den Augen den linken, vorderen Augenhöhlenknochen zerschmettert hat. Der Schuss in die Kehle hat vermutlich seine Luftröhre kollabieren lassen. Dann ist er die Treppe hinuntergefallen und auf seinem Gesicht gelandet."

„Das ist unser Hagel," sagt Mary verzweifelt.

„Hagelkörner." Darum sieht das Muster wie bei Silas' Opfern aus. Verdammte Steine schmeißen. Silas' Steine, jetzt Azraels Eis.

Der Hund wehklagt und ich habe Mitleid. Wir haben alles Hebel in Bewegung gesetzt, um die Juroren zu schützen. Und es war noch immer nicht genug.

„Es waren schnelle Schüsse. Hatten dieselbe Wirkung wie eine 44er Magnum, wenn die Kugel verdammt viel größer wäre."

Ich bewundere Anders' Distanziertheit. Ich wünschte, ich könnte dasselbe von mir behaupten, aber in mir kocht es.

„Weißt du irgendwas über die Waffe, die sie abgefeuert hat?"

„Jap, eine Drohne."

Natürlich war es eine verdammte Drohne. Ich denke an die Drohne zurück, die den Plüschvogel bei Gouverneur Taylors Haus hat fallen lassen. Die, die mich in meiner Wohnung durchs Fenster beobachtet hat, obwohl ich sie nicht sehen konnte. Die außerhalb von Littlejohns Hotel.

Ich öffne meinen Mund, aber Anders unterbricht mich.

„Bevor du fragst, Officer Dale hatte Wachdienst. Er hat die Drohne ziemlich schnell gesehen. Hat ein paar Mal auf die Drohne geschossen, aber sie hat sich selbst zerstört, statt zu versuchen, wegzufliegen. Der Pilot hatte wahrscheinlich Angst, dass Dale die Drohne abschießen würde. Er ist ein guter Schütze. Ich hab die Teile eingesammelt und sie an Collins geschickt. Ich hab nicht viel Hoffnung. Das größte Stück, dass ich finden konnte, war nicht größer als mein Daumennagel."

„Ich hasse dieses Stück Scheiße namens Azrael wirklich."

„Ich auch," sagt Mary.

Ich hole mein Handy heraus und rufe Captain Price an. Als er abnimmt, sage ich: „Campbell hier. Eine verschissene Drohne hat Gomez getötet. Wir brauchen für die letzten fünf Zielpersonen Luftüberwachung. Und keiner verlässt die geheimen Unterschlupfe. Nicht zum Rauchen. Nicht, um ein Haustier rauszulassen. Ich will nicht mal, dass sie ein Fenster kippen. Nichts. Keiner von diesen verdammten Juroren wird irgendeine Außentür öffnen."

Ich weiß, ich sollte so nicht mit Captain Price sprechen, aber es ist schon geschehen.

„Brauchen Sie eine Pause?", fragt Price.

„Nein, ich brauche keine gottverdammte Pause. Ich brauche den Schädel dieses Mistkerls auf einem Tablett."

„Verstanden," sagt Price und legt auf.

Wenn ich Silas freilasse, wird es noch mehr Leben kosten. Und es gibt keine Garantie, dass mir das dabei helfen wird, Jack zu finden und genau das ist, was ich brauche, damit all das hier ein Ende hat. Ich muss Jack finden. Wenn Jack in Sicherheit ist, dann gibt es keinen Grund, noch mehr Juroren zu töten und alle sind in Sicherheit. Das ist, woran ich glauben muss.

Aber was, wenn ich ihn nicht finden kann?

Die Frage bringt mich um den Schlaf.

SMART BOARD

Opfer

Michell Green

Plage #1 – Wasser zu Blut

Todesursache – Hinrichtung durch Stromschlag

Lisa Bell

Plage #2 – Frösche

Todesursache – Gift des Goldenen Blattsteigers

Matt Butler

Plage #3 – Läuse

Todesursache – Erstickung

Mickey Hughes

Plage #4 – ~~Fliegen~~ wilde Tiere

Todesursache – vom Hauer eines präparierten Ebers aufgespießt

David Bacco

Plage #5 – Pestilenz

Todesursache – nekrotisierende Fasziitis

Norma Littlejohn

Plage #6 – Furunkel

Todesursache – Reaktion von Natrium und Wasser

Chuck Gomez

Plage #7 – Hagel

Todesursache – mit Eisbällen erschossen worden

NÄCHSTE PLAGE – #8 Heuschrecken

Zielpersonen/Juroren

James Cox (46 Jahre, männlich)

Wichtige Notizen: Digitalarchivar. Mag Krypto. Familie besitzt Milchfarm.

Avi Spieler (29 Jahre, nicht-binär)

Wichtige Notizen: Multimedia-Künstler. Koscher.

Kent Baker (42 Jahre, männlich)

Wichtige Notizen: Flämisches Kaninchen. Lehrt Technologie an der High School.

Earl Rogers (76 Jahre, männlich)

Wichtige Notizen: Direktor einer gemeinnützigen Organisation, die sich auf Drogen- und Alkoholsuchtbehandlung spezialisiert. Grüner Star.

Chris Brown (33 Jahre, männlich)

Wichtige Notizen: Mechaniker. Bartender bei Nacht. Raynaud-Krankheit.

Jack Taylor (17 Jahre, männlich)

Wichtige Notizen: Sohn des Gouverneurs. Vermutlich eine Geisel von Azrael, der verkündet hat, dass Jack das zehnte und letzte Opfer sein wird.

Hinweise

~~Jacks Laptop~~

~~Jacks Handy~~

~~Azraels Social Media Account~~

~~Filmmaterial der Arbeitskameras von Matt Butler~~

Bibelverse, die zu Silas geschickt wurden

Drohnenfragmente

29

JENA

Sonntag, 20:35

„Ich kann mich kaum zusammenreißen.“, sage ich zu Mason.

Wir faulenzen auf meinem Sofa, eine Flasche Cabernet Sauvignon halb leer, unsere Gläser halb voll. Trotz dem Vorwand, abzuschalten, tue ich alles, nur das nicht. Meine Nerven zum Zerreißen gespannt. Eine Bombe in mir, die kurz vorm Explodieren ist.

Ich beäuge die Nachricht auf meinem Handy angeekelt. Collins hat aus den Drohnenfragmenten nichts herausfinden können. Nicht, dass ich viel erwartet habe. Das, zusammen mit dem dröhnenden Bass von nebenan, begleitet von dem lächerlichen Soundtrack zu welchem Videospiel auch immer mein Nachbar Dustin spielt, hilft mir nicht beim Entspannen.

Ich muss kurz vor dem Zerreißen stehen, denn ich will Mason gestehen, was ich getan habe, um Silas wegzusperren. Aber ich traue ihm nicht, mich zu schützen. Ich traue niemandem. Das ist meine Schwäche.

„Was ist los?“, fragt Mason, wie immer viel zu geübt darin, mich zu durchschauen.

Ich öffne den Mund, um mein Herz auszuschütten. Schließe ihn wieder. Ihm das zu erzählen, wäre ein Interessenkonflikt. Er würde diese Information nicht als mein Freund, sondern als Anwalt des

Justizministeriums hören. „Es ist alles zu viel," sage ich stattdessen. „Es sterben immer mehr Juroren, egal welche Sicherheitsmaßnahmen wir etablieren. Ich habe keine Ahnung, wie wir Azrael aufhalten sollen. Wie wir Jack finden sollen. Und um dem Ganzen die Krone aufzusetzen, ist der jüngste Sohn des Gouverneurs überzeugt, dass ich es nicht einmal versuchen werde."

„Du hast ihm wieder einen Lagebericht gegeben?"

Ich nicke und leere den Rest meines Weins. „Jude, der Jüngste, hat beschlossen, dass ich da bin, um seinen Vater davon zu überzeugen, Jack sterben zu lassen. Und ich verstehe, warum. Es sieht aus, als wäre Gouverneur Taylor sein ältester Sohn egal. Aber es ist so viel komplizierter als das."

„Also zieht der Gouverneur noch immer keine Begnadigung für Silas in Betracht."

„Nein. Und ich glaube nicht, dass er das je tun wird."

„Aber du hast einen Sinneswandel?"

„Ich weiß nicht, was das Richtige ist. Welches Recht habe ich, Gott zu spielen? Damit zu spielen, wer lebt oder stirbt?"

Masons Hand bedeckt eine. „Keines. Du bist menschlich. Alles, was du tun kannst, ist dein Bestes."

„Was, wenn es nicht genug ist?"

Die Tränen drohen zu fließen und ich hasse mich dafür, Schwäche zu zeigen. Aber ich brauche jemandem, dem ich vertrauen kann. Jemandem, dem ich Verletzlichkeit zeigen kann.

„Bleibst du bei mir?", frage ich. „Ich brauche heute Nacht wirklich jemanden bei mir."

„Natürlich,“ sagt Mason.

Weil er der beste Mensch ist, den es gibt. Ich wünschte, ich wäre jetzt er, nicht ich selbst. Er schenkt den Rest der Flasche in unsere Gläser.

„Soll ich noch eine aufmachen?“

Ich nicke. Er nimmt einen weiteren erlesenen Wein aus meinem kleinen Weinregal auf der Küchenplatte und wir vernichten diesen, bevor wir früh ins Bett gehen. Wir haben keinen Sex. Ich bin nicht in der Stimmung. Aber Mason hält mich fest, als ich einschlafe.

Bevor ich komplett eingeschlafen bin, klingelt mein Handy. Verdammter Bruce Springsteen. Ich will das Handy an die Wand schmeißen, sodass die Schaltkreise zerschmettern und das Klingeln aufhört.

Stattdessen nehme ich ab, während mein Kopf sich dank des schwindligen Drucks des Weins dreht.

„Detective Campbell,“ würge ich hervor.

„Campbell,“ bellt Captain Price. *„Gute Nachrichten. Die Nachtschicht hat die nächste Waffe gefunden und sie stillgelegt. Wir haben einen verhindert.“*

„Was? Wer?“ Ich kann keinen klaren Satz formulieren.

„James Cox.“

Cox bestand darauf, auf der Milchfarm seiner Eltern zu bleiben, während seine Frau und Kinder im sicheren Unterschlupf blieben. Er wollte nicht, dass seine Familie der Gefahr ausgesetzt wäre. Verdammt edel, wenn du mich fragst.

„Der Rasenmähertraktor war zur Explosion manipuliert. Marke Grashüpfer.“

Grashüpfer. Azraels Wortwitz auf: „Heuschrecken.“

„Jap. Das Entschärfungskommando hat ihn bereits sicher zur Explosion gebracht!

„Wir haben einen verhindert?“ Mein Hirn lässt mich den Sieg nicht verarbeiten.

„Wir haben verdammt noch mal einen verhindert! Die Teams bleiben wachsam, aber ich hoffe, dass das jetzt das Ende ist, wo wir Azraels Plan durchkreuzt haben.“

„Aber er hat immer noch Jack. Was, wenn ihn das zur Eskalation treibt?“

„Wir können uns nur darum sorgen, was wir kontrollieren können. Vielleicht bekommen wir eine Nachricht, dass Azrael bereit zu Verhandlungen ist.“

„Ja, vielleicht.“ Ich bin davon nicht überzeugt. „Ich rufe Gouverneur Taylor an und lasse es ihn wissen.“

„Danke. Dann holen Sie etwas Schlaf nach, Detective. Wir werden sehen, wo wir am Morgen stehen.“

Am Morgen. Der Tag der Heuschrecken.

Ich rufe Gouverneur Taylor an, aber er nimmt nicht ab. Ich hinterlasse eine Nachricht und bemühe mich um einen leichten Tonfall, als ich die „gute Nachricht“ überbringe.

Als ich auflege, habe ich keine Chance, zu schlafen, wie Price empfohlen hat. Ich wälze mich die ganze Nacht lang herum und selbst die Beruhigungen von Mason können das Surren von Flügeln nicht aus meinen Träumen halten.

30

JACK

Montag, 7:34

Jack kann sich nicht an dem Biest festhalten. Er hat keine Greifkraft, seine Hände rutschen von der Antenne, die er wie Zügel umklammert, als er reitet. Der riesige Grashüpfer schwebt hoch über dem Feld eines Bauern und schießt Raketen aus seinem Mund. Ein militärisch modifiziertes Insekt. Der Soundtrack besteht aus Bass, Snares und Pfeifen. Hört sich sehr nach dem 2. Weltkrieg an.

Jack muss die Kreatur unter Kontrolle halten. Traktoren sprengen. Aber seine Beine lösen sich vom Torso der Kreatur, baumeln, seine Balance ist unsicher. Welche neuen Schmerzen wird er ertragen müssen, wenn er fällt?

Er schnappt nach Luft und zwingt seine Augen offen. Er lehnt sich nach vorne, hofft, dass ein Wechsel der Position ihm helfen wird, sitzen zu bleiben.

„Finde einfach nur den Bonustraktor und das Spiel wird enden.“ Seine Lippen so trocken, so steif, als wäre sein Mund mit Murmeln vollgestopft. Vielleicht sollte er versuchen *Chubby bunny* zu sagen. Er lacht beinahe, aber Kindheitsspiele erscheinen wie eine andere Realität. Ein anderes Leben, das nie seines war. Eine Welt in weiter Ferne. Die gleiche, in der er den Mann mit dem Hund gesehen hat. Ein Mensch unter dem virtuellen Schnee und Eis; der Schneemann, den er mit Eiszapfen zerschossen hat.

Der Gedanke ist zu viel, verfolgt ihn jede Minute, seit er die Drohne abgeschossen hat. Was waren die Ergebnisse seiner Handlungen in der Außenwelt? Er will nicht daran denken, was passiert sein könnte. Will nicht noch ein Spiel spielen, dieses Spiel, das jemanden verletzen könnte.

Außerdem kann er sich keine Sekunde mehr aufrecht halten. Wasser. Er braucht Wasser. Und Schlaf. Sieben Tage? Vielleicht acht, seit er eine anständige Nachtruhe hatte? Die Erschöpfung übermannt ihn. Kein Schlaf. Nur ein langer Alptraum.

Jacks Stärke bricht zusammen und er sieht auf seine Hände hinunter. Virtuelle Finger, dünn und skelettartig. Als sei er bereits tot. Er schreit, weint, brüllt. Kann es nicht mehr ertragen. Lässt die Antenne los. Hört auf, das Spiel zu spielen, aber die Snare-Drums spielen weiter.

Und dann ist Schatten da, ein kehliges Flüstern in sein Ohr. *„Was tust du da? Spiel weiter."*

„Ich kann nicht. Ich bin so müde. Was *mache* ich eigentlich? Ich meine, was mache ich wirklich? Ich kann nicht mehr. Ich bin geschafft."

Das Flüstern schwillt zu einem Schrei an. *„Spiel. Weiter!"*

„Nein."

Der erwartete Schmerz stürmt auf ihn ein. Krämpfe erschüttern seinen Körper, als sei er ein Gefangener auf dem elektrischen Stuhl. Es ist ihm egal. Er wird es nicht mehr tun. Wenn Schatten ihn tötet, wird er wenigstens etwas Erholung haben.

„Spiel. Weiter!"

„Fick. Dich.“

Raue Hände umklammern seine und bedienen die Steuerung. Er ist gezwungen, die Antenne erneut zu umklammern, während er noch immer auf dem Rücken des gigantischen Grashüpfers reitet, obwohl er aufgegeben hat. Der Grashüpfer ändert die Richtung und stößt auf einen goldenen Traktor herab.

Der Grashüpfer spuckt Raketen aus seinem Mund. Ein Volltreffer. Jack kneift die Augen zusammen, will das Ergebnis nicht sehen, will nicht an die echte Welt hinter dieser hier denken. Aber er kann seine Augen nicht schließen. Er muss sehen. Er wartet. Wartet.

Nichts passiert.

Der Traktor fährt weiter. Explodiert nicht wie die anderen in einem Feuerball.

„Nein. Nein, nein, nein, nein, nein.“

Jack erstarrt, als Schatten seinen Wutanfall bekommt, während er auf einem Grashüpfer sitzt, der über dem Feld schwebt.

„Die verdammte Fernbedienung. Kein Signal. Was zur Hölle?!“

Schatten löst etwas Enges von Jacks Hand. Vielleicht einen Gurt? Schatten zerrt den Controller aus seiner Umklammerung. Jacks Hand ist leer. Er kann es nicht glauben. Versucht, seine Hand zu schließen, aber seine Muskeln sind dank mangelnder Nutzung steif. Zu sehr an ihre gegenwärtige Position gewöhnt, protestieren sie gegen die Bewegung und Schmerz schießt durch seine Hand. Aber es ist ihm egal. Er hat so viel Schmerz ertragen, was ist da schon ein bisschen mehr? Er trainiert seine Muskeln, öffnen und schließen, während Schatten ausrastet.

„Muss es wohl von Hand erledigen,“ grollt Schatten.

Die Finger öffnen. Und schließen.

„Scheiße. Hätte einen Plan B haben sollen.“

Öffnen. Schließen. Öffnen. Schließen.

Das Spiel löst sich auf, die Trommeln verstummen, und er ist zurück in der Dunkelheit, hängt wieder über seinem virtuellen Bett. Dann hört er schwere Schritte. Schatten, der davonstampft. Eine Tür, die zuschlägt. Jack unterbricht seine Fingerübungen. Schatten hat ihn allein gelassen. Und seine Hand ist frei.

Jack hält die Luft an und horcht. Er ist noch immer in dieser falschen Welt aus künstlicher Stille gefangen. Aber der Raum draußen ist auch still. Er trainiert seine Hand weiter. Öffnen. Schließen. Öffnen. Gefesselt, mit eingeschränkter Bewegungsfreiheit, kämpft sein träger Geist damit, einen Plan auszuhecken. Er kann weder seinen Rumpf noch sein Gesicht erreichen. Kann nur seine andere Hand erreichen.

Worauf kann er schon hoffen? Hungrig. Durstig. Schwach. Erschöpft. Und kalt. So kalt. Die Kälte umschließt ihn. Eine Seite Rindfleisch, die in einem Fleischkühlraum hängt. Kälte so dick, als würde eine Schneedecke seine Haut bedecken. Aber unter dieser äußeren Schicht, fließt ein eisiger Fluss, noch kälter, in seine ganze Hand. Er fühlt es kaum noch, aber wenn er sich konzentriert, sich wirklich darum bemüht, mit seinem Körper in Kontakt zu treten, bemerkt er es.

Er schließt seine Augen, sammelt seine Sinne und seinen Verstand, und fängt an, die Titelmelodie von *The Legend of Zelda* zu summen. Seine Kehle ist kratzig und rau, aber die heldenhaften Takte machen ihm Mut. Jack ist stark, als er seine freie Hand ausstreckt und den kalten Fleck auf seiner anderen Hand sucht.

Vielleicht sollte er aufhören, zu summen. Horchen, ob Schatten zurückkehrt. Das Knarzen der Tür. Schritte, die auf ihn zu eilen. Schockstab in der Hand. Bereit, die Spitze in sein Rückgrat zu drücken. Aber er hat keine Kontrolle darüber, wann Schatten zurückkehrt. Könnte ihn sowieso nicht aufhalten. Er kann nur seine eigenen Handlungen kontrollieren. Er summt weiter, lauter und gewaltiger.

Seine Finger gleiten über Haut und verursachen Gänsehaut. Er berührt etwas aus Gummi. Einen dünnen Schlauch. Er umgreift den Plastikstrang und versucht, ihn festzuhalten. Aber seine Finger schließen sich nicht weit genug.

Sein Summen wird zu wortlosem Gesang, er schmettert die Titelmelodie von Zelda. „Bah-daaaah bah-dah-bah. Bah-daaaah bah-dah-bah." Seine Finger schließen sich Millimeter um Millimeter, umklammern den Schlauch.

Schmerz durchfährt ihn, als er zieht, seine gesamte Hand wird zu einem Hämatom. Es ist ihm egal. Er kann nicht aufhören. Wird nicht aufhören.

„Es ist gefährlich alleine zu gehen!" ruft er. „Nimm das hier!"

Mit einem Schrei reißt er den Schlauch heraus. Wärme breitet sich auf seinem ganzen Handrücken aus, während kalte Flüssigkeit aus dem Schlauch auf seine freie Hand läuft. Er rafft den Rest der Schläuche zusammen, mehr und mehr füllt seine Handfläche. Es ist irgendwo hoch oben befestigt. Als der Schlauch straff ist, reißt er daran. Er hört das Reißen von Plastik und dann *platsch*. Eine Flut an salziger, nach Plastik riechender Flüssigkeit ergießt sich über ihm, rinnt von seinem Scheitel auf sein Gesicht herunter. Etwas davon tropft in seinen Mund. Aber trotz seines verzweifelten Dursts ist es zu widerlich, um es zu trinken. Er zittert, Nässe sickert durch die Ränder des Headsets und rinnt über seine Brauen. Er öffnet seine Augen, blinzelt die Nässe weg. Da ist nichts. Dunkelheit in der Dunkelheit. Das Headset hat sich ausgeschaltet. Die Kopie seines Schlafzimmers ist verschwunden.

Ein kleiner Siegesschrei. Aber es ist nicht genug. Er muss raus. Muss weg. Sein Vater kommt nicht. Niemand kommt. Keine Freunde, die sich um ihn sorgen. Die Person, die er als Freund gesehen hat, hat sein Vertrauen tiefer zerstört, als er je vorher verwundet wurde, hat ihn gefesselt, hungern lassen, frieren lassen, ihn verletzt. Er ist allein. Der Einzige, der ihn retten kann, ist er selbst.

Er nimmt einen tiefen Atemzug. Zwingt sich dazu, ruhig zu bleiben und zu denken. Schätzt das neue Gewicht der Schläuche in seiner Hand ab. Da ist etwas am anderen Ende festgemacht.

Er umklammert die Schläuche fester. Fängt an, sie herumzuschwingen, seine Bewegungen eingeschränkt, aber der Plastikstrang ist lang. Er peitscht durch den Raum. Ein Lasso und er ist ein Cowboy. Er beugt sich in seinen hängenden Fesseln nach vorn. Trifft nichts. Dreht sich so weit nach links, wie er nur kann. Leer. Dreht sich nach rechts. Streckt sich, bis es sich anfühlt, als würden seine Muskeln vor lauter Stress aus seinem Körper reißen. Die Fesseln schneiden in seine Oberschenkel und verursachen Schmerzwellen, die durch seine Beine fahren. Er ignoriert sie, hat nur Flucht in seinen Gedanken.

Er dreht heftiger daran. Schwingt stärker. Schreit, „Yee haw!“

Das schwerere Ende der Schläuche verhakt sich an irgendetwas. Er zerrt mit aller Kraft daran, nutzt sein Gewicht, um es zu sich zu zerren.

Er hört ein Ächzen von Metall, kurz bevor es an seinen Kopf knallt. Sterne explodieren vor seinen Augen. Eine ganze Galaxie an Schmerz. Nässe breitet sich auf seiner Stirn aus, warm und metallisch. Zieht ihn hinab in einen Abgrund aus Schwärze.

31

JENA

Montag, 10:46

Es ist zwölf Stunden her, dass das Team die Bombe im Rasenmähertraktor gefunden hat. Ich befinde mich im Wohnzimmer des Elternhauses von James Cox in Oakdale, in die Kissen eines alten Shaker-Sofas gesunken. Der Holzrahmen ist so massiv, dass man mit Sicherheit eine ganze Armee gebraucht hat, um das Möbelstück hier reinzutragen. Die schwarzen Eisengriffe an den Schubladen des Kaffeetisches sehen aus, als wären sie von einem Meisterschmied angefertigt worden. Die Wände sind in rustikalem Beige gestrichen, jedoch mit fachkundiger Maltechnik. Der Boden besteht aus breiten Eichenbrettern.

Ich bin ein Stadtkind. Obwohl das Bauernhaus gemütlich ist – und die Familie eindeutig Geld hat – fühle ich mich nicht wohl. Mary sieht in ihrem riesigen Sessel kein bisschen entspannter aus, und es liegt nicht nur an der Merkwürdigkeit, dass Stadtpolizisten in dieses Landhaus eindringen. Es ist egal, dass wir die Bombe gefunden haben. Wir sind trotzdem noch in höchster Alarmbereitschaft. Cox kann nicht mal aufs Klo gehen, ohne dass ein Beamter ihm den Toilettensitz hochklappt. Auf keinen Fall werden wir einen weiteren Versuch riskieren. Unsere Luftüberwachung ist mit Drohnen in höchster Alarmbereitschaft. Und wenn Azrael persönlich auftaucht, werde ich auf ihn warten.

Cox sitzt in einem massiven Lehnstuhl und sieht ein wenig grau im Gesicht aus. Seine Mutter reicht mir ein Glas Wasser mit einer frischen Zitronenscheibe darin. Ich danke ihr, und sie nickt, bevor sie sich zurück in die Küche begibt, um mit der Zubereitung des Mittagessens zu beginnen. Alte Bluegrass-Musik spielt aus einem antiken Radio, durchdrungen von zeitweiligem Rauschen. Es wirkt, als sollte ich Tabak kauen, aber ich kann keinen Spucknapf sehen.

Mein Handy klingelt, die E-Gitarre der E Street Band klingt zwischen den Geigen und Banjos profan.

„Detective Campbell," melde ich mich.

„Kent Baker," sagt Price, die Frustration wandelt sein übliches Geblaffe in ein Knurren.

„Scheiße. Wie?!"

Price hält inne. *„Gewehrschuss. Durch das Fenster."*

„Unter wessen Überwachung?"

„Das ist egal."

„Das ist verdammt nachlässiger Sicherheitsdienst."

„Ich bin genauso angepisst wie Sie, glauben Sie mir. Aber jetzt ist nicht der richtige Zeitpunkt."

Wenn Price mir sagt, ich soll mich beruhigen, sollte ich wahrscheinlich auf ihn hören, aber verdammt noch mal, ich wollte, dass die Beseitigung der Bombe bedeutet, dass das hier alles vorbei ist. Oder wenigstens, dass Azraels Pläne zerstört wären, hatte gehofft, er würde mit uns um den Jungen verhandeln. Dass die verbleibenden Juroren sicher seien.

„Verstanden," sage ich. „Wir sind auf dem Weg."

Ich schlage mit zwei Fingern auf den Bildschirm, als ich aufhänge.

Herr und Frau Cox stehen an der Seite des Zimmers, Frau Cox hält ein Tablett voller Sandwiches in den Händen, ihre Münder stehen offen. Ich realisiere, dass ich soeben mehrfach geflucht habe. Meine Wangen röten sich, als ich realisiere, was sie von mir denken müssen. Unzivilisierte Stadtpolizisten und ihre schrecklichen Manieren.

Ich setze ein höfliches Lächeln auf. „Vielen Dank für Ihre Gastfreundlichkeit.“ Ich erhebe mich aus dem Stuhl und nicke Mary zu. „Wir müssen los. Keine Sorge. Die anderen Beamten bleiben hier.“

Cox lächelt schwach, sagt aber nichts.

Mary steht auf und lächelt. „Darf ich mir ein Sandwich nehmen?“

„Bedienen Sie sich.“ Die Stimme von Herrn Cox ist barsch, aber Mary scheint das nicht zu stören, denn sie nimmt sich etwas, das aussieht wie Lachssalat mit gehackten Essiggurken auf Weizenbrot.

Sie ist so gut darin, Menschen zu beruhigen, obwohl sie innerlich sicher schreien muss.

Ich schnappe mir ein Truthahn- und Tomatensandwich, weil ich nicht unhöflich erscheinen will. „Vielen Dank.“

Wir laufen den Kiesweg entlang mit knirschenden Schritten zum Ford Explorer zurück, als Mary fragt: „Wer ist es?“ Sie hat ihr Sandwich nicht angerührt.

„Kent Baker.“

„Ich kann das nicht mehr ertragen."

„Geht mir genauso," sage ich, und dann vibriert mein Handy. Morsecode. S.O.S.

Ich bleibe stehen und hole mein Handy heraus. Mary dreht sich um und starrt mich mit fragend hochgezogenen Augenbrauen an. Ich hebe einen Finger und bitte sie zu warten. Sie nickt und sieht ihr Sandwich reumütig an, während ich auf die Nachricht drücke.

Puh, ihr habt mich fast erwischt. Ich musste mich umorientieren. Ihr habt mich dazu gezwungen, mir die Hände schmutzig zu machen, aber das war es wert. Crickett. Kapiert? Nicht so ein guter Wortwitz auf Heuschrecke wie ein Grashüpfer, aber passt schon. Wirst du Leviticus freilassen? Oder werden wir das Spiel bis zum letzten Bosslevel spielen?

Nur noch ein Tag…

~ Azrael

Unten ist eine GIF von einem Kerl mit einer schwarzen Baseballmütze und Ohrenschützern, der Schnellfeuer aus einem Gewehr der Marke Crickett abgibt. Ich schätze mich glücklich, Azraels Nachricht erhalten zu haben, in dem Wissen, dass Collins sie am anderen Ende auch erhält. Ich wähle Collins' Nummer an.

Als er abnimmt, sage ich: „Collins, mein Lieblingsmensch. Haben Sie die GIF gesehen?"

„Jawohl, Madam."

„Großartig. Würden Sie mir einen Gefallen tun?"

„Schießen Sie los."

„Sie müssen für mich jedes Crickett-Gewehr, das in den letzten 24 Stunden in und um Pittsburgh gekauft wurde, ausfindig machen.“

„Kinderspiel, Madam.“

„Gut, das zu hören. Lassen Sie mich wissen, was Sie herausfinden.“

Ich lege auf und laufe auf den Explorer zu, und zerquetsche mein Sandwich in der Faust.

Wir müssen wieder eine Leiche untersuchen.

SMART BOARD

Opfer

Michelle Green

Plage #1 – Wasser zu Blut

Todesursache – Tod durch Stromschlag

Lisa Bell

Plage #2 – Frösche

Todesursache – Gift des Goldenen Blattsteigers

Matt Butler

Plage #3 – Läuse

Todesursache – Erstickung

Mickey Hughes

Plage #4 – ~~Fliegen~~ wilde Tiere

Todesursache – vom Hauer eines präparierten Ebers aufgespießt

David Bacco

Plage #5 – Pestilenz

Todesursache – nekrotisierende Fasziitis

Norma Littlejohn

Plage #6 – Furunkel

Todesursache – Reaktion von Natrium und Wasser

Chuck Gomez

Plage #7 – Hagel

Todesursache – mit Eisbällen erschossen worden

Kent Baker

Plage #8 – Heuschrecken

Todesursache – mit Crickett-Gewehr erschossen wurde (Improvisierung)

NÄCHSTE PLAGE – #9 Dunkelheit

Zielpersonen/Juroren

James Cox (46 Jahre, männlich) – fehlgeschlagene Zielperson, aber erneuter Versuch kann nicht ausgeschlossen werden.

Wichtige Notizen: Digitalarchivar. Mag Krypto. Familie besitzt Milchfarm.

Avi Spieler (29 Jahre, nicht-binär)

Wichtige Notizen: Multimedia-Künstler. Koscher.

Kent Baker (42 Jahre, männlich)

Wichtige Notizen: Flämisches Kaninchen. Lehrt Technologie an der High School.

Earl Rogers (76 Jahre, männlich)

Wichtige Notizen: Direktor einer gemeinnützigen Organisation, die sich auf Drogen- und Alkoholsuchtbehandlung spezialisiert. Grüner Star.

Chris Brown (33 Jahre, männlich)

Wichtige Notizen: Mechaniker. Bartender bei Nacht. Raynaud-Krankheit.

Jack Taylor (17 Jahre, männlich)

Wichtige Notizen: Sohn des Gouverneurs. Vermutlich eine Geisel von Azrael, der verkündet hat, dass Jack das zehnte und letzte Opfer sein wird.

Hinweise

~~Jacks Laptop~~

~~Jacks Handy~~

~~Azraels Social Media Accoutn~~

~~Filmmaterial der Arbeitskameras von Matt Butler~~

Bibelverse, die zu Silas geschickt wurden

~~Drohnenfragmente~~

Kauf eines Crickett-Gewehrs

32

JENA

Montag, 13:33

„Bitte sagen Sie mir, dass Sie etwas Nützliches herausgefunden haben,“ sage ich, als Collins in das Konferenzzimmer kommt und sich zu Mary, Weisz, Jersey und mir gesellt.

„Jawohl, Madam. Filmmaterial aus dem Laden, der heute Morgen ein Crickett-Gewehr verkauft hat.“

Collins marschiert zum Smartboard hinüber und schließt seinen Laptop an. Er öffnet eine Videodatei und drückt auf Play, während ich mich zurücklehne und auf mich wirken lasse, was ich sehe. Die Fassade eines großen Jagd- und Fischereigeschäfts.

Ein Mann tritt aus der Vordertür. Schwarze Jeans. Schwarzer Kapuzenpullover. Schwarze Schildmütze. Gesicht von einem schwarzen Schlauchtuch mit Skelettaufdruck und einer dunklen Sonnenbrille verdeckt. Er trägt eine große Pappschachtel mit einem Bild von einer gezeichneten Grille, die ein Gewehr hält. Die Worte auf der Vorderseite lauten: „Mein erstes Gewehr.“

„Süß,“ sagt Mary.

„Es ist derselbe Bursche wie in dem Filmmaterial, das Papich uns gegeben hat. Das ist er. Azrael. Muss er sein.“

Jersey zieht eine Grimasse. „Toll, dass man ein Gewehr kaufen kann, während man eine Maske trägt.“

„Sie werden den Ausweis kontrolliert haben," sagt Weisz. „Ihn dazu gebracht haben, die Maske am Tresen abzunehmen."

Ich drehe mich zu Weisz. „Das heißt nicht, dass der Ausweis nicht gefälscht war."

„War er," bestätigt Collins. „Hab das bereits geprüft. Hab eine Kopie des Formulars 4473, das Schusswaffen-Transaktionsprotokoll, erhalten. Der Laden führt vor Ort Kontrollen durch und er hat sie bestanden, weil er natürlich so ein guter Hacker ist. Hat die Lizenz mit dem Namen Dallas Ravish erstellt."

„Na, der hat dicke Eier, was?"

Mary zieht fragend eine Augenbraue noch. „Was? Was hab ich verpasst?"

„Der Ausweis. Es ist ein Anagramm," sagt Weisz.

„Hey ihr Klugscheißer," sagt Jersey. „Weiht Sarkis und mich in den Witz ein. Was meint ihr mit Anagramm?"

„Dallas Ravish. Das ist eine andere Anordnung von Silas Halvard."

Auf Marys Gesicht breitet sich Verständnis aus. „Wow. Ja. Definitiv dicke Eier."

„Er muss seine Maske zur Ausweiskontrolle abgezogen haben. Finden Sie den Verkäufer, der das Gewehr verkauft hat und schicken Sie einen Phantombildzeichner in den Laden. Ich will Azraels Gesicht sehen."

Collins salutiert und nimmt sein Handy zur Hand. Das Video läuft in Dauerschleife auf dem Smartboard. Azrael marschiert immer wieder aus dem Laden heraus und verlässt den Bildschirm.

Beim fünften Mal bemerke ich etwas Komisches an seiner Kleidung.

„Hey. Auf dem Kapuzenpulli sind verwaschene Buchstaben. Die Shirts, die er zum Gefängnis anhatte, waren neu. Können Sie das Bild verbessern?“

„Jawohl, Madam.“

Jetzt, wo der Pulli des Burschen dreimal so groß ist, kann ich gerade so die Worte ROCK LIKE A BOSS erkennen.

„Kennt jemand die Marke?“

Alle schütteln gleichzeitig die Köpfe.

„Ich weiß ein bisschen was von Mode.“ Sagt Jersey. „Ich verwette Geld darauf, dass das keine große Kleidermarke ist.“

Silas‘ Frage zu Azrael bei meinem letzten Besuch springt mir in den Kopf: *„Hat er dir irgendetwas hinterlassen, wovon du mir erzählen kannst? Vielleicht einen Klunker?“*

Klunker. Das war nicht das einzig merkwürdige, was er gesagt hat. Ich hole mein Handy heraus und wähle. Mary späht herüber, um zu sehen, wen ich anrufe.

„Du rufst das SWAT-Team an?“

Ich schüttele den Kopf. „Nicht das SWAT-Team. Ihren intelligenten Kommandanten. Joe Torres.“

„Mein lieber Sherlock Holmes,“ antwortet Torres. *„Wie kann ich dir helfen?“*

„Verstanden. Sherlock Holmes. Weil ich Detective bin. Witzig.“

„Geistreich,“ antwortet Torres.

Korrigiert er meinen Sprachgebrauch? Egal. Juckt mich nicht. Sein literarisches Gehirn ist genau der Grund, warum ich angerufen habe.

„Und wir wissen alle, was des Witzes Seele ist, nicht wahr?"

„Ehm, Pointen?" wage ich einen Versuch.

„Kürze, Detective Campbell. Kürze. Hamlet. Zweiter Akt. Zweite Szene."

„Klar. Natürlich. Muss mir entfallen sein. Während wir beim Thema sind, ich hab ein Zitat, bei dem ich Hilfe brauche."

„Oh bitte. Prüfen Sie mich. Ich bitte darum."

„Etwas von einem Hafen und Glocken und einem grimmigen, wagemutigen Schiff. Weißt du, woher die kommt?"

Torres schnalzt mit der Zunge. *„Enttäuschend einfach. Walt Whitman. Oh Kapitän! Mein Kapitän!"*

„Danke Torres. Weiß ich sehr zu schätzen."

„Wenn dies alles ist, wofür sie mich benötigen. Adieu, Detective. So süß ist Trennungswehe."

Ich lege zuerst auf, weil ich nicht noch mehr Monologe riskieren will.

„Collins!"

Er sieht von seinem Handy auf. „Zu Diensten, Madam."

„Können Sie auf ihrem Laptop eine Personensuche durchführen? Kernsätze *rock like a boss* und *captain*."

Collins hat die Liste erstellt, bevor ich den letzten Konsonanten ausgesprochen habe.

Mary pfeift. „Wer hätte das gedacht?"

Der erste Treffer. Ein Videospiel-Streamer.

Captain Rock

Die erste Zeile der Website-Werbung lautet: *Dieser Kanal wird ohne Zweifel euer Leben verändern. Liked und abonniert. Offizieller Merchandise. Rock like a boss.*

„Klick drauf."

Collins tut genau das.

Und da ist das Avatar-Gesicht von Azrael. Lauter Schatten und Silhouetten vor einem Greenscreen.

„Das ist er. Das ist unser Mörder." Ich deute auf jeden einzelnen meines Teams. „Wir werden uns jedes einzelne dieser Videos ansehen, bis wir einen Hinweis bekommen. Niemand ist fehlerlos. Wir irgendetwas finden, wo er einen Fehler gemacht hat. Etwas, das ihn verrät."

„Ich hol das Popcorn," sagt Jersey.

„Ohne Salz," meldet sich Weisz. „Ich achte auf meine Natriumzufuhr."

„Klappe zu." Ich mach es mir in meinem Stuhl bequem als Collins das erste Video abspielt. Azrael spricht mit Stimmverzerrung. Genau wie in den Videos, die er mir geschickt hat. Während die Minuten vergehen, in denen ich diesem Kerl zugucke, wie er Videospiele streamt und geistlose Kommentare abgibt, wünschte ich, ich hätte Jersey Snacks holen lassen. Zwanzig Minuten. Vierzig. Ein dummer Witz nach dem anderen, Bro. Ich erweitere mein Abkürzungsvokabular, füge RDM (Random Death Match) und 1337

(Gamer-Code für Elite) zu den nutzlosen Dingen in meinem Kopf hinzu, von denen ich wünschte, ich könnte sie vergessen.

Vielleicht ist es die monotone Art der Videos, aber Azraels Tonfall kommt mir langsam bekannt vor. Als hätte ich ihn schonmal gehört.

Noch mehr Minuten des Streamens. Ich füge XP (Erfahrungspunkte), zu meinem Wörterbuch hinzu. Ich hab nicht einmal mitbekommen, dass Mary Kaffee geholt hat, bis sie mir einen dampfen heißen Becher in die Hände drückt.

„Danke,“ sage ich.

„Du hast nichts verpasst,“ fügt Jersey hinzu. „Die Videos sind nutzlos.“

Seine Einstellung ärgert mich. „Wir werden nicht aufgeben.“

Mary klopft Jersey auf die Schulter. „Lass uns noch ein paar ansehen, was?“

Ich schlürfe den Kaffee, während wir ein Ego-Shooter Spiel, das auf einem uralten Raumschiff stattfindet, ansehen, und danach ein Spiel, in dem man eine Vergnügungsfahrt mit dem Auto durch die Straßen Kaliforniens macht. Azrael verlangsamt sein Auto, das wie eine Mischung aus einem Dodge Viper und einem Chevy Camaro aussieht, und hält vor einem roten Verkaufsstand an, auf welchem CHILI DOGS steht. Da höre ich es.

Bah dah bah bah-dah baaaahh daahh. „Take me out to the ball...game.”

Es ist die Gegensprechanlage. Die Gegensprechanlage *meines* Mietshauses.

Die Videospielmusik. Die immer von nebenan in meine Wohnung dringt.

„Oh Gott! Es ist Dustin. Azrael. Es ist dieser verdammte Dustin."

„Na großartig," sagt Mary und gleichzeitig fragt Jersey: „Wer zur Hölle ist Dustin?"

Aber ich bin zu sehr damit beschäftigt, Captain Price anzurufen, als dass ich es erklären könnte.

„Die Zeichnung des Phantombildzeichners ist da," verkündet Collins und hält das Porträt auf seinem Handy hoch.

Und ich sehe sein harmlos aussehendes Gesicht – weit auseinanderstehende, eisblaue Augen und blondes, zerzaustes Haar – zur gleichen Zeit, als Price abnimmt.

33

JACK

Montag, 14:02

Jack öffnet seine Augen, kann aber nichts sehen. Er hebt seinen Kopf, hebt das Kinn von seiner Brust. Diese kleine Bewegung lässt einen Schmerz durch seinen Schädel zucken, so stark, dass er glaubt, wieder ohnmächtig zu werden. Der kupferne Gestank von Blut überwältigt ihn, als er sich an den Kopf fasst, doch seine Armbewegung ist eingeschränkt. Er hängt, aber es ist, als würde er sich drehen. Schwindlig. Übel. Droht, sich zu übergeben. Und dann übergibt er sich. Atmet den ätzenden Gallengeruch ein. Hört, wie sie auf den Boden fällt.

Schatten wird die Sauerei nicht gefallen. Sie wird ihm gar nicht gefallen. Die Angst kehrt zurück. Er konnte nicht entkommen. Und wenn Schatten rausfindet, dass er versucht hat, zu fliehen…

Jack ist sich nicht sicher, wie lang er ohnmächtig war, aber es scheinen eher Stunden als Minuten gewesen zu sein. Er blickt zur Tür, obwohl er nichts sehen kann. Glaubt, schwache Schritte zu vernehmen. Er streckt die Hand aus, aber es befindet sich nichts in seiner Reichweite. Die Schläuche sind fort, genauso wie das, woran sie sich verhakt hatten, und das auf ihn fiel. Alles, was er zu fassen bekommt, ist seine andere Hand. Er tastet sie ab, bis er einen Riemen findet. Er bearbeitet den Verschluss einige Zeit lang mit schwachen Fingern und schließlich löst sich der Riemen. Dann fällt der Controller aus seiner linken Hand. Jetzt sind beide Hände frei. Er sucht das Gurtzeug ab, das ihn in Position hält, aber er kann keine Verschlüsse oder ähnliches finden. Er kann mit seinen Händen nichts Nützliches anstellen, also bewegt er die neu befreite und versucht, sich bereit zu machen. Wenn Schatten zurückkommt, kann er ihn vielleicht überraschen. Ihn packen. Ihn zu Boden ringen.

Die Idee ist lachhaft, aber Jack braucht etwas, worauf er hoffen kann. Ohne Hoffnung ist das Spiel vorbei.

Die Schritte werden lauter und die Tür öffnet sich.

„Scheiße!" Sagt Schatten mit seiner normalen Stimme. „Du hast meinen Greenscreen zerstört."

Das also ist auf ihn gefallen. Aber er hat den Greenscreen nicht zerstört. Es war andersrum. Der Greenscreen hat seinen Kopf zerstört. Er hat eine schmerzhaft pochende, klaffende Wunde auf seinem Kopf, die beweist, wer diesen Kampf gewonnen hat.

„Liegt der Controller in einem Haufen Kotze? Jack. Du sitzt. So tief. In der Scheiße."

Er hört das Rascheln von irgendwelchen Sachen, während Schatten durch alles wühlt, was sich sonst so im Raum befindet. Dann hört das Rascheln auf.

„Klebeband sollte das reparieren."

Jack atmet beinahe erleichtert auf. Wenn Schatten damit beschäftigt ist, den Greenscreen zu reparieren, wird er sich nicht damit beschäftigen, ihn kleinzukriegen. Aber dann kommen Schattens Schritte näher, er ist Jack so nahe, dass er seinen Salamiatem riechen kann. Mit hämmerndem Herzen streckt er seine Arme vor und wedelt wie verrückt mit den Händen, als er versucht, Schatten zu packen.

Er hört das Reißen von Klebeband und dann werden seine Hände aneinander befestigt.

„Nein, nein, nein,“ ächzt er, als Schatten Klebeband um seine Hände wickelt.

„Du glaubst wohl, du bist so verdammt schlau, was?“

„Nein, nein, nein,“ heult Jack weiter.

„Die Polizei glaubt auch, sie seien schlau. Aber sie sind beschissen darin, ihre Spuren zu verwischen.

Jacks Hände sind so eng zusammengebunden, dass er sie kaum spüren kann. Sie werden dank mangelnder Durchblutung taub.

„Du brauchst deine Hände jetzt nicht mehr, nicht wahr, weil du keine Spiele mehr spielen wirst?“

Jack will wieder mutig sein. Schatten sagen, er soll zur Hölle fahren. Ihn zerlegen. Ihn töten. Es ist ihm alles egal. Aber die Schmerzen in seinen Händen, der Gedanke daran, dass Schatten langsam durch seine Handgelenke hacken könnte, lässt ihn schwach werden.

„Es tut mir leid. So leid. Lass mich das letzte Spiel spielen. Gib meinem Vater eine letzte Chance.“

Jack hat nicht viel Vertrauen zu seinem Vater, aber die Hoffnung keimt wieder auf. Er wird sich verzweifelt daran festhalten.

„Oh dein Papi wird die Nachricht diesmal bekommen. Glaub mir. Nur nicht von dir. Und wessen Schuld ist das, hmm? Du hast das Headset und den Controller zerstört. Du lässt mir keine andere Wahl.“

„Du hast aber noch einen, oder? Du musst. Kein Profigamer hat nur einen. Den könnte ich benutzen.“

„Das stimmt, aber dir kann man nicht vertrauen.“

Er schluchzt jetzt. Hasst sich selbst dafür, kann aber nicht damit aufhören.

„Gott du nervst so. Ich sollte dich bewusstlos schlagen.“

Jack hasst auch, dass er nur zu gerne hätte, dass Schatten ihn auf der Stelle bewusstlos schlagen würde. Es gibt keinen Schmerz oder Angst, wenn man bewusstlos ist.

„Werde ich aber nicht. Was ich geplant habe, ist so viel effektiver, wenn du schreist.“

Jack drückt sein Kinn an seine Brust. Wie, als er aufgewacht ist. Er hat keinen Kampfgeist mehr. Und kaum noch Hoffnung. Er lässt sich einfach herumhängen und fragt sich, wie lange, bevor er sterben wird.

Die Stimme des Monsters dringt an seine Ohren. „Bereit für ein bisschen Spaß?“

34

JENA

Montag, 15:15

Ich bin voll nervöser Energie, während ich im Transporter des SWAT-Teams warte. Letztes Mal, als wir bei dem Apartment auf dem Fort Duquesne Boulevard waren, war ich auch voll mit Adrenalin. Weil ich wusste, dass sich irgendetwas falsch anfühlte. Aber diesmal bin ich mir sicher, dass wir am richtigen Ort sind. Und ich bin angespannt.

Auch in der Zeit, bis wir den Durchsuchungsbefehl bekommen haben, hab ich mich nicht beruhigt. Zwei Jahre lang war Dustin mein direkter Nachbar. Hat lautstark Videomusik dröhnen lassen. Hat nach seinen Snackeinkäufen mit mir in der Halle gequatscht, seine Arme voll mit Käsebällchen und Sorbet-Getränken. Ich schaudere bei dem Gedanken daran, was hinter der Wand, die unsere Wohnungen voneinander trennt, passiert ist, während wir gewitzelt und Small Talk gemacht haben. Ich kann noch immer kaum glauben, dass es wahr ist. Dustin war immer nett zu mir.

Ich erinnere mich, dass ich einmal, nach einem schlimmen Streit mit Mason, klatschnass ins Foyer kam, und der Regen draußen herunterprasselte. Ich stolperte die Treppen hinauf, eine tropfnasse Abscheulichkeit. Dustin öffnete seine Tür einen Spalt weit, sah mich an und lud mich in die Wohnung ein. Bot an, mir ein Handtuch zu bringen.

Ich lehnte seine Einladung ab, so wie immer. Jetzt frage ich mich, was er da drinnen wohl verborgen hatte. Zweifellos sein gesamtes Streaming-Equipment. Vermutlich Drohnen. Hightech-Waffen. Mittlerweile wäre ich nicht mehr überrascht, wenn er zerstückelte Körperteile in seinem Gefrierschrank gehabt hätte.

Er hat mit mir gespielt. Gewettet, dass ich die Art von Person bin, die diese Grenze nie überschreiten würde. Und er hatte vollkommen Recht. Dass er mich so gut einschätzen konnte, wusste, wie ich auf seine nachbarschaftlichen Angebote reagieren würde, während ich seinen Charakter so sehr fehleingeschätzt hatte, lässt meinen Wutdrachen Feuer spucken. Ich ersticke die Flammen. Ich hoffe, Dustin ist heute auch in einer nachbarschaftlichen Stimmung. Das ist unsere beste Chance, Jack da sicher rauszuholen.

In meinen Händen halte ich die Schachtel einer brandneuen Xbox. Sieht aus, als würde ich zu einer Gamerin werden. Mary sitzt neben mir und lächelt, als sie mir beruhigend eine Hand aufs Knie legt.

„Du schaffst das." Sie drückt mein Knie, ihre fuchsiafarbenen Nägel kitzeln mich, bevor sie loslässt.

„Vorhänge sind immer noch zu," meldet ein Mitglied des SWAT-Teams, das die Wohnung überwacht in meinen Hörer. *„Ich kann keine Bewegung erkennen. Die Luftüberwachung hat keine Drohnen bemerkt."*

Es hat in der Wohnung keine Veränderungen gegeben, seit wir angefangen haben, sie zu überwachen. Keiner ging hinein oder hinaus. Wir gehen blind hinein. Aber egal ob Dustin zuhause ist oder nicht, wir müssen jetzt hinein gehen. Müssen hoffen, dass er dort ist. Hoffen, dass Jack dort ist.

Der weiße Transporter des SWAT-Teams, in dem ich warte – Die Rosinante – parkt auf meinem Parkplatz im unterirdischen Parkhaus meines Apartmenthauses, und Joe Torres, der Kommandant der SWAT-Einheit instruiert sein Team.

„Stellt euch drauf ein, dass dieser Kerl schwer bewaffnet ist," sagt Torres. „Möglicherweise hat er Sprengstoffe. Campbell geht die Vordertreppe hoch. Wir warten im hinteren Treppenhaus. Sobald ihr das Wort *Slush-Eis* hört, lauft ihr los. Haltet nach dem Jungen Ausschau. Wir brauchen ihn lebend. Das Beste, was wir machen können, ist Dustin aus der Wohnung zu bekommen. Haltet das Tränengas bereit. In Ordnung, Leute, los geht's."

Die Hecktüren des Transporters öffnen sich und die Beamten strömen in das Parkhaus und schnappen sich ihr Equipment. Ich führe Mary und das SWAT-Team zur Fluchttreppe und lasse sie mit meiner Türkarte hinein. Nicht notwendig, einen Aufruhr zu veranstalten, indem wir die Türen einrennen. Noch nicht.

Sobald wir drinnen sind, richten sich alle Augen auf Torres, aber er sieht mich an. Ich warte darauf, dass er irgendeinen hochtrabenden Text zitiert, aber stattdessen sagt er: „Ihr verdammten Arschlöcher werdet alle bezahlen."

„Also das nenn ich Poesie," sage ich.

„Jay und Silent Bob Schlagen zurück," erwidert Torres. „Viel Glück dir, Holmes."

„Dir auch, Shakespeare."

Als das Team seinen Aufstieg beginnt, eile ich zur Vordertreppe und presse die Xbox-Verpackung an meine Brust. Ich laufe die Stufen hinauf und in den Gang, halte ein wenig vor meiner Wohnungstür an. Epische Videospielmusik dröhnt aus Dustins Wohnung und mir stockt der Atem. Er ist zuhause. Ich zwinge mich zum Ausatmen und atme regelmäßig. Darf nicht verdächtig aussehen. Gut, dass Dustin mein rasendes Herz nicht hören kann. Das würde meinen Plan tausendprozentig preisgeben.

Ich mache eine Show daraus, die Schachtel zu inspizieren und verwirrt auszusehen. Dustin hat eine unvergleichliche Art, immer dann zu erscheinen, wenn ich im Gang bin. Wenn meine Vermutung stimmt, kann er tracken, wann ich hier bin. Ich verbringe eine kurze Zeit damit, so zu tun, als würde ich die Anleitung lesen und seufze, aber Dustin erscheint nicht. Ich bin hier schon viel zu lang. Wenn ich noch länger warte und Dustin zusieht, wird er mit Sicherheit wissen, dass ich etwas vorhabe. Keine Zeit mehr verschwenden.

Ich marschiere auf seine Tür zu und klopfe. „Dustin? Dustin, bist du zuhause?“

Ich trete vom Türspion zurück, sodass er, wenn er hinausschaut, die Xbox sieht.

„Dustin? Ich könnte wirklich deine Hilfe gebrauchen. Ich hab eine Videospielkonsole gekauft und weiß nicht, wie ich sie aufbauen soll.“

Die einzige Antwort ist elektronische Musik.

Er kommt nicht. Was, wenn er auch das trackt, was im Treppenhaus vor sich geht? Jede Sekunde, die ich verschwende, könnte die sein, in der er sich entscheidet, Jack zu töten. Scheiße. Ich wollte diejenige sein, die eine Kugel in seine Kniescheibe jagt, sobald er die Tür öffnet. Aber es ist an der Zeit.

„Komm schon, Dustin," rufe ich. „Ich bin dir dann auch was schuldig. Ich werde dir sogar ein riesiges SLUSH-EIS kaufen."

Die Brandschutztür fliegt auf und knallt gegen die Wand. Das SWAT-Team strömt in den Gang, sie tragen alle Gasmasken. Ich lasse die Schachtel fallen und ziehe meine Pistole, ziele mit einer Hand auf die Tür und drehe mit der anderen am Türknopf. Verschlossen.

Ich schnappe mir meine Maske aus der Xbox-Verpackung und trete zur Seite, als ein Rammbock auf mich zu rast. Die beiden vorderen Beamten schwingen ihn und der Rammbock zerbricht die Tür beim ersten Schlag. Die Typen hinter ihnen schmeißen zwei Kanister Tränengas nach drinnen.

„Polizei!" ruft Torres, seine Stimme krächzt in meinem Hörer. *„Kommen Sie mit erhobenen Händen heraus."*

Mary ist am hinteren Ende des Teams, aber ich renne nach vorne und ziele mit meiner Waffe nach links und rechts. Das SWAT-Team schwärmt aus, durchsucht alles, und hier und da sind Rufe von *„Sauber!"* zu hören, gedämpft durch die Gasmasken. Aber ich verlasse das Vorderzimmer nicht. Es ist leer. Es ist verflucht noch mal leer. Kein Sofa, kein Tisch, nicht mal ein verdammter Sitzsack.

Nichts außer einem verdammten Lautsprecher in der Mitte des Raumes, aus dem die beschissene Musik dröhnt.

Ich will schreien. Will Löcher in die Trockenmauer schlagen. Will meine Revolvertrommel in die Decke entleeren. Hier ist nichts. Und ich meine *nichts*. Ich nutze meinen Detektivsinn, den ich mir in so vielen Jahren in diesem Job angeeignet habe und weiß, dass er die Wohnung nicht erst kürzlich ausgeräumt hat. Er hat hier von vornherein nie gelebt.

Alles hier macht mir Angst. Nicht nur, dass der Grundriss derselbe ist wie der von meiner Wohnung. Aber die Tatsache, dass Dustin zwei Jahre lang so getan hat, als würde er neben mir leben. Hat diese ganze Mordserie so lange geplant.

„Kranker Bastard!“ rufe ich, die Worte hallen in meinen Ohren.

Torres nähert sich mir aus dem, was in meiner Wohnung das Schlafzimmer wäre. *„So kommen Sorgen nicht, Spionen – nein – Kolonnen gleich.“*

„Was gibt's?“

„Campbell, es tut mir so leid. Das ist nicht das Ende. Wir werden ihn kriegen. Wir sind Atompilzwolken.“

„Samuel L. Jackson,“ flüstere ich. *„Pulp Fiction.“*

Meine Eingeweide verdrehen sich und ich renne auf das Schlafzimmer zu, Bilder von Jacks leblosem Körper hämmern in meinem Kopf herum. Aber als ich eintrete, ist da kein Körper. Kein Blut. Keine Knochen. Nur ein Gaming-Stuhl. Ein Mülleimer voller Essensverpackungen und leeren Slush-Eis Bechern. Und eine ganze Wand bedeckt von Bildschirmen. Der Flur. Wohnzimmer. Küche.

Badezimmer. Schlafzimmer. Meine Wohnung. Alles davon. Auf den Bildschirmen.

Ich habe jedes Zimmer durchsucht, als ich dachte, dass er mich beobachtet. Wo zur Hölle sind diese Kameras? Und wie zur Hölle hat er sie versteckt?

Ich hyperventiliere. Kann keine Luft durch die Atmungsklappe meiner Gasmaske ansaugen. Quetsche meine Glock-Pistole so fest, dass ich Angst habe, sie wird feuern. Ein Stöhnen hallt in meiner Maske wieder und ich realisiere, dass es mein eigenes ist.

Zwei Jahre. Nicht nur, dass er das hier so lange geplant hat. Auch, dass er mich so lange beobachtet hat. Meine Privatsphäre verletzt hat. In mein Leben eingedrungen ist. Ich denke an all die Male, die ich geduscht habe. All die Male, die ich mit Mason im Bett war.

Ich beuge mich vor, die Hände auf den Knien, mir tanzen Flecken vor den Augen.

Mary kommt herein, sieht mich nur an und rennt zu mir.

„Bist du in Ordnung?"

Zur Antwort ziehe ich meine Gasmaske ab und übergebe mich wie ein verdammter Anfänger. Genau über ihre Schuhe.

35

JENA

Dienstag, 18:58

Ich laufe in dem Zimmer von Earl Rogers‘ geheimem Unterschlupf auf und ab. Mehr als zwanzig Stunden, nachdem wir die Spanner-Wand in Dustins Wohnung gefunden haben und mein Verstand ist immer noch ein absolutes Chaos. Ich bin gedemütigt. Wütend. Und mir ist kotzübel.

Es ist egal, dass Collins die Kameras ausfindig gemacht hat. Einfahrbare Fiberoptik. Also hat Dustin sie eingefahren, als ich nach ihnen gesucht habe. Dustins Überplanung und seine technischen Fähigkeiten bringen mich beinahe zum Schreien. Ich bin eine Ratte in einem Labyrinth und er ist derjenige, der die Türen öffnet und schließt, um mich ins Zentrum zu locken.

Auf keinen Fall kriegt Dustin Earl Rogers in die Finger, während ich Wache habe. Vier Juroren sind noch als Zielpersonen übrig. Außer Rogers sind da noch Avi Spieler, Chris Brown und James Cox. Ich hoffe, dass Rogers Dustins Ziel ist. Ich will dem hier nicht nur ein Ende machen, sondern auch Rache dafür üben, dass Dustin meine Privatsphäre verletzt hat.

Ich stampfe hinüber zum Fenster und luge hinter den Vorhängen hervor. Die Sonne versinkt langsam hinterm Horizont. Ich drehe mich um und marschiere zurück zur Sitzecke. Es ist der zweite geheime Unterschlupf, in den wir diesen Mann heute gebracht haben;

eine Wohnung, die vom Polizeidepartment zur Überwachung genutzt wird. Es gibt keinen sichereren Ort.

„Hey", sagt Mary von der Couch aus, als ich näher stapfe. „Ich glaube, du solltest dir das hier ansehen."

Sie streckt ihr Handy aus und ich eile hinüber, hoffe, dass sie etwas Gutes zu zeigen hat. Ich blicke auf den Bildschirm herab. Da steht: Du machst Herrn Rogers nervös.

Ich erstarre in meinen Bewegungen und blicke zu dem betagten Herrn mit seiner sich ausdünnenden Wolke aus grauem Haar, das an den Schläfen schneeweiß wird. Er ist elegant gekleidet. Krawatte mit Paisleymuster und ein Blazer aus Tweed. Passend dazu ein Ledergürtel und Budapester Schuhe. Er sieht mit wässrigen Augen zu mir auf und schenkt mir ein tapferes, zitterndes Lächeln. Scheiße. Ich verängstige ihn total.

„Tut mir leid.", sage ich zu Rogers.

Er zuckt mit den Schultern, doch es sieht nicht sehr locker aus. „Sie machen Ihren Job.

Ich zwinge mich dazu, mich in den Lehnsessel zu setzen, der neben der Couch steht, auf der er und Mary sitzen. Das Zimmer ist gefüllt mit elektronischen Geräten für einen Polizeieinsatz. Ein Bildschirm zeigt „Captain Rocks" – aka Dustins – Videospielkanal. Derzeit findet kein Livestream statt.

Wir haben jeden Zentimeter der Wohnung abgesucht. Luftüberwachung. Kameras außerhalb des Gebäude. Kameras in jedem Zimmer. Haben die Lüftungen untersucht, zwischen den Wänden, die Rohre, die Gasleitungen, jedes Gerät, jeden Lichtschalter. Jeden

Bissen Nahrung, jedes Getränk wurde untersucht. Alles. Eingeschlossen Rogers Augentropfen für sein Glaukom, die auch spurenlos zurückkamen. Wir haben sie trotzdem konfisziert, falls Azrael sie auf magische Weise durch Sarin oder sowas ersetzen würde. Ein Tag ohne die Medizin wird ihn nicht umbringen.

„Ich würde mir gerne eine Pizza machen.“, sagt Rogers. „Ich bin ziemlich hungrig.“

„Das mach ich.“, sagt Mary.

„Vielen herzlichen Dank.“

Mary steht auf und geht in die Küche. Auch Rogers steht auf.

„Ich muss nur mal für kleine Jungs.“, sagt er.

Ich nicke. „Lassen Sie die Tür unverschlossen.“

„Natürlich.“

Er schlurft den Flur entlang und dann gehen die Lichter aus. Oh Gott, das kann nicht wahr sein. Nur eine Sekunde später gehen sie wieder an, aber mir pocht das Herz noch immer in der Kehle.

„Was zur Hölle?“

Ich zeihe mein Handy heraus und wähle.

„Collins zu Ihren Diensten, Madam.“

„Hey, wir hatten einen Stromflackern. Sind wir am Hauptstromnetzwerk angeschlossen? Oder an einem Generator?

„Am Hauptstromnetzwerk, aber ich seh mal nach.“

„Danke.“

Ich rufe Dale an, der draußen auf Streife ist. Als er abhebt, sage ich: „Hey, kannst du den Generator überprüfen? Sichergehen, dass nichts…“

Die Lichter gehen erneut aus. Diesmal gehen sie nicht wieder an. Ich halte die Luft an. Warte darauf, dass der Generator in die Gänge kommt. Tut er aber nicht. Scheiße. Ich lege einfach auf.

„Herr Rogers?"

Kein Antwort.

„Earl?!!" Mary fällt in meine verzweifelten Rufe ein.

Ich schalte die Handytaschenlampe an und sehe auf die Uhr. 19:04. Sonnenuntergang.

Ich renne zum Badezimmer, die Handytaschenlampe zeigt mir den Weg. Die Tür ist zu. Und abgeschlossen.

„Scheiße!"

Das Türschloss ist nicht schwer zu knacken. Ein einziges Loch, das mit einem kleinen Inbusschlüssel aufgeschoben werden kann. Ich ziehe mein Multifunktionswerkzeug aus meinem einfachen Universalgürtel und mache mich an die Arbeit, meine Hand unsicher, mein Herz hämmert.

„Herr Rogers?", rufe ich, als ich das Schloss knacke. Noch immer keine Antwort.

Ich stoße die Tür auf, meine Taschenlampe leuchtet über alles; den Boden, das Waschbecken, die Toilette, die Dusche. Rogers ist nicht da. Ich atme aus und eile aus dem Badezimmer und finde Mary im Schlafzimmer.

„Nichts.", sagt sie. „Er war nicht in der Küche. Ich hab dieses Zimmer und das Büro durchsucht."

„Er kann nicht gegangen sein."

Ich renne trotzdem zur Vordertür und reiße sie auf. Mein Licht scheint direkt in die Gesichter der zwei Beamten, die draußen Wache halten und ihre Maglite-Lampen angeschaltet haben.

„Hat irgendjemand die Wohnung verlassen?“, verlange ich zu wissen.

„Nein, Detective.“, antwortet der Größere.

Ich knalle die Tür zu und führe meine Suche drinnen fort. Wo zur Hölle kann er nur sein? Es gibt keinen Balkon. Die Decken sind aus Gips. Ich kann Marys Schritte direkt hinter mir hören und erschrecke mich beinahe zu Tode.

Und dann fällt mein Lichtstrahl auf den begehbaren Kleiderschrank. Von drinnen ertönt ein schwaches Knarzen, das sich anhört wie der Kickbox-Sack im Fitnessstudio, wenn er schwingt. Ich schlucke hart und strecke eine zitternde Hand aus und öffne die Tür.

Auf dem Boden liegt der Tritthocker umgeworfen auf der Seite. Earl Rogers hängt an seinem Gürtel von der Lampeninstallation, seine adrette Krawatte mit Paisley-Muster um seine Augen gebunden wie eine Augenbinde.

Die neunte Plage. Dunkelheit.

36

JENA

Dienstag, 19:17

„Scheiße!"

Das darf nicht wahr sein. Ich kann kaum atmen.

Rogers strampelt mit den Beinen.

„Hol ihn runter! Sofort!" Ich umklammere seine Oberschenkel und hebe ihn hoch, um den Druck auf seiner Luftröhre wegzunehmen.

Mary stellt den Stuhl auf und schiebt ihn unter seine Schuhe. Seine Füße finden Halt und ich steige auch auf den Stuhl, unsere Gliedmaßen aneinandergedrängt.

„Nimm ihn!" rufe ich.

Mary stützt sein Gewicht, während ich den Gürtel aufwickle. Raues Leder gleitet durch meine Hand und ist heiß auf meiner Haut, als es sich löst.

Rogers hustet und stottert.

Er lebt. Gottseidank, er lebt.

„Ich hab ihn.", sage ich. „Hol medizinische Hilfe."

Mary lässt los. Sie schnappt sich ihr Handy und bellt Anweisungen.

Ich schaudere und zittere, mein Gesicht nass, während ich Rogers festhalte und ihn auf den Boden lege. Der alte Mann ist leicht, gebrechlich und ohnmächtig, aber seine Brust hebt und senkt sich.

Er atmet ein und aus, ein und aus, und ich weigere mich, ihn aus den Augen zu lassen, bis die Sanitäter ankommen.

Fünf Minuten vergehen. Zehn. Ein ganzes Leben.

Endlich platzen zwei junge Männer mit einer Trage durch die Tür und umschwirren Rogers.

Ich laufe aufgewühlt auf und ab, während sie arbeiten. Ich warte auf Neuigkeiten, während sie ihm Sauerstoff geben und seine Vitalfunktionen überprüfen. Ich kann ihn nicht ansehen, das Hämatom um seinen Hals ist bereits voll zu sehen. Mein Verstand rast. Seine Hinrichtung macht keinen Sinn. Wie hat Azrael – Dustin, rüge ich mich, weigere mich, diesen dämlichen Spitznamen zu benutzen – wie hat Dustin Rogers erhängt? Wie passt das in sein Muster des Aufbauens on Hightech-Fallen, das er bisher jedes Mal gemacht hat? Naja, wenn man das Erschießen mit dem Crickett-Gewehr nicht mitzählt, aber das war eine ungeplante Reaktion darauf, dass wir den manipulierten Mäher gesprengt haben. Die einzige Möglichkeit, die ich mir vorstellen kann, ist dass er Rogers nicht erhängt hat. Earl Rogers hat sich selbst erhängt. Ich habe nur keine Antwort auf die Frage nach dem warum. Vielleicht hatte Dustin etwas gegen ihn in der Hand. Aber ich kann mir nicht vorstellen, dass das bei diesem netten, alten Herren, dem Direktor einer gemeinnützigen Organisation, die sich auf Drogen- und Alkoholsuchtbehandlung spezialisiert, der Fall sein könnte. Klar. Es gab schon andere Menschen, die in der Öffentlichkeit ein leuchtendes Beispiel waren und sich dann hinter verschlossenen Türen in Monster verwandelten.

Trotzdem. Bei Rogers glaube ich das einfach nicht. Und es ist die Ungewissheit, die mich verrückt macht.

„Oh mein Gott.“, sagt Mary und zeigt auf den Bildschirm, auf dem Captain Rocks Kanal gezeigt wird. „Er fängt einen Livestream an.“

Ich eile hinüber zu Mary, während die Sanitäter weiterarbeiten. Captain Rock erscheint, eine schattenhafte Gestalt vor einem Greenscreen. Der Hintergrund besteht aus dem Nachthimmel, übersät mit unendlich vielen Sternen.

„Hallo, meine liebsten Rockheads.“, sagt Dustin, seine Stimme tief verzerrt. *„Ich habe heute einen Ehrengast, den ich euch vorstellen möchte. Jack.“*

Die Kamera schwenkt auf Dustins linke Seite und zeigt eine Nahaufnahme von Jacks Gesicht, der ein VR-Headset trägt. Dann ruckt die Kamera wieder nach rechts, sodass man nur Dustin sehen kann. Der Blick auf Jack war flüchtig, die sternenklare Nacht auf dem Greenscreen war nach wie vor im Hintergrund. Man kann nicht herausfinden, wo sie das ganze aufnehmen. Aber das ist nicht meine größte Sorge. Es sieht nicht so aus, als würde Jack sich bewegen. Ich bin mir nicht einmal sicher, dass er atmet. Ich umklammere die Armlehne der Couch und der Rahmen quietscht wie zum Protest.

„Okay. Lasst uns das neueste Spiel beginnen.“

Die Aufnahme wechselt jetzt zu Bild-in-Bild. Auf der rechten Seite rollen Kommentare von seiner Armee an Abonnenten so schnell über den Bildschirm, dass ich nicht einmal einen Satz lesen, bevor der nächste erscheint. Dustins Gesicht ist in einem kleinen Kästchen am linken, unteren Bildschirmrand, über eine Bildschirmaufnahme des Videospiels, das er spielt, gelegt. Es ist kein Spiel, das ich kenne, nicht dass mein Videospielwissen über die paar beliebtesten Spiele hinausgeht, die man ständig in der Werbung sieht. Das hier sieht aus wie ein Versteckspiel im Dunkeln, mit Stroboskoplicht, das an- und ausleuchtet, um zu zeigen, wo Spieler lauern. Im Hintergrund spielt etwas, das Musik ähnelt. Es hört sich an wie das Hämmern eines rasenden Herzschlags. Man kann Dustins Charakter durch den Namen, der über dem Avatar schwebt, erkennen: „Captain Rock". Der Charakter ist ein Paladin, wortwörtlich ein Ritter in schimmernder Rüstung. Brustharnisch und Helm aus Metall. Kampfhandschuhe und Beinschienen. Komplett aus Eisen.

„Dieses Spiel ist krass, wenn man es über Kopfhörer miterlebt. Lasst nicht zu, dass ich euch mit einem Jumpscare erschrecke. Ihr werdet euch einpinkeln."

Dustins Character stürzt sich auf einen anderen Charakter, der wie ein riesiger, grüner Blob aussieht. Erinnert mich an den Charakter Slimer aus dem Film Ghostbusters. Als Dustin den Blob fängt, blinken die Lichter und man kann das Innere des Charakters wie auf einem Röntgenbild sehen, Brustkorb und Knochen. Der Blob glüht unter Starkstromfunken, der Strom fließt um den Charakter herum, wodurch es aussieht wie ein elektrischer Schock.

Ich höre Schreie. Und sie kommen nicht aus dem Spiel.

„Seht ihr, ich hab euch doch gesagt, es ist gruselig. Jack hier rastet aus. Pass auf, Jack!“

Jacks Blob-Charakter hat jetzt X als Augen, um zu zeigen, dass er im Spiel gestorben ist, wie ich vermute. Solange Jack nicht außerhalb des Spiels tot ist, ist mir alles andere egal. So sehr mich das Geschrei auch erschüttert, wenigstens weiß ich, dass er noch lebt.

„Wenn ihr als nächstes sterben wollt, abonniert Stufe 3. Wollt ihr, dass ich jemand anders töte? Schenkt ihm ein Abonnement von Stufe 3!“

Abonnement-Benachrichtigungen strömen in die Kommentare, während Justin sich von Jacks totem Charakter wegbewegt und einen anderen Spieler jagt. Er flüstert etwas, das wie mein Spitzname klingt, aber ich bin mir nicht sicher. Es könnte auch Unsinn in der Gamer-Sprache sein. *„Kleiner Vogel.“*, flüstert er noch einmal. *„Geh ans Handy.“*

„Hat er gerade…?“ Marys Augen sind auf den Bildschirm fixiert.

„Ja. Er hat.“

Ich höre einen Klingelton von irgendwoher in der Wohnung. „Feeling Good“ von Nina Simone. Mary sieht mich an.

“Du überwachst das Video.”, sage ich. „Ich finde heraus, woher das Klingeln kommt.“

Nina singt a capella und ihre kraftvolle Stimme erklingt weiter, während ich dem Geräusch folge. Näher und näher zu Rogers hin. Jeder Schritt wird schwerer, meine Bewegungen schwerfälliger, als ich mich dem Flur nähere.

Nina fühlt sich vielleicht gut, aber mir ist kotzübel. Ich schlurfe zu den Sanitätern hin und es wird klar, dass das Klingeln von Rogers kommt. Ich kann durch die Tasche seines Blazers Licht sehen. Wir haben das Handy geröntgt, haben jeden Zentimeter penibel auf Sprengstoffe, zusätzliche Stromkreise, Manipulation etc. untersucht. Ich rede mir ein, dass es sicher ist, abzuheben, als ich mich nähere.

„Entschuldigung.", murmele ich den Sanitätern zu. „Kann ich das nehmen?"

Der Sanitäter, der Rogers' Vitalfunktionen überwacht, nickt. „Er ist stabil."

So dankbar ich auch für diese Neuigkeit bin, muss ich dieses Handy haben. Ich werde unseren Erfolg, Azrael davon abzuhalten, Rogers zu töten, später feiern.

Ich wühle durch Rogers' Tasche, aber die Öffnung ist klein und er bewegt sich aufgrund der Störung. Mein Blick ruckt nach oben zu dem lilafarbenen Ring um seine Kehle. Ich schnappe mir das Handy und eile davon. Die Nummer des Anrufers wird als privat angezeigt. Ich laufe in die Küche und hebe ab.

„Hallo?"

Eine Tonaufnahme knackt am anderen Ende.

„Vier Juroren übrig, aus denen ich die Auswahl habe.", sagt Dustin mit verzerrter Stimme. *„Drei junge Kerle, die ihr ganzes Leben noch vor sich haben…und du, Earl. Ihr alle habt euch während Leviticus' Prozess gut angefreundet, nicht wahr? Seid mehr*

zu Familie als Freunden geworden. Schickt einander noch immer Weihnachtskarten. Informiert euch über eure Kinder.“

„Was wollen Sie?“ Rogers‘ Stimme ist leicht, aber sein Tonfall fest.

„Dienstag. Bei Sonnenuntergang. Tragen Sie einen schönen Ledergürtel. Eine elegante Krawatte. Verbinden Sie sich die Augen mit der Krawatte. Erhängen Sie sich mit dem Gürtel.“

„Und warum genau sollte ich das tun?“

„Weil ich, wenn Sie es nicht tun, Ihre süße, kleine Enkelin in Florida töten werde. Die mit den Zöpfen und fehlenden Vorderzähnen. Entweder sterben Sie oder Ihre Enkelin. Sie haben die Wahl.“

Ich sollte das hier aufnehmen. Ich hole mein Handy heraus und mühe mich damit ab, das Aufnahmegerät zu finden.

„Woher weißt ich, dass Sie sie nicht ohnehin töten?“

Ich finde das Aufnahmegerät und schlage auf den roten Knopf.

Dustin seufzt, was sich wie eine Mischung aus einer Rauschstörung und einem tosenden Wasserfall anhört. *„Weil ich einen Plan habe, Earl. Und Sie wissen, was dieser ist. Zehn Plagen. Zehn Menschen. Und Sie werden Nummer neun sein. Verärgern Sie mich nicht. Das würden Sie nicht mögen. Wissen Sie was? Zu spät. Ich bin schon verärgert. Wenn Sie nicht Ihre Luftröhre mit einem Gürtel zerquetschen, ist sie tot. Vielleicht auch Ihre Frau, Ihre Tochter, der Mann Ihrer Tochter und Ihre anderen drei Enkelkinder. Wie hört sich das an?“*

Stille. Dann sagt Roger: „Das hört sich nach einer Abmachung an.“

Das Gewicht des Geschehenen trifft mich. Rogers hat versucht, sich selbst das Leben zu nehmen, um Leben zu retten. Ich habe viel zu lange an meinem Geheimnis festgehalten. Ich hätte das hier verhindern können. Schuld und Scham überkommen mich und ich kämpfe darum, sie zu bezwingen. Späte Einsicht und Zweifel sind der Weg zu einem Urlaub für psychische Gesundheit.

„Dachte ich mir doch, dass Sie es genauso sehen, wie ich.“, fährt Dustin mit verzerrter Stimme fort. *„Die Lichter werden flackern, wenn es Zeit ist, dass Sie gehen und sich vorbereiten. Wenn ich die Lichter komplett ausschalte, ist das Ihr Zeichen, zu sterben.“*

Die Leitung bricht ab. Ich lege auf und ein Video erscheint auf dem Bildschirm. Das Standbild ist eine Nahaufnahme von Jack, der das VR-Headset trägt. Ich stelle mein Handy auf Videoaufnahme um, und drücke PLAY.

Die Kamera zoomt von Jacks Gesicht weg, um seinen Körper zu zeigen. Er hängt in einer Art Geschirr in der Luft. Die Aufnahme bewegt sich nach unten, um auch seine Hände zu zeigen, die den VR-Controller bedienen. Dann bewegt sie sich durch den Raum zu einem Monitor. Auf dem Bildschirm sieht man eine Aussicht auf die Whirlpool-Oase. Michelle Green gleitet in ihrem Seemanns-Badeanzug ins Wasser und stellt ihren Martini auf den Tresen. Sie sieht sich den Film mit Rock Hudson und Doris Day an, als sie von einem roten Ziel, das wie ein Gewehrvisier aussieht, überlagert wird.

Die Kameraaufnahme zoomt weiter heraus und wird richtig weit, sodass nun auch Jack und der Bildschirm mit Michelle Green in dem Visier zu sehen sind. Jack drückt einen Knopf auf seinem Controller. Das Wort *Volltreffer* erscheint auf dem Bildschirm, als Green durch einen Stromschlag getötet und das Wasser mit Blut gefüllt wird.

Dieses kranke Arschloch hat Jack zur Tötung eines Juroren gezwungen. Mein Blut wird heiß. Wenn ich Dustin je zu sehen kriege, sollte er hoffen, dass er mich zuerst kommen sieht.

Das Wort *Volltreffer!* blinkt noch ein paar Mal auf und verschwindet dann.

Das Video geht zu einer Außenansicht über, in der Lisa Bell ihre Katze herauslässt.

„Was ist los?“

Marys Stimme lässt mich beinahe zu Tode erschrecken, bevor ich mich erhole und ihr den Bildschirm zeige. Wir sehen beide mit wachsendem Entsetzen zu, wie Jack in dem Video Mord um Mord begeht. Wie er die Klappe an Butlers‘ Motorradhelm aus der Ferne öffnet. Den Wildschweinhauer auf Hughes abfeuert. Eine Drohne bedient, die Baccos Infusionsbeutel mit fleischfressenden Bakterien injiziert.

Marys Augenbrauen ziehen sich zusammen. „Glaubst du, Jack weiß, was er da tut?“

„Hoffentlich nicht. Und um seinetwillen hoffe ich, dass er es nie herausfindet.“

Das Video endet mit dem Wort *Volltreffer!* Auf dem Bildschirm, nachdem die Eisbälle auf Chuck Gomez geschossen wurden. Eine Nachricht erscheint:

Habt ihr die Show genossen? Ich bin gespannt, was Gouverneur Taylor davon denkt. Vielleicht ist die Drohung, das Video an die Presse zu schicken, genug, dass er Leviticus begnadigt. Was meint ihr?

Die Zeit ist fast um!

Was? Habt ihr Angst gehabt, dass das Verhindern von Earls Tod das Ende des Spiels bedeuten würde? Keine Sorge! Die neunte Plage, Dunkelheit, wird bald kommen. Und sie wird beim nächsten Mal so viel größer und ekliger sein. Aber ich mache euch einen Vorschlag. Ich brauche jetzt ein wenig mehr Zeit zur Vorbereitung, nachdem ihr mir einen Strich durch die Rechnung bezüglich der Plagen gemacht habt. Also gebe ich euch bis morgen um Mitternacht, um Leviticus‘ Freilassung zu sichern. Andernfalls…RIP, Jack!

~ Azrael

Der Hoffnungsschimmer, dass Rogers‘ Rettung das Ende bedeuten könnte, löste sich soeben in Luft auf. Azrael wird niemals aufhören. Das hier wird nicht enden, wenn er es nicht beendet. Aber in Verzweiflung versinken ist nutzlos. Und wir haben ein akutes Problem, mit dem wir uns befassen müssen.

„Er hat das Video an den Gouverneur geschickt.“, sage ich. „Wir müssen zu Gouverneur Taylors Haus gehen. Jetzt.“

Pittsburgh Post-Gazette
Montag, 9. Dezember

Silas Halvard, wegen Mordes zu lebenslanger Haft ohne Bewährung verurteilt
von Matt Burkhart

Die Stadt wurde von einer schreckenerregenden Mordserie verwüstet, die man im Volksmund dem Leviticus Mörder zuschrieb. Heute wurde das Urteil im Prozess von Silas Halvard, einem Professor der Bibelstudien an der Geneva Universität, gesprochen, der wegen Mordes im Falle Joseph Burton verurteilt wurde. Burton war das elfte Opfer, das auf dieselbe Art ermordet wurde, wie der angebliche Leviticus Mörder es während seiner Schreckensherrschaft getan hat. War Silas auch für die Morde der anderen Opfer verantwortlich, oder war das hier eine Art Nachahmungsmord? Das Gericht entschied, dass es lediglich genug Beweise gab, um Silas eines Mordes anzuklagen und zu verurteilen. Möglicherweise werden wir die Wahrheit über die anderen zehn nie herausfinden.

Detective Jena Campbell hat, gemeinsam mit ihrer Partnerin Detective Mary Sarkis, bei Silas' Verhaftung eine zentrale Rolle gespielt. Silas' Verurteilung stellt einen bedeutenden Meilenstein in der Suche nach Abschluss und Frieden für die Opfer und ihrer Familien dar.

In einem kürzlich geführten Interview teilte uns Detective Campbell ihre Meinung zu den Ermittlungen und dem Prozess mit. „Der Fall des Leviticus Mörders war ein echter Test unserer Fähigkeiten als Detectives.", erklärte sie mit von tiefen Emotionen erfüllter Stimme. „Wir wussten, dass wir den Schrecken, die sich ausbreiteten, eine Ende setzen müssen und es ist eine Erleichterung, heute zu sehen, wie der Gerechtigkeit genüge getan wird."

Inmitten des gesellschaftlichen Diskurs, der den Prozess umgab, gab es Einzelpersonen, die sich versammelten, um Silas Halvard zu unterstützen. Eine davon, Rebecca Thompson, eine Kollegin von Silas an der Geneva Universität, teilte ihre Ansicht mit. „Ich kenne Silas schon seit Jahren und ich glaube nicht, dass er fähig ist, diese Taten begangen zu haben.", sagte Thompson. „Er war schon immer eine Stütze unserer Gemeinschaft, jemand, der andere durch seine Lehren inspiriert hat. Ich stehe an seiner Seite und glaube, dass der Gerechtigkeit heute definitiv nicht genüge getan wurde."

Der Prozess warf auch ein Licht auf Silas Halvards' geheimnisvolle Vergangenheit und seine Leugnung jeglicher Form von Missbrauch während seiner Erziehung. Diese Enthüllungen warfen Fragen bezüglich der tieferliegenden Faktoren auf, die seine Taten beeinflusst haben könnten, und seine Verweigerung, diese Fakten anzuerkennen, halfen der Staatsanwaltschaft dabei, ihn als unglaubwürdigen Historiker darzustellen, der der Täuschung fähig ist. Staatsanwalt Sanchez nutzte die Tatsache, dass nicht ein einziges Familienmitglied seit Silas' Verhaftung und während seines gesamten Prozesses erschienen war, um ihn zu unterstützen.

Obwohl die Urteilsverkündung von Silas Halvard zu lebenslang ohne Bewährung vielen Menschen einen Abschluss gebracht hat, werden die Straftaten sowohl auf die Überlebenden als auch auf die gesamte Stadt einen bleibenden Effekt hinterlassen. Ohne Zweifel wird der Name Silas Halvard für immer mit dem dunkelsten Kapitel der Geschichte Pittsburghs' verbunden werden.

1042 KommentareKOMMENTAR HINZUFÜGENSortieren nach: Neueste

Diese Diskussion wird nach den Regeln der Post-Gazette moderiert. Bitte ***lies die Regeln durch****, bevor du der Diskussion beitrittst. Im Falle technischer Probleme, bitte* ***kontaktiere unser Kundenservice-Team****.*

SteelCityFan

Woh, was für ein schauriger Fall! Mein Kompliment an die Detectives, die ihm seiner gerechten Strafe zugeführt haben. Helden! Bleibt sicher da draußen, Pittsburgh!

Montag, 9. Dezember 2019 um 8:03

JusticeSeeker

Lebenslang ohne Bewährung ist zu milde für jemanden, der solch verstörende Taten begangen hat. Ich sage: Todesstrafe, und zwar jetzt!

Montag, 9. Dezember 2019 um 8:07

Eye4AnEye

Manchmal ist eine Lebenszeit hinter Gittern eine schlimmere Strafe als ein schneller Tod. Man lasse ihn im Gefängnis verrotten, von seinen Taten verfolgt.

Montag, 9. Dezember 2019 um 8:08

PghSportsFan

Hey, Pittsburgh ist mal wieder aus den falschen Gründen in den Schlagzeilen. Ich kann nicht sagen, dass ich hierauf stolz bin. Lasst uns den Fokus auf die guten Sachen legen, wie unsere Sportmannschaften!

Montag, 9. Dezember 2019 um 8:10

BleedBlackNGold

Seh ich genauso, Kumpel! Unsere Teams werden immer der Stolz unserer Stadt sein. Lasst uns hoffen, dass die Pirates die Basketballweltmeisterschaft gewinnen und damit den Nachgeschmack hiervon aus unseren Mündern entfernen.

Montag, 9. Dezember 2019 um 8:13

LaughingLlama

Sowas kann man sich nicht ausdenken! Hollywood sollte gut zuhören. Vielleicht sehen wir ja in Zukunft einen Film über den „Leviticus Mörder". Wer denkt ihr, sollte Silas Halvard spielen?

Montag, 9. Dezember 2019 um 8:16

1MovieBuff

Hmm, vielleicht Joaquin Phoenix? Er ist großartig darin, komplexe und gestörte Charaktere zu spielen.

Montag, 9. Dezember 2019 um 8:16

OpinionsMyOwn

Nee du. Eher Michael Fassbender oder Jake Gyllenhaal. Gyllenhaal sieht sogar aus wie Silas. Habt ihr ihn in Nightcrawler und Enemy gesehen? Verdammt gruselig.

Montag, 9. Dezember 2019 um 8:21

1MovieBuff

Wenn es ums Aussehen geht, ist Cillian Murphy ein Doppelgänger.

Montag, 9. Dezember 2019 um 8:22

DontCareWutUThink

Holt Heath Ledger von den Toten zurück!

Montag, 9. Dezember 2019 um 8:23

RockStarGamer

Schade, dass ein Film der einzige Weg ist, auf dem wir das letzte Level dieses meisterhaft gespielten Spiels erleben werden. Unterbrochen, bevor er seine endgültige Fieslings-Punktzahl erreichen konnte. Vergesst Ledger. Lasst Leviticus wieder auferstehen!

Montag, 9. Dezember 2019 um 8:24

CriticalBean

Das hier hat wie eine normale Unterhaltung ausgesehen, also dachte ich, ich kommentiere auch. Hab wohl zu lange gewartet.

Montag, 9. Dezember 2019 um 8:26

HumorUs

Ein Theologieprofessor, der zum Serienmörder wurde? Das nenne ich mal einen Karrierewechsel! Ich frag mich, ob er aus seiner Gefängniszelle Onlinekurse anbietet. „Mord für Anfänger: Wie man sich den Weg zum Erfolg steinigt." War nur ein Witz, Leute!

Montag, 9. Dezember 2019 um 8:23

BlackComedy09

Haha! Ich kann mir die PowerPoint Präsentation des Professors über Steinigung schon vorstellen. Das nenne ich mal eine Vorlesung, die ins Schwarze trifft.

Schade, dass seine Studenten dafür keine Extrapunkte bekommen.
Montag, 9. Dezember um 8:27

CriticalBean

Ich bezweifle so langsam, dass auf dieser Seite irgendetwas wirklich moderiert wird. An die Moderatoren der Post-Gazette: Aufwachen!
Montag, 9. Dezember um 8:31

MEHR LADEN

37

JENA

Dienstag, 20:05

Mary tippt mir an die Schulter. „Bereit, reinzugehen? Oder willst du weiterhin das Lenkrad erwürgen?“

Ich sehe hinunter auf meine Hände, mein Knöchel sind weiß und blutleer. Ich löse meinen Griff. „‘Tschuldigung.“

Mary zeigt auf das Fenster. „Unser Freund Daniels wartet auf uns.“

Ich nicke, steige aus dem Ford Explorer aus und laufe auf die Haustür zu. Sie öffnet sich. Daniels kommt heraus, sagt aber nichts. Sieht uns nicht in die Augen. Das ist schlecht. Sehr schlecht. Er bedeutet uns, ihm zu folgen und wir tun genau das. Doch statt wie erwartet auf das Wohnzimmer zuzugehen, sagt Daniels: „Hier entlang. Sie sind im Wintergarten.“

Wir laufen am Treppenhaus vorbei durch eine Kombüsen-artige Küche aus Edelstahl und Granit. Es ist ein direkter Weg zu einem glasüberdachten Zimmer, das von Mondschein und weichen Kunstlichtern erleuchtet wird. In diesem Wintergarten herrscht kein Sonnenlicht. Die Möbel sind neu, aber in antikem Stil gehalten, komplett aus Mohair und Samt. Ein Stutzflügel steht am hinteren Ende, der Klavierdeckel ist abgesenkt. Ich bezweifle, dass irgendjemand seit Jahren darauf gespielt hat.

Die Steifheit des Raumes wird durch Reihen an raumhohen Fenstern an drei Wänden, die auf einen monströsen, rechteckigen Pool blicken, ein wenig erleichtert. Das Wasser ist ein schwarzer Spiegel, in dem sich die Sterne reflektieren. Daniels setzt uns ab und verschwindet.

Gouverneur Taylor sitzt in einem Ohrensessel aus Samt. Seine Frau sitzt neben ihm in einem ebensolchen Stuhl, ein leeres Glas Wein steht auf dem Seitentischchen zwischen ihnen. Jude ist nicht da.

Setzen Sie sich.“, sagt der Gouverneur mit einer halbherzigen Geste zum Zweiersofa. Unter seinen Augen sind dunkle Ringe und er sieht aus, als wäre er um ein paar Jahre gealtert, seit ich ihn das letzte Mal gesehen habe.

Ich lasse mich auf den Rand des Zweiersofas sinken. Das Mohair fühlt sich auf meinen Armen steif und kratzig an. Mary lässt sich neben mich fallen.

Was los ist, ist offensichtlich, aber ich spreche es trotzdem aus. „Sie haben das Video gesehen.“

Er nickt. „Es kam als Textnachricht auf mein Handy.“

„Wie konnten Sie nur?“, Frau Taylors wütender Blick bohrt sich in meinen Schädel. Sie lallt ein wenig und ich vermute, dass sie mehr getrunken hat als nur Wein. Aber obwohl die Substanzen ihre Worte weicher gemacht haben, trifft mich ihre Wut mit voller Gewalt. „Wie konnten Sie nur zulassen, dass er meinem Sohn das antut? Mein kleiner Junge. Als er geboren wurde, ist er während seiner ersten Mahlzeit fast erstickt. Wussten Sie das? Hat aufgehört zu atmen. Er hatte einen Krampfanfall. Dann noch einen. Der Arzt dachte, wir würden ihn verlieren. Aber er ist stärker, als er aussieht. Er hat überlebt. Aber ich weiß nicht, wie er das hier überleben soll." Ihre Wut geht in tränengefüllte Augen über und sie dreht sich von uns weg. „Jude weigert sich, aus seinem Zimmer zu kommen und ich denke, er hat wahrscheinlich Recht. Was auch immer Sie sagen wollen, es ist zu spät. Sie haben meinen Sohn getötet. Er ist schon tot."

„Also, Shannon-"

Sie unterbricht ihren Mann mit einer schroffen Handbewegung. „Ich habe genug gesagt. Und ich habe lange genug zugehört."

Sie erhebt sich und stolziert aus dem Zimmer.

„Ich werde mit ihr reden.", sagt Mary und spielt wie immer zu gleichen Teilen Fürsorgerin und Polizistin. Sie läuft ihr nach.

„Bitte entschuldigen Sie die Zurschaustellung.", sagt Gouverneur Taylor.

„Kein Grund sich zu entschuldigen. Sie sind alle durch die Hölle gegangen. Ich sollte diejenige sein, die sich entschuldigt, weil wir diesen Bastard nicht gefangen haben. Und auch dafür, dass ich übers Geschäft reden muss, wenn ich mein Mitgefühl aussprechen sollte."

„Sie machen nur ihren Job." Die Antwort hört sich eingelernt an, als würde der Mann auf Autopilot laufen. Er ist erschöpft und zermürbt.

„Die Videos-"

„-sollen Erpressung sein."

„Was hat Azrael gesagt?“

„Ich muss Silas freilassen, oder diese Videos gelangen an die Presse.“

„Und werden Sie das tun? Silas freilassen, meine ich?“

„Um die Videos geheim zu halten?“ Er schüttelt den Kopf. „Die Presse wird merken, dass Jack diese Ding unwissentlich getan hat. Er ist eine Geisel unter Androhung von Gewalt.“

Ich nicke, aber ich glaube nicht, dass die Medien Jack nicht diffamieren werden.

„Eine Begnadigung wird nicht erreichen, worauf jeder hofft.“, sagt er überzeugt. „Es wird alles nur schlimmer machen.“

Ich will sagen: *„Schlimmer als zuzulassen, dass Ihr Sohn stirbt?“*, aber ich tue es nicht.

Als Polizeibeamtin sollte ich erleichtert sein. Das Unheil, das Silas als freier Mann anrichten würde, ist undenkbar. Trotzdem. Das Leben eines unschuldigen Siebzehnjährigen steht auf dem Spiel. Und obwohl ich mit dem Moraldilemma gekämpft habe, was davon schlimmer ist, Silas‘ Freiheit oder Jacks‘ Tod, ist Jack nicht der einzige Grund, warum ich glaube, dass Silas freizulassen der richtige Weg ist. Dustin ist die größere Bedrohung, wenn es um mögliche Opferzahlen geht. Wenn er Jack tötet, könnte er untertauchen. Weitere Morde begehen. Und es könnte sein, dass ich nichts tun kann, um ihn aufzuhalten. Wenn ich nicht herausfinden kann wo Jack ist, ihn retten und Dustin festnehmen kann, dann ist mein Geständnis vielleicht meine letzte Chance, Dustin aus seinem Versteck zu locken.

„Sind Sie sich da zu 100 Prozent sicher, Sir? Was wenn wir eine Verhandlung arrangieren? Einen Tausch. Silas gegen Jack. Wir könnten das nutzen, um Azrael in eine Falle zu locken. Diesen Bastard fangen und ihm die Todesstrafe zuführen, die er verdient."

Gouverneur Taylor verschränkt die Arme. „Und wie stehen Ihrer Einschätzung nach die Chancen, dass etwas schief gehen könnte, Detective? Dass Azrael nicht am Treffpunkt auftaucht? Oder dass Azrael uns in der Planung überlegen ist, wie er bereits gezeigt hat, und wir alle drei verlieren?"

Darauf habe ich keine gute Antwort. „Ein Geiselaustausch kann natürlich riskant sein. Aber ich bin überzeugt davon, dass wir es durchziehen können."

„Es wurden acht Juroren direkt unter ihrer Nase ermordet. Wie bitte schön glauben Sie, dass Sie Azrael bei einem Geiselaustausch überlisten können?"

„Heute ist der zehnte Tag.", sage ich. „Das könnte unsere einzige Chance sein, um Jack zu retten." Meine Bitte hört sich so schwach an, dass ich erschaudere.

Der Gouverneur drückt seine Zunge an seine Wange und denkt nach. „Nein.", sagt er schlussendlich. „Jedes Risiko ist zu groß. Wenn der Austausch schief geht und es an die Presse gelangt. Sitzen wir noch mehr in der Patsche."

Seine Karriere wäre in Nöten, das ist es. Damit meine ich, sie wäre zu Ende.

„Ich weiß, Sie versuchen alles, aber nein.“, sagt der Gouverneur. „Ich vertraue dem Herrn. Oftmals kennt er den Weg und wir können ihn nur nicht sehen.“

„Natürlich ist das Ihre Entscheidung, Gouverneur. Und ich respektiere Ihre Entscheidung.“

Respektiere sie. Aber das heißt nicht, dass ich damit einverstanden sein muss. Oder die Entscheidung als meine Eigene akzeptieren muss. Wenn er mir nicht dabei hilft, Azrael aus seinem Versteck zu locken, dann ist es wohl an mir.

Ich überlasse Gouverneur Taylor seinen Gedanken und laufe in Richtung des Ford Explorer, um auf Mary zu warten.

Während ich auf das Auto zu gehe, flüstert eine Stimme von hinter der Hecke: „Versprechen Sie es mir.“

Es ist Jude, der unübersehbar da steht, von den Außenscheinwerfern der Villa beleuchtet. Sieht aus, als hätte er nach dem letzten Mal gelernt, sich nicht an mich heranzuschleichen. Kann ich ihm nicht übel nehmen. Es gibt nicht viel, was beunruhigender ist, als eine Pistole vors Gesicht gehalten zu bekommen.

„Ich dachte, sie haben dein Fluchtfenster blockiert.“

Jude steht da, die Arme über der Brust verschränkt. „Ich sagte, versprechen Sie es mir.“

„Was soll ich versprechen?“

„Dass Sie ihn nach Hause bringen.“

„Ich gebe keine Versprechen, die ich nicht halten kann.“

„Dann versprechen Sie es mir und halten Sie es, oder ich schwöre bei Gott, ich gehe sofort los und finde ihn selbst, und es gibt nichts, was Sie tun können, um mich aufzuhalten."

„Glaub mir, das gibt es."

„Sie würden mich nicht erschießen."

„Nein, aber vielleicht fessle ich dich mit Handschellen an dem Abflussrohr, an dem du runtergeklettert bist."

Judes Gesicht verzerrt sich, die Haut wölbt sich um seine Augen herum und er sieht mich mit schmerzerfülltem Blick an. Ich fühle mich wie scheiße, weil ich so gefühllos war und strecke die Hand nach ihm aus, aber er zuckt zusammen und sein Körper zuckt zurück.Ich seufze, ziehe meine Hand zurück und fahre mir mit den Fingern durch die Haare, während ich wünschte, Mary wäre hier. Sie ist diejenige, die gut mit Menschen reden kann.

„Ich verspreche, dass ich alles in meiner Macht Stehende tun werde, um Jack nach Hause zu bringen, auch wenn das bedeutet, mich selbst zu opfern. Wie hört sich das an?" Ich halte ihm meine Hand erneut hin.

Jude denkt über diese Worte nach, als könne er nicht verstehen, was ich gerade gesagt habe. Oder vielleicht glaubt er mir auch nicht. Er such mein Gesicht, meine Augen und nickt dann endlich: „Das ist akzeptabel."

Jude denkt, er hätte etwas gewonnen, weiß aber nicht, dass ich mir bereits dasselbe Versprechen gegeben habe, das ich ihm soeben gab. Er schüttelt mir die Hand, dreht sich dann um und rennt zurück zum Haus. Ich gebe mir noch ein Versprechen: Dass ich den Jungen nicht enttäuschen werde.

38

JENA

Dienstag, 21:42

Mason schläft in meinem Bett. Ich versuche, ihn nicht zu wecken, als ich mir ein Oversized Shirt anziehe und auf Zehenspitzen ins Wohnzimmer gehe.

Da mein Handy überwacht wird, gehe ich zu meinem Laptop auf dem Kaffeetisch. Ich öffne einen Privatbrowser und logge mich mit einem neuen, anonymen Account auf Social Media ein. Ich klicke auf die Privatnachrichten von Dustins *@azrael* Account. Meine Finger schweben für einen Moment, bevor ich mich überwinde und anfange, zu tippen.

Lieber Dustin, (ich werde ihn auf keinen Fall Azrael nennen)

Ich bin bereit, zu gestehen, wenn Du versprichst, weder Jack noch irgendwen anders zu töten. Es wird einige Zeit dauern, um durch den ganzen legalen Behördenkram zu gehen, bevor sie Silas freilassen. Was sagst du? Haben wir einen Deal?

~ Kleiner Vogel

Ich tippe den „Kleiner Vogel" Spitznamen als eine Rückforderung um Dustin wissen zu lassen, dass ich vor ihm keine Angst habe. Als eine Aussage, dass er mich nicht manipulieren oder einschüchtern kann.

Ich warte, nicht in der Lage, mich auf irgendetwas außer dem Bildschirm zu fokussieren und erinnere mich daran, zu atmen. Die

Minuten vergehen, Säure sammelt sich in meinem Magen. Und dann erscheinen die Punkte auf dem Laptop.

…

Dustin schreibt.

Lieber Kleiner Vogel,

Wir haben einen Deal. Der Junge bleibt am Leben. Keine weiteren Tode, während ich sanftmütig wie ein kleines Lamm warte. Hand drauf, oder?

Schüttel, schüttel.

~ Azrael

Ich atme aus und schließe den Laptop. Als ich ins Bett gleite und Mason sanft schüttelt, zittert mein ganzer Körper dank des Adrenalins, dass mit meinen soeben begangenen Taten einher geht.

„Ich muss dir etwas sagen.“, flüstere ich.

Er nimmt mich in die Arme und ich lege meinen Kopf an seine nackte Brust.

„Dass das der beste Sex war, den du je hattest und du mich für Runde zwei weckst?“

„Ich meins ernst.“

Er zieht seinen Arm zurück und rollt sich auf die Seite, sodass wir Nase an Nase liegen. Er sieht mich mit seinen funkelnden, tiefschwarzen Augen an, die aussehen, wie Sonnenschein, der durch ein Glas Portwein scheint, ein zufriedenes Lächeln auf dem Gesicht.

„Schieß los.“

„Ich, äh, weißt du, ich konnte nicht-“

Ich schnappe nach Luft. Mason wird mich verlassen, wenn ich es ihm erzähle. Diesmal für immer. Sein Moralkompass weist immer nach Norden. Er wird es nicht verstehen.

Mason legt zwei Finger an die Seite meiner Kehle, direkt unter meinen Kiefer. Mein Puls flattert schneller als die Flügel eines Kolibris.

„Wie kann es sein, dass du furchtlos Mörder jagst, aber einen Herzinfarkt bekommst, wenn du mit mir redest?"

Ich hebe kapitulierend einen Arm. „Erinnerst du dich daran, als ich das erste Mal versucht habe, einen Durchsuchungsbefehl für Silas zu bekommen, basierend auf den Schwielen an seiner Hand?"

Seine Augen verengen sich. „Die Richterin hat ihn verweigert. Nicht genug Beweise."

Atmen, Jena, atmen. Mein Herz hämmert, aber ich muss das hier tun. Ich muss es ihm sagen.

„Und dann haben wir den Müllmann, der Silas' Abfall eingesammelt hat, darum gebeten, seine Säcke bei uns abzuliefern, stimmts?"

„Das stimmt."

Ich schließe die Augen, weil es einfach ist, fortzufahren, wenn ich die Sorge in Masons Gesicht nicht sehen muss. „Letos Pfandleihhaus hatte gerade geschlossen. Der Besitzer, Leto, verstarb und er nutzte normale Quittungen. Keine Aufzeichnungen davon, was es im Laden gab, außer in Letos Kopf."

„Hast du nicht."

Ich öffne meine Augen, weigere mich, mich vor diesem Teil zu drücken. „Doch. Ich hab einen Beleg für die zwölf Edelsteine gefälscht und ihn in Silas‘ Abfall geschleust.“

„Oh, Jena.“

Ich fühle mich, als müsste ich mich übergeben, aber ich muss alles loswerden. Die Worte. Nicht die Kotze. Besser raus als rein. „Es wird noch schlimmer. Ich hab dem zwölften Edelstein den falschen Namen gegeben. Ich hab Heliotrop angegeben, aber anscheinend handelt es sich eigentlich um Jaspis. Ich konnte nicht mal das richtig hinbekommen. Leto war ein Pfandleiher und kein Gemmologe, also dachte niemand, dass es komisch sei, dass er den Unterschied nicht kennt. Aber Silas weiß es. Hat mich im Verdacht, obwohl ein anderer Beamter ihn gefunden und die eidesstattliche Erklärung für den Durchsuchungsbefehl geschrieben hat und er keine Beweise hat. Gott, er war während des Prozesses so wütend wegen des Belegs. Bösartig, weil er den Durchsuchungsbefehl nicht durchsehen lassen konnte. Wenn seine Augen mich hätten erstechen können, wäre ich fünfzig Mal gestorben.“

Seine Brauen ziehen sich zusammen. Zwei parallel verlaufende Stirnfalten, die ich kaum sehe, außer wenn er im Gerichtssaal ist. „Ich glaube nicht-“

„Ich habe Azrael geschrieben.“

„Du hast was?“

„Er hat sich einverstanden, niemanden zu töten, auch nicht Jack, wenn ich Silas freibekomme.“

„Du kannst ihm nicht vertrauen. Denk nach, Jena. Das ist wahnsinnig."

„Ich werde es Captain Price sagen. Gleich morgen früh."

„Wie ich schon sagte, ich bin dankbar, dass du es mir gesagt hast, aber du solltest es auf keinen Fall irgendwem anders sagen."

Das habe ich nicht von Mister-immer-anständiger-Moralkompass erwartet.

„Nicht, weil es das Ende deiner Karriere bedeuten würde, die du für das Wort eines Geisteskranken aufs Spiel setzt – und ich weiß, wie viel dir deine Arbeit bedeutet, wie viel es der ganzen Stadt bedeutet hat, Silas einzusperren – aber du könntest Strafanzeigen bekommen."

Er macht sich mehr Sorgen um mich, als darum, was das Richtige ist und es lässt mein Herz schmerzen. Er sieht auf mich herab, seine warmen Augen haben die Farbe von reich poliertem Leder. Mir stockt der Atem, meine Haut kribbelt. Ich will dahinschmelzen und alles tun, was er mir sagt. Aber es sieht aus, als wäre ich diejenige, die das Richtige tut.

„Ich weiß, was es bedeutet. Ich werde es Price trotzdem sagen. Aber ich brauche deine Hilfe. Kannst du deinen Staatsanwaltskumpel, der bei der Stadt arbeitet, darauf ansetzen? Scott Gellman? Ich brauche so schnell wie möglich eine Audienz bei einem Richter. Am besten gleich morgen früh."

„Es ist nicht so einfach wie du denkst. Selbst wenn ich dich dazwischen geschoben bringe und Gellmann den Richter überzeugt, dich anzuhören, kann es sein, dass der Richter dir nicht glauben wird. Wenn jemand zu mir käme und sagen würde, er hätte in der Vergangenheit gelogen, würde ich fragen, was jetzt beweist, dass er nicht wieder lügt?“

„Ich dachte mir, dass du das sagen würdest.“

Ich öffne meine Nachttischschublade und ziehe einen Quittungsblock heraus, auf welchem der gelbe Durchschlag des gefälschten Belegs obenauf liegt. Ein bisschen zerknittert und zerknickt, mit schwarzen Linien versehen, aber noch immer leserlich.

„Du hast es behalten?“

„Ja. In meinem Waffenschrank.“

„Warum zur Hölle hast du das getan?“

Ich zucke die Schultern: „Vermutlich aus Schuldgefühlen. Es war eine zu schwerwiegende Sache, um sie einfach loszulassen.“

Mason drückt meine Hand und schüttelt langsam den Kopf.

„Wirst du mir helfen?“

Er knabbert an seiner Unterlippe und beobachtet mich.

„Jacks Leben hängt davon ab. Zukünftige Leben hängen davon ab. Wenn wir Azrael nicht fangen können, solange er Jack in seiner Gewalt hat, könnte er verschwinden. Eine neue Mordserie starten. Man kann nicht wissen, wie hoch die Opferzahl sein könnte. Wir müssen ihn jetzt schnappen, solange wir noch etwas haben, womit wir verhandeln können. Bitte.“

Er nickt seufzend und zögerlich mit dem Kopf.

39

JENA

Mittwoch, 8:01

Als ich das Büro von Captain Price betrete, sitzt er bereits an seinem gigantischen Schreibtisch. Er lehnt sich in seinem Stuhl zurück und beäugt mich mit verschränkten Armen. „Sie haben Neuigkeiten?“

Ich lasse mich in den Stuhl vor ihm fallen, lege meine Umhängetasche in meinen Schoß und kann ihm nicht in die Augen sehen, weil ich weiß, dass ich ihm das Herz brechen werde. Ich zupfe zur Ablenkung, oder als Bewältigungsmechanismus, oder was auch immer, an der Haut um meine Nägel herum. „Es wird noch ein neuntes Opfer sterben. Und Jack wird um Mitternacht sterben, wenn ich nichts dagegen tue. Und dann wird dieser Irre, Dustin, da draußen frei herumlaufen und tun und lassen, was immer ihm gefällt. Ich kann das nicht zulassen.“

„Das hört sich nicht nach guten Neuigkeiten an.“

Ich hebe meinen Blick, um seinem zu begegnen. „Ich dachte, vielleicht können wir einen Tausch arrangieren. Silas gegen Jack. Dustin aus seinem Versteck locken. Aber Gouverneur Taylor will nichts davon hören.“

Price zieht eine Grimasse. „Silas‘ Begnadigung wäre ein Desaster für die Karriere dieses Mannes. Für das ganze System. Ich nehme es ihm nicht übel.“

„Ich auch nicht. Aber ich kann das hier nicht loslassen."

„Und das müssen Sie auch nicht. Wir werden weiter daran arbeiten, diesen Dustin aufzuspüren."

„Glauben Sie mir, ich werde nie aufgeben. Aber es wird für das neunte Opfer und Jack zu spät sein." Und ich bin mir nicht sicher, ob wir Dustin ohne Köder fangen können. Er könnte verschwinden. Oder er könnte seine Mordserie ausweiten und die Polizei wie einen Haufen stümperhafter Idioten aussehen lassen. Noch mehr, als ohnehin schon der Fall ist. Ich atme tief ein. „Ich habe Ihnen etwas zu sagen. Staatsanwalt Scott Gellman wartet bereits auf mich, aber ich wollte es Ihnen zuerst sagen."

Prices Augenbrauen schießen in die Höhe, als Mason in den Raum kommt und sich neben mich setzt. Ich sehe ihn an und er nickt beruhigend.

„Meine Begleitung.", sage ich schulterzuckend.

„Entschuldigen Sie die Verspätung.", sagt Mason.

„Reden Sie weiter.", Price bedeutet mir, weiterzusprechen.

„Sie wissen, dass der Haftbefehl ein Streitpunkt war." Das ist noch nett formuliert. „Der Beleg. Das war ich. Ich hab ihn in seinen Müll geschmuggelt."

Nach einem Augenblick fassungsloser Stille deutet Price auf mich. „Wenn Sie das nur sagen, weil Sie törichterweise denken, dass Silas uns zu Dustin führen wird, nehmen Sie das besser zurück. Sofort."

„Dem ist nicht der Fall." Ich ziehe den Quittungsblock, der sich jetzt in einem Beweisbeutel aus Plastik befindet, aus meinem Geldbeutel und lege ihn auf Prices' Schreibtisch.

Price blickt herunter. „Was zur Hölle ist das?"

Ich sage nichts. Es gibt nichts zu sagen.

„Ein beschissener Alptraum, das ist das. Wie soll ich das bitte erklären? Dem Chief? Der Presse?" Ein Messer bohrt sich in meine Eingeweide, als er mich direkt anstarrt. „Sie sollten meinen Posten übernehmen, wenn ich in Rente gehe." Das Messer bohrt sich tiefer und dreht sich. „Wollen Sie das wirklich tun?"

„Ja."

„Also ich werde Sie mit Sicherheit nicht festnehmen. Dann zeigen Sie sich selbst an." Er schiebt den Quittungsblock wieder zu mir, sein Blick geht an mir vorbei, als wäre ich nicht mehr da, während ich ihn wegstecke.

„Sie sind vom Dienst befreit. Lassen Sie Ihre Dienstmarke hier. Und Ihre Pistole."

Ich händige meinen Stern und meine Glock-Pistole aus, meine Hände zittern, als ich sie auf einen Stapel Ordner lege.

Mason drückt meine Hand und räuspert sich, sofort professionell. Und ich bin so dankbar, dass er übernimmt, denn ich bin kurz davor, mich aufzulösen.

„Wie Jena bereits sagte, hat sie einen Termin mit Staatsanwalt Gellman. Aufgrund des neuen Beweises werden wir auf eine Dringlichkeitsanhörung mit Richterin Spadina drängen. Ich kann mir nicht vorstellen, dass Spadina Silas eine neue Anhörung verweigern wird. Sie müssen alle Beweise, die sie in seinem Haus gefunden haben, wegschmeißen. Früchte des vergifteten Baumes. Silas wird bald frei sein."

„Verstanden." Prices Mund formt eine harte Linie, als er seinen kalten Blick auf mich richtet. „Wegtreten."

Ich stehe mit schwachen Beinen auf und Mason begleitet mich, lehnt sich nah zu mir, als wir Prices Büro verlassen. Seine Lippen streichen mein Ohr, als er flüstert: „Ich weiß, dass das schrecklich war. Du hast das so gut gemacht. Nachdem du mit Gellmann gesprochen hast, werde ich alles tun, was ich kann, um eine strafrechtliche Anklage zu verhindern, aber es liegt jetzt nicht mehr in meiner Hand."

Ich nicke, aber es ist, als würde mir ein Knochen im Hals feststecken. Ich habe meine Karriere, meinen Ruf, und all die Arbeit, die ich verrichtet habe, die alle verrichtet haben, um Silas hinter Gitter zu bringen, weggeworfen. Wahrscheinlich hab ich mich auch gerade selbst hinter Gitter gebracht. Ich hoffe wirklich, dass ich das Richtige getan habe. Dass Silas' Freilassung zu Jacks sicherer Rückkehr führen wird und dass mein Team etwas finden wird, dass ihnen dabei helfen wird, Dustin zu fassen. Aber jetzt, wo ich mit Mason den Gang entlang schlurfe, um den Staatsanwalt zu sehen, glaube ich da nicht. Was ich denke, ist, dass ich Scheiße gebaut habe. Schon wieder.

40

JENA

Mittwoch, 8:30

Als Mason und ich in das Büro des Staatsanwalts treten, herrscht dort rege Betriebsamkeit. Büroangestellte und die Belegschaft bewegen sich zielbewusst, ihre Gespräche sind ein misstönendes Stimmendurcheinander. Die Luft ist schwer von dem Geruch von abgestandenem Kaffee und Kopiertoner, die beigefarbenen, zu nahe befindlichen Wände drücken auf mich ein. Ich umklammere meine Handtasche, ein Accessoire, dass ich beinahe nie trage, aber ich bin dankbar, dass die Handtasche im Moment wie eine Schmusedecke wirkt.

Am Ende des Ganges spricht Officer Dale mit einem Angestellten. Er winkt freundlich, nicht wissend, dass ich keine Polizistin mehr, keine von ihnen mehr bin. Ich habe nicht die Kraft dazu, ihm eine Erklärung zu geben, falls er fragen sollte, was los ist, also lächle und winke ich zurück, während mir übel ist und ich meine Schande verstecke. In diesem Moment wird es mir klar. Ich muss Mary darüber informieren, was ich tue. Aber ich kann mich auf nichts konzentrieren, außer darauf, den Mut zu behalten, dem Staatsanwalt alles zu beichten.

Mason nähert sich der Sekretärin an der Rezeption, eine ältere Dame namens Marge mit einer Brille auf der Nase. „Wir sind hier, um sofort mit Staatsanwalt Gellman zu sprechen. Er erwartet uns."

Marge wirft einen Blick auf mich, ihre Augen verengen sich. Wir haben uns noch nie verstanden. Sie nannte mich einmal eine „machtbesessene Kratzbürste". Fairerweise muss man sagen, dass ich damals ziemlich unverschämt war.

„Sie werden sich gedulden müssen.", sagt sie kurz angebunden und wendet sich wieder ihrem Computerbildschirm zu.

Mason lehnt sich zu ihr und senkt seine Stimme. „Das hier ist dringend. Ein Leben hängt davon ab. Wir müssen mit Gellman sprechen. Jetzt."

Die Augen der Sekretärin weiten sich und sie nimmt den Hörer in die Hand. Mason hat diese Wirkung auf Menschen, wenn sein Charisma von nett zu fordernd wird.

Nach einem kurzen Gespräch legt sie auf und deutet den Flur entlang. „Er erwartet Sie in seinem Büro."

„Vielen Dank."

Als wir durch das Labyrinth an Arbeitsnischen und Büros navigieren, starren mich dutzende Augenpaare an. Ich habe mit den meisten dieser Menschen zusammengearbeitet. Ich frage mich, ob bereits bekannt ist, dass ich aus dem Dienst entlassen wurde, oder ob meine Schuld so eindeutig zu sehen ist, dass sie ihre eigenen Schlüsse ziehen. Ich bin entblößt, verletzlich. Ich umklammere meine Handtasche fester, meine Knie zittern bei jedem Schritt.

Es dauert eine Ewigkeit, bis wir vor dem Büro von Staatsanwalt Gellman am Ende des Ganges stehen. Auf der Tür aus Milchglas stehen sein Name und Titel. Mason klopft an und eine gedämpfte

Stimme bittet uns herein. Gellman ist ein großer Mann Ende Vierzig, mit einer Stirnglatze und einem dauerhaft finsteren Blick auf dem Gesicht. Sein Schreibtisch ist voll mit drei Computerbildschirmen und der Geruch von Vanille-E-Zigaretten liegt in der Luft.

Mein Herz hämmert, mein Blick wandert zu einem Baseball, der auf dem anderen Ende seines Tisches liegt, alt und leicht verblasst, obwohl er sich unter Glas befindet. Er ist signiert. Von Roberto Clemente, dem wahrscheinlich besten Outfielder in der Geschichte des Baseball. Er hat achtzehn Jahre lang bei den Pirates gespielt. Eine herausragende Karriere. Und dann, als er versucht hat, anderen zu helfen, indem er Vorräte zu Erdbebenopfern brachte, stürzte sein Flugzeug ab. Ich versuche, Baseball nicht als Omen zu sehen.

„Was ist so dringend, dass es nicht warten konnte?“, Gellmans Stimme ist barsch.

Ich starre weiter den Baseball an, während Bilder auf mich einstürmen. Spiele der Pirates mit Mason. Meine Tage in denen ich Softball gespielt hab. Die Tage in denen Silas „gespielt“ hat. Ich erhasche einen Blick auf mein Spiegelbild in dem Glas, störrisch, die Schultern an die Ohren gezogen. Ich umklammere die Seiten meiner Handtasche, während ich tief einatme und meine Beichte wiederhole.

„Als ich vor fünf Jahren an dem Fall Silas Halvard gearbeitet habe, habe ich einen Beleg aus einem Pfandleihhaus gefälscht, um einen Durchsuchungsbefehl für ihn zu erlangen. Zu dieser Zeit hatte ich keine konkreten Beweise, die ihn mit den Morden in Verbindung setzten, aber ich war mir sicher, er sei schuldig. Ich konnte nicht riskieren, dass er wieder töten würde."

Als meine Beichte in der Luft hängt, ist die Stille im Raum erdrückend. Gellman starrt mich an und blinzelt, als er versucht, zu verstehen, was er gerade gehört hat.

Ich öffne meine Handtasche, ziehe den eingetüteten Beleg heraus und lege ihn auf seinen Schreibtisch. Als er ihn untersucht, zerbricht all das Vertrauen, dass ich über die Jahre hinweg mit ihm aufgebaut habe. Mason, mein Fels in der Brandung, nimmt meine Hand und nickt, drängt mich, weiterzureden.

„So sehr wir auch versucht haben, es aus der Presse zu halten, bin ich mir sicher, dass Sie gehört haben, was vor sich geht. Dustin, der Mann, der sich Azrael nennt, hat acht von Silas' ehemaligen Jurymitgliedern getötet. Jetzt droht er, noch eines und den Sohn des Gouverneurs zu töten, es sei denn Silas wird freigelassen. Darum komme ich mit dieser Information zu Ihnen. Um Jacks Leben zu retten. Und vielleicht einen Mörder zu fangen."

Gellmans' Blick verfinstert sich noch mehr. „Sie wollen, dass ich Sie anklage, um einen Mann freizulassen, von dem wir fünf Jahre dachten, er sei ein Serienmörder, basierend auf der Drohung eines anderen Mörders, den Sie nicht finden können?"

Ich nicke, meine Stimme zittert. „Ja. Ich muss alles in meiner Macht Stehende versuchen, um ihn zu stoppen und zukünftige Opfer und Jack zu retten."

„Im Vertrauen, Sie und ich wissen beide, dass das nicht das erste Mal ist, dass ein Polizist das getan hat, was getan werden musste. Wenn Sie zurücknehmen wollen, was Sie mir gerade gesagt haben und das Büro verlassen wollen, würde ich Ihnen das nicht übel nehmen. Aber wenn Sie das hier durchziehen wollen, ist Ihnen klar, dass Sie eine Strafanzeige bekommen könnten? Auf Meineid steht eine Höchststrafe von sieben Jahren. Haben Sie unter Eid über den Durcsuchungsbefehl ausgesagt?“

„Nein“, flüstere ich. „Officer Dale hat den Beleg in Silas‘ Müll gefunden und die eidesstattliche Versicherung für den Haftbefehl geschrieben. Und die Richterin hat sich geweigert, ihn während Silas‘ Prozess anzusehen.“

„Dann ist das gut für Sie. Ich werde Sie dann der Fälschung von Beweismitteln anklagen müssen. Darauf steht eine Höchststrafe von zwei Jahren. Das Beste worauf Sie hoffen können, ist, dass Ihr Anwalt auf ein Fehlverhalten plädiert und die Richterin, basierend auf Ihrer Vorgeschichte, zustimmt.“

Ich nicke, das Gewicht meiner Entscheidung ist erdrückend, jetzt, wo Gellman es so verdeutlicht. „Ich verstehe. Ich akzeptiere jegliche Strafe, die auf mich zukommt.“

Mason legt seine Hände auf Gellmans Schreibtisch und lehnt sich vor. „Scott, du musst eine Dringlichkeitsanhörung mit Judge Spadina veranlassen. Jena wird vor Gericht ein Geständnis ablegen und sich schuldig bekennen. Wir hoffen, dass wir Silas‘ Freilassung im Austausch für Azraels Kooperation sichern können.“

Gellmans Augen durchbohren mich, suchen nach irgendeinem Hinweis auf Täuschung „Sie sind Willens, Ihre Karriere, Ihre Freiheit und Ihren Ruf hierfür aufs Spiel zu setzen.“

Ich begegne seinem Blick, ein Feuer brennt in meiner Brust. „Ja, das bin ich. Wenn es bedeutet, Jack zu retten und Azrael zu stoppen, werde ich tun, was immer nötig ist.“

Gellman lehnt sich in seinem Stuhl zurück und reibt sich die Schläfen. Haben Sie einen Strafverteidiger, bei dem Sie sich vor dem Prozess Rat einholen können?“

„Das habe ich. Fred Thompson.“ Noch ein Freund von Mason und ein Freund von Mitgliedern des Polizeibüros, die sich in Schwierigkeiten befinden.

„Na gut. Ich werde die Vorkehrungen für die Dringlichkeitsanhörungen treffen. Da Sie sich selbst anzeigen, werde ich die Richterin nicht fragen, ob ich Sie in Haft nehmen muss.“

Ich schlucke, dankbar, dass Gellman mir die Schande eines Haftraums erspart.

„Warten Sie einen Moment.“ Gellman zieht sein Handy heraus und wählt. „Hallo, Richterin Spadina. Hier ist Scott Gellman.“

Während er der Richterin die Situation erklärt, drückt Mason meine Hand. „Ich bin für dich da. Ich werde alles mir Mögliche tun, um zu helfen.“

Tränen steigen mir in die Augen und er zieht mich in eine kurze Umarmung. „Silas ist schuldig.“, sage ich. „Du weißt es. Ich weiß es. Aber was ich getan habe, um ihn hinter Gitter zu bringen, war falsch und ich werde diese Grenze nie mehr so überschreiten. Nicht dass es jetzt noch einen Unterschied machen würde."

Gellman räuspert sich und wir richten uns in unseren Stühlen auf. „Angesichts der Dringlichkeit der Situation hat sich Richterin Spadina bereiterklärt, in zwei Stunden zusammenzukommen. Ich werde das Protokoll mit Ihnen durchgehen, sodass Sie wissen, womit Sie rechnen müssen, okay?"

Ich bedeute ihm, fortzufahren.

„Eine Dringlichkeitsanhörung bedeutet, dass die Sitzung kurz sein wird, und der Fokus auf den neuen Beweisen und Ihrer Aussage liegen wird. Dann wird Richterin Spadina entscheiden, ob Silas eine Neue Verhandlung bekommt und ein Datum für Ihren Prozess festlegen. Verstanden?"

Ich nicke und schlucke.

Ich greife nach dem Quittungsblock, aber Gellman sagt: „Lassen Sie das bitte hier. Ich werde sicherstellen, dass die Richterin es vor der Verhandlung erhält. Das ist alles. Ich werde Silas Verteidiger anrufen und Ihn über die neuen Entwicklungen informieren."

Ich versuche, etwas zu sagen, aber ich bringe keine Worte heraus.

Mason kommt zu meiner Rettung: „Sehr gut. Vielen Dank für deine Hilfe hierbei, Scott. Wir wissen es wirklich zu schätzen."

„Ich würde ja sagen gern geschehen, aber das fühlt sich nicht richtig an."

Mason und Gellman schütteln die Hände. Als wir Gellmans Büro verlassen, schließt sich die Tür hinter uns. Es gibt keinen Weg als vorwärts, den Weg entlang, den ich angefangen habe. Es ist kein langer Weg. Ich muss das Gerichtsgebäude nicht einmal verlassen.

41

JENA

Mittwoch, 11 Uhr

Als ich den Gerichtssaal betrete, hallt das harte Klicken meiner Absätze auf dem Marmorboden im Saal wider, mein Puls rast. Der prachtvolle Raum mit seinen hohen Decken und Wänden, die mit den Symbolen der Justiz verziert sind, ist eine eindringliche Erinnerung daran, wie ich die Ordnung verraten habe, die ich geschworen hatte, aufrechtzuerhalten. Eine schwere Spannung liegt in der Luft. Die Dringlichkeitsanhörung muss sich schnell herumgesprochen haben, denn eine kleine Menge an Zuschauern ist in den hölzernen Bänken versammelt, von denen viele Angestellte des Allegheny County Courthouse zu sein scheinen. Sie murmeln untereinander und werfen mir neugierige Blicke zu.

An der Vorderseite des Raumes dominiert Richterin Spadinas strenger Gesichtsausdruck den Raum von ihrer höher liegenden Bank aus. Ich werfe Mason, der hinter der Staatsanwaltschaft sitzt, einen Blick zu. Sein leichtes, ermutigendes Lächeln ist eine willkommene Abwechslung inmitten all der feindlichen Gesichter. Und dann sehe ich Mary.

Sie flüstert: „Nein.“, als ich vorbeigehe und fängt dann an zu weinen. Als ich meinen Platz einnehme, hallt der harte Knall des Richterhammers im Gerichtssaal wider und bringt die Menge zum Schweigen.

Gellman nähert sich der Bank, seine Stimme fest und sicher. „Euer Ehren, wir haben diese Dringlichkeitsanhörung aufgrund von neuen Informationen bezüglich des Falles Silas Halvard einberufen. Vor dieser Anhörung haben wir neue Beweise – einen Quittungsblock mit dem Durchschlag des gefälschten Belegs und dem Originalbeleg aus Silas‘ Prozess zu Ihrer Durchsicht eingereicht. Wir beantragen, dass Sie Jena Campbell erlauben, in den Zeugenstand zu treten und Ihre Aussage zu machen.“

Richterin Spadinas Blick wechselt von Gellman zu mir, ihr Gesichtsausdruck unlesbar. „Frau Campbell, haben Sie sich mit Ihrem Anwalt über Ihre Entscheidung, auszusagen, beraten?“

Ich zucke bei der Anrede zusammen. Wegen des fehlenden Titels „Detective“, der vor „Campbell“ stehen sollte.

Mein Anwalt, Fred Thompson, der neben mir steht, unterbricht: „Euere Ehren, ich habe Frau Campbell von der Aussage abgeraten, aber sie hat sich dazu entschieden, meinem Rat nicht zu folgen.“

Richterin Spadina nickt, ihr Gesichtsausdruck noch immer ungerührt. „Frau Campbell, sie sind der Fälschung von Beweismitteln angeklagt. Haben Sie die gegen Sie erhobenen Vorwürfe verstanden?“

„Ja, Euer Ehren.“, sage ich, meine Stimme kaum ein Flüstern.

„Nun gut. Herr Gellman, rufen Sie Ihren Zeugen auf.“

Ich atme tief durch, erhebe mich von meinem Stuhl und gehe zum Zeugenstand, mir der dutzenden Augenpaare, die jede meiner Bewegungen verfolgen, nur zu sehr bewusst. Ich hebe meine rechte

Hand und schwöre, die Wahrheit zu sagen, dann setze ich mich und Gellman beginnt sein Verhör.

„Frau Campbell. Sie haben neue Informationen bezüglich des Falles Silas Halvard vorgebracht. Würden Sie dem Gericht bitte erklären, was diese sind?"

Ich nehme all meinen Mut zusammen, sehe Gellman direkt in die Augen und beginne mein Geständnis. Als ich detailliert beschreibe, wie ich Beweise in Silas' Prozess gefälscht habe, geht ein Wispern durch den Gerichtssaal, schockiertes Flüstern erfüllt die Luft. Richterin Spadinas eisiger Blick verlässt nie den meinen.

„Frau Campbell, haben Sie die Auswirkungen Ihrer Taten verstanden? Sie könnten für Fälschung von Beweismitteln ins Gefängnis kommen.", sagt sie mit kalter Stimme.

Meine Stimme zittert, als ich antworte: „Ja, Euer Ehren, ich habe verstanden, und ich bin bereit, die Konsequenzen zu tragen."

Gellmans Stimme ist traurig, als er fortfährt. „Frau Campbell, Sie haben diese Informationen jetzt vorgebracht, weil Sie glauben, dass es dabei helfen wird, eine gegenwärtige Bedrohung zu stoppen. Stimmt das?"

„Ja. Ein Mann, der sich Azrael nennt, hat gedroht, zehn Menschen zu töten, es sei denn, Silas Halvard wird freigelassen. Er hat bereits acht getötet. Es wird zwei weitere Opfer geben und das zehnte Opfer ist der Sohn des Gouverneurs."

„Bitte nennen Sie den vollen Namen der angeblichen, beabsichtigten Zielperson.", unterbricht die Richterin.

„Es tut mir leid. Jack Taylor. Die acht Jurymitglieder können nicht mehr gerettet werden und damit muss ich leben. Aber mein Geständnis ist ein Versuch, zukünftige Morde zu verhindern und Jacks Leben zu retten."

Als sich Gellman wieder Richterin Spadina zuwendet, ist seine Stimme erfüllt mit Dringlichkeit. „Euer Ehren, aufgrund dieses neuen Beweise und des Geständnisses von Frau Campbell fordern wir, dass Silas Halvard eine neue Anhörung gewährt wird. Wir sind uns bewusst, dass dies eine außergewöhnliche Bitte ist, aber die Lage ist ernst, und wir glauben, dass dies der einzige Weg ist, um Jack und andere mögliche Zielpersonen zu retten."

Richterin Spadina zieht eine Augenbraue hoch. „Frau Campbell behauptet, gelogen zu haben, um etwas zu verhindern, das ihrer Meinung nach ein Unrecht gewesen wäre, um Silas einsperren zu lassen. Jetzt hat sie wieder eine Motivation, zu lügen, weil sie glaubt, dass dies Leben retten wird. Warum sollte ich ihr jetzt glauben?"

Gellman zögert, was mich erschauern lässt. Ich weiß, dass er die richtigen Worte sucht, aber es lässt ihn unsicher erscheinen.

„Euer Ehren, Frau Campbell ist Willens, ihre eigene Freiheit und ihren Ruf zu riskieren, um die Wahrheit ans Licht zu bringen."

Sein Tonfall ist fest, aber die Worte sind schwach. Ich bin enttäuscht. Er hätte das besser machen können.

Richterin Spadina verengt ihre Augen und ich weiß, dass wir geliefert sind.

„Oder vielleicht“, sagt sie, „hat Frau Campbell den „Beweis“ – diesen Durchschlag des Originalbelegs – erfunden. Wie kann ich sicher sein, dass er echt ist?“

Das hier geht in eine Richtung, die mir gar nicht gefällt. Ich räuspere mich und werfe ein: „Euer Ehren, mit Verlaub, ich kann eine Schriftprobe abliefern, um zu beweisen, dass meine Handschrift diejenige ist, die auf dem Originalbeleg zu finden ist. Ich bin Willens, auf jede notwendige Art und Weise zu kooperieren, um die Echtheit des Beweises zu demonstrieren.“

„Nun gut.“ Richterin Spadina nickt und der Gerichtsschreiber reicht mir Stift und Zettel. Ich schreibe das Wort *Heliotrop* in derselben, gefälschten Handschrift, die ich auf dem Beleg genutzt habe und reiche es der Richterin. Nach einem Moment der Überprüfung sieht sie mich wieder an, ihr Gesichtsausdruck noch immer zurückhaltend aber der leichte Zweifel verschwindet.

Alle im Gerichtssaal halten kollektiv den Atem an, während Richterin Spadina die Forderung überdenkt und ihre Finger auf der Bank trommeln. Endlich sagt sie mit gemessener und fester Stimme: „Ich bin von dem heutigen Geständnis beunruhigt. Wir erwarten von Pittsburghs Polizei besseres und sollten das auch. Recht ist mehr als eine Wertvorstellung. Es ist eine Gepflogenheit.“ Richterin Spadina hält inne und ich ducke mich wie ein Mäuschen in meinem Sitz, unter ihrem strengen Blick ordentlich gescholten und gestutzt. „Aufgrund von Frau Campbells Geständnis und der unmittelbaren Bedrohung des Sohnes des Gouverneurs,“ fährt sie fort, „gewähre ich Silas Halvard eine Anhörung zur Wiederaufnahme des Verfahrens, das so bald wie möglich stattfinden wird. Was Frau Campbell angeht, sie wird gegen persönliche Kaution entlassen, bis ihr Urteilsprozess angesetzt werden kann.“

Eine Mischung aus Erleichterung und Grauen überkommt mich, als der Richterhammer erneut fällt, sein Knall untermalt das Gewicht der richterlichen Entscheidung. Die Zuschauer fangen wieder an, zu murmeln.

„Frau Campbell,“ sagt Richterin Spadina. „Bitte kommen Sie zur Bank.“

Ich erstarre. Die Tortur sollte jetzt vorbei sein. Die Richterin sollte den Saal verlassen. Was will sie von mir? Sie krümmt ihren Finger und ich verlasse den Zeugenstand und winde mich, als sie mich einfängt wie einen Fisch an der Angel. Ich blicke kurz zu Mason. Sein Gesicht ist nach wie vor ein Bild leiser Unterstützung und ich finde Trost in dem Wissen, dass, egal wie trostlos die Zukunft wird, er an meiner Seite sein wird.

Richterin Spadina spricht leise: „Ich hoffe, sie sind sich dessen bewusst, was Sie da tun. Sobald Silas hinter Gitter war, haben die Morde aufgehört. Serienmörder hören nicht auf zu töten. Und was passiert, wenn er wieder auf freiem Fuß ist? Natürlich bin ich nicht in die Informationen eingeweiht, aber ich habe mich mit George Mazur zum Mittagessen getroffen, nachdem er Silas‘ Beurteilung abgeschlossen hatte. George ist ein erfahrener Rechtspsychologe und er war drei Nuancen zu bleich.“

Die Bosheit in ihrer Stimme bringt mich beinahe zum Zittern. Trotz ihrer Worte bin ich mir sicher, dass sie mehr über Silas‘ psychologische Beurteilung gehört hat, als sie zugibt. Ich bin froh, dass das Informationen sind, die ich nicht habe. Das würde es nur schwerer machen, mit dem zu leben, was ich gerade getan habe.

Psychologische Beurteilung

Vertraulich: Nur zu professionellen Zwecken. Fachkräfte und Kunden sollten den Dienstleister direkt kontaktieren, falls der Kunde wünscht, diesen Bericht zu lesen, oder eine Kopie davon zu erlangen. Bitte wahren Sie die Vertraulichkeit dieses Dokuments gemäß ethischer und rechtlicher Vorschriften.

Kunde: Silas Halvard
Geburtsdatum: 22.07.1978
Anklageschrift: SCI Fayette, 21-2019
Datum der Untersuchung: 10.12.2019
Datum des Berichtes: 13.12.2019

Grund der Einweisung: Herr Halvard wurde per gerichtlicher Anordnung zur psychologischen Beurteilung nach einer Verurteilung wegen Mordes eingewiesen. Akteneinsicht und klinisches Erstgespräch wurden zur Beurteilung durchgeführt.

Vorgeschichte: Silas Halvard, ein 44jähriger, rechtshändiger, kaukasischer Mann hatte, wie im Bericht des Gerichtsmediziners, der im Dezember 2019 abgeschlossen wurde, dokumentiert ist, eine schwierige Erziehung.

Herr Halvard berichtete von keinen Sinnesschädigungen, gesundem Schlaf und dass sein Appetit „sehr gut" sei, obwohl er nur einmal am Tag isst. Eine MRT-Gehirnuntersuchung, die am 9. Dezember 2019 durchgeführt wurde, lag im normalen Bereich. Er ist bei guter Gesundheit und nimmt keine Medikamente.

Herr Halvard hat 21 Jahre an Schulbildung absolviert. Vor seiner Inhaftierung arbeitete er als Professor für Bibelstudien an der Geneva Universität. Er ist verwitwet und lebt allein. Er hat keine Kinder. Suizidgedanken und Mordabsichten, sowie auch auditorische und visuelle Halluzinationen wurden verneint. Herr Halvard raucht nicht und trinkt auch keinen Alkohol. Die Nutzung von illegalen Drogen wurde verneint.

Verhaltensbeobachtungen: War während der Untersuchung kooperativ, zeigte gute Aufmerksamkeitsspanne und Bemühungen. Sein Affekt war herzlich und eine Bindung wurde leicht aufgebaut. Als der charismatische Sprecher, der er ist, verharmloste er vergangene Probleme, was ein möglicher Hinweis auf Manipulation ist.

Durchgeführte Tests: California Verbal Learning Test, 3. Ausgabe; Delis-Kaplan Exekutivfunktionssystem; Fingertapping-Test; Grooved Pegboard-Test, Multiphasisches Persönlichkeitsinventar Minnesota, 3. Ausgabe; Rey-Osterrieth Complex Figure Test; Rorschachtest; Gedächtnis- und Lerntest, 2. Ausgabe; Test der Gedächtnissimulation; Thematischer Auffassungstest; Wechsler IQ-Test für Erwachsene, 4. Ausgabe; Wechsler Individueller Leistungstest, 4. Ausgabe; Weitbereichsleistungstest, 5. Ausgabe; Wisconsin Card Sorting Test.

Testergebnisse:

Kognitive Fähigkeiten: auf der Wechsler-Intelligenzskala erreichte Herr Halvard einen Gesamt-IQ von 128 (97. Perzentil, Sehr Hoch). Seine Leistung bei einem Leseverstehenstest war im 99. Perzentil (Extrem Hoch). Diese Ergebnisse, gepaart mit seinem Bildungsniveau und seinem beruflichen Werdegang, suggerieren, dass sein Niveau der allgemeinen intellektuellen Leistungsfähigkeit zwischen Sehr Hoch und Extrem Hoch liegt. Er wies auch durchschnittliche bis überdurchschnittliche Aufmerksamkeitsspanne, Erinnerungsfähigkeit, Sprachfähigkeit und Handlungskompetenzen auf.

Emotionaler Zustand: Um Einsicht in Herrn Halvards Persönlichkeit und derzeitigen mentalen Zustand zu erhalten, wurden mehrere Selbsteinschätzungs- und subjektive Mittel angewandt.

MPIM-3

Das MPIM-3 liefert standardisierte Daten bezüglich verschiedener Aspekte zur Persönlichkeit eines Menschen. Herrn Halvards Antwortverhalten des MPIM-3 zeigte sich als übereinstimmend mit einem Versuch, sich als normal darzustellen, wies jedoch auf der Skala leicht erhöhte T-Werte bei Dissimulation, positivem Simulieren, und sozialer Erwünschtheit auf. Jedoch reflektieren die Testergebnisse auch tieferliegende, psychologische Komplexitäten, die mit einer traumatischen Kindheit und Realitätsverzerrungen in Verbindung stehen.

Trotz des Versuchs, sich selbst in positivem Licht darzustellen, ist Herrn Halvards Profil eines der häufigsten 2-Punkt-Codes, sowohl in stationärem als auch in ambulantem psychiatrischem Umfeld, und weist auf den Skalen für Psychopathische Abweichung (Pd 4) und Schizophrenie (Sc 8) niedrige, jedoch trotzdem signifikante, Maximalhöhen auf. Standardauswertungsquellen haben ähnliche Muster bei anderen als seltsam und merkwürdig bei Denkweisen und Verhalten und als misstrauisch bei Beziehungen zu andern beschreiben. Sie sehen andere als feindselig, zurückweisend und unzuverlässig an. Fehlerhafte Empathie und Schwierigkeiten beim Ausdruck von Wut sind chronische Probleme. Straftaten, die von solchen Individuen begangen werden, involvieren oft bizarres und gewalttätiges Verhalten. Doch der Mord, für den Herr Halvard angeklagt wurde, war viel besser geplant und ausgeführt, als es für Menschen, die diesem Muster entsprechen, üblich ist, was vermutlich an seiner hohen Intelligenz liegt.

Im Großen und Ganzen hebt Herrn Halvards MPIM-3-Profil seine Entfremdung von anderen und sich selbst hervor, sowie auch seine hoffnungslose Einstellung zur Welt und seinen Mitbürgern.

RORSCHACH-TEST:

Der Rorschach-Test ist ein semistrukturierter, standardisierter Persönlichkeitstest. Der Stimulus des Rorschach-Tests besteht aus zehn Tintenklecksen; fünf davon sind schwarz-weiß (und grau schattiert), zwei sind zweifarbig und drei sind mehrfarbig. Sie werden in einer bestimmten Reihenfolge vorgelegt, welche durch ein strukturiertes Verwaltungsverfahren festgelegt ist. Herrn Halvards Antworten auf den Stimulus wiesen auf positive Eindruckssteuerung hin, da er Bilder als harmlos und schön darstellte, und damit möglicherweise eine tiefere Komplexität verbarg. Zum Beispiel wird Karte Nr. 4 meistens als eine drohende, ominöse Form beschrieben, von gigantischem Ausmaß, die möglicherweise auf einem Fahrzeug, wie zum Beispiel einem Motorrad, auf den zu Untersuchenden zufährt. Bei dieser Karte war die Antwort von Herrn Halvard: „Oh, da ist ein flauschiges Kaninchen, das vor Freude hüpft. Das erfüllt mich mit Gelassenheit." Karte Nr. 5, die meist als Fledermaus im Flug beschrieben wird, beschrieb er als „einen anmutigen Schmetterling mit flatternden Flügeln", der „Freiheit und Wandel" darstelle. Andere Karten beschrieb er als Kätzchen, Blumengärten und „einen bezaubernden Tanz aus Schleifen."

THEMATISCHER AUFFASSUNGSTEST:

Der TAT ist ein häufig genutzter projizierender Test, der entwickelt wurde, um die Wahrnehmung eines Menschen bezüglich zwischenmenschlicher Beziehungen aufzuzeigen. Als Stimuli für Geschichten und Beschreibungen von Beziehungen und sozialen Stellungen dienen ausgewählte Karten aus einunddreißig schwarz-weiß Bildern von Menschen oder Szenen.

Herrn Halvards Beschreibungen der Karten zeigten erneut ein Muster von positiver Eindruckssteuerung. Beispielsweise behauptete er, ein Bild von einer überfüllten Straße in einer Stadt mit gesichtslosen Menschen, die aneinander vorbei eilen, würde „die Vernetzung der Menschheit" zeigen. Auch bezeichnete er ein Bild eines Kindes, das mit einem ängstlichen Gesichtsausdruck hinter einem Vorhang hervorlugt, als „ein spannendes Versteckspiel." Die einzig negative Reaktion, die er bei diesem Test zeigte, kam als Antwort auf Bild 13MF, welches eine Frau zeigt, die mit entblößten Brüsten auf einem Bett liegt und deren Gesichtszüge nicht zu erkennen sind. Im Vordergrund läuft ein Mann davon, der seinen Kopf hängen lässt und seine Augen mit seinem

Unterarm bedeckt. Herr Halvard erhob mit sichtbar gerötetem Gesicht und geblähten Nasenflügeln Einwand gegen die „Moralvorstellung" dieses Bildes und verweigerte eine Beschreibung.

Zusammenfassung und Eindrücke: Herr Halvard besitzt durchschnittliche bis weit überdurchschnittliche kognitive Fähigkeiten. Basierend auf den Ergebnissen des MPIM-3, Rorschach- und Thematischen Auffassungstests, beinhaltet Herrn Halvards komplexes Profil Trauma, Extremismus und Verzerrungen, einschließlich eines starken Bedürfnisses nach Buße. Obwohl er nach außen hin Widerstandsfähigkeit und Kontrolle vermittelt, sind tieferliegende Störungen offensichtlich. Weiter Beurteilung wird empfohlen.

Empfehlungen:

Symptome, die auf posttraumatischen Stress hinweisen, religiöse Wahnvorstellungen und antisoziale Tendenzen sind die bedeutendsten Bereiche, bei denen Intervention oder Behandlung notwendig sind. Sowohl Kognitive Verhaltenstherapie als auch Interpersonelle Psychotherapie sind Interventionsstrategien, die nachweislich Symptome korrigieren können. Jedoch ist möglicherweise auch pharmakologische Intervention in Verbindung mit der Behandlung vonnöten. Eine medizinische Beurteilung wird dringend empfohlen.

Vielen Dank für die Möglichkeit, an der Betreuung dieses Kunden teilhaben zu dürfen. Wenn Sie irgendwelche Fragen haben, kontaktieren Sie uns bitte.

G. Mazur

George Mazur, Ph.D.

Abteilung für Psychologie

42

JENA

Mittwoch, 11:55

Als ich gerade das Gerichtsgebäude verlassen will, holt Mason mich ein.

„Die Geier warten draußen.“, warnt er mich.

„Oh nein. Du hast nicht zufällig eine Papiertüte, die ich mir über den Kopf ziehen kann, oder?“

„Wir schaffen das.“, sagt er und hält die Tür für mich auf.

Ich atme tief ein und zwinge mich, mich zu bewegen. Als ich nach draußen trete, fällt ein Schwarm Reporter und Videografen über mich her. Die hellen Lichter der Kameras blenden mehr als die Nachmittagssonne, als das Fragenfeuer beginnt.

„Wie fühlt es sich an, Ihr Abzeichen wegen Korruption abgenommen bekommen zu haben?“

„Glauben Sie, Silas Halvard ist unschuldig?“

„Sind Sie dafür verantwortlich, dass der Sohn des Gouverneurs in Gefahr ist?“

Vor lauter Überforderung und Desorientierung dreht sich die Welt um mich herum. Ich lasse meinen Kopf nach vorne fallen und vermeide Augenkontakt mit der Presse, aber ich kann mich nirgends verstecken.

Mason übernimmt das Kommando, nimmt mich schützend in den Arm und führt mich durch die Menge an Journalisten. Seine

Stimme ist höflich, aber bestimmt, als er sie anspricht: „Bitte. Geben Sie uns ein wenig Freiraum. Wir haben derzeit keinen Kommentar."

„Hat Detective Campbell Sie als ihren Rechtsberater engagiert?"

„Kein Kommentar.", sagt er erneut in seinem routinierten Tonfall.

Die Reporter drängen nach wie vor auf Antworten, aber Mason schirmt mich weiterhin ab, beschützt mich vor dem Ansturm der Fragen. Wir schaffen es endlich, uns über den Parkplatz zu meinem Ford F-150 durchzudrängen. Als ich hineinsteige, atme ich zitternd auf und bin kurzzeitig von dem Medienzirkus verschont. Bis sie anfangen, das Auto zu umschwärmen und ihre Kameras ans Fenster zu pressen.

Ich starte den Truck, teile das Meer an Reportern langsam und passe auf, niemanden zu verletzen, aber gleichzeitig weiterzufahren. Als ich auf der Straße ankomme, lockern sich meine Schultern ein wenig.

„Danke Mason.", sage ich sanft, meine Stimme heiser von der Strapaze.

Mason schenkt mir ein mitfühlendes Lächeln. „Dafür bin ich da. Wir werden das überstehen."

„Wo ist dein Auto? Ist es auf dem Parkplatz?

„Mach dir darum keine Sorgen. Ich hole es später.", sagt er, als sein Handy bei einer ankommenden Nachricht vibriert.

Ich werfe einen Blick zu ihm, als er die Nachricht mit ernstem Gesichtsausdruck überfliegt.

„Es ist der Gerichtsschreiber.“, sagt er. „Silas Wiederaufnahmeverfahren wurde für morgen früh angesetzt. Es wird ein geschlossenes Verfahren sein, aber dank des hohen Bekanntheitsgrades des Fall bin ich mir sicher, dass die Presse mit voller Gewalt vorhanden sein wird.“

„Scheiße. Das wird eine Riesensache, oder?“

„Im Moment kannst du nichts dagegen tun. Bringen wir dich nach Hause.“

Während ich durch die belebten Straßen Pittsburghs fahre, wird mir beim Gedanken an Silas‘ Verfahren schlecht. Ich kann mir nicht vorstellen, dass Richterin Spadina irgendeine andere Entscheidung treffen wird, als seinen Schuldspruch aufzuheben. Nicht mit dem Beweis, den ich geliefert habe. Und sobald Silas frei ist? Was wird mit Jack, mit Dustin, mit mir geschehen?

Als wir an meiner Wohnung ankommen, brennt die Sonne herab. Solcher Sonnenschein ist um diese Jahreszeit für Pittsburgh uncharakteristisch. Es ist, als ob sich der Himmel in meiner dunkelsten Stunde mit Licht und Wärme über mich lustig macht. Einen Moment hervorhebt, in dem ich nichts zu tun habe, außer dazusitzen und zu warten und zu hoffen. Die Straße vor meiner Wohnung ist still, befremdlich nach dem Chaos des Gerichtsgebäudes. Aber ich bin mir sicher, dass die Presse ihren Weg hierher schon bald finden wird, um vor meiner Wohnungstür zu kampieren und mich zu belästigen. Ich entdecke das Überwachungsauto und den Polizeibeamten darin. Sein Blick trifft meinen nicht.

Ich parke in der Tiefgarage und Mason begleitet mich zum Gebäudeeingang, seine Hand liegt auf meinem Kreuz. Er stoppt als ich die Tür zum Treppenhaus öffne

„Kommst du mit rein?“

Er schüttelt den Kopf. „Ich kann nicht. Viel Arbeit zu erledigen.“

„Irgendwas meinetwegen?

Er grinst. „Vielleicht ein wenig.“

„Willst du, dass ich dich zurückfahre? Du hättest nicht mit mir heimkommen müssen.“

„Ich werde ein Uber-Taxi nehmen. Schließ deine Fenster und Türen ab, okay?“, sagt er sanft. „Die Presse und Silas‘ Fanatiker werden mit Sicherheit herumschwirren.“

„Du weißt, ich schließe sie immer ab. Ich habe Überwachung. Und ich habe noch immer meine persönliche Pistole. Man sagt, ich könne ziemlich gut schießen.“

„Alles klar.“, seufzt Mason. „Ich weiß, ich muss dich nicht daran erinnern, vorsichtig zu sein. Ich mache mir Sorgen. Das ist alles. Ich werde nach der Arbeit vorbeikommen und nach dir sehen.“

„Wag es nicht. Du wirst in der Arbeit ersticken, um dich auf morgen vorzubereiten.“

„Du bist wichtiger.“

Ich schubse ihn in Richtung des Ausgangs der Tiefgarage, aber er ist zu stark, als dass ich ihn bewegen könnte, und er grinst über meine Anstrengung. „Ich bin erschöpft. Ich will heute Nacht wirklich alleine sein. Du weißt, wie ich da bin.“

„Oh glaub mir, das weiß ich. Aber das hier ist nicht wie ein gewöhnlicher, harter Tag im Büro.“

„Es ist genau wie ein gewöhnlicher, harter Tag im Büro. Ich werde heiß duschen und ins Bett gehen. Und wenn du kommst, werde ich die Tür nicht öffnen.“

„Ich werde durchs Fenster steigen.“

„Ich sagte dir doch, ich schließe sie ab.“

Er wirft seine Hände in die Luft. „Was soll ich nur mit dir machen?“

„Du sollst auf mich hören. Geh.“, sage ich. „Bring deine Arbeit zu Ende. Und du gehst gefälligst morgen zum Spiel der Pirates. Du bist schon seit Wochen unausstehlich deswegen.“

„Ich werde es auslassen. Ich werde direkt nach Silas‘ Urteil hier sein.“

„Ich werde nicht in der Stimmung für Gesellschaft sein. Und du verdienst ein wenig Stressabbau. Wenn du nicht zu dem Spiel gehst, werde ich Bob anrufen und das Extra-Ticket selbst nehmen.“

Er seufzt kapitulierend und küsst mich dann auf den Kopf. „Ich werde dich alle fünf Minuten anrufen.“

„Wag es nicht.“

„Versuch, dich ein bisschen auszuruhen. Morgen wird ein langer Tag.“

Ich schaffe ein schwaches Lächeln. „Ich werde es versuchen. Danke. Für alles.“

Als ich die Stufen zu meiner Wohnung hinaufschlurfe, holt mich das Gewicht der Ereignisse des heutigen Tages ein. Sobald ich drinnen bin, lasse ich mich aufs Sofa fallen und meine Gedanken wirbeln. Ich kann heute nicht noch mehr Scheiße verkraften. Natürlich meldet sich mein Laptop vom Kaffeetisch. Das Grauen sinkt tief in meinen Magen, als ich den Absender der Nachricht sehe. Eine Privatnachricht von @azrael.

Lieber kleiner Vogel,

Du hast dich an deinen Teil der Abmachung gehalten! Eine Runde Applaus für dich. 👏 👏 👏 *Das heißt, niemand sonst stirbt und Jack bleibt am Leben! Fürs Erste. Ich werde die Ergebnisse von Silas' Verhandlung morgen genau ansehen.*

Tick tack, kleiner Vogel. Tick tack.

~ Azrael

Meine Hände zittern als ich den Laptop wegschiebe. Wie zur Hölle weiß Dustin, dass das Verfahren morgen stattfindet? Das Arschloch hat seine Augen auch überall. Vielleicht auch in Masons Handy. Verdammt. Ich mache mit meinem Wegwerf-Handy ein Bildschirmfoto der Nachricht und leite es an Mason weiter.

Ich schreibe: *Sieht aus, als könnte er dich gehackt haben.*

Innerhalb von Sekunden ruft er zurück, seine Stimme vor Sorge angespannt. *„Jena, geht's dir gut?"*

„Mir geht's gut.", sage ich. „Aber es tut mir so leid. Wegen deines Handys. Dass ich dich in die Sache reingezogen habe."

Mason seufzt tief. *„Ist schon okay. Ich hab sowieso ein neues Handy gebraucht. Ich hoffe, du ruhst dich aus."*

„Ja. Ich werde jetzt in die Dusche gehen und einen heißen Tee trinken."

„Okay, gut. Wir sprechen uns bald."

Als ich auflege, klingelt mein normales Handy. „Walking on Sunshine" von Katrina and the Waves. Mary ruft mich an.

"Hey.", antworte ich.

Am anderen Ende weint Mary. *„Ich kann immer noch nicht glauben...du hast einfach...warum hast du nicht..."*

„Shhh.", beruhige ich sie. „Ich habe das Richtige getan. Danke, dass du zur Anhörung gekommen bist."

„Ich bin so sauer auf dich."

„Wegen der Lüge? Oder wegen des Versuchs, Silas freizubekommen?"

„Beides.", schnieft Mary. *„Wir wissen beide, was Silas ist."*

„Ich kann nicht zulassen, dass Jack oder jemand anders stirbt."

„Und du hoffst, dass mit dem Jungen etwas kommt, das uns zu Azrael bringt."

Mary kennt mich einfach zu gut. „Ja, das auch."

Sie seufzt. *„Wenn sie Jersey zu meinem neuen Partner machen, werde ich kündigen."*

Ich lache leicht und freudlos, während ich Silas' und Dustins Strafakten öffne. Das Einzige, was mich davon abhalten wird, komplett auszurasten, ist Beschäftigung. Die Zeit wird knapp und ich brauche etwas, das mir einen Hinweis auf Dustin gibt. Ich muss bereit sein, falls – *wenn* Silas freigelassen wird.

Vertrauliche Fallnotizen von Dr. Rachel Davis, Ph.D., Klinische Psychologin

[Tonaufnahme]

Aufnahmedatum: 16. Dezember 2019
Ort: SCI Fayette

Teilnehmende:
Silas Halvard, Insasse
Dr. Rachel Davis, Gerichtspsychologin

[*Klicken eines Aufnahmegerätes*]

Dr. Davis: Guten Tag, Herr Halvard. Ich hoffe, es geht Ihnen heute gut.

Silas: Vielen Dank dafür, Doktor. Ich denke, es geht mir den Umständen entsprechend, angesichts dessen, wie sich das Blatt für mich gewendet hat. Aber nennen Sie mich Silas, wenn es Ihnen nichts ausmacht.

Dr. Davis: Das werde ich tun. Vielen Dank. Wie Sie wissen, ist dies hier gerichtlich angeordnete Therapie. Und obwohl es nicht freiwillig ist, dass wir hier zusammensitzen, obliegt Ihre Teilnahme selbstverständlich Ihnen.

Silas: Verstanden. Legen Sie los mit der Zauberei, Doktor.

Dr. Davis: Na, was Zauberei angeht, bin ich mir nicht so sicher, aber ich hoffe, ich kann Ihnen einige Werkzeuge und Erkenntnisse an die Hand geben, die Ihnen dabei helfen könnten, einige der emotionalen Stressfaktoren zu bewältigen, denen sie zweifellos ausgesetzt sind.

Silas: Nun ja, Gefängnis ist kein Picknick, das ist sicher. Aber ich habe meinen Glauben, auf den ich mich stützen kann. Ich bin nicht die Art von Mann, die leicht verunsichert wird.

Dr. Davis: Glaube kann eine wundervolle Unterstützung sein und auch ein Weg, um mit schwierigen Situationen umzugehen. Bevor wir weitermachen, muss ich die Einverständniserklärung mit Ihnen durchgehen, okay?

Silas: Natürlich.

Dr. Davis: Was in diesen Sitzungen zwischen uns beredet wird, ist vertraulich, außer wenn Sie mir sagen, dass Sie in unmittelbarer Gefahr sind, sich selbst oder jemand anderen zu verletzen. Dann bin ich per Gesetz dazu verpflichtet, dies den zuständigen Behörden zu melden.

Silas: Verstanden.

Dr. Davis: Und wenn es irgendetwas gibt, dass Sie mit mir teilen wollen, darüber was der Gefängnisdirektor hinsichtlich der Sicherheit seiner Insassen wissen muss, muss ich das möglicherweise auch melden.

Silas: Alles klar.

Dr. Davis: Ich werde die Aufnahmen nutzen, um mir dabei zu helfen, unsere Gespräche für künftige Sitzungen ins Gedächtnis zu rufen. Diese Aufnahmen sind vertraulich und werden gelöscht, sobald die Sitzungen zu Ende sind. Sind Sie damit einverstanden?

Silas: Ich habe kein Problem damit.

Dr. Davis: Sehr gut. Jetzt, wo wir das erledigt haben, lassen Sie uns anfangen. Ich würde gerne am Anfang beginnen, wenn es Ihnen nichts ausmacht. Manchmal kann die Erkundung der Vergangenheit uns dabei helfen, die Einflüsse zu verstehen, die unsere derzeitige Situation geprägt haben. Können Sie mir irgendetwas über Ihre Kindheit sagen?

Silas: Lassen Sie mich eines richtigstellen, Doktor. Ich bin unschuldig. Ich habe das, weswegen ich angeklagt wurde, nicht getan. Warum ich hier bin? Aufgrund von nichts als falschen Beweisen. Was meine Kindheit angeht, gibt es nicht viel zu reden. Gute Eltern, gutes Elternhaus, gibt nichts Schlechtes zu sagen. Genau die Art von Erziehung, die man von einem unschuldigen Mann erwarten würde, dem Unrecht getan wurde.

Dr. Davis: Ich verstehe Ihre Frustration, Silas. Es tut mir leid, zu hören, dass Sie fälschlich angeklagt wurden.

Silas: Sie sagen das doch nur.

Dr. Davis: Nein. Ich glaube, dass das, was Sie erleben, echt ist.

Silas: Aber subjektiv.

Dr. Davis: Ihre Schuld oder Unschuld ist nicht der Fokus dieser Sitzungen. Sie sagen mir, Sie seien unschuldig und ich habe das vernommen. Aber Fakt ist, dass Ihnen eine lange Haftstrafe bevorsteht. Ich hoffe, ich kann Ihnen dabei helfen, während Ihrer Haftstrafe mentales Wohlergehen zu erlangen und zu halten.

Silas: Das weiß ich zu schätzen, Doktor. Sie haben ein gutes Herz. Ich kann sehen, dass Sie nur versuchen, Ihrem Nächsten gegenüber richtig zu handeln.

Dr. Davis: Jeder trägt seine eigenen Lasten, Silas. Innerhalb oder außerhalb dieser Mauern. Ich würde Ihre Erfahrungen gerne vollkommen verstehen, damit ich Ihnen besser helfen kann. Gab es irgendwelche bedeutenden Ereignisse oder Vorfälle in Ihren jungen Jahren, die Sie beeinflusst haben?

Silas: Tut mir leid, Sie enttäuschen zu müssen, Doktor, aber es war ganz einfach. Nichts außerhalb des Normalen. Ich wünschte, ich könnte Ihnen Anhaltspunkte geben, etwas, woran wir arbeiten könnten, aber so etwas gibt es einfach nicht. Enger Familienverband, liebende Eltern, gute Zeiten mit den Geschwistern, Ballspiele an Sonntagen und all das. Bin auch in der Schule gut vorangekommen. Wurde ein Gelehrter. Bin für die Arbeit von New Orleans nach Pittsburgh gezogen. Mein Glaube ist mein Fels. Aber ich bin neugierig, wie sieht es mit Ihnen aus? Was ist Ihr Glaube? Ich denke, es würde mir helfen, Ihnen mehr zu vertrauen, wenn ich es wüsste.

Dr. Davis: Ich möchte nicht über meine persönlichen Umstände und Glaubenssätze reden, weil es für unsere Therapiesitzungen nicht relevant ist. Aber wenn es Ihnen hilft, werde ich teilen, dass ich die Welt des Glaubens respektiere und praktizierende Gläubige bewundere.

Silas: Das ist eine gewundene Art, zu sagen, dass Sie nicht gläubig sind, oder? Ich konnte Menschen, die nicht sehen, was Gott Ihnen bietet, noch nie verstehen. All die Hoffnung, all die Heilung. Es muss doch etwas geben, das an Ihnen nagt. Etwas, wofür man eine höhere Macht braucht, um es zu reparieren. Sie haben es selbst gesagt; wir alle haben zu kämpfen. Also, was liegt Ihnen auf der Seele?

Dr. Davis: [*eine kurze Pause*]Obwohl ich Ihre Sorge zu schätzen weiß, steht es mir nicht zu, über persönliche Probleme zu reden. Unsere Sitzung dreht sich um Ihr Wohlbefinden. Lassen Sie uns wieder auf Ihre Erlebnisse zurückkommen und wie diese Ihre Glaubenssätze und Handlungen geformt haben.

Silas: Glaubenssätze, was? Naja, ich habe schon immer an Buße geglaubt, Doktor. Diese schwere Bürde der Schuld. Diese dauernde Jagd nach Erlösung. Haben Sie das je gefühlt? Das Gewicht der Schuld, dass auf Sie eindrückt, den Hunger nach Vergebung?

Dr. Davis: [*eine lange Pause*] Es tut mir leid. Ich muss transparent sein, dass Ihre Frage mich in eine schwierige Position bringt. Ich muss die notwendigen Grenzen für unsere Therapeutische Beziehung einhalten.

Silas: Das verstehe ich, Doktor. Aber wissen Sie, wir suchen alle nach etwas. Etwas, das allem die Schärfe nimmt. Ich glaube, in diesem Moment würde mir ein kleines Gebet helfen. Würden Sie mit mir beten?

Dr. Davis: [*räuspert sich*] Im Sinne der Förderung einer therapeutischen Beziehung und des Ansprechens Ihrer Bedürfnisse, bin ich Willens, einen Moment lang mit Ihnen zu beten.

Silas: Ich weiß das sehr zu schätzen. Wenn Sie Ihren Kopf beugen würden… Mein Gott, ich bitte von ganzem Herzen um Vergebung für meine Sünden…

[*Die Aufnahme erfasst eine lange Gebetssitzung*]

Silas: Amen.

Dr. Davis: Amen. Danke, dass Sie diesen Moment mit mir geteilt haben. Ich erlebe selten so schnell solche Verletzlichkeit und solche Emotionstiefe mit meinen Patienten.

Silas: Es bedeutet mir sehr viel, dass Sie willens waren, ein wenige Verletzlichkeit zu zeigen, Doktor. Erinnert mich daran, dass wir alle im selben Boot sitzen, alle unsere eigenen Kämpfe haben und unseren eigenen Glauben, an den wir uns klammern können.

Dr. Davis: Das ist sehr richtig. Das Leben ist oft eine holprige Reise, gefüllt mit Dunkelheit und Ungewissheit. Wir müssen in jenem Trost finden, was auch immer uns aufrechterhält. Jedoch sollte unser gemeinsames

Ziel des Verstehens und Wohlbefindens unsere Priorität bleiben.

[*Die Aufnahme bleibt lange Zeit still*]

Dr. Davis: Silas, in dieser Sitzung haben wir angefangen, Ihren Glauben zu erforschen. Ich hoffe, dass wir auf unserem weiteren Weg, diesen offenen Dialog beibehalten können und es Ihren Gedanken und Erfahrungen ermöglichen, unseren Weg zu gestalten.

Silas: Da bin ich ganz Ihrer Meinung, Doktor. Ich fühle eine Bande mit Ihnen, als würden gegenseitiger Respekt und Vertrauen geformt. Ich denke, diese Sitzungen könnten in dieser dunklen Zeit meines Lebens einen wirklichen Unterschied machen.

Dr. Davis: Ich weiß Ihre Worte sehr zu schätzen. Gemeinsam werden wir weiterhin Ihre Wahrheit suchen und uns von Ihren Erfahrungen leiten lassen. Ihre Widerstandsfähigkeit und Entschlossenheit im Angesicht Ihrer derzeitigen Umstände sind inspirierend. Und ich werde Sie durch diese schwierige Zeit begleiten.

[*Die Aufnahme wird langsam ausgeblendet*]

[Ende der Audioaufzeichnung]

43

JENA

Donnerstag, 16:39

Die Anhörung zum Wiederaufnahmeverfahren heute Morgen lief genau wie vorhergesehen. Silas war sauber, außer dem, was, basierend auf meinem gefälschten Beweis, gefunden wurde. Alles was dank des Durchsuchungsbefehls in seinem Haus gefunden wurde, musste abgelehnt werden, genau wie Mason es gesagt hatte. Früchte des vergifteten Baumes. Richterin Spadina hob Silas' Schuldspruch auf und ließ ihn zurück ins SCI Fayette bringen, wo er auf seine Freilassung warten wird. Ich hab nie verstanden, warum ein Insasse ins Gefängnis zurückgehen musste, nachdem er den Bescheid zur Freilassung erhalten hat. Man hat mir gesagt, es sei aufgrund von Verwaltungskram. Der in die Länge gezogene Prozess erschien noch nie so dumm, wie angesichts der Tatsache, dass Jacks Freilassung von Silas' Freiheit abhängt. Aber mein Warten ist fast vorbei, Silas Freilassung steht bevor.

Ich sehe den Entwicklungen auf dem Fernsehsender *Pittsburghs Action News 4* an. Die Presse ist in Aufregung, Journalisten umschwärmen das SCI Fayette, es gibt Live-Luftaufnahmen des Gefängnisses von oben. Es ist auf jedem Kanal. Unterbricht alle Gameshows und Seifenopern, und was die Menschen, die noch immer Kabelfernsehen haben, sonst noch am späten Nachmittag so ansehen.

Mein Handy vibriert mit einer Nachricht von Mary. *Sie lassen ihn frei.*

Ich tippe: *Wann?*

Jetzt.

Schreib mir, sobald du irgendwas von Jacks Rückkehr hörst.

Werde ich machen.

Versprich es mir.

Ich verspreche es.

Ich widme meine Aufmerksamkeit wieder der Sondermeldung. Der Reporter ist ein streng aussehender Mann mit hohen Wangenknochen und einem Gesicht, das einer Klinge ähnelt. Jemand, der die banalste Angelegenheit schwerwiegend wirken lassen kann. „Mir wurde hier am SCI Fayette gesagt, dass Silas Halvard in Kürze freigelassen wird. Und heute, einen Tag nach dem fünften Jahrestag von Silas‘ Inhaftierung, sind viele seiner Anhänger hier, um ihn zu unterstützen.“

Wer auch immer hinter der Kamera steht, zeigt Nahaufnahmen von Silas‘ Fanclub, Menschen die Schilder hochhalten mit Inschriften wie GOTT IST GUT und GLAUBE. Die Videoaufnahme wird wieder mit dem Reporter verbunden, der einen alten Mann mit Flanelljacke interviewt.

„Wir wissen alle, dass Silas diesen Mord nicht begangen hat.“ Der alte Mann grinst und zeigt einen Mund voll gelber Zähne mit einem fehlenden, oberen Eckzahn. „Er ist ein guter Mann. Hat fünf Jahre im Gefängnis verbracht und wofür? Damit die Polizei jemanden hat, auf den sie diese Morde schieben konnten, um auszusehen, als würden sie ihre Arbeit machen. Korruption bei der Polizei ist hier das eigentliche Problem."

Der Reporter nickt verständnisvoll. „Und was glauben Sie, sollte jetzt passieren?"

„Niemand kann ihm diese Jahre zurückgeben. Aber wir alle werden diesem Mann folgen, wo immer er auch hingeht." Der alte Mann macht eine ausholende Bewegung in Richtung der Menge. „Die Church of Silas. Und das hier ist die erste Gemeinde."

Aus der Menge kommen Anfeuerungsrufe und Gebrüll. Jubel und Applaus.

Der Reporter fasst an seinen Hörer. „Ich habe soeben erfahren, dass Silas auf dem Weg aus den Türen des SCI Fayette ist."

Die Lautstärke der Menge steigt zu einem beinahe fieberhaften Gebrüll an, als die Kamera auf den Gefängniseingang zoomt. Die mechanische Tür öffnet sich und hervor tritt Silas in schwarzen Hosen und einem Hemd mit schwarzem Kragen, flankiert von einem Wärter auf jeder Seite. Silas tritt vor und schreitet über die Schwelle, die das Gefängnis von der normalen Welt trennt. Die beiden Wärter bleiben, wo sie sind.

Silas tritt in die Nachmittagssonne. Ohne Handschellen. Ohne Fesseln. Uneingeschränkt. Bei dem Anblick von ihm als freiem Mann dreht sich mir der Magen um.

Seine Anhänger öffnen die Arme, um ihn zu empfangen und Silas steckt seine Hände nach ihnen aus, sein Kultführer-Charisma in Aktion. Seine rechte Hand bleibt beinahe komplett geschlossen.

Ich sehe etwas darin funkeln. Einer der persönlichen Gegenstände, die man ihm abgenommen hat, als er eingesperrt wurde.

Ein blutroter Jaspis.

[Audioaufnahme]

Aufnahmedatum: 23. Dezember 2019
Ort: SCI Fayette

Teilnehmende:
Silas Halvard, Insasse
Dr. Rachel Davis, Gerichtspsychologin

[*Klicken eines Aufnahmegeräts*]

Dr. Davis: Guten Tag, Silas. Ich hoffe, es geht Ihnen gut.

Silas: Danke, Doktor. Ihre Besuche sind wie ein helles Licht an manchen sehr dunklen Tagen.

Dr. Davis: Lassen Sie uns weitermachen, wo wir das letzte Mal aufgehört haben, okay?

Silas: Natürlich. Aber ich kann nicht anders, als etwas zu bemerken, Doktor. Es scheint, als würde Kummer an Ihnen nagen. Ich kann es sehen. Wenn Sie es rauslassen, wäre ich vielleicht eher geneigt, meine eigenen Gedanken zu teilen.

Dr. Davis: [*Eine kurze Pause*] Wie wir schon vorher besprochen haben, die Zeit hier dreht sich um Sie, nicht um mich. Lassen Sie uns den Fokus auf Ihr Wohlbefinden legen.

Silas: Na gut, Doktor. Aber ich kann etwas in Ihnen spüren. Eine schwere Bürde. Mit wem reden Sie, wenn Sie sich schlecht fühlen? Ich kann nicht anders, als abgelenkt zu sein. Vielleicht werde ich eher geneigt sein, mich zu öffnen, wenn Sie mir das verraten.

Dr. Davis: [*Eine lange Pause*]: Ich weiß Ihre Sorge zu schätzen, aber Grenzen sind aus Gründen da. Unser Fokus sollte auf Ihren Erfahrungen liegen.

Silas: Ich verstehe, Doktor. Aber Sie müssen wissen, als Mann des Glaubens bin ich hier, um zuzuhören und einen Moment des Friedens zu bieten, wenn Sie es brauchen. Es würde mir auch ein bisschen Erleichterung verschaffen, zu wissen, dass ich darauf vertrauen kann, dass Sie für mich dasselbe tun werden.

Dr. Davis: [*eine sehr lange Pause*] Silas, Ich… [*ein Seufzer*] Okay. Im Sinne dessen, dass Sie mir helfen, meine Menschlichkeit zu sehen. Werde ich zugeben, dass mein Ehemann vor sechs Monaten in einen schlimmen Autounfall verwickelt war. Er erholt sich noch immer und wir wissen nicht, ob er je heilen wird, sowohl in Körper als auch in Geist. Es ist sehr schwer.

Silas: Vielen Dank, dass Sie sich geöffnet haben, Doktor. Ich kann den Schmerz in Ihrer Stimme hören. Lassen Sie Ihren Glauben Ihr Licht in diesem Sturm sein. Vertrauen Sie auf Ihn, und Er wird Ihnen den Weg weisen.

Dr. Davis: Ich muss sagen, Sie sind sehr redegewandt. Als hätten Sie ein tieferes Verstehen als der Rest von uns.

Silas: Wir versuchen alle nur, unseren Weg durch dieses wilde und unordentliche Leben zu finden, Doktor. Meine Berufung ist es, verlorene Seelen zurück auf den Pfad der Erlösung zu bringen. Ihr Engagement Ihren Patienten gegenüber, Ihre unerschütterliche Hingabe, spricht Bände. Zusammen können wir unseren Weg durch die Dunkelheit bahnen und ein helleres Morgen finden.

Dr. Davis: Ihre Worte haben eine Wärme, die wahrhaftig beruhigend ist. Ich bin mir sicher, dass die anderen Insassen das zu schätzen wissen.

Silas: Sie sind stark, Doktor, und Ihre Reise durch dieses Trauermeer wird Sie zu einem neuen Gefühl der Sinnhaftigkeit bringen. Glauben Sie an das Göttliche, das in Ihnen ist und Sie werden stärker als je zuvor aus den Schatten treten. Vielleicht können Sie durch unsere gemeinsam Erkundungen nicht nur mir helfen, sondern auch Ihre eigene Heilung und Erlösung finden.

Dr. Davis: Sagen Sie mir, warum wollen Sie anderen diesen Hoffnungsschimmer geben? Sie scheinen ein tiefes Verstehen von Schmerz geben.

Silas: Glaube ist der Schlüssel zur Überwindung von Schmerzen. Wir alle können über unsere Verhältnisse hinauswachsen und nach einem höheren Ziel greifen, das auf uns wartet.

Dr. Davis: In Ihnen brennt wahrhaftig ein Feuer.

Silas: Haben Sie sich je außerhalb der Psychologie umgesehen, um Sinn zu finden, Doktor? Können Sie es nicht genau hier fühlen, in Reichweite?

[*eine lange Pause*]

Silas: Ich denke, dass unsere Suchen nach Sinn und Heilung auf demselben Weg liegen. Durch Glaube und Aufopferung können wir uns beide emporheben. Denken Sie nicht auch, dass wir Seelenverwandte sind, beide von einem gemeinsamen Ziel angetrieben?

Dr. Davis: [*räuspert sich*]

Silas: Lassen Sie uns, während wir diesen Pfad gemeinsam begehen, Leuchtfeuer sein und anderen dabei helfen, ihre eigene Erlösung zu finden.

Dr. Davis: Sie haben einige sehr überzeugende Ideen. Es ist beinahe so, als wären Sie der Therapeut und ich der Patient. [*nervöses Lachen*]

Silas: Doktor Davis, sind Sie bereit, die Tiefen von Glauben und Zielen zu erkunden, die auf uns warten?

[*Die Aufnahme wird langsam ausgeblendet*]

[Ende der Audioaufnahme]

44

JENA

Donnerstag, 19:04

Sonnenuntergang. Seit Silas‘ Freilassung sind mehr als zwei Stunden vergangen. Ich parke in meinem Ford F-150 auf der anderen Straßenseite und einige Autolängen von Silas‘ Haus entfernt. Ich halte meine Augen auf die Ausgänge gerichtet. Haustür. Fenster. Seiten des Hauses, falls er das Haus durch die Hintertür verlässt. Noch sind drinnen keine Lichter angegangen.

Ich versuche, geduldig zu sein. Dustin hat Mitternacht als Deadline angegeben und die Freilassung einer Geisel braucht Zeit. Aber ich kann die Hilflosigkeit nicht ausstehen. Kein Abzeichen. Keine Autorität. Ich bin lahmgelegt, aber ich wusste noch nie, wann es an der Zeit war, mich zurückzuhalten. Ich habe mich darauf vorbereitet, die ganze Nacht lang hier zu bleiben, um Silas im Auge zu behalten. Meine Nachtsichtbrille liegt auf dem Boden vor dem Beifahrersitz, meine Sig Sauer P320 Pistole ist unter meiner Jacke verborgen. Aber Silas ist nicht nach Hause gekommen.

Ich schicke eine Nachricht an Mary: *Irgendwelche Neuigkeiten von Jack?*

Mary antwortet: *Noch nichts. Ich hab dir versprochen, dir Bescheid zu sagen, weißt du noch?*

Stimmt. Danke. Ich schließe die Nachricht und lege mein Handy zur Seite.

Mein Magen zieht sich zusammen. Ich wusste, dass ich nicht darauf vertrauen kann, dass Dustin sein Versprechen halten würde. Er hat seine Chance gehabt. Zeit, die Sache selbst in die Hand zu nehmen. Persönliche Haftung oder nicht.

Ein Klopfen am Fahrerfenster unterbricht die Nachricht, die ich senden will. Ein junger Polizeibeamter starrt mich durch die getönte Scheibe an. Ich erkenne ihn, aber ich kann mich nicht an seinen Vornamen erinnern. Auf seinem Namensschild steht T. Yeobright. Das hilft meinem Gedächtnis auch nicht auf die Sprünge. Ich lasse das Fenster herunter.

„Sie dürfen hier nicht sein.“, sagt er mit zusammengezogenen Augenbrauen.

„Das hier ist öffentliches Eigentum.“, entgegne ich und halte seinem Blick stand. Blicke nicht auf Silas‘ Haus. Blicke definitiv nicht auf die Nachtsichtbrille herunter.

„Gehen Sie weg.“, sagt er. „Das hier ist nicht mehr Ihr Kampf.“

Ich nicke und versuche, das Brennen der Demütigung von diesem Anfänger auf meinen Wangen zu verstecken. Vor Silas’ Haus herumzusitzen war sowieso vergeblich. „Kein Problem. Ich gehe. Schönen Abend, Officer Yeobright.“

Ich lasse den Motor an und fahre davon. Langsam. Lasse mir Zeit. Das ist vielleicht ein Mittelfinger an den Anfänger, aber ich breche keine Gesetze. Ich biege links ab, fahre ein paar Straßen weiter und fahre dann wieder an den Straßenrand. Zeit, diese Nachricht zu senden.

Ich öffne meinen zweiten Social Media Account auf meinem Wegwerfhandy und schreibe eine Privatnachricht.

Lieber Dustin,

Ich habe deine Forderungen erfüllt. Silas ist ein freier Mann. Lass den Jungen gehen.

~ Kleiner Vogel

Dustin antwortet beinahe sofort.

Lieber Kleiner Vogel,

Aber er ist die Vollendung meines Magnum Opus. Die beste Art, unsere Helden zu ehren, ist, indem man ihre Taten übertrifft. Meinst du nicht?

Auf dass ich legendär werde.

~ Azrael

Ich schmeiße mein Handy mit einem Knurren auf den Beifahrersitz. Er wird Jack töten. Obwohl Silas frei ist. Er wird in seinem Versteck bleiben und weiter töten, meinem Team nichts geben. Und Silas wird auch töten. Was mein Geständnis nutzlos macht, außer dass es mein Leben zerstört hat. Mein Wutdrache brüllt und lässt eine Lawine an Steinen und Stalaktiten aus seiner Höhle rollen. Aber ich muss ruhig werden, damit ich denken kann. Ich atme durch die Nase ein und durch geschürzte Lippen aus. Warum hat er Silas‘ Freiheit verlangt, wenn das nicht das Ziel war? Oder nicht das einzige Ziel?

Weil er wollte, das Silas sieht, was er tun wird. Nein, er wollte, dass Silas mit dem letzten Opfer hilft. Damit es ihr gemeinsames letztes Opfer wird.

Dustin wollte Silas in Freiheit, damit sie sich treffen können. Die Realisation sendet einen Adrenalinschub durch mich hindurch, mein Bein ruckt auf und ab wie ein Presslufthammer.

Aber wo würden sie sich treffen?

Ich nehme mein Handy zur Hand und schicke Mary wieder eine Nachricht: *Hat irgendjemand Silas im Auge?*

Nein, haben wir nicht, antwortet Mary. *Befehl des Captains. Er ist ein freier Mann. Wir haben ein Streifenfahrzeug in der Nähe seines Hauses, um zu gewährleisten, dass niemand ihn stört, aber das ist alles. Würde kein gutes Licht auf uns werfen, wenn wir ihn jetzt verfolgen würden, wo all seine Anhänger aufrührerisch sind und die Presse in Aufregung ist. Er hat das Gefängnis mit einer Menge verlassen. Er ist wahrscheinlich mit seinem neuen Kirchenvolk aus und trinkt Kool-Aid.*

Scheiße. Scheiße, scheiße, scheiße, scheiße, scheiße.

Ich versuche, aus dem Zwerchfell zu atmen, aber die Luft bleibt in meiner Kehle stecken. Ich bin von mir selbst angepisst, weil ich so dumm war. Und auch weiterhin so dumm bin. Ich habe keine Ahnung, wo Silas ist. Ob er und Dustin sich treffen. Wo sie sich treffen würden. Wie sie miteinander kommuniziert haben…

Moment. Wie sie miteinander kommuniziert haben.

Die Bibelverse. Ich erinnere mich an Silas‘ Worte, die mich verfolgen.

Was bedeutet das, Kleiner Vogel? Was bedeutet das?

Mir läuft in meinem T-Shirt der Schweiß am Rückgrat hinunter. Ich kann mich nicht genau daran erinnern, was der Vers besagte.

Irgendetwas über einen Altar. Aber ich habe Kopien der Originale. Ich nehme mein Handy zur Hand und öffne die Bilder, die Kyle uns gezeigt hat. Ich fokussiere mich auf die beiden, aus denen wir nicht schlau werden konnten.

Jesaja 40:4, Jedes Tal soll sich heben, jeder Berg und Hügel sich senken. Was krumm ist, soll gerade werden, und was hüglig ist, werde eben.

Jesaja 27:9, Darum sei dadurch Jakobs Schuld wieder gesühnt, darin bestehe die volle Befreiung von seiner Sünde, dass er alle Altarsteine vernichtet, wie man Kalksteine zerschlägt. Nie mehr soll man Kultpfähle und Rauchopferaltäre errichten.

Und dann sind da die Federstriche, die unten abgeschnitten wurden.Täler. Berge. Und Silas hat die Worte über den Kalkstein rezitiert. Tief in mir formt sich eine Vermutung, und meine Vermutungen sind beinahe immer korrekt. Wenn sich Silas und Dustin zu einem gemeinsamen Mord treffen, muss es heute sein. Der zehnte Tag der Plagen. Die Tötung des erstgeborenen Sohnes.

Ich denke an die Böden im Haus des Gouverneurs zurück, diese Kalksteinböden aus Pittsburgh, die für so viele Häuser hier typisch sind. Jeder Einheimische aus Pittsburgh weiß, wo diese Steine herkommen. Einschließlich Silas. Ich öffne Google Maps und suche nach Ridge Kalksteinbruch, Saltsburg, PA. Während die Adresse lädt, verfolgt mich die Erinnerung an die Karte zu dem Steinbruch, die ich in Silas‘ Keller gefunden habe.

Als das Programm den Steinbruch geladen hat, klicke ich darauf, um die Koordinaten zu finden.

Breitengrad: 40.58 2693 8436 6419 5

Längengrad: 79.38 7789 9310 6939

Ich wühle in meinem Handschuhfach, bis ich eine alte Quittung und einen Stift finde, dann schreibe ich schnell die Koordinaten auf. Dann halte ich das Papier neben die Federstriche , die unter dem Bibelvers abgeschnitten sind. Trotz der unterschiedlichen Handschrift passt beides gut zusammen. Mein Puls schlägt wie Bongotrommeln in meiner Kehle. Dustin und Silas sind auf dem Weg zu einem Steinbruch. Der perfekte Ort für eine Steinigung. Möglicherweise der Ort, an dem Silas sein zwölftes Opfer töten wollte. Vielleicht war das der Grund, warum er die Karte vom Steinbruch hatte.

Ich muss es Captain Price wissen lassen, damit er das Team sofort auf Einsatz schicken kann. Ich darf keine Zeit verlieren. Jacks Leben hängt an einem dünnen Faden.

Dann erscheint eine Nachricht auf meinem Handybildschirm. Vom *@azrael* Account. Ich schlucke schwer, meine Finger zittern. Ich komme bereits zu spät.

DISZIPLINARVERFAHREN - März 2020

STAATLICHE VERWALTUNG DER PSYCHOLOGIE PENNSYLVANIA

Allegheny County

Joe Forthe, Ph.D.

Joe Forthes Lizenz, Nr. PS006384L, aus Pittsburgh, Allegheny County, wurde für eine Jahr suspendiert, Bewährung wurde beibehalten, da er außerstande ist, den Beruf mit angemessenen Fertigkeiten und Sicherheit auszuüben. Grund hierfür sind Krankheit, Trunkenheit, übermäßiger Konsum von Drogen, Betäubungsmitteln, Chemikalien, oder jegliche andere Art von Stoffen, oder das Resultat von jeglichen geistigen oder körperlichen Verfassungen.

Rachel Davis, Ph.D. (ehemaliges Mitglied)

Eine Anhörung vor einem Ausschuss des Disziplinarausschusses der Staatlichen Verwaltung der Psychologie Pennsylvania fand aufgrund von Anschuldigungen des Vergehens im Amt gegen Rachel Davis, Lizenz Nr. PS005015L, aus Pittsburgh, Allegheny County, am 6. März 2020 in Pittsburgh statt.

DARSTELLUNG DES VEREINBARTEN SACHVERHALTS:

Wie in einer Darstellung des vereinbarten Sachverhalts festgehalten,

1. War Dr. Rachel Davis eine Psychologin und besaß bis 2020 eine Berufszulassung zur Ausübung der Psychologie in Pennsylvania.

2. War Dr. Davis im Jahre 2019 als Stabspsychologin in einem Staatsgefängnis in LaBelle, Pennsylvania angestellt, wo sie psychologische Dienste für Insassen ausübte.

3. Stellte Dr. Davis zwischen Dezember 2019 und Februar 2020 diese Dienste einem männlichen Insassen zur Verfügung, der wegen Mordes auf Lebenszeit einsaß.

4. Wurde die Zelle des Insassen am 14. Februar 2020 unverschlossen vorgefunden. Bei einer Durchsuchung seiner Zelle wurde die Zugangskarte von Dr. Davis zusammen mit einer Klappleiter und einem Wurfanker gefunden, der wahrscheinlich genutzt werden sollte, um die Begrenzungszäune zu überklettern. Dr. Davis hatte berichtet, dass sie ihre Zugangskarte an diesem Tag zuhause vergessen hatte.

5. Hatte der Insasse die Möglichkeiten für eine potenzielle Flucht, jedoch sagte der Insasse aus, dass die Handlungsweise von Dr. Davis und ihr Versuch, ihm bei einer Flucht zu helfen, unerwünschte Handlungen gewesen seien und er meldete sie einem Gefängniswärter.

6. Brach Dr. Davis zusammen, als sie hierzu befragt wurde und bestand darauf, dass sie gehandelt hatte, weil der Insasse unschuldig sei und die lebenslange Strafe nicht verdiene. Dr. Davis wurde festgenommen und verhaftet.

7. Wurde Dr. Davis zwei Tage später des Versuchs zum Arrangement eines Gefängnisausbruchs angeklagt, wozu sie sich schuldig bekannte. Sie wurde für schuldig befunden und zu vier Monaten Gefängnis verurteilt.

8. Trat Dr. Davis kurz danach von ihrer Mitgliedschaft beim Pennsylvania Komitee für Psychologie zurück.

9. Hält der Ausschuss fest, dass Dr. Davis' Mangel an persönlichem und professionellem Urteilsvermögen, ihre unangemessene, professionelle Beziehung mit ihrem Patienten und ihre daraus folgenden Handlungen schwerwiegende Überschreitungen von ethischen und professionellen Standards waren, wodurch der verletzliche Patient vor ein moralisches Dilemma gestellt wurde. Man kann von Glück sagen, dass der Insasse in diesem Fall höhere ethische Standards zeigte, als Dr. Davis, und den Fall den zuständigen Behörden meldete.

(6.3.2020)

45

JENA

Donnerstag, 19:16

Jack ist tot. Das ist die Gedankenspirale des Verderbens in die mein Gehirn hinabtrudelt. Als ich die Privatnachricht öffne, sehe ich ein Video, das bei einem Bild eingefroren ist, auf dem Jack zu sehen ist, an eine Bahre gebunden, gemeinsam mit einer Nachricht.

Liebe Polizei Pittsburgh,

Oh wow. Es ist nicht an mich adressiert. Dustin hat die Nachricht an die gesamte Polizeiabteilung geschickt. Mein Herz krampft in meiner Brust, aber ich zwinge mich dazu, weiterzulesen und sitze schief im Fahrersitz.

Was wäre ein besserer Ort, um sich zu verstecken, als einer, der bereits durchsucht wurde? Fangfrage. Die Antwort ist, keiner!

Erinnert ihr euch an die entzückende, kleine Wohnung, in die ihr euer tolles SWAT-Team geschickt haben, um nach Jack zu suchen? Großartige Aussicht auf das Wasser, nicht wahr? Und ihr wisst, was man sagt, dass der entscheidende Faktor bei Immobilien ist. Lage, Lage, Lage! Das Baby ist der perfekte Standort zum Abhängen vor einem Treffen. Man kann durch Tunnel, Brücke, Boot oder Auto hinausschleichen! Danach ist es leicht, unter 22.000 Menschen zu verschwinden.

Genau. Das Spiel der Pirates findet statt! Und sie gewinnen! Gegen die Philadelphia Phillies! Tolle Idee, die Dinge vor Ort zu halten, meint ihr nicht? Welcher Ort wäre besser, um die letzten Plagen zu entfesseln als vor den Augen einer solch unglaublichen Fangemeinde? Und das Beste? Sie werden nicht lange Zuschauer sein. Ich hab immer geglaubt, dass nichts den Hype um ein Finale so sehr steigert, wie die Beteiligung des Publikums.

Okay. Genug geredet. Muss los. Das ist mein erstes Blind Date. Ich bin so nervös! Glaubt ihr, Leviticus wird mich mögen?

~ Azrael

Ich tippe auf das Video und sehe Jack bewegungslos auf dem Bildschirm. Er ist an einer Bahre in dem Apartment festgebunden, das wir mit dem SWAT-Team gestürmt haben. Die Beleuchtung ist schwach, sie taucht das Treibgut und die abblätternde Tapete, die sich verzweifelt an den Wänden festhält, in ein gespenstisches Glühen. Jack wirkt unnatürlich friedlich, seine Brust hebt und senkt sich in stetigem Rhythmus. Seine Augen sind geschlossen, sein Kopf rollt von einer Seite zur anderen. Vermutlich sediert.

Die Szene ändert sich. Jack ist jetzt auf dem Beifahrersitz eines unscheinbaren Sedans zusammengesackt, der Motor brummt, während das Auto durch die Straßen gleitet. Ein vollgepackter Parkplatz kommt durch das Fenster hinter ihm in Sicht, gebadet in dem Orangeton der sinkenden Sonne. Die Luft draußen trägt das schwache Summen von Aufregung, die elektrisierende Atmosphäre, die vor einem großen Ereignis kommt.

Als das Auto um eine Ecke fährt, fängt die Kamera einen kurzen Blick auf den PNC-Park in der Ferne ein. Seine auffälligen, gelben Außenwände und schwarzen Stützbalken aus Stahl erheben sich wie eine Festung vor dem sich verdunkelnden Himmel. Schatten erstrecken sich über den Straßenbelag und das Rumoren der Menge wird lauter, ihre Stimmen verschmelzen zu einem einzigen, pulsierenden Takt.

Das Video wechselt noch einmal die Szene und Jack erscheint wieder, diesmal in einem Rollstuhl zusammengesackt. Sein Kopf hängt vornüber, aber seine Atmung ist weiterhin stabil. Ein Paar behandschuhter Hände – vermutlich Dustins – umgreift die Griffe und treibt ihn mit zielgerichteten Schritten vorwärts. Sie schlängeln sich durch ein Meer von Fans, aufgeregtes Geplapper sprudelt hervor; überall sind Arme voll Popcorn und Hot Dogs. Die Menge, in Teamfarben gewandt und mit Wimpeln und Schaumhänden wedelnd, ist ein verschwommener Fleck an Gesichtern, ihre Aufmerksamkeit darauf gerichtet, Kontakte zu knüpfend, während sie nach ihren Sitzplätzen suchen.

Jack und sein Kidnapper bewegen sich tiefer ins Stadion, werden von der Menschenmenge verschluckt; ihre Anwesenheit unbemerkt, als die Anspannung in der Luft steigt. Ein Begleitkommentar beginnt. Eine Frau mit britischem Akzent spricht in jenem didaktischen Ton, der für Bildungsvideos genutzt wird. Es handelt sich um Text-zu-Sprache-Umwandlung und ich bin mir sicher, dass Dustin es so programmiert hat, dass es sagt, was immer er will.

„Neueinführungen von Bomben erfordern Kunstfertigkeit, gepaart mit explosiver Kraft.“, fängt der Begleitkommentar an. „Eine Schubkraft, gewaltig genug, um die angedachten Ziele zu zerstören.“

„Bald wird eine eindrucksvolle Bombe zu Ihrem Vergnügen explodieren. Eine Wolke an Zerstörung, die jeden auslöschen wird, der sich ihr in den Weg stellt – ob Baseballspieler, Sicherheitsbedienstete, Polizeibeamte, 22.000 Fans – und bietet dabei spektakuläre Unterhaltung. Bitte bereiten Sie sich auf das Feuerwerk nach dem Spiel vor."

Es macht mich krank. Ich muss mich auf Jack konzentrieren, aber alles, woran ich gerade denken kann, ist die Tatsache, dass Mason bei diesem Spiel zusieht. Ich will mir selbst dafür schlagen, dass ich ihm gesagt habe, er solle zu dem Spiel gehen, statt die Nacht mit mir zu verbringen. Meine Sturheit, mein Bedürfnis, immer eine starke Fassade aufzusetzen, könnten sein Leben aufs Spiel gesetzt haben.

Der Begleitkommentar wechselt zu Dustins verzerrter Stimme. *„Wo sind wir, Polizei Pittsburgh? Könnt Ihr unsere Tickets verfolgen? Den Ort, an dem ich die Bombe versteckt habe, lokalisieren? Es ist einfach, Sachen einzuschmuggeln, wenn man eine arme, unglückselige Seele in einem Rollstuhl begleitet. Mitleid lässt Menschen so vieles übersehen. Glücklicherweise mangelt es mir an Mitgefühl. Und das ist es, was mich großartig machen wird. Was mir helfen wird, meinen Namen in größter, fettester Schrift in die Geschichtsbücher eingehen zu lassen. Frohes Jagen an die Polizei Pittsburgh!"*

Und dann endet das Video mit einer Greenscreen-Aufnahme von einer Pilzwolke über dem Stadion.

46

JACK

Donnerstag, 19:27

Jacks Verstand treibt in einer Benommenheit, der gedämpfte Schrei von tausenden Stimmen hallt in seinem Verstand wieder. Er kann sich beinahe an dem Geruch von frisch geschnittenem Gras festhalten, kann das fade Popcorn beinahe auf seiner Zunge schmecken. Doch die Außenwelt entgleitet ihm immer wieder. Er hört ein Krachen, wie von einem Baseballschläger, der auf einen Ball trifft. Und dann erinnert er sich. Er befindet sich im PNC-Park, verloren in der Menge.

Eine kalte, zitternde Präsenz haftet an seiner Haut, zieht ihn in Dunkelheit hinab. Er fühlt Bewegung, jemand schiebt seinen Rollstuhl einen Hang hinauf, doch dann wechselt der Abhang seine Richtung und er rutscht hinab. Er schlägt auf dem Boden auf. Ein erschütternder Aufprall. Die Kälte schleicht sich heran, drückt ihn nieder, umgibt ihn Stück für Stück.

Jack kann seine Augen nicht öffnen. Metall trifft auf Dreck. Schwerer Atem neben seinen Ohren. Ein Gewicht umschließ ihn Stück für Stück, presst enger, hält ihn gefangen. Er wird panisch und beginnt zu fuchteln. Dreck. Das ist es, was ihn umhüllt. Er wird begraben. Der Dreck reicht bis an seine Brust, die Last drückt seine Lungen zusammen. Lässt das Atmen zu einem Kampf werden. Jeder Atemzug schwerer als der letzte.

„Shh“, flüstert Schatten, ein eindringliches Schlaflied, das ihm einen Schauer über den Rücken jagt. „Es ist alles gut, Jack. Das hier wird alles bald vorbei sein. Du wirst endlich ruhen können.“

Ruhe. Der Gedanke daran löst einen Tsunami an Schrecken aus, gefolgt von einer Welle der Erleichterung. Vielleicht wäre der Tod ein willkommener Trost. Befreiung von dieser Tortur. Die Geräusche des Stadions umgibt ihn, Geflüster freudiger Erregung kommt aus weiter Ferne.

Eine schwache Melodie dringt an seine Ohren. Eine bekannte Melodie, die er nur schwer verstehen kann, die Töne führen ihn aus der Dunkelheit zurück.

Bah dah bah bah-dah baaaahh daahh. „Take me out to the ball...game.”

Schatten summt, die Melodie begleitet von Jacks rhythmischem Herzschlag. Er hat noch nie einen so schreckenerregenden Klang gehört.

Als Dunkelheit droht, ihn zu verzehren, nimmt Jack seine schwindende Stärke zusammen. Er ballt die rechte Hand zu einer Faust und öffnet sie wieder, die Erde gibt unter seinen Fingerspitzen nach. Mit bewussten, zittrigen Bewegungen bewegt er seine Hand in kleinen Kreisen, achtet darauf, sich nicht zu verraten, während er die feuchte Erde wegschiebt. Es ist eine stille Trotzhandlung, ein Flüstern der Hoffnung im Angesicht der Verzweiflung.

Schatten summt weiter, die Töne geistern im Nichts herum. Jack kann nicht anders, als der Melodie zu lauschen, sein Verstand klammert sich an die Vertrautheit des Liedes. Das Lied ist, trotz der Art, wie Schattens Stimme eine süße Erinnerung an glücklichere Tage verdreht, ein Rettungsanker.

Jack bewegt seine Hand weiterhin, Erde bewegt sich, Sand sammelt sich unter seinen Fingernägeln. Jede Drehung gewährt ihm ein weiteres Stückchen Platz. Es ist nicht viel. Es wird wahrscheinlich nicht genug sein. Aber es ist alles, was er hat.

47

JENA

Donnerstag, 19:31

Ich schließe das Video, die Pilzwolke verschwindet vom Handybildschirm. Mein Herz hämmert, mein Verstand rast. Auf keinen Fall hat Dustin Jack zum PNC-Park gebracht. Es macht keinen Sinn. Ich vertraue auf die Informationen, die ich über den Steinbruch zusammengetragen habe. Das Baseballspiel ist ein Köder. Eine Ablenkung. Oder? Es muss einfach so sein…Mason…

Ich wähle Masons Nummer auf meinem Wegwerfhandy. Keine Antwort. Scheiße, scheiße, scheiße. Ich versuche es erneut, dann schicke ich eine Nachricht: *Ruf mich an. Dringend.*

Ich muss Collins erreichen. Herausfinden, ob das Video gefälscht ist. Ich nehme wieder mein normales Hand und wähle seine Direktverbindung. Es klingelt, klingelt, klingelt. Keine Antwort. Meine Muskeln spannen sich an, meine Schultern heben sich bis zu meinen Ohren, als ich noch einmal wähle. Gleiches Ergebnis. Ich wähle erneut.

„Campbell“, meldet sich Collins widerwillig. *„Ich bin ein bisschen beschäftigt.“*

„Das Video.“

„Ja Madam. Das ist es, was mich auf Hochtouren gebracht hat.“

„Ist es gefälscht? Ich meine, Sie haben es überprüft, oder? Dass das Videomaterial echt ist?“

„Natürlich habe ich es überprüft. Es ist echt."

Ich halte inne, meine Gedanken drehen sich um die neue Information.

„Noch irgendetwas, Madam? Ich bin am Verzweifeln und, nichts für ungut, ich sollte nicht mit Ihnen reden, da Sie nicht mehr für uns arbeiten."

„Nein, das ist alles. Danke Collins. Dass Sie abgenommen haben, meine ich."

„Einmal verbrüdert, immer verbrüdert."

Ich denke, ich sollte mich von der Geisteshaltung der Marine geehrt fühlen. Ich bin kurz davor, aufzulegen, als mir etwas auffällt. „Warten Sie."

„Madam?"

„Ist das Video von heute? Hat er es heute aufgenommen?"

Collins zögert und ich kann das Klackern einer Tastatur hören. *„Kann ich nicht sagen, er hat den Zeitstempel entfernt."*

„Vielen Dank. Ich meine es ernst. Danke vielmals. Ich bin Ihnen was schuldig."

„Ihnen ist klar, dass Sie das Versprechen einem Marinesoldaten geben, oder? Vielleicht werde ich das eines Tages einlösen."

„Notiert."

„Ich muss wirklich los, Madam."

Mit diesen Worten legt Collins auf. Ich habe das Video bereits wieder auf meinem Handy geöffnet und sehe es erneut an, das Video von Jack in dem Rollstuhl. Er sieht zu gesund aus. Rosige Wangen. Ich wette um meinen Ford F-150 dass das kein neues Video ist.

Ich öffne das Video von Jack, das Dustin als Captain Rock live gestreamt hat. Jack ist dünner. Seine Wangenknochen scharf. Haut bleich. Ich bin mir zu 100 Prozent sicher. Naja, zumindest zu 99 Prozent. Das es ein altes Video ist.

Mein nächster Anruf geht an Captain Price. Er nimmt nicht ab. Ich rufe ein zweites, drittes, viertes, fünftes, sechstes Mal an. Verdammt. Entweder befindet er sich dank dieser Krise im Notbetrieb, zu überfordert, um zu antworten, oder er hat mich verstoßen. Ich hinterlasse eine Nachricht und rufe dann die zweitbeste Person an. Mary. Sie nimmt auch nicht beim ersten Mal an, aber ich erwische sie beim dritten Mal.

„Jena!“, ruft sie über das Sirenengeheul. *„Ich kann jetzt nicht reden.“*

„Ich hab das Video gesehen.“

„Was? Hast du Video gesagt?“

„Genau. Ich denke, es ist ein Köder.“

„Ja, genau,“ blafft sie über die schmetternden Glocken. *„Darum mussten wir ausrücken.“*

„Nicht ausrücken. Köder. Köder!“ Der Knoten in meinem Magen zieht sich zusammen.

„Eine Bombe. Liebe Güte, er will das ganze Station töten. Die ganze Abteilung wurde mobil gemacht. Ich muss los.“

Und schon ist Mary weg. Scheiße. Ich schicke ihr eine Nachricht, obwohl ich mir nicht sicher bin, dass sie es sehen wird. *Der PNC-Park ist ziemlich sicher ein Köder. Ich denke, Jack ist im*

Ridge Kalksteinbruch. Erinnerst du dich an die Karte, die wir in Silas' Keller gefunden haben? Bitte ruf mich an!

Von Adrenalin durchflutet umklammere ich mein Handy, meine Handflächen schwitzen. Ich arbeite die Liste ab, rufe jede Nummer an, die ich habe. Jersey. Weisz. Dale. Keine Antwort. Ich schicke ihnen allen dieselbe Nachricht. Ich rufe den Sekretär an, aber er weigert sich, irgendeine Nachricht in meinem Namen zu übermitteln.

Mein Körper zittert, meine Haut glüht vor Hitze. Ich balle meine Fäuste und löse sie wieder und wäge meine Möglichkeiten ab. So wie ich es sehe, gibt es nur zwei. Nichts tun, oder meiner Vorahnung folgen. Mein Bauchgefühl sagt mir, dass ich Recht habe. Ich schließe meine Augen und atme tief durch. Alles ist gut. Alles wird gut. Weil ich dafür sorgen werde.

Ich blicke auf meine Nachtsichtbrille hinab und klopfe auf meine Sig P320 Pistole, ihr Gewicht beruhigend, als ich den Truck anlasse und Vollgas gebe.

48

JENA

Donnerstag, 20:06

Ich rase auf der I-376 in meinem Ford F-150 gen Osten und überschreite die Geschwindigkeitsbegrenzung bei Weitem. Ich schlängle mich zwischen den Fahrspuren entlang und hoffe, ich werde nicht angehalten. Wäre das nicht ironisch? Ich würde über den Gedanken lachen, wenn Dustin mir in den letzten zehn Tagen nicht jeglichen Sinn von Humor entrissen hätte.

Der Steinbruch ist über eine Stunde entfernt, aber nicht mit der Geschwindigkeit, mit der ich fahre.

Ich rufe Mason immer wieder auf dem Wegwerfhandy an, aber er nimmt nicht ab. Ich will mein Lenkrad schlagen. Wut wäre viel besser als die Panik, die mich ergriffen hat. Aber ich muss mich auf meine waghalsige Fahrweise konzentrieren.

Je weiter ich mich vom Herzen Pittsburghs entferne, desto weniger Verkehr herrscht. Als die I-376 zur 22 – oder dem Old William Penn Highway – wird, ist außer mir beinahe niemand auf der Straße. Ich biege nach links in die Sardis-Nachbarschaft ab und nehme den Fuß etwas vom Gas, als die Straßen eher ländlich und weniger gut beleuchtet werden.

Endlich ruft Mason zurück. Der Hintergrundlärm ist chaotisch, ein Wirrwarr aus verzweifelten Stimmen und Polizeisirenen.

„Was ist los?“ Ich kann nicht verhindern, dass meine Stimme sich überschlägt und bricht.

„Es ist Wahnsinn!“, schreit er über die Menge hinweg. *„Sie haben natürlich die Spieler zuerst herausgeholt. Ich versuche, rauszukommen, aber-“*

Mason bricht ab, ich kann nur Schreie und Sirenen hören.

„-Evakuierung ist ein Witz.“

Ich atme heftig aus, erleichtert, ihn wieder zu hören.

„Menschen rennen in Panik herum und der Polizeischwarm-“

Mehr Schreie und Rufe. Ich glaube, ein Megafon zu hören. Ich starre das Handy an und rufe Mason mit meinem Willen zurück.

„-reicht nicht aus, um alles unter Kontrolle zu halten.“

Ich habe das Handy so heftig angestarrt, dass ich von der Straße abgedriftet bin, meine Räder knirschen über den Schotterstreifen.

„Warte, fährst du?!“, ruft er. *„Wo bist du? Du kommst nicht hierher, oder?“*

Ich zucke zusammen, die Schuld nagt an mir. „Nein. Zum Ridge Kalksteinbruch. Ich glaube, ich habe es mir zusammengereimt und Jack ist dort. Silas hatte in seinem Keller eine Karte des Steinbruchs, als wir ihn verhaftet haben. Möglicherweise planen Dustin und Silas einen gemeinsamen Mord. Ich weiß es nicht.“

Masons Stimme ist von Sorge durchzogen. *„Jena, spiel nicht die Heldin. Hast du es gemeldet? Ist die Polizei auf dem Weg?“*

„Nein. Ich hab es versucht, aber die gesamte Truppe ist im Stadion. Wenn ich Recht habe, gibt es keine Zeit zu verlieren.“

Ich höre ein Geräusch wie von tausenden Schritten, die auf Beton treffen, bevor Mason wieder zu hören ist. *„Haben dich irgendwelche deiner Kollegen darin eingeweiht, was hier los ist?"*

Ex-Kollegen, denke ich mir. „Nein. Vermutlich haben sie alle Hände voll zu tun."

„Ja. Ja das haben sie. Ich halte dich auf dem Laufenden."

„Geh verdammt nochmal da raus, Mason. Ich meins ernst."

„Ich versuch's ja.", sagt er, seine Stimme angespannt. *„Es ist nicht so einfach mit all diesen Menschen, die aufeinander herumtrampeln wie eine Horde Elefanten."*

„Ich wünschte, ich wäre bei dir."

„Ich bin froh, dass du nicht hier bist. Ich meine-"

Das Getöse der Menge schwillt an.

„Mason, bitte, tu was immer nötig ist, um da rauszukommen."

„Werde ich machen."

Mein Verstand rast. Was, wenn ich falsch liege? Was, wenn Jack im Stadion ist und nicht im Steinbruch? Was, wenn im Stadion wirklich eine Bombe ist? Ich kann den Gedanken, Mason zu verlieren, nicht ertragen.

„Ich werde losrennen. Ich lasse das Handy auf Lautsprecher, okay?"

„Okay."

Als er sein Handy auf Lautsprecher schaltet, werden die Geräusche der verängstigten Menge ohrenbetäubend, Schreie von Chaos und Verwirrung.

Über den anderen Stimmen höre ich Mason schreien: *„Verdammt!“* und mein Magen dreht sich um.

„Was ist passiert?“, rufe ich. Er antwortet nicht und mein Herz hämmert mir in der Kehle, als ich rufe: „Mason?! Mason!! Mason?!!!“

49

JENA

Donnerstag, 20:29

Keine Antwort von Mason. Ich kann nicht klar denken und fahre beinahe auf den Standstreifen, um umzudrehen. Aber dann kann ich das Handy an sein Gesicht reiben hören, bevor er antwortet, noch immer auf Lautsprecher.

„Scheiße.“ Mason gibt Grunzlaute von sich.

„Mason?!“

„Ich bin hier. Es ist mein Knöchel. Wurde umgeworfen. Ich-“ Ich höre mehr Schmerzenslaute, dann: *„Ich bin in einer Ecke. Vorerst sicher.“*

Ich höre einen dröhnenden Knall und ich trete scharf auf die Bremse. Die Bombe ist explodiert. Ich weiß es. Aber dann ist da… ein Gitarrenriff? Noch ein dröhnender Knall neben der Musik, und noch einer. Rhythmisch. Heavy Metal.

„Was zur Hölle geht da vor sich?“, kreische ich.

Mason schreit ins Handy. *„Da ist ein Video. Auf dem Großbildschirm. Warte, ich rufe dich mit FaceTime zurück, damit du es sehen kannst.“*

„Nein! Mason! Geh einfach! Geh!!“

Aber er hat bereits aufgelegt. Als ich wieder losfahre, kann ich mich nicht mehr damit zurückhalten, auf Dinge einzuschlagen, entscheide mich aber für das Armaturenbrett statt des Lenkrads.

Will die Hupe nicht schlagen und meine Anwesenheit auf der Schotterpiste bekanntgeben. Ich bin nur etwa fünf Minuten vom Steinbruch entfernt, also schalte ich die Scheinwerfer aus.

Als der Anruf sich wieder verbindet, schüttle ich meine Hand aus, meine Knöchel pochen vor Schmerz. Ich kann den Großbildschirm durch Masons Handykamera sehen. Ich kämpfe darum, meine Augen auf der Straße zu halten, während ich den Bildschirm beobachte. Es ist Dustins verdunkelte Silhouette, er nutzt seinen Lieblingstrick am Greenscreen, um im Hintergrund verschiedene Arten von Bombenexplosionen zu zeigen. Seine verzerrte Stimme hallt über die Heavy Metal Musik, die im Hintergrund dröhnt. Ich meine das Lied zu erkennen. Es ist eines, das Papich oft spielt. „Angel of Death" von Slayer. Ich mag die Implikation des Titels nicht. Gar nicht.

„Hallo meine Damen und Herren der Strafverfolgungsbehörden Pittsburghs. Sollen wir ein Spiel spielen? Hmm? Ich liebe eine gute Schnitzeljagd. Wo ist die Bombe, meine lieben Officers? Ich habe Ihnen einige Hinweise hinterlassen, falls sie diese rechtzeitig finden können."

Ich kann nicht verstehen, was Dustin sonst noch sagt, weil ich Mason anschreie. „Hör mir zu! Du musst da jetzt sofort raus! Bitte! Geh da verdammt nochmal raus!"

„Ich weiß. Das werde ich. Nachdem. Ah verdammt. Meinem Knöchel geht es nicht besonders gut."

Ich bin vielleicht noch zwei Minuten vom Steinbruch entfernt. Ich fahre von dem Schotterweg hinab zwischen eine hohe Baumgruppe, um meinen Truck zu verstecken. Ich schalte den Motor aus, beuge mich über das Lenkrad, so sehr außer Atem, als wäre ich gerade einen Marathon gelaufen. Ich bin gelähmt. Ich weiß nicht, was ich tun soll. Bei Mason bleiben und das Video ansehen, oder in den Steinbruch gehen?

Es gibt nur eine richtige Antwort. Nur eine, mit der ich etwas bewirken kann.

„Mason. Bitte. Geh da raus. Ich bin am Steinbruch. Jack braucht mich. Und falls Dustin hier ist, kann ich vielleicht stoppen, was auch immer da vor sich geht. Ich muss…ich kann nicht…bitte, bitte geh da raus. Bitte. Ich weiß nicht, was ich ohne dich tun würde."

Masons Stimme ist ruhig. Zu ruhig für meinen Geschmack. *„Okay. Ich…ich glaube ich kann. Ich sehe die Treppe. Ich gehe. Jetzt. Versprochen. Du schaffst das. Und wag es nicht, mich nach dem, was du gerade gesagt hast, zu verlassen, verstanden? Ich kann auch nicht ohne dich leben."*

Ich öffne meinen Mund, um ihm zu sagen, dass ich ihn liebe, aber die Verbindung ist tot.

50

JENA

Donnerstag, 20:48

Ich springe aus dem Truck und werde von der nächtlichen Stille empfangen. Grillen. Das Heulen einer Nachteule. Das Rascheln einer Brise in hohem Gras. Die Abgelegenheit der Gegend lässt mir Schauer den Rücken hinablaufen. Nur ich und meine Vermutung sind hier draußen. Kein Partner. Keine Verstärkung. Keine Polizei zur Verfügung, die auftauchen kann und auf keinen Fall könnten sie es jetzt noch rechtzeitig hierher schaffen, selbst wenn sie Zeit hätten. Wenigstens hat eine Person mir zugehört. Mason. Aber ich muss ihn aus meinen Gedanken verscheuchen, ihn in einen anderen Teil meines Verstandes sperren, wenn ich diesen Job gut machen will.

Ich mache ein paar Schritte vorwärts, orientiere mich. Sogar bei Tageslicht wäre es Herausforderung genug, sich durch das Terrain zu bewegen, aber die Nacht hat diesen Hindernislauf auf die Spitze getrieben. Das schwache Mondlicht schafft es nicht, durch die Wolkendecke zur brechen, was mir kaum Sicht verschafft. Da ich es nicht riskieren will, dass jemand eine Taschenlampe sieht, ziehe ich meine Nachtsichtbrille auf und sehe meine Umgebung in verschiedenen Grüntönen. Ich ziehe meine Pistole, riskiere nicht, nichtsahnend oder unvorbereitet erwischt zu werden.

Ich hetze zum Steinbruch, mir jeder vergehenden Sekunde bewusst. Schon bald erreiche ich ein BETRETEN VERBOTEN Schild, das an einen Baum genagelt ist. Das Warnschild hängt neben einer schweren Kette, die über die Schotterstraße gespannt ist, um unbefugte Fahrzeuge am Durchgang zu hindern. Ich verlangsame meine Annäherung, bis ich nur noch langsam krieche, schätze den Ort kritisch ab.

Ich bewege mich tief gebückt fort und bleibe einige Meter abseits der Straße, auch wenn sie kaum als Straße zählt. Sie ist eher wie eine matschige Spur, die von den Rädern schwerer Maschinen herausgearbeitet wurde, mit ein wenig Kies dazwischen gestreut. Ausreichend für eine Einbahnstraße.

Ich übertrete die Schwelle in den Steinbruch und meine Blickrichtung wird in jeder Richtung von gigantischen Maschinen blockiert. Zu meiner Rechten befindet sich eine Vorrichtung mit einem geneigten Förderband, das aussieht, als wäre es dazu gedacht, Steine in einen riesigen Eimer zu trennen. Zu meiner linken stehen ein Vorderlader und eine Planierraupe. Die Gruben sind selbst mit der Brille schwer zu erkennen, aber es gibt mindestens drei. Ich kann keine Bewegung erkennen. Keine Umrisse, die sich durch die Nacht schleichen.

Die nahegelegenste Grube befindet sich neben dem Bagger, etwa drei Meter davor und anderthalb Meter von dem Steinbruchlastwagen entfernt. Vielleicht weniger. Ich schleiche hinüber und verfluche den Kies jedes Mal, wenn er unter meinen Füßen knirscht und ich somit riskiere, erwischt zu werden. Ich nutze die massive

Maschine als Deckung und gleite an der Seite entlang, bis ich hinter den scharfen Zähnen der Schaufel verborgen bin. Die Schwerlastschaufel liegt kopfüber auf dem Boden. Ich halte den Atem an und lausche. Eine Minute lang kann ich nur das Blut in meinen Ohren rauschen hören. Aber dann vernehme ich schwaches Stöhnen, das Schlurfen von Füßen über Kies.

Meine Eingeweide ziehen sich zusammen und explodieren dann wie Schmetterlinge. Ein innerliches *„Ich hab's dir doch gesagt."* Meine Vermutung war richtig. Sie sind hier. Ich ziehe meine Schuhe aus, um still heranschleichen zu können; sie werden mich in meinen Socken nicht herankommen hören, während ich leise in Richtung der Grube gehe. Ich lasse mein Gewicht auf den Fußballen, die Steine sind bei jeder Bewegung scharf und schneiden mich, aber der Schmerz ist ein kleiner Preis für das Überraschungselement. Sobald ich in der Nähe des Grubenrandes bin, lege ich mich platt auf den Boden und vertraue darauf, dass die Dunkelheit mich versteckt. Ich bewege mich Stück für Stück an den Rand heran, bis ich durch die verschwommenen Grüntöne meiner Nachtsichtbrille erkennen kann, was in dem Loch vor sich geht.

Viereinhalb Meter unter mir befindet sich Jack, von der Brustmitte aufwärts freigelegt, der Rest von ihm ist im Dreck begraben, einschließlich seiner Arme. Er scheint sediert zu sein, sein Kopf hängt schlaff zurück, während er stöhnt. Ein Kreis von mandarinengroßen Steinen umgibt ihn. Die perfekte Größe und Form, um sie aus der Nähe zu schmeißen. Nicht viel kleiner als die Softbälle, die ich im College geschlagen habe. Ich suche ihn und dann die steilen

Seitenwände der Grube ab und realisiere, wie schwierig es werden wird, ihn da rauszuholen. Unmöglich, wenn sowohl Dustin als auch Silas in Aktion sind. Ich muss sie neutralisieren. Aber im Moment kann ich nur Dustin in der Grube sehen, der wie ein eingesperrtes Tier hin und her schreitet.

Er wartet auf Silas. Er will die Teilnahme seines Mentors, der letzte Schliff an seinem Meisterstück. Aber Silas ist nicht hier. Sieht aus, als sei meine Vorahnung halb falsch gewesen; Silas ist nicht aufgetaucht. Wie lange wird Dustin warten, bevor er Jacks Leben ein Ende setzt?

51

JENA

Donnerstag, 21:11

Dustin hört auf, auf und abzuschreiten und bewegt sich zu einem Klapptisch, auf dem sich ein Laptop und eine Ringleuchte befinden, beide ausgeschaltet. Unter dem Tisch befindet sich noch mehr Equipment. Vielleicht eine Fernbedienung? Aus dieser Entfernung kann ich es nicht sicher sagen. Sieht aus, als würde er planen, das Hauptereignis zu livestreamen.

Als könnte Dustin meine Gedanken lesen, beugt er sich vor und schaltet den Laptop ein. Der Bildschirm scheint hell in meine Brille, und ich muss die Augen zusammenkneifen, um sehen zu können. Der Laptopbildschirm zeigt PNC-Park und den Schwarm an Polizeiautos, die ihn umgeben. Dustin sieht sich die Szene stummgeschaltet an. Er murmelt Jack etwas zu, das ich nicht hören kann, aber sein Tonfall ist schadenfroh.

Dustin klickt auf dem Laptop etwas an, wie ich vermute, um die Aufnahme zu beginnen, aber ich kann es nicht sicher sagen. Seine Ringleuchte ist noch immer ausgeschaltet. Dann hebt er einen Stein auf. Ich ziele sorgsam mit meiner Sig P320 Pistole. Die Sig fühlt sich anders an, als meine Glock-Dienstpistole, mit der ich mich wohler fühle und geübter bin, und das ist ein Schuss, den ich nicht vermasseln darf. Dustin holt aus, zieht seinen Arm hinter den Kopf. Ich atme ein, bereit, den Abzug zu tätigen.

Bevor ich schießen kann, trifft ein verschwommener Fleck, von der Brille grün gefärbt, meine Hand. Schmerz schießt meinen Arm entlang, als meine Knochen knirschen. Ich schreie auf und lasse die Pistole fallen. Ich rolle mich auf meine linke Seite, um zu sehen, was zur Hölle mich getroffen hat. Ein baseballgroßer Stein liegt neben mir auf dem Boden. Weißglühende Hitze versengt meine Hand. Zwei Finger sind definitiv gebrochen. Vielleicht sogar drei. Ich stecke in verdammt vielen Schwierigkeiten. Ich kann meine Pistole nirgends sehen. Es wäre eine Herausforderung, mit der linken Hand gut zu feuern, selbst wenn ich sie finden könnte. Und ich kann nicht atmen, habe Angst, woher der Stein kam.

Ich spähe in die Nacht, in die wahrscheinlichste Richtung, sehe die Schaufel des Baggers an, die hellgrün vor dem Hintergrund leuchtet. Ich sehe nichts, aber ich bin mir bewusst, dass Dustin in der Grube unter mir ist, und wenn er einen Weg nach unten hatte, hat er auch einen Weg nach oben. Ich renne beinahe auf den Bagger zu, als ich eine Bewegung sehe. Eine Gestalt läuft die Vordertreppe des Steinbruchlastwagens neben dem Bagger hinab. Silas, der auch eine verfluchte Nachtsichtbrille trägt. Sein Arm schwingt, als würde er auf mich zeigen. Ich sehe den grünen Streifen des Steins, bevor es meine Brille genau in der Mitte trifft. Meine Sicht wird statisch. Ich renne blindlings herum, kämpfe verzweifelt darum, das zu finden, von dem ich hoffe, dass es die Deckung des Baggers ist. Ich lasse meine gebrochene Hand vor mir her schwingen, während ich meine zerstörte Brille mit der anderen Hand hinunterreiße. Als ich sie losreiße, kann ich das Glitzern der Metallmaschine im schwachen Mondlicht sehen, bevor ich einen harten Treffer auf den Hinterkopf bekomme. *Verdammt, Silas kann gut zielen,* ist alles, was ich noch denken kann, als mir Sterne vor den Augen tanzen und meine Knie den Dienst versagen.

52

JENA

Donnerstag, 21:32

Ich wache viereinhalb Meter unter der Bodenhöhe am Grund der Grube wieder auf. Das Mondlicht schneidet durch die Wolkendecke und bietet mir das Geschenk des Sehens. Es ist kalt, mein Atem kommt in abgehackten Froststößen, mein Herz schlägt wie wild in meinem zitternden Körper. Mein Hinterkopf und meine gebrochenen Finger schreien vor Schmerzen. Meine Sicht ist ein Karussell an Sternenexplosionen, mein Körper dreht sich vor Schwindel. Aber ich lebe. Das ist mehr, als ich erwartet habe. Ich atme durch die Nase ein, dankbar dafür, dass ich trotz der Umstände bei Bewusstsein und aufmerksam bin.

Mein Rücken ist an die Wand der Grube gepresst, meine Handgelenke sind mit Kabelbinder hinter meinem Rücken festgebunden. So sehr ich die Kälte auch hasse, bin ich auch dankbar für sie. Macht es verdammt viel leichter, den Plastikfesseln zu entkommen. Ich blinzle die Diskolichter hinter meinen Augenlidern weg und konzentriere mich auf die Menschen vor mir.

Dustin und Silas stehen drei Meter entfernt mit ihren Rücken zu mir, ihre Umrisse vom Schein eines Bildschirms erhellt. In der Nähe, gerade außerhalb des Bildschirmlichts, stöhnt Jack schwach und mitleiderregend. Auf dem Bildschirm ist eine Luftaufnahme des Durcheinanders im Stadion zu sehen. Muss eine von Dustins

Drohnen sein, die das Video aufnimmt. Die Polizei Pittsburghs sucht die Gegend ab. Sucht vermutlich nach Dustins Bombe.

„Aufregend, nicht wahr?“, fragt Dustin, seine Stimme voll gespannter Erwartung.

„Als würden wir Zeugen einer biblischen Offenbarung werden.“, antwortet Silas. In seiner Stimme schwingt Sarkasmus mit, aber anscheinend bemerkt Dustin diese Feinheit nicht.

Ich muss diese Kabelbinder loswerden und dem Einhalt gebieten, was hier gleich passieren wird. Und ich muss das leise tun.

Bevor ich mich bewegen kann, durchschneidet ein bösartiges Kichern die Luft. Dustin hält Silas seine Hand hin, in der sich eine Fernbedienung befindet. „Showtime!“

Das Bild auf dem Bildschirm verändert sich zu einer näheren Aufnahme des Großbildschirms hinter einigen Ständen. Dustin drückt einen Knopf auf der Fernbedienung und ich halte den Atem an. Warte auf die Explosion.

Aber die Explosion kommt nicht. Stattdessen stößt der Großbildschirm eine massive, schimmernde Wolke aus. Einen Moment lang sieht sie wunderschön aus, breitet sich über dem gestreiften Gras des Spielfelds aus, bevor ihre Flugbahn das ausstößt, woraus auch immer sie gemacht ist und es schneidet durch die Menge. Rote Flecken erscheinen, als sich Wunden auf Haut öffnen, Menschen fallen auf die Knie, schlagen nutzlos nach dem Glitzer.

Dustin beugt sich näher an den Monitor und deutet auf die schimmernde Wolke. „Weißt du, was das ist? Es besteht aus feinen

Quarzglasscherben. Sie schneiden durch die Fans, wie ein heißes Messer durch Butter. Los geeeeeeeeeht's, Pirates!"

Ein Lichtstrahl schießt aus dem Großbildschirm und projiziert einen holografischen Engel mit gewaltiger Flügelspannweite auf die Todeswolke.

Wenn die Menge vorher nicht schon hysterisch war, ist sie jetzt ein absolut wahnsinniges Pandämonium. Menschen knallen gegeneinander, fallen, rollen, schlagen in die Luft.

Dustin stößt seine Faust in die Luft. „Na, das nenne ich Unterhaltung!"

Silas schnalzt mit der Zunge. „Du schwelgst jetzt im Chaos, aber Ekklesiastes sagt: ‚Es geschieht nichts Neues unter der Sonne.' Wahre Kunstfertigkeit scheint für die Jugend verloren."

Als ich zusehe, wie Dustins Drohne auf verschiedene Menschen zoomt, wird mir kotzübel. Durch die Drohne hört man auch die Heavy Metal Musik, die noch immer im Hintergrund spielt; das einzig Gute daran ist, dass es die meisten Schreie übertönt. Ich kann nicht anders, als unter den Gesichtern nach Mason zu suchen, und zu beten, dass er rechtzeitig aus dem Stadion entkommen konnte.

Mein Herz verkrampft sich, aber ich kann nicht wegsehen. Menschen schreien und winden sich vor Schmerzen, als Glasscherben durch Fleisch reißen. Blut befleckt den Boden und die Verletzten kämpfen darum, der tödlichen Wolke zu entkommen. Die schmerzerfüllten Schreie der Verletzten verschmelzen mit dem ausufernden Heavy Metal Soundtrack und schaffen einen entsetzlichen Schrei aus Leid und Chaos.

Familienmitglieder versuchen, ihre Liebsten zu schützen, nur um selbst dem Glassturm zum Opfer zu fallen. Eine Mutter hält ihr verletztes Kind schützend an sich gedrückt, ihr eigenes Gesicht von Schnitten überzogen, während sie Blut weint. Ein junges Paar klammert sich aneinander, ihr Körper mit tiefen Schnitten überzogen, ihre Kleidung zerrissen und blutdurchtränkt. Der Massenansturm an verschreckten Menschen trampelt über diese, die gefallen sind, schlaffe Glieder werden durch den Druck des Stampfens in die Luft geschleudert.

Als der holografische Todesengel sich über dem Stadion auftürmt, breiten sich seine glitzernden Flügel weiter aus und die panische Menge wogt und schiebt, und versucht, dem Blutbad zu entkommen. Manche werden bei ihrem Versuch zu fliehen gegen Wände und Absperrungen gequetscht, während andere über die Geländer geworfen werden und Körper auf den unerbittlichen Beton am Boden aufprallen.

Der unbarmherzige Glasregen richtet weiterhin Verwüstung an. Die Verletzten stolpern und krabbeln, und hinterlassen Blutspuren. Der Avatar mag ein Engel sein, aber es ist eine Szene direkt aus der Hölle.

Das Bild zoomt auf ein paar Mitglieder der Polizei Pittsburgh heran, Gasmasken aufgesetzt, bei dem Versuch, die Menschen in systematisch aus dem Stadion zu bringen, doch sie verlieren den Kampf. Die Wolke kommt, um die Fans zu holen.

Ich würde die kleinste Beamtin überall wiedererkennen. Mary. Ich kann nur voller Entsetzen zusehen, wie sie ihre Maske abzieht und sie einem kleinen, vielleicht fünfjährigen Jungen gibt und sie an seinem Kopf befestigt, bevor ihr Gesicht von roten Linien durchzogen wird. Ich denke an ihren Ehemann, ihre zweijährige Tochter und will sie anschreien, weil sie so ein weichherziger Idiot ist. Wehe, wenn sie stirbt. Das würde ich nicht verkraften. Meine ganzer Körper schreit vor qualvoller Wut. Aber ich muss still bleiben, selbst, als mir die Tränen in die Augen steigen.

Dustin sieht mit einer beunruhigenden, wiegenden Bewegung zu, er genießt ganz offensichtlich jeden Moment der Zerstörung, die er verursacht hat.

Silas sieht unbeeindruckt aus und zupft an einem Fingernagel herum. „Du ziehst eine ganz schöne Show ab.“, sagt Silas, seine Stimme triefend vor Sarkasmus. „Hoffst du auf eine Standing Ovation?“

Dustin bemerkt Silas‘ Spott nicht, seine Augen kleben am Bildschirm fest. „Auf den Status der Legende!“, flüstert er sich selbst zu.

Ich beiße die Zähne zusammen und versuche, Marys zerfetztes Gesicht zu verdrängen. *Reiß dich zusammen, Jena*, flehe ich mich stumm an. Ich muss Jack retten und es zu Mason zurück schaffen. Dustin seiner gerechten Strafe zuführen, für das was er getan hat.

Ich drücke meinen Rücken heftig an die Wand der Grube, ziehe die Knie an die Brust und bringe meine mit Kabelbinder gefesselten Hände unter meinen bestrumpften Füßen nach vorne, um sie vor mir zu haben. Dann hebe ich die Hände zu meinem Mund und beiße fest auf das überschüssige Plastikstück, was die Fesseln noch enger macht und danke dem Gott, der zuhört, für das kalte Wetter, das meine Handgelenke schrumpfen lässt. Ich hebe meine Hände und bete, dass die Heavy Metal Musik im Stadion das Geräusch übertönt, das entsteht, als ich das Plastikstück, das meine Hände verbindet, auf einen scharfen Stein schlage. Die Kabelbinder platzen auf. Haut wird abgeschabt. Der Aufprall schickt einen Schmerzensstrahl durch meine gebrochenen Finger. Ich beiße auf meine Wange, um nicht loszuschreien.

„Was ist das?“, fragt Silas, und ich bin mir sicher, sie haben mich erwischt. Ich bin zu nahe bei ihnen. Sie müssen es gehört haben.

Ich warte eingerollt, spanne meine Muskeln an, bereit, hochzuspringen und loszurennen. Aber dann sehe ich, dass er auf den Bildschirm deutet. Auf mich.

Was zur Hölle?

Die Drohnenaufnahme verschärft sich und zeigt mein Gesicht, zerschlagen und blutend.

53

JENA

Donnerstag, 21:49

„Was für einen Blödsinn veranstaltest du da?“

Silas‘ Äußerung hallt in meinen Gedanken wider.

„Das nenne ich wahre Kunstfertigkeit. Das ist die Zukunft. Virtueller Horror.“

„Du willst damit sagen, dass das nicht in Echt passiert?“

„Noch nicht. Ich wollte, dass du erlebst, was ich beisteuern kann, bevor ich die größte, neunte Plage der Dunkelheit verursache, die du je gesehen hast. Die Nachrichten werden natürlich all die guten Teile ausblenden. Das Ganze für den Zuschauerbedarf zensieren. Aber die dramatische Version werde ich danach ausstrahlen...Menschen auf der ganzen Welt werden die Schönheit dessen sehen, was wirklich mit meinem Meisterstück passiert ist. Es wird viral werden. Jedermann wird wissen, wozu ich fähig bin.“

„Also.“, sagt Silas. „Ist das nicht etwas.“

Das ist es ganz sicher. Es heißt, dass noch eine Chance besteht, die Todeswolke aus Glas zu stoppen.

„Danke,“ sagt Dustin. „Denk nur, was ich in der Zukunft alles tun kann. Wie ich manipulieren und terrorisieren kann. Aber hey, du bist der Taufpate des Ganzen. Ohne deine Inspiration wäre das hier alles nie zustande gekommen. Ich habe in den Nachrichten davon gelesen und es hat ein Feuer in mir entfacht.“

„Also hast du dich über mich informiert, hm?“ sagt Silas. „Dann solltest du meine Gründe kennen. Aber ich kenne deine nicht. Sag mir, warum hast du diese Juroren umgebracht. Warum willst du all die Menschen im Stadion töten?“

„Sie sind Mittel zum Zweck.“, sagt Dustin, den Kopf zur Seite gelegt und sieht seinen Helden, Silas abschätzend an. „Die Schritte auf dem Weg zur Unsterblichkeit. Spielt es eine Rolle?“

„Erhelle mich. Eine direkte Antwort. Was hat Jack getan, um zu verdienen, was du ihm angetan hast?“

„Nichts“, sagt Dustin. „Aber das ist doch, was du wolltest, oder? Ein letzter Mord, um legendär zu werden? Denk drüber nach. Wir werden in die Geschichte eingehen, wenn wir den letzten Mord unserer Mission zusammen erledigen. Sowas wurde noch nie zuvor getan, zwei Einzelmissionen zum gemeinsamen Endspiel zusammenzuführen. Ist es nicht wundervoll?“

Dustin drückt einen Knopf auf seiner Fernbedienung und der Bildschirm verändert sich, zeigt jetzt *Pittsburgh's Action News 4.*

Das Stadion versinkt noch immer im Chaos. Der Ansturm der Fans prallt auf die Polizei, die versucht, sie unter Kontrolle zu halten.

Ich muss Dustin diese Fernbedienung wegnehmen. Die Todeswolke stoppen. Die Menschen im Stadion retten. Ich suche die Grube nach meiner Pistole ab, kann sie aber nirgends sehen.

„Lass uns diesen letzten Mord gemeinsam begehen.“, sagt Dustin. „Du auf deine Weise, ich auf meine.“ Er schaltet die Ringleuchte ein und drückt auf dem Laptop wie es scheint einen Aufnahmeknopf.

Silas‘ Profil ist erleuchtet und er hat in jeder Hand einen Stein. Diese Erkenntnis lässt meine Eingeweide zusammenziehen. Er bleibt außerhalb der Sichtweite der Kamera.

„Bereit?“, fragt Dustin, sein Daumen schwebt über einem roten Knopf. „Drei…“

Jack stöhnt, aber niemand außer mir beachtet ihn. Ich kann nicht länger warten.

„Warte mal einen Moment.“, sagt Silas.

„Zwei.“

Keine Pistole, aber keine andere Wahl.

Ich renne auf Dustin los. Ramme meine Schulter in seine Niere. Er stolpert vorwärts, die Fernbedienung fliegt ihm aus der Hand und rutscht über den Kies. Die Menschen im Stadion sind sicher. Mason ist sicher. Vorerst.

Ich ziehe mich zurück und bringe so viel Abstand zwischen uns, wie nur möglich. Die Hände erhoben, bin ich bereit zum Kampf. Mit zwei Mördern in der Grube gefangen, weiß ich, dass dieser Kampf mein letzter sein wird.

„Was zur Hölle?!“, schreit Dustin, als er herumwirbelt. „Du bist tot.“

Dustin bewegt sich auf mich zu, stoppt aber, als Silas einen Stein auf den Laptop wirft und sowohl den Computer als auch die Ringleuchte ausschaltet.

Dustin dreht sich um. „Warum zur Hölle hast du das getan?“

Silas Hand schießt hervor und greift Dustin um die Kehle. Dustins Statur ist schmächtig, seine jahrelange Computerspielkenntnis gerät unter dem direkten Angriff von Silas‘ roher Stärke ins Taumeln. Er versucht, Silas‘ Arm wegzuschlagen, aber er ist Silas‘ Muskeln nicht gewachsen.

„Das Leben ist kein verdammtes Videospiel.“, spottet Silas. „Hast du je von Levitikus gehört? 24:20? ‚Bruch um Bruch, Auge um Auge, Zahn um Zahn. Der Schaden, den er einem Menschen zugefügt hat, soll ihm zugefügt werden.‘“

Silas hebt Dustin hoch. Dustins Füße verlieren Grund, treten und zappeln in Silas ausgestrecktem Arm.

„Du hast Menschen gefoltert, die es nicht verdient haben.“, intoniert Silas. „Hast Unschuldige getötet. Darauf steht die Strafe der Steinigung.“

54

JENA

Donnerstag, 21:54

Dustin würgt und schreit mit erstickter Stimme. Silas wirft Dustin auf den Boden und hebt gleichzeitig den Stein in seiner Hand und schlägt ihn auf Dustins Kopf. Blut strömt hervor, schwarz im Mondschein. Ein mitternachtsschwarzer Wasserfall tritt aus Dustins Kopfhaut hervor, als er auf die Knie fällt. Er wimmert, kauert, und bedeckt seinen Kopf mit seinen Händen.

Ich sehe auf seinen misshandelten Körper, nicht in der Lage, zu fassen, was gerade passiert, dass Dustin, der dafür verantwortlich ist, dass die letzten zehn Tage meines Lebens zu schlimmerer Folter wurden, als ich sie je kannte, jetzt ein Opfer ist, dass sein Hightech-Wissen und seine Planung Silas‘ realer Stärke nicht gewachsen sind.

Wahrscheinlich sollte ich vor Freude über Dustins Ableben platzen. Die Zufriedenheit darüber, dass das Leben dieses Mörders kurz vor seinem Ende steht, einsaugen. Dass er für seine Verbrechen zur Rechenschaft gezogen wird und niemals wieder jemandem wehtun wird.

Aber ich werde von Schrecken überwältigt. Ich bin mit Silas in der Grube gefangen. Mein Verstand das Einzige, was zwischen mir und dem sicheren Tod steht. Trotzdem kann ich mir keine Sorgen um meinen eigenen Hals machen. Ich hechte los und schnappe mir die Fernbedienung.

Silas schlägt den Stein ein zweites Mal auf Dustins Kopf nieder, er landet mit einem Übelkeit erregenden Krachen auf seinem Schädel. Dustin fällt vornüber und landet nur wenige Meter von Jack entfernt auf dem Gesicht. Silas hebt den Stein erneut.

Ich bleibe nicht, um zuzusehen. Die Uhr tickt und meine Zeit ist kurz. Ich muss aus dieser Position wegkommen und eine Waffe erlangen, wenn ich auch nur ein bisschen Hoffnung haben will, Jack zu retten. Ich stopfe die Fernbedienung in meine Jackentasche, springe auf, und dränge mich an die Seite der Grube. Ich nutze jeglichen Stand und jeglichen Griff, den ich nur finden kann, klettere nach oben und Dreck und loser Schotter fallen nach unten. Mein Mund füllt sich bei jedem Atemzug mit Schlamm und Kies.

Meine gebrochenen Finger schreien vor Schmerzen und ich muss den Großteil meines Gewichts mit der linken Hand stützen. Die Verletzung verlangsamt mich. Mein brummender Schädel hilft auch nicht gerade. Und als die Steine in meine Füße schneiden, verfluche ich mich dafür, dass ich im Namen der Heimlichkeit meine Schuhe ausgezogen habe.

Ich bewege mich langsam die Dreckwand hinauf, einen halben Meter, dann einen. Nach etwa zwei Metern ziehe ich mich auf einen Felsvorsprung hinauf, der mit losen Steinen und einigen kleinen Felsbrocken übersät ist. Ich habe gerade mit meinen Füßen Halt gefunden, als mich etwas hart im Rücken zwischen den Schultern trifft.

„Verdammte Schei…“

Silas. Er hat mich mit einem schnellen Wurf aus Kalkstein getroffen. Schon wieder.

Ich gehe hinter einem kleinen Felsbrocken in Deckung und drehe mich dann um. Ich linse vorsichtig über die Felszunge. Unter mir lässt Silas neben Dustins leblosem Körper einen Stein fallen. Das schwache Mondlicht ist genug, um zu enthüllen, was im Schlamm weggeworfen wird. Ich kann den eisenroten Schimmer sehen. Der Jaspis. Das macht Dustin zum zwölften Opfer und bedeutet, dass Silas‘ Mission, die Grundsteine zu verteilen, abgeschlossen ist. Aber als Silas hinüberläuft, bis er genau unter mir ist und mit meiner Pistole in der Hand hinauflächelt, ist mir klar, dass er mit dem Töten noch nicht fertig ist. Zu meinem Glück hat er keinen freien Schuss.

Ich quetsche mich zwischen die Wand und den Felsbrocken, meine Beine gespannt wie eine Sprungfeder, die Füße auf dem Felsen. Ich verstecke die Fernbedienung zur Aufbewahrung hinter einem kleinen Steinhaufen und horche auf Geräusche, die darauf hinweisen, dass er klettert, kann aber nur meinen eigenen Herzschlag hören.

Als Ablenkung rufe ich: „Lass einfach Jack gehen, und…“ Ich prüfe das Gewicht des Steines. Er ist schwer, aber mit einem festen Ruck kann ich ihn sicher bewegen. „Und ich werde dich nicht verfolgen. Er ist ein Unschuldiger.“

„Er vielleicht schon. Aber du, kleiner Vogel, bist keine Heilige. Lügst durch diese hübschen Zähne.“

„Was ist getan habe, ist ein Verbrechen, ja, aber meine Taten waren nicht falsch. Dich hinter Gitter zu bringen, war Gerechtigkeit."

„Die Richterin schien das anders zu sehen."

Mein Brustkorb weitet sich und ich atme tief ein. „Ach ja? Na, der Staatsanwalt fand, ich sollte meine Aussage widerrufen und davon gehen. Was hast du dazu zu sagen? Sag mir, wann sind Gesetze falsch, Silas? Wann können sie verbogen oder gebrochen werden? Heißt es nicht in der Bibel „Du sollst nicht töten?""

„Manchmal ist töten gerecht."

„Du hast das getan, was du dir vorgenommen hast. Du hast gebüßt, oder? Jack zu töten ist nicht gerechtfertigt. Er hat nichts falsch gemacht."

Silas schnalzt mit der Zunge, sein Ärgernis hallt in der Nacht wieder. „Als ob ich das nicht wüsste. Wenn ich ihn töte, werde ich in Schuld stehen. Aber glaub nicht, dass du hier bestimmt, wo es langgeht. Sein Schicksal? Das liegt in deiner Hand."

„Nein", unterbreche ich ihn. „Es liegt in deiner Hand. Du kannst jetzt sofort weggehen. Zwölf Opfer. Deine Mission ist vorbei." Ich spanne meine Unterschenkel- und Oberschenkelmuskeln an und warte auf seine Antwort.

„Die Säuberung des Bösen hat kein Ende.", schreit er wie ein Wolf, dessen Bein in einer Falle steckt. Ein verwundetes Tier. Das ist es, was er unter der glänzenden Oberfläche ist. „Jack ist kein Teufel, das ist wahr. Und wenn ich ihn töte, muss ich eine Schuld abarbeiten. Wieder neu anfangen. Und es gibt sehr viele Seelen da draußen, die mich auf dem Weg zur Erlösung leiten werden.“

Das ist alles, was ich hören musste. Ich presse mich gegen die Grubenwand, mein Rücken schmerzt, meine Füße bluten, mein Kopf dreht sich. Mit einem heftigen Stoß keile ich aus und trete den Stein über den Felsvorsprung. Er stürzt in die Grube und schlägt Silas nieder.

Silas schreit. Ein lauter Knall, wie ein platzender Ballon, hallt im Steinbruch wider, als er meine Pistole abfeuert.

55

JENA

Donnerstag, 22:03

Die Kugel zischt an mir vorbei und gräbt sich tief in den Lehm neben meinem Kopf. Der Nachhall der Pistole zerbricht die dunkle Stille der Nacht. Und dann ist da nichts.

Ich lasse mich auf den Bauch fallen, meine Ohren klingeln von der Explosion, mein Atem geht dank des Verschiebens des Felsbrockens schwer. Ich keuche, als ich über den Felsvorsprung linse, Schweiß tropft mir von den Augenbrauen. Silas liegt auf dem Boden, ein Bein unter dem Felsbrocken gefangen, meine Pistole noch immer in seiner Hand. Er hebt den Lauf so schnell, dass ich die Bewegung kaum wahrnehmen kann, bevor er erneut feuert. Ich stolpere zurück, meine Arme rudern, als ich in die Grubenwand knalle.

„Zeig dich, kleiner Vogel.", erschallt seine Stimme von unten. „Oder mein nächster Schuss trifft den Jungen."

Jacks Stöhnen wird zu schwachen, abebbenden Schluchzern. Verloren unter dem schrillen Quietschen in meinen Ohren.

Mein Verstand rast, ich suche nach einem Plan, einem Weg, Jack zu retten. Und mich. Silas ist verletzt und eingeklemmt. Das macht ihn verletzlich. Aber er hat noch immer den Vorteil der Pistole. Ich kann nicht einfach auf ihn los gehen. Ich muss ihn überlisten. Deswegen ist der einzige Plan, den ich habe, etwas zu tun, was dumm genug ist, um ihn zu überrumpeln.

„Also gut.“, sage ich mit brüchiger Stimme. Vielleicht ist die brüchige Stimme zu dick aufgetragen und ich hätte stattdessen einen erschöpften Tonfall anschlagen sollen. Silas ist viel zu gut darin, den Schwachsinn anderer Leute zu erschnuppern. „Ich komme runter, damit wir das beenden können. Tu nur Jack nicht weh.“

Silas lacht leise, ein kaltes, finsteres Geräusch. „Endlich hast du es kapiert.“

Vielleicht glaubt er mir. Oder er treibt ein Spiel mit mir. Ich vermute, ich werde es herausfinden.

Ich atme tief ein und nehme einen baseballgroßen Stein in die Hand, wie in meinen Hochzeiten beim College-Softball. Mit meinen gebrochenen Fingern ist es schwierig, den Stein richtig zu greifen, aber ich umklammere ihn so fest ich kann und ignoriere den Schmerz. Dann krieche ich zum Rand und versuche, Silas‘ Position und die Distanz zwischen uns abzuschätzen. Silas zielt mit der Pistole auf Jack. Keine Zeit zu verlieren.

Ich gehe so weit wie möglich zurück und stoße mich dann von dem Vorsprung herunter und schlage mit dem Stein nach seinem Kopf, als er auf mich zielt. Der Stein verpasst sein Ziel und knallt in seine Hand, als er den Abzug tätigt, sein Arm zuckt nach rechts. Ich spüre ein scharfes Stechen in meiner linken Schulter. Ich bin getroffen. Ich komme hart auf, der Aufprall wirft mich von den Füßen. Warme Flüssigkeit läuft an meinem Arm herunter und tränkt mein

Shirt. Als ich aufsehe, schüttelt Silas seine Hand. So wie sein Mittelfinger gebogen ist, bin ich mir sicher, dass er gebrochen ist, aber er umklammert die Pistole noch immer. Ich krabble los, um den Stein zurückzuholen, aber es ist zu spät. Silas hat die Pistole auf mich gerichtet. Ich atme ein und warte auf den Schuss.

Etwas trifft Silas an seiner verletzten Hand und erschreckt ihn, sodass er die Pistole sinken lässt. Ein kleines, rotes Objekt. Der Jaspis. Jack hat seinen rechten Arm aus dem Dreck befreit und den Stein nach ihm geworfen. Damit gibt er mir genug Zeit, den Stein zurückzuholen.

Silas wirft Jack einen Todesblick zu und Jacks Gesicht wird zu einer Maske des Grauens. Er glaubt nicht, dass ich ihn retten kann.

56

JENA

Donnerstag, 22:08

Ich nehme all meine verbleibende Kraft zusammen und schmeiße den Stein. Das Geschoss trifft Silas am Handgelenk und die Pistole fliegt aus seinem Griff. Ich hechte nach der Waffe, meine gebrochenen Finger heiß, als sie sich um das kalte Metall legen. Silas versucht, wegzukriechen, aber sein Bein ist noch immer unter dem Felsbrocken gefangen. Ich nehme die Pistole in meine linke Hand und ziele mit der Mündung auf ihn, meine Hand zittert.

„Halt!“, rufe ich. „Keine Bewegung!“

Silas schenkt mir ein bösartiges Lächeln, dreht sich schnell auf die Seite und zerrt sich in eine sitzende Position. Sein Knochen bricht, als er das gefangene Bein befreit. Silas jault auf, sein Gesicht durch den Schock blass, das Bein merkwürdig verdreht. Trotzdem stellt er sich auf das andere Bein und lässt das gebrochene herunterhängen. Dann stürzt er los.

Ohne zu zögern, feuere ich. Die Kugel trifft ihn in der oberen, linken Brust. Nicht dem Kopf. Weil ich ihn falsch eingeschätzt habe. Ich dachte, er stürzt auf mich zu, obwohl Jack sein Ziel war.

Er schlittert auf einem Knie, wie ein Baseballspieler, der auf das Schlagmal zu schlittert, sein gebrochenes Bein zieht sich nach. Er wickelt einen großen, fleischigen Arm um Jacks ausgemergelte

Kehle, nimmt ihn in den Schwitzkasten und versteckt sich hinter dem Jungen.

„Halt still, kleiner Vogel."

Ich hebe die Pistole.

„Oh kleiner Vogel." Er drückt fester zu und Jack gibt ein feuchtes Gurgeln von sich. „Wenn du so sehr gewillt bist, sieh, ob du mich treffen kannst, bevor ich ihn abmurkse."

Jack hustet, sein Hals streckt sich, als er gegen Silas' Griff ankämpft.

„Leg sie weg."

Ich lasse die Pistole fallen. „Lass mich ihm helfen. Es gibt keinen Grund für ihn zu sterben."

„Es gibt einen Grund. Dass ich lebe. Wenn es der Wille des Herrn ist, dass ihr beide sterbt, so sei es."

„Es ist dein Wille und das weißt du."

Er reißt Jacks Kopf versuchsweise nach oben und Jack hustet und würgt.

„Tut mir leid.", sage ich. „Das war unhöflich. Tu ihm nicht meinetwegen weh."

Silas taxiert mich. „Du solltest dich um deine eigene Rettung sagen. Die Schulter schreit vor Schmerzen. Auf mich los stürzen, angeschossen werden – nicht dein vernünftigster Zug."

Ich blicke hinab und sehe, dass mein weißes Shirt sich unter meiner Jacke rot gefärbt hat. Ich drücke meine Hand an die Wunde, aber das hat nur einen wahnsinnigen Schmerz zur Folge, der mich beinahe umhaut. „Ich werde es auf jeden Fall ansehen lassen."

„Du bist doch ein wenig intelligent, kleiner Vogel. Ich hätte nicht erwartet, dass du den Weg hierher enträtseln würdest. Zum Steinbruch."

„Ich habe mich an die Karte in deinem Keller erinnert. Hier wolltest du doch dein zwölftes Opfer steinigen, oder?"

„Ohne Dienstmarke und allein hier anzukommen", fährt Silas fort und ignoriert meine Frage. „Ein mutiger Zug."

Ich atme tief ein und versuche unerschütterlich auszusehen, obwohl in mir Übelkeit und Schwindel umherwirbeln. „Ich bin nicht allein. Der Notdienst kommt noch immer, wenn man dort anruft. Sie werden jede Sekunde hier sein."

Silas' Augen blitzen. „Hinterlist! Du hast sie nicht angerufen."

„Geh einfach.", sage ich. „Wir sind keine Bedrohung für dich."

„Und du versprichst, mich nicht niederzuschlagen, sobald ich mich von dir abwende?"

„Mein Ehrenwort."

„Das Ehrenwort einer Lügnerin. Was ist das schon wert?" Ein Hauch von Wahnsinn tanzt in Silas' Augen. Sein Griff verstärkt sich und Jack quiekt auf.

„Nein. Hör auf. Bitte. Bestrafe ihn nicht meinetwegen."

Silas' Griff lockert sich und seine Augen sehen schnell zum oberen Rand der Grube. Ich bete, dass das heißt, dass er darüber nachdenkt, zu gehen, denn ich bin mir nicht sicher, ob ich stark genug bin, um zu kämpfen. Meine Sicht ist von statischen Flecken durchzogen, meine Knie gummiweich.

„Du bist ein bleicher Schatten.“, sagt Silas. „Solch eine Wunde. Könnte das vielleicht die Vergeltung für die fünf Jahre sein, die du mir weggenommen hast?“

Silas teilt sich entzwei und verschmilzt dann wieder zu einem. Ich kann nicht mehr lange bei Bewusstsein bleiben. Ich will den nächsten Schuss direkt zwischen seine Augen abfeuern. Ich bin bereit dafür, dass Silas‘ quälende Präsenz in meinem Leben, die mich seit der Entdeckung seines ersten Opfers bis jetzt begleitet, ein Ende hat.

Jack bewegt sich nicht mehr. Ich kann nicht sagen, ob er ohnmächtig geworden ist, oder ob Silas ihm die Luftröhre abquetscht. Wie auch immer, ich muss Silas‘ Aufmerksamkeit von Jack weg und auf mich lenken.

„Du hättest auf den elektrischen Stuhl gehört und das weißt du. Was zur Hölle soll das alles? Zwölf Opfer wofür? Eine Art religiöse Show?“

Silas neigt den Kopf und mustert mich. „Darin liegt der Unterschied zwischen Dustin und mir. Dustin hat seinen eigenen Ruhm gesucht. Ich bin im Schatten des Herrn gegangen.“

„Oh was ein Schwachsinn. Du hast es getan, weil du dich wie ein rechtschaffener Held fühlen wolltest. Rede es dir so schön wie du willst. Du und Dustin seid genau gleich.“

Silas verengt die Augen und zieht sich empor. „Laut Matthäus ist der Weg der Rechtschaffenheit schmal und nur wenige können ihn finden. Ich habe mein Leben dazu geweiht, ihn zu erleuchten, ihn zu reinigen.“

„Du kannst die Bibel den ganzen Tag weiter zitieren, aber weißt du was? Sogar Jesus ist unter den Händen derer gestorben, die er retten wollte. Scheint so, als wärst du auf der falschen Seite der Erlösung.“

Silas blinzelt und hinter diesen stürmischen Augen ist vielleicht für einen Moment Unsicherheit zu sehen.

Eine Welle an Schwindel überkommt mich. Der Schmerz in meiner Schulter wird schlimmer, der Blutverlust fordert seinen Tribut. Ich stolpere und falle hin, mein Blickfeld verengt sich.

Jack schreit heiser: „Hilf mir!“

Ich kämpfe darum, wieder aufzustehen, suche den Boden nach der Pistole ab. Aber es ist zu spät.

Mit einem animalischen Knurren lässt Silas Jack frei und macht einen Satz.

Ich hechte aus dem Weg und schnappe mir mit der linken Hand einen Stein, als Silas auf mich prallt. Schmerz explodiert in meiner Brust, Silas‘ Gewicht erdrückend, als mein Rücken auf den Boden trifft. Er drückt einen kolossalen Unterarm gegen meine Kehle. Ich kämpfe darum, Luft zu kriegen. Geschwächt durch den Blutverlust lässt meine Kraft nach. Ich kann nicht aufgeben. Ich strecke meinen Arm zur Seite aus und schmettere den Stein an seine Schläfe.

Silas grunzt, sein Kopf wippt wie ein Betrunkener. Er ist desorientiert. Ich versuche, unter ihm hervorzurollen, aber er ist verdammt viel zu schwer. Ich schaffe es, mich ein paar Zentimeter freizuwinden und den Druck von meiner Luftröhre zu nehmen. Ich schleudere meinen Arm wieder hervor und steche den Stein diesmal in seine Schläfe. Silas schreit. Ich schreie auch, meine Angst verwandelt sich in einen Wutschrei, als ich es wieder tue. Er schreit. Ich schreie. Ich schlage ihn wieder. Er schreit. Ich schreie. Schlage ihn ein fünftes Mal. Unsere Brustkörbe pressen sich aneinander, klebrig von Blut, seines und meines. Ich schlage ihn wieder und wieder, die Wunde in meiner Schulter reißt, als ich ihn bekämpfe. Aber er hat aufgehört, sich zu verteidigen.

Ich höre auf seinen Atem, auf die Art wie sich die Geschwindigkeit verändert, erfüllt von Keuchen und Pausen. Silas' Gehirn schaltet sich ab, als es sich mit Blut füllt. Geronnenes Blut aus der klaffenden Wunde an seiner Schläfe tropft heiß und süß auf mein Gesicht. Ich liege regungslos da, als Silas seinen letzten Atemzug tut, sein Gewicht erschwert meine eigene Atmung.

Ich schaffe es, meine rechte Hand zu befreien und durchsuche meine Manteltasche mit meiner von Blut rutschigen Hand. Ich fummele herum, aber schaffe es schlussendlich, mein Handy hervorzuziehen und wähle den Notruf. Als der Disponent abnimmt, gebe ich unseren Standort und die Details durch. Kommen Sie schnell. Drei am Boden. Einer tot. Zwei sterbend.

57

JENA

Zwei Monate später

Dunkler Regen fällt außerhalb des Gerichtsgebäudes und prasselt gegen die Fenster. Als würde der Sturm versuchen, meine Aufmerksamkeit zu bekommen, mich wissen zu lassen, dass er darauf wartet, seine eisigen Finger um mich zu wickeln, wenn ich hier fertig bin. Hier drinnen im Gerichtssaal herrscht Lärm aus gedämpften Stimmen und dem Knarzen von Holzbänken. Dutzende Augen bohren sich von allen Seiten in mich.

Meine rechte Hand ist eingegipst und in meiner linken Schulter pocht ein dumpfer Schmerz. Die siebenundvierzig Stiche haben sich schon vor Wochen aufgelöst aber die Masse an Narbengewebe und eingeschränkter Bewegungsfähigkeit bleibt. Mein Leben spielte in jeder Nacht bei meinen Entscheidungen eine Rolle und ich bereue meine Handlungen nicht. Ich bereue nur, dass ich so weit gehen musste, Beweise zu fälschen, um den Durchsuchungsbefehl für Silas' Zuhause zu bekommen. Obwohl sich herausstellte, dass ich Recht hatte, macht das, was ich getan habe, nicht richtig. Schecks und Bilanzen sind aus gutem Grund da. Und wenn herausgekommen wäre, dass ich Unrecht hatte…Egal wie das Urteil heute ausgeht, die Fälschung dieser Quittung wird mir weiterhin auf dem Gewissen liegen.

Richterin Spadina sitzt streng und imposant hinter ihrer Bank. Ihr Gesichtsausdruck ist unleserlich, aber was auch immer sie professionell denkt, das Gewicht ihres persönlichen Urteils drückt auf mich nieder.

Sie kann mich kein bisschen leiden, nicht, seitdem ich das erste Mal vor ihr ausgesagt habe, dass ich Beweise gefälscht hatte.

Der Gerichtssaal ist voll mit Menschen, die darauf warten, das Schlusswort zu hören – Anwälte, Journalisten, neugierige Zuschauer, Silas‘ Anhänger; „The Church of Silas“ noch eifriger, jetzt wo Silas ihr Märtyrer ist. Die Verhandlung läuft schon seit fünfundvierzig Minuten. Das Verfahren hätte nicht länger als zwanzig Minuten dauern sollen, aber mehrere von Silas‘ Anhängern mussten festgehalten oder rausgeworfen werden, dieses rechtliche Verfahren verwandelte sich in einen Zoo aus wilden, fanatischen Tieren. Genau so, wie sie mein Leben ins Chaos gestürzt hatten.

Nach dem Steinbruch konnte ich nicht nach Hause zurück gehen, sobald ich aus dem Krankenhaus entlassen wurde. Silas‘ Anhänger hatten Steine durch mein Wohnungsfenster geschmissen, mehrere davon mit Drohungen auf Papier umwickelt und mit Gummibändern befestigt. Also wurde ich in einen sicheren Unterschlupf gebracht. Genau wie Dustins Opfer. Die Ironie bleibt mir nicht verborgen. Das Schlimmste ist, dass sie Mason auch ins Visier genommen haben. Das Beste ist, dass er darauf bestand, in denselben Unterschlupf gebracht zu werden. Zwei Monate gezwungenermaßen zusammenzuleben, hat mir meine Bindungsangst genommen.

Alle in meinem Leben mag zwar scheiße sein, aber Mason und ich geht es gut. Richtig, richtig gut.

Jetzt wechselt mein Blick zwischen dem Siegel des Staates Pennsylvania und der amerikanischen Flagge hin und her. Ich mag zwar Agnostikerin sein, aber es liegt nicht unter meiner Würde, zu Symbolen der Gerechtigkeit zu beten, dass ich des Fehlverhaltens freigesprochen werden könnte. Mein Anwalt, Fred Thompson, sitzt still an meiner Seite, seine Argumente in meinem Namen sind gesprochen. Mein Schicksal liegt in der Hand von Richterin Spadina.

Das Warten ist unerträglich, die Stille im Gerichtssaal drückt mich nieder, so schwer wie das Gewicht von Silas Körper, der auf mir lag, während er starb. Ich beobachte die Uhr an der Wand. Mit jedem Ticken wechseln meine Emotionen zwischen Erleichterung und Hoffnung. Erleichterung, dass das hier bald vorbei sein wird. Hoffnung, dass mein Urteil leicht sein wird.

„Frau Campbell." Richterin Spadina spricht nicht nur mich, sondern auch den Gerichtssaal und die Presse an. „Das Gericht erkennt die außergewöhnlichen Umstände Ihres Falles an. Ohne Ihre Handlungen hätten die Vorgänge im Stadion und dem Steinbruch eine viel düsterere Wendung nehmen können. Es besteht kein Zweifel, dass Sie in dieser Nacht tausende von Leben gerettet haben."

Ihre Worte hängen wie Geister in der Luft, ich fröstele und zittere, während der Regen weiter an das Fenster prasselt.

„Jedoch," fährt Richterin Spadina fort, „ein Mitglied der Polizei, das Beweise fälscht, das ist unentschuldbar." Die Richterin richtet ihren Blick auf mich und ich schlucke schwer, meine Kehle bewegt sich auf und nieder. „In Ihrem Überschwang, zu versuchen, Silas Halvard seiner gerechten Strafe zuzuführen, haben Sie Prinzipen missachtet, die Sie geschworen hatten, aufrechtzuerhalten, und wurden zu dem, was Sie bekämpfen wollten. Sie haben die Grenze zwischen Gesetzeshütern und Gesetzesbrechern überschritten. Hab ich mich klar ausgedrückt?“

Ich nicke, unfähig zu atmen.

„Angesichts Ihres vorangehenden, vorbildlichen Dienstes, und der Tatsache, dass Ihre Handlungen ein potenzielles Massaker verhindert haben, ist das Gericht gewillt, Nachsicht walten zu lassen. Aber das befreit Sie nicht von Ihrer Straftat.“

Meine Knie stoßen gegeneinander, als die Richterin die Dokumente vor sich studiert.

„Frau Campbell, ich verurteile Sie zu zwei Jahren auf Bewährung und einer Geldstrafe von fünftausend Dollar. Außerdem werden Sie fünfhundert Stunden Sozialdienst leisten. Das Gericht hofft, dass dieses Urteil als Mahnung dient, die Grenze nicht noch einmal zu überschreiten. Der Gerichtsschreiber wird Ihrem Anwalt die notwendigen Unterlagen aushändigen. Sie dürfen gehen. Die Verhandlung ist beendet.“

Der Richterhammer schlägt mit Endgültigkeit auf den Block, der Knall hallt in den hohen Decken wider. Der Gerichtssaal bricht in Hektik aus, Reporter tippen und schreiben Nachrichten, Kameras blitzen, Zuschauer murmeln. Ich bin dankbar, dass sie meine Handlungen als geringfügiges Vergehen sah. Ich weiß, dass ich leicht davonkomme und dass ich hierfür hätte ins Gefängnis kommen können. Aber sie hat es trotzdem geschafft, die Strafe gesalzen zu machen. Ich kann nicht anders, als zu vermuten, dass Richterin Spadina die Strafe sowohl zu meinen Gunsten als auch zu denen der Presse gestaltet hat. Fünftausend Dollar! Beim Lohn einer Beamtin. Ich fühle plötzlich die Notwendigkeit, mit Papich Mitleid zu haben. Der Gefängnisdirektor würde mit der finanziellen Bürde mitfühlen. Ich drehe mich um, um die Empore anzusehen, suche und finde Masons Blick. In seinen Augen steht der Schmerz darüber, was das für mich, für meine Karriere bedeutet. Aber ich sehe auch Zuversicht. Ich werde das hier durchstehen, weil wir zusammen sein werden. Und neben ihm sitzt Mary und lächelt mich mit kaugummipinken Lippen an. Ich kann beinahe zurück lächeln.

Als ich mit zitternden Knien aufstehe, danke ich Fred Thompson und verlasse den Gerichtssaal. Mason begleitet mich auf dem Weg und nimmt meine Hand. Er geleitet mich aus dem Gebäude und die Stufen hinab, schützt mich wieder einmal vor der Presse und diesmal auch vor Silas‘ Anhängern. Der Regen prasselt hinunter, durchnässt mein Haar und lässt mein T-Shirt wie eine zweite Haut an mir kleben, als er mich zu seinem Range Rover führt.

Ich blicke noch einmal zur Horde an Zuschauern zurück und entdecke eine Figur, die sich an der Seite der Treppe abzeichnet. Die Person ist ganz in schwarz angezogen. Schwarze Schuhe, Jeans, Kapuzenpulli. Schwarze Sonnenbrille. Ein Schlauchtuch mit Skelettaufdruck über das Gesicht gezogen. Mein Herz hämmert in meiner Brust, als Mason losfährt, das Bild des Skeletts verfolgt mich noch immer. Er ist tot. Er kann nicht dort sein. Vielleicht lassen mich Stress und Sturm schon Dinge sehen. Als der Range Rover mit einem Ruck losfährt, gibt es keine Anzeichen dafür, dass der Sturm nachlässt.

58

JENA

Zwei Monate und einen Tag später

Der sichere Unterschlupf ist ein antiquiertes Bauernhaus, das in den ländlichen Vororten Pittsburghs versteckt ist. Es hat einen idyllischen, rustikalen Charme, der vor langer Zeit sicher einmal Stadtmenschen angelockt hat, die sich nach einer Wochenendzuflucht umgesehen haben. Aber jetzt ist es nur das Hintergrundbild unserer Zwangsunterbringung, der Hartholzboden knarzt unter unseren Schritten, um uns an unsere Abschottung zu erinnern.

Eine kühle Brise weht durch die Risse in den Wänden und kriecht über mich hinweg, wie ein ungebetener Gast. Ich schlinge die Arme um mich und sehe zu Mason hinüber. Er liegt ausgebreitet auf dem abgewetzten Sofa, Augen an die Decke geheftet, das gleiche Gefühl von Lagerkoller, das ich verspüre, spiegelt sich in seinem Blick. Ich verstehe es. Es gibt nur begrenzte Möglichkeiten, sich die Zeit zu vertreiben, wenn man an einem Ort wie diesem festsitzt. Wir haben das gesamte Internet durchgescrollt, jedes Brettspiel im Haus zweimal gespielt, die Sammlung an modrigen, alten Büchern durchgelesen und ich habe aufgehört, zu zählen, wie oft wir den engen, gewundenen Pfad, der das Grundstück umgibt, entlanggegangen sind.

Ich hätte nie gedacht, dass eine so frei liegende Umgebung beengender sein könnte, als meine kleine Wohnung. Aber weder Mason noch ich sind es gewohnt, nichts zu tun zu haben. Ich bin derzeit arbeitslos und Mason hat sich einige Zeit lang frei genommen. Wartet, bis das Risiko, dass Silas' Anhänger ihm von der Arbeit hierher folgen, kleiner wird.

Ich winde mich im Sessel und versuche, es mir bequem zu machen. Aber der Stuhl ist wie ein großes Kissen, bequem, egal in welcher Position. Ich bin lediglich ruhelos. Die Sonne sinkt tief hinunter und taucht den Raum in lange, düstere Schatten.

Mason bewegt sich aus seiner liegenden Position auf der Couch in eine sitzende. „Ich fang mit dem Abendessen an."

Ich nicke und rühre mich nicht, als er aufsteht und in die Küche schlurft. Ich ertappe mich dabei, wie ich die Sekunden zähle, der Stille zuhöre, die nur manchmal vom Knarzen des Hauses unterbrochen wird.

Der Kies draußen knirscht, ein Automotor brummt leise, bevor er stoppt. Ich öffne die Schublade des Beistelltisches, ziehe mit der linken Hand meine Sig-Pistole heraus und verberge sie unter dem Sesselkissen. Die alte Fliegengittertür öffnet sich mit einem Knarzen und fällt dann mit einem Knall zu, der im Haus widerhallt. Ich sehe zu Mason hinüber, der aus der Küche gekommen ist, sein Blick ist jetzt auf den Eingang zum Wohnzimmer fixiert. Schritte hallen auf dem Hartholzboden wider und dann tritt Captain Price in das Zimmer.

Mein Herz rast aufgrund des unerwarteten Besuchs und ich lasse die Sig-Pistole los. Mason sagt: „Hallo, Captain Price.“, winkt, und kehrt wieder in die Küche zurück.

„Captain.“, sagte ich und versuche, meine Stimme fest klingen zu lassen. „Was für eine nette Überraschung.“

Er bleibt ein paar Meter vor mir stehen und mustert mich mit unleserlichem Gesichtsausdruck von oben bis unten. „Langeweile steht Ihnen nicht.“ Zur Abwechslung hört er sich mal nicht so an, als würde er versuchen, über eine Menschenmenge hinweg zu schreien.

„Ja, Entspannung und ich wissen nicht, was wir voneinander halten sollen.“

Price lehnt sich an die Wand. „So wütend wie ich auf Sie bin, *war*, wissen wir beide, dass Sie nicht hierher gehören, auf Ihrem Hintern sitzen und unter Bewährung stehen.“

„Das Gesetz sieht das anders.“

„Das Gesetz ist nicht immer das gleiche wie Gerechtigkeit.“

„Manchmal muss man das Richtige tun, auch wenn es falsch ist.“

Price zieht die Augenbrauen zusammen. „Wie bitte?“

„Etwas, das Silas einmal zu mir gesagt hat.“

„Na, das ist doch ironisch.“, Prices Lippen zucken, er lächelt fast. „Ich hab Ihnen etwas mitgebracht.“

Ich berühre die Naht an meiner Schulter und witzele halbherzig: „Einen neuen Arm?“

Prices Lächeln verwandelt sich in ein Kichern, das Geräusch springt im großen Raum herum. „Tut mir leid. Ist gerade aus."

Ich halte meine rechte, eingegipste Hand hoch. „Wie sieht es mit einer Hand aus?"

Price applaudiert zur Antwort gespielt.

Ein Glockenschlag hallt durch die Luft und beansprucht unsere Aufmerksamkeit anderweitig. Price zieht sein Handy aus der Tasche. Er blickt kurz auf die eingehende Nachricht und dreht dann den Bildschirm zu mir, auf dem ein Videoanruf von einer privaten Telefonnummer eingeht. Mit einem Fingerschnipsen nimmt er den Anruf an und das Gesicht von Gouverneur Ted Taylor erscheint auf dem Bildschirm.

Der Gouverneur befindet sich in seinem Büro, in einem dunkelblauen Anzug und passender Krawatte gekleidet. Er sitzt vor einem Laptop. Er sitzt aufrecht da, die Hände am Rand des hölzernen Tisches verschränkt. Sein Hintergrund besteht aus schweren, waldgrünen Vorhängen.

„Campbell. Wie geht es ihnen?"

„Es ging mir schon mal besser.", gebe ich zu.

Er nickt mitfühlend. *„Na, ich hoffe, dass Ihnen das hier helfen wird. Sie haben nicht nur ein Stadion voller Menschen gerettet, sondern auch meinen Sohn, und dafür bin ich dankbar."*

Ein wehmütiges Lächeln spielt um meine Lippen. „Ich würde ja sagen, ich habe nur meinen Job getan, aber naja…"

Die Augen des Gouverneurs werden weich. *„Ich habe diese Woche viel darüber nachgedacht und gebetet. Ich begnadige Sie."*

Ich weiß nicht, was ich erwartet hatte, dass er sagen würde, aber das war es nicht. „Vielen Dank.“, flüstere ich. Ich sage nichts weiter, habe Angst vor dem Gouverneur und Price zusammenzubrechen.

„Vielen Dank für Ihren Dienst der Stadt gegenüber und dafür, dass Sie meinen Jungen sicher nach Hause gebracht haben.“, sagt er. Er beugt sich vor und beendet den Anruf, der Bildschirm wird schwarz.

Ich wende mich von Price ab, blinzele meine Tränen weg, während mein Verstand noch immer mit den Neuigkeiten kämpft. Price legt eine Hand auf meine gesunde Schulter. Als ich seinem Blick begegne, grinst er.

„Sieht aus, als wäre heute Ihr Glückstag.“

„Sieht so aus.“, sage ich schniefend.

„Sie verdienen eine zweite Chance, Campbell. Vermasseln Sie es bloß nicht.“

Ich erwarte, dass er meine Schulter loslässt und geht, aber stattdessen wird sein Griff fester. Ich sehe auf und er hält meinen Blick fest, sein Blick ist intensiv.

„Es gibt etwas, dass Sie wissen müssen.“ Price verfällt in ein Murmeln. „Silas hatte in der Nacht seines Todes einen USB-Stick bei sich. O’Reilly hat ihn entdeckt und Collins hat ihn entschlüsselt.“

Mein Herz hämmert, die Angst schleicht sich zurück. „Was war darauf?“, frage ich und kämpfe mit den Worten.

Price schürzt die Lippen, überlegt, wie er es mir sagen soll. „Es ist ein Text im Stile der Bibel, von Silas über sich selbst geschrieben.“

„Passt zu seinem Ego. Aber warum finden Sie das so beunruhigend?“

„Nach Silas‘ Tod fing die Church of Silas an, verrückt zu spielen. Silas hat Kopien des Textes versandt. An Dutzende von ihnen. Sie bezeichnen es als neues Buch der Bibel. Die Kirche plant, Silas‘ Vision, die Welt vom Bösen zu reinigen, weiterzuführen und wir sehen uns bereits mit einer Eskalation von … Gewalt durch Steinigung konfrontiert. Obwohl Silas tot ist, wachsen und gedeihen seine Vorstellungen. Wir haben das bisher unter Verschluss gehalten, aber ich fürchte die Polizei Pittsburghs wird alle Hände voll zu tun haben.“

„Wir können nicht zulassen, dass sie…“, beginne ich, schaffe es aber nicht, den Satz zu beenden.

„Stimmt. Das ist der Grund, warum ich wünschte, ich könnte Ihnen Ihren alten Job zurückgeben, aber trotz der Begnadigung macht Ihr Geständnis der Beweisfälschung das unmöglich. Sie wären nie wieder in der Lage, eine eidesstattliche Erklärung zu unterschreiben oder je wieder auszusagen. Die Verteidiger würden sich einen Spaß mit Ihnen machen. Das ist nicht als Beleidigung an Mason gemeint. Oder an Sie.“

Ich schlucke. „Schon gut. Ich habe nicht erwartet-“

„Bevor Sie etwas sagen, ich will, dass Sie darüber nachdenken, Privatpolizistin zu werden. Sie hätten meine Unterstützung. Im Verborgenen. Und ich bin nicht der Einzige. Verstanden?“

Price hält mir seine Hand hin und ich zögere nur einen Moment lang, bevor ich sie ungeschickt mit meiner linken Hand schüttle. Als ich Prices Friedensangebot annehme, denke ich zurück an das Skelett, das draußen im Regen neben dem Gerichtsgebäude stand und frage mich wie, oder ob, er in dieses Chaos passt.

DAS BUCH SILAS

Silas 1

Der Aufruf zur Buße

1 Am Anfang kam das Wort des Herrn zu Silas und Er sprach: „Erhebe dich, mein Auserwählter, denn die Zeit ist gekommen, meine Nachricht in die Welt zu bringen. Obwohl du auf dem Pfad der Gerechtigkeit gestolpert bist, will ich dir Vergebung gewähren, wenn du dein Leben der Wiedergutmachung des Unrechts und der Herbeiführung von Allgemeinwohl in der Welt widmest. Denn diejenigen, die unrecht gehandelt haben, können Erlösung finden und diejenigen, die gefallen sind, können zu großen Höhen aufsteigen."

2 Silas verbeugte sich vor dem Herrn, von der göttlichen Gnade gedemütigt, sein Herz erfüllt von Demut und Bestimmung, denn er wusste, dass der Weg, der vor ihm stand, einer der Aufopferung war.

3 So sprach Silas: „Herr, da Ihr mich als Träger der Gerechtigkeit ausgesucht habt, werde ich Euer Wort der Wahrheit verbreiten."

Silas 2

Leben eines sittenstrengen Lebens

1 Und der Herr sprach: „Siehe, die Welt ist erfüllt von Dunkelheit und Verderben. Aber ich sage zu dir, widerstehe den Versuchungen der Sünde und gehe den Weg der Gerechtigkeit."

2 Silas verkündete: „Lasst euch nicht täuschen, denn der Sünde Lohn ist der Tod. Wendet euch ab von den Sünden dieser Welt und akzeptiert das Licht der Gerechtigkeit."

3 Denn er wusste, dass ein sittenstrenges Leben zu führen bedeutete, den Herrn zu ehren und den Weg zur Erlösung zu pflastern. Und dass er durch seine Handlungen andere inspirieren würden, um Vergebung für ihre Vergehen zu bitten und für ihre Sünden zu büßen.

Silas 3

Die Steine der Gerechtigkeit

1 Der Herr ließ Silas die Grundsteine der himmlischen Stadt zuteilwerden, eine Erinnerung daran, dass die Erde durch die Auslöschung der Sünde Reinheit und Göttlichkeit erreichen könne. Und Silas sagte: „Wie es im Buch der Offenbarung geschrieben steht, symbolisieren die zwölf Grundsteine den Triumph von Gerechtigkeit über das Böse."

2 Und Silas sprach von dem uralten Gebrauch der Steinigung und sagte: „Lasst die Steine eine Erinnerung an das himmlische Gericht sein, das die Gottlosen erwartet. Denn im Angesicht des Bösen ist es unsere Pflicht, die Welt von Sünde zu befreien."

3 Er nannte die Sünden, welche Steinigung rechtfertigen: ungerechtfertigter Mord, Vergewaltigung, mehrfacher Ehebruch, Sexhandel, Besitz von Kinderpornografie, Bestialität und andere Abscheulichkeiten, die die Reinheit der Unschuldigen zerstören.

Silas 4

Metaphern des Glaubens

1 Silas, ein weiser und bewanderter Lehrer, übermittelte seinen Schülern seine Lehren durch zum Nachdenken anregende Gleichnisse und Allegorien. Er sagte: „Selig sind die, die Ihre Leben auf dem Stein der Gerechtigkeit aufbauen, denn sie sollen den Stürmen der Versuchung wiederstehen."

2 Den Inhaftierten gegenüber verglich er den Weg zur Erlösung mit einem engen Tor, und sagte: „Tretet ein durch das enge Tor, denn das breite Tor führt zu Zerstörung. Strebt danach, den gerechten Weg zu beschreiten, auch wenn er schwer sein kann."

3 Seinen Anhängern gegenüber verkündete Silas: „Ich bin der Schafhirte der Verlorenen, der sie ins Licht führt. Folgt meiner Stimme und ihr werdet Trost und ewige Erlösung finden."

Silas 5

Die Offenbarung des Märtyrers

1 Silas wusste, dass seine Zeit auf Erden von Opfer gekennzeichnet sein würde. Er nahm seine Worte für seine Jünger auf und sagte: „Sehet, ich sage euch dieses: Ich bin bereit, mein Leben um der Gerechtigkeit Willen hinzugeben. Durch mein Märtyrertum wird meine Nachricht in die Herzen derer, die nach der Wahrheit suchen, hineingebrannt werden."

2 Er schrieb von dem kommenden Königreich der Himmel und sprach: „Gehet hin, meine Jünger, und führt die Mission, die Welt von Sünde zu befreien, fort. Predigt die Heilsbotschaft der Buße und leitet andere auf den Weg der Gerechtigkeit."

3 Denn Silas glaubte, dass sich die himmlische Nachricht durch seine Jünger wie ein Lauffeuer verbreiten, die Dunkelheit erhellen und den Weg für das Königreich der Himmel ebnen würde.

Silas 6

Der Aufruf zum Handeln

1 Und Silas schloss seine Schriften ab: „Meine Jünger, geht hin in die Welt, denn die Zeit ist nah. Verkündet die Wahrheit, stellt euch gegen das Böse und akzeptiert den Aufruf zur Buße. Lasst uns gemeinsam den Weg ebnen, damit das Königreich der Himmel enthüllt wird."

2 „Meine Jünger, eure Aufgabe ist groß und eure Mission ist heilig. Verbreitet diese Worte nah und fern als Testament eures Glaubens und als Verpflichtung zur Gerechtigkeit."

3 „Während ihr euch hinauswagt, werdet ihr auf Herausforderungen und Widerstand treffen, aber eure Entschlossenheit muss unerschütterlich bleiben. Ihr werdet Verfolgung und Spott gegenüberstehen, doch werdet ihr ausharren, denn ihr wisst, dass euer Anliegen gerecht und eure Mission göttlich ist."

4 „Rufet alle an, ihre sündigen Gepflogenheiten abzulegen und Buße durch rechtschaffenes Leben zu suchen. Was diejenigen betrifft, deren Ohren sich dem Ruf taub stellen, handelt, um ihre Sünden aus der Welt zu beseitigen. Schwer sind die Steine der Gläubigen. Bleibt standhaft in eurer Mission und führt das Königreich der Himmel herbei."

5 Lasst jene mit Ohren zuhören und jene mit Augen den Weg sehen, der zu Gerechtigkeit führt. Lasst die Worte des Buch Silas euch leiten und inspirieren, denn es ist ein Zeichen des Lichts in der Dunkelheit, ein Testament des unerschütterlichen Glaubens und der unerschütterlichen Hingabe jener, die es wagen, eine bessere Welt zu suchen.

6 Mögen die Lehren von Silas widerhallen und mögen die Jünger seine Vision aufrechterhalten, bis zu dem Tag, an dem das Königreich der Himmel nahe ist und an dem Gerechtigkeit über allem siegt.

59

JENA

Zwei Monate und zwei Wochen später

Jack tritt mit mir in Verbindung und will sich zum Mittagessen treffen. Als Dankeschön, sagt er. Wir einigen uns auf eine Pizzeria, von der ich vermute, dass er sie mehr zu schätzen wissen wird als ich, denn ich versuche, mich gesund zu ernähren und er hat den typischen Appetit eines Teenagers. Als ich das Restaurant betrete, erfüllt das Aroma von fettigem Käse und Tomatensauce meine Nase. Jack sitzt bereits in einem Separee aus dunklem Holz mit roten Vinylsitzen. Nett und privat. Er winkt mich herüber.

„Hallo, Detective.“, begrüßt mich Jack. Er trägt einen schwarzen Kapuzenpullover und hat sich eine Sonnenbrille ins dichte Haar geschoben. Einen Moment lang denke ich an das Skelett außerhalb des Gerichtsgebäudes zurück. Ich schüttle den Gedanken ab und lächle.

„Nur noch Jena.“, sage ich.

„Stimmt.“ Er grinst albern, in dem Versuch, sein Unbehagen zu überspielen.

Jack sieht so viel gesünder aus, als damals, als ich ihn zum letzten Mal sah. Sein ausgemergeltes Gesicht hat sich wieder aufgefüllt und seine Farbe zurückerhalten. Ich sehe keine Spuren von bleibenden Verletzungen an ihm. Jedenfalls nicht äußerlich.

Ein Kellner kommt vorbei und wir bestellen. Jack wählt eine Salamipizza. Ich nehme die Gemüsepizza und lasse mich selbst glauben, dass ich etwas von hohem Nährwert bestelle.

Als der Kellner geht, frage ich: „Also, wie läuft es so?“

Jack seufzt leise und nimmt dann einen Schluck Wasser. „Könnte besser sein.“, gibt er zu. „Ich habe grässliche Alpträume. Manchmal höre ich Schattens Stimme sogar tagsüber. Mein Therapeut sagt, das ist normal, wissen Sie ‚akustische Halluzinationen‘ nach dem, was ich durchgemacht habe. Sieht aus, als hätte ich posttraumatische Belastungsstörung.“

„Das tut mir leid.“, sage ich, mein Herz fühlt mit ihm mit.

Ich sage ihm nicht, was Collins herausgefunden hat. Dass jemand die Virtual-Reality-Spiele veröffentlicht hat, zu denen er gezwungen wurde – und dass sie viel Knete damit machen. Das würde seiner posttraumatischen Belastungsstörung nicht helfen. Würde sie wahrscheinlich um einiges verschlimmern.

Er fährt mit zitternder Stimme fort: „Als ich in der VR-Hölle gefangen war, dachte ich, niemand würde mich finden, niemand würde mich retten.“

Ich schlucke hart und will nicht laut sagen, dass ich dieselbe Angst hatte. „Wenn du diesen Jaspis nicht auf Silas geworfen hättest, dann hätte er mich getötet. Du hast mir dabei geholfen, dich zu retten.“

Er sieht mich an, seine Augen füllen sich mit Tränen. „Ich hab das noch nie so gesehen. Danke, ähm…Jena. Wirklich, vielen

Dank. Dass Sie gekommen sind. Dass Sie sich genug gekümmert haben, um mich zu finden."

Unser Kellner bringt die Pizzen und Jack langt zu, der Käse spannt sich zwischen seinem Mund und dem Stück. Meine rechte Hand funktioniert noch immer nicht, als nehme ich mir ein Stück mit der linken Hand. Die eingeschränkte Bewegungsfähigkeit meiner Schulter gepaart mit der Tatsache, dass ich meine schlechtere Hand nutzen muss, macht es mir schwer, zu greifen. Ich bringe das Stück ungeschickt zu meinem Mund.

Jacks Augen weiten sich, aber er ist zu höflich, um etwas zu sagen.

„Du solltest mal sehen, wie ich eine Gabel nutze.", witzele ich.

„Ich bin wohl nicht der Einzige mit Narben.", sagt Jack zwischen seinen Bissen. „Ich versuche, alles aufzuarbeiten. Mama und Jude sind auch bei den Familiensitzungen dabei."

Ich bemerke, dass er nichts davon sagt, dass sein Vater mitmacht und da ist eine unausgesprochene Spannung. Nicht, dass ich es ihm zum Vorwurf mache. Wenn mein Vater die Macht hätte, jemanden im Austausch für meine Freilassung zu begnadigen und das nicht nutzen würde, glaube ich nicht, dass ich ihm vergeben könnte. Schon gar nicht, wenn derselbe Vater die Polizistin begnadigt hat, die mich gefunden hat. Ich bin überrascht, dass Jack mir dafür nicht böse ist, aber ich kann keine Spur von Verachtung in seiner Stimme oder seinem Gesicht wahrnehmen.

„Es ist schwer, das loszulassen, was passiert ist, wissen Sie? Aber das positive ist, dass mein VR-Stream jetzt beliebt ist." Er grinst und versucht, einen Lichtblick zu finden. „Und ich habe eine Freundesgruppe, die ich in meiner Selbsthilfegruppe gefunden habe. Wir hängen dauernd miteinander ab.“

„Das ist toll, Jack. Wirklich.“

Ich versuche, einen weiteren Bissen von meiner Pizza zu nehmen, aber meine linke Hand rutscht ab und lässt einen Klumpen Tomatensauce auf den Tisch platschen. Jack kichert und reicht mir eine Serviette.

„Danke.“, murmele ich und wische ihn auf.

Ich versuche, mich darauf zu konzentrieren, was er mir jetzt erzählt, über die Spiele, die er livestreamt und dass er damit Geld verdient, aber ich bin von dem Gedanken abgelenkt, dass Jack herausfinden könnte, dass jemand aus seinem Leid Profit schlägt. Obwohl Collins an der Situation arbeitet und mich auf dem Laufenden hält, sodass wir das Ganze stilllegen können. Aber was mich die ganze Woche lang schon beunruhigt hat, ist, wie derjenige, der das aller veröffentlicht hat, Zugriff auf Dustins Spiele erhalten hat. Ich verstehe von dieser Welt nicht genug, um zu wissen, wo Dustin seine Spiele gespeichert haben könnte und welche Art von Person sie gehackt haben könnte. Das auszutüfteln, überlässt man am besten Collins, aber er hat keine Antworten. Noch nicht.

Als wir unsere Pizza fertiggegessen haben, bringt der Kellner die Rechnung.

„Danke für das Mittagessen.“, sage ich. „Es ist toll zu hören, dass du auf dem Weg der Besserung bist, und dass die Dinge auf der Arbeit und mit Freunden besser werden.“

Ich greife nach der Rechnung, aber Jack schnappt sie sich. „Das geht auf mich."

Ich lächle. „Was hältst du davon, sie zu teilen?"

„Ich bestehe darauf. Das hier war meine Idee. Meine Art, danke zu sagen. Es ist das Mindeste, was ich tun kann."

Ich hebe meine Hände hoch und gebe mich geschlagen, denn ich will ihn nicht beleidigen. Sobald er die Rechnung beglichen hat, indem er seine Karte dem Kellner gibt, der schnell damit zurückkommt, verlassen wir das Separee und machen uns auf den Weg zum Parkplatz.

„Na, ich denke, das hier ist auf Wiedersehen, Detective…äh, Jena. Ich hoffe, wir laufen nicht mehr unerwartet ineinander hinein. Nichts für ungut."

Ich kann nicht anders, als zu kichern. „Schon gut. Ich wünsch dir ein tolles Leben, Jack."

„Ich werde mein Bestes tun."

Wir gehen getrennte Wege, ich gehe zum Ende des Parkplatzes zu meinem Ford F-150, während Jack in seinen burgunderroten Honda Civic springt. Die Farbe des Autos triggert eine Erinnerung an Silas' Gefängniskleidung und ich schüttle die Erinnerung schaudernd ab.

Ich winke zum Abschied, als Jack an mir vorbeifährt und steige dann in meinen Ford F-150 um zurück in mein neues Büro zu fahren. Es gab einen weiteren gewalttätigen Vorfall mit Steinigung und Price hat mir Informationen gegeben, um mir dabei zu helfen, die Mitglieder der Church of Silas aufzuspüren. Es ist ein großer

Druck. Für mich selbst zu arbeiten, während ich noch immer versuche, den Erwartungen der Polizei Pittsburghs gerecht zu werden. Ich grinse, als mir klar wird, dass ich es gar nicht anders wollen würde.

An der Ampel sehe ich mich um und nehme das emsige Leben der Stadt auf. Die Mittagsmenge des Arbeitstages entflieht ihren Arbeitsplätzen für einen Happen Mittagessen. Während ich darauf warte, dass die Ampel umspringt, kann ich das Gefühl, beobachtet zu werden, nicht abschütteln. Meine Augen fallen auf den einsamen Fußgänger, der die Straße nicht mit dem Rest der Horde überquert, sein Blick auf sein Handy geheftet. Als er den Blick hebt, um meinem zu begegnen, sehe ich nicht auf sein Shirt hinunter. Ich habe es bereits gelesen. Den verdammten Slogan, den ich dauernd überall sehe. An Gebäude gesprüht, auf Züge getaggt, in Toilettenkabinen geschrieben.

„Schwer sind die Steine" – Silas 6:4

ENDE

Inhalt

Über die Autoren

J.D. Barker

J. D. Barker ist ein Bestsellerautor der New York Times. Auch international sind seine zahlreichen Bücher Bestseller. Zu seinen Werken zählen unter anderem DRACUL und THE FOURTH MONKEY. Sein neuestes Werk, BEHIND A CLOSED DOOR, wurde am 13. Mai 2024 veröffentlicht. Derzeit arbeitet er mit James Patterson zusammen. Seine Bücher wurden in zwei Dutzend Sprachen übersetzt, in mehr als 150 Ländern verkauft und für Film und Fernsehen zur Verfügung gestellt. Barker lebt mit seiner Frau Dayna und Tochter Ember im Küstenort New Hampshire.

Christine Daigle

Bei Tag ist Christine Daigle eine klinische Neuropsychologin und ihre Arbeit umfasst Brain-Computer-Interface, das Übersetzen von Hirnsignalen in Anweisungen, die Technologie kontrollieren können. Als Autorin, wurde ihr Buch für das Mentoren-Programm Pitch Wars ausgesucht. Eine Sammlung, die ihr kurzes Fiktionswerk umschließt, war ein Finalist für einen Aurora-Preis. Ihr mitverfasstes, unter einem Pseudonym veröffentlichtes Werk auf Kindle Vella war mehrere Jahre hintereinander eine der Top 250 Serien. Zusätzlich zu ihren Schriftstücken, ist sie auch Mitgastgeberin des Writers, Ink Podcasts. Sie lebt mit ihrem Ehemann, ihrem Sohn und ihrer launenhaften Katze in Ontario. Man kann ihre Werke auf christinedaiglebooks.com finden.

Printed in Poland
by Amazon Fulfillment
Poland Sp. z o.o., Wrocław

49342713R00256